獨

MW01141186

習江三次
生死交鋒

習近平與江澤民決鬥
成中國政局聚焦點

新紀元周刊編輯部

目錄

習江三次生死交鋒

第一章

中共進入
習江生死博奕階段

江澤民在執政期間及對胡錦濤執政時期的垂簾聽政期間，祕密犯下了反人類罪行，為逃避法律審判，江澤民集團一直在幕後搞推翻習近平的各類政變活動，還包括多次對胡錦濤、習近平的暗殺行動。2013 年以來，習、江已展開數度生死搏殺。

2013 年以來，習、江已展開數次殊死搏鬥。（AFP）

第一節

18大以來習江三次生死交鋒

習近平雖是江澤民指定的隔代接班人，但江澤民的真實意願是推舉薄熙來。然而因薄熙來當時在黨內高層被認為是有爭議的人，於是江澤民用了緩兵計，讓中共各派都能接受的習近平先接班，同時暗中部署在習近平上台後的兩年之內策反，讓薄熙來上台。但人算不如天算，王立軍事件打翻了江澤民安排的接班計畫，之後發生的18大中南海政治海嘯，和18大以來的政治風暴，江澤民與習近平已經由過去的盟軍，變成今天的政治仇敵，展開震驚中外的政治博奕和生死交鋒，決戰在即。

政治風暴發生的核心問題是，江澤民深恐失去權力之後，其所犯下的反人類罪行將受到法律審判，於是策畫一系列推翻習近平的政變活動，還包括多次對胡錦濤、習近平的暗殺行動。自2012年底的中共18大以來，江習之間的生死之戰就有過三次：

第一次生死交鋒是2013年1月1日圍繞《南方周末》新年

致詞、廢除勞教風波，不但有了那篇著名的《走出「馬三家」》調查報告，還惹出了「習近平打的」的死亡威脅。

第二次是 2013 年 7 月到 10 月間，圍繞審判薄熙來雙方發生的搏擊，江澤民集團第二號人物、前中共政治局常委、國家副主席曾慶紅甚至不惜搞出上海股市「816 烏龍指」、在天安門製造爆炸、安排以富商身分打造的特工陳光標在紐約假借收購《紐約時報》招攬國際媒體聚焦江派的構陷行動、給外國媒體餵料來攻擊中南海政治對手，結果導致習近平加速和加大規模整肅江派，前公安部副部長、中共特務機構「610 辦公室」頭目李東生被突然宣布下台、從此在中央電視台發生系列抓捕行動、江澤民的「軍中最愛」徐才厚被宣布送交司法處理……

習江之間最近發生的生死交鋒，也是自中共 18 大以來的第三次生死交鋒從 2014 兩會前開始，從昆明血案，到香港暗殺，從新疆火車站到廣州火車站，一次次的血案、一條條人命，甚至戰火延燒到海外。

習訪歐洲期間發生的事件

2014 年 7 月 14 日至 23 日，中共國家主席習近平出訪巴西、阿根廷、委內瑞拉、古巴四國，即使在這幾個和中共關係較為密切的小國，出訪時發生的很多事，大陸媒體隻字不敢透露。

7 月 17 日在訪問巴西期間，當地使館官員恐懼習近平看到前來抗議中共迫害法輪功的巴西民眾，故意開出七輛中型麵包車擋住抗議人群，還派出雇傭者頻繁挑釁和辱罵法輪功民眾，結果至少四名使館雇傭華人被警察逮捕。

7月18日，習近平抵達阿根廷首都布宜諾斯艾利斯，當地中使館官員親自上陣，雇凶衝擊現場請願隊伍和搶奪橫幅，並和警方發生肢體衝撞。結果阿根廷警察逮捕了中共大使館副武官，整個逮捕過程被放在網上。

最重要的是，2014年7月22日，歐洲理事會最新頒布了反對人體器官販運國際公約，於此同時，《大紀元》獨家報導了前公安部副部長李東生被提前擊落下馬的關鍵原因。

這個名為「歐洲理事會反對販運人體器官」的公約，是2014年7月9日在歐洲理事會的部長委員會上通過的，公約要求各國政府將某些器官移植形式列為犯罪，比如捐贈者沒有同意、捐贈者或第三方因此獲得經濟收益的移植行為。公約旨在全球範圍內，「在國家和國際層面，促進打擊人體器官販運的合作。」除了歐洲47個成員國將簽署該公約外，全球非成員國也可簽署，2014年底左右還將在西班牙舉辦正式簽署儀式。

該公約主要針對犯下反人類罪行、活體摘取法輪功學員器官的中共。在世界其他地方，如亞洲諸國和美國，也出現了很多政府決議，譴責中共違背人性，強制摘取人類器官，犯下了不可饒恕的反人類罪行。

如世界衛生組織（WTO）曾發布公告說：「在2005年，中國各地的腎臟和肝臟移植手術高達1萬2000例。⋯⋯由於缺乏對器官分配的明確規則、再加上外國人具有經濟實力並有代理人而優先得到器官等，導致外國人在中國進行器官移植，已經構成國際器官買賣的一部分。」這等於直接點出中共江澤民集團進行大規模、政府層面的買賣器官。

非法販賣和強制摘取法輪功學員的器官事件已經在國際社會廣泛曝光，這是江澤民集團最恐懼的事情，也是習近平陣營最不願替江澤民做替罪羊，因此部署留後路的原因。

北京當局不得不提前處理李東生

2013 年 12 月 12 日，歐洲議會代表五億歐洲人通過了一項緊急議案，要求中共立即停止活體摘取器官，並呼籲中共「立即釋放」包括法輪功學員在內的所有良心犯。

這項議案震驚中共高層。面對強大的國際壓力，現任高層為給自己留後路，八天後通報公安部副部長李東生落馬，通告中還罕見強調李東生積極參與迫害法輪功的隱祕頭銜。

2013 年 12 月 20 日，中紀委通報李東生被查的原文是：「中央防範和處理 X 教問題領導小組副組長、辦公室主任，公安部黨委副書記、副部長李東生涉嫌嚴重違紀違法，目前正接受組織調查。」五天後，12 月 25 日李東生被正式免職。中共專門鎮壓法輪功的「中央防範和處理 X 教問題領導小組辦公室」是中共黨務系統的祕密組織，簡稱「610 辦公室」，中共外交部對外一直否定「610」的存在，而這次卻在全球範圍公布李東生的頭銜之一是「610 辦公室」副主任，而且把這個頭銜放在了公安部副部長職務的前面，其背後隱含的內容非常豐富。

中國大陸媒體不讓百姓獲知習近平面臨的國際譴責，同時也隱瞞了中共前黨魁江澤民的一系列罪行和其惶惶不可終日的處境。

為避禍 大陸高官「遠離江澤民」

2014 年 7 月 20 日，香港很多媒體報導了 88 歲的江澤民因腿部問題住院就醫，與此同時，百度微博出現大量揭露江澤民淫亂的文章。

早在 2000 年 10 月，江澤民就突然患上離奇怪病，右下肢微細血管堵塞，神經線壞死，中共政治局一度討論給江截肢。不過在氣功師的幫助下最終保住了右腿，但還是留下了後遺症。2014 年江在上海露面時就顯得步履蹣跚。

7 月 20 日，大陸許多網民在微博發帖稱：「請百度『克拉娃』，一定會有特別收穫。」克拉娃是前蘇聯克格勃女特務，有人還貼出了江澤民和克拉娃的黑白合影照。

據《江澤民其人》一書透露，江澤民的父親是日偽漢奸江世俊。1940 年 11 月漢奸汪精衛的日偽政府成立後，江世俊投奔南京，改名江冠千。江世俊曾力薦其子江澤民參加日偽政府培訓特務的「青年幹訓班」第四期培訓。

中共 1949 年竊政後，江澤民於 1954 年 11 月前往莫斯科接受培訓，被蘇聯情報部門克格勃發現其「漢奸」身分，遂派出美女克拉娃引誘和逼迫江澤民為克格勃提供情報。從此江上了圈套，之後為掩蓋其克格勃特務身分，江澤民不遺餘力地出賣國土以討好俄羅斯。

據後來俄羅斯等海外媒體披露，江澤民上台後，總共出賣給俄羅斯的中國國土高達 300 多萬平方公里，相當於 100 個台灣。

有趣的是，2014 年 7 月 20 日，北京玉淵潭公園立起了一個充氣的大蛤蟆塑料模型，號稱「金蟾大鳴中國夢」。哪知第二天

充氣蟾蜍就開始洩氣了，只能無力地趴到水面上。大陸民間盛傳，江澤民是蛤蟆轉生。因此大蛤蟆無預警地洩氣，大陸民眾開始聯想與揣測這是否應驗了江的處境與身體狀況。

這幅景象最能說明目前江澤民的敗落處境。一方面，江派主要大員和追隨的諸多馬仔相繼落馬，江澤民正成為「光桿司令」。這些大員包括已被捕但尚未公布的周永康；不久前落馬的中共軍委原副主席徐才厚；中共政協副主席、江西原省委書記蘇榮；被祕密關押在天津的江派「二號人物」曾慶紅；面臨被調查的軍委另一個原副主席郭伯雄；以及已經被判刑的薄熙來等。而上述人等的數十個重要馬仔也被調查、抓捕、判刑，包括江系在央視的追隨者。

另一方面，目前大陸官場都知道必須「遠離江澤民」。如今江派官員都人心惶惶，生怕下一個輪到自己落馬。無論是江派官員還是其他派系官員，都已經不再敢和江派過多接觸。比如在曾慶紅被拿下之前，江澤民南下遊說中共退休軍頭和黨政元老，企圖通過他們阻止習近平對曾慶紅的調查，江甚至乞求說：「等我死了你們再查吧！」但卻遭到拒絕。

近來大陸媒體也在全面封殺江澤民的亮相，報紙上基本上看不到「江澤民」這三個字，哪怕是在某個高官或知名人士的追悼會上，江澤民都沒有資格送花圈或表示慰問，甚至江澤民拚了老命換來的與普京的見面機會，大陸媒體也大都沒有報導，即使報導了，也只是暗示江澤民對賣國給俄羅斯的「貢獻」很大。

與此同時，大陸百度卻不時解禁關於江的醜聞和罪行，如江與蘇聯間諜情婦的交往，江出賣東北領土，江活摘器官等等。甚至香港和海外的親江派媒體也開始變調，報導中不僅不再出現習近平、江澤民聯手的內容，而且還出現了「徐才厚落馬，大老虎

指向江澤民」等標題。

這些變化都傳遞了一個明確的信息：江澤民就是習近平要打的「大老虎」。

如今，大戲最後一幕即將開演，江澤民不得不親自出面活動，面對習近平陣營的全面圍剿，戲裡戲外，台上台下，一場更加驚心動魄的劇變正在你我身邊進行著⋯⋯

若要全面了解江澤民和習近平之間的生死博奕，必須清楚習近平接班前江澤民與胡錦濤之間長達十年的江胡鬥背景，包括了解期間發生的江澤民多次對胡錦濤的暗殺內幕，以及圍繞再之前鄧小平安排江澤民上台接班的曲折源由。

第二節

鄧小平胡錦濤多次遭暗殺

鄧小平曾七次遭暗殺

2012 年王立軍出逃美領館、薄熙來與周永康密謀政變曝光後，時任中共國家主席的胡錦濤簽署主席令，解密了五項祕密檔案，其中包括中共已故黨、政、軍領導人遭暗殺事件，如鄧小平曾七次遭暗殺。

據港媒報導，在解密的五項文件中，中共「第二代領導人」鄧小平曾受到 11 起的暗殺事件，光從 1969 年到 1988 年，就有七次。可見中共內部爭鬥如何激烈。

1969 年 10 月 21 日，鄧小平受中央一號通令，被遣送到江西省新建縣望城崗一個廢棄的步兵學校軟禁。第三天（即 10 月 23 日清晨），有多名武裝「民兵」衝入該校，朝鄧小平住所亂槍掃射。由於目標錯誤，遭掃射的是看管鄧小平的警衛班。警衛人員

當即反擊，多名武裝「民兵」被擊斃。

1973 年 2 月 20 日，中央辦公廳派出蘇制「伊爾 14」飛機到江西，接鄧小平返京等候分配工作。但江西省軍區又接緊急通知，安排鄧小平乘坐火車返京，由軍區參謀長率領一班警衛，加掛一節軟臥車廂。結果，「伊爾 14」飛機在飛返北京途中，在安徽上空解體。

1975 年 9 月，鄧小平、華國鋒、江青等人一行，到山西省大寨召開並主持「學大寨」現場會議，鄧小平等在大寨招待所住宿。傍晚，鄧小平在祕書、警衛陪同下，在山坡上散步，突然有人射來冷槍。警衛朝放槍黑影還擊，槍手逃脫。

1976 年 4 月，鄧小平在天安門事件後，被撤銷黨內外一切職務，安排到北京軍區玉泉山招待所五號樓一層軟禁。傍晚，鄧小平被軟禁的一層，突然電源短路起火，一層的 101 房至 110 房全部被燒毀。當晚，鄧小平被安排學習，然後由警衛陪同去浴房淋浴，避過一劫，後又搬回城內住宅。

1976 年 7 月，鄧小平接通知，被安排到河北省承德避暑山莊避暑。鄧小平以健康為理由，要到醫院複查而未去。安排送鄧小平到承德的日製小旅行車，後被調配到國防部專用時，經檢查，發現前輪軸已斷裂，在公路行駛時，隨時都會翻車燃燒。

1980 年 3 月，鄧小平到濟南軍區視察部隊建設，在軍區的會議上作了報告後返回座位時，會場值勤警衛邊呼「捍衛毛主席革命路線，打倒鄧小平！」的口號，邊朝鄧小平座位連發多槍。鄧小平被身邊警衛遮蔽，避過一劫。

1988 年 2 月，鄧小平、陳雲、楊尚昆等人，在上海西郊賓館過中國新年。有 4 名自稱是「毛澤東主義戰鬥隊」的持槍武裝分

子混入西郊賓館，與值勤武警駁火，3 人被擊斃，1 人被捕，並從他們身上搜出準備暗殺鄧小平用的住處地圖、烈性炸藥、無聲手槍、縱火燃燒器材等。

據該次解封的部分資料顯示，在 33 年期間，中共中央黨、政、軍、國家主要領導人在出巡視察訪問期間、出席大型集會和公開場合、乘坐車輛在行駛途中、下榻招待所或賓館內等時，頻頻遭遇武裝暴力攻擊、襲擊和暗殺。

其中，針對毛澤東 35 宗、劉少奇 12 宗、周恩來 17 宗、朱德 9 宗、林彪 8 宗、鄧小平 11 宗、宋慶齡 4 宗、華國鋒 3 宗、胡耀邦 2 宗、萬里 2 宗、楊尚昆 3 宗等。

媒體評論說，胡錦濤在王立軍出逃、薄熙來出事時，解密了這批暗殺檔案，也是有目的有選擇性的，是按照當時的政治氣候、政治環境、政治需要而挑選的。不過，即使已下令解密的檔案也不會向社會開放，仍設等級規定及解密內情程度範圍規定。

「三次刺胡」再被聚焦

胡錦濤卸任前解密多起針對中共黨魁及要員的武裝攻擊，最能讓人聯想到的是他自身曾經歷的多次謀殺。據海外媒體披露，中共總書記胡錦濤自上位以來，至少遭遇了三次驚心動魄的暗殺。

第一次是 2006 年 5 月，胡錦濤到黃海視察北海艦隊。胡乘坐一艘導彈驅逐艦巡視時，兩艘軍艦突然同時向該艦開火，導致驅逐艦上五名海軍士兵死亡。載著胡的導彈驅逐艦做夢也想不到有人竟敢在光天化日之下謀殺「天子」，於是驚慌失措之

下，立即調轉頭以發瘋似的速度急速駛離艦隊演習海域，直到安全海域。為避免再遭暗殺，胡換乘艦上的直升飛機飛回青島基地，未作停留，也未回北京，而是直飛雲南。一個星期後，才回北京露面。

本已到青島準備慶賀的江澤民空歡喜一場。江甚至還約了老姘頭陳至立到青島等候殺胡的佳音。

事後，據被拘捕的艦艇官員供認，命令是江澤民所下達，江澤民的軍中心腹、海軍司令員張定發指揮手下人所為。為保萬無一失，要求兩艦夾擊，並許諾給他們事成後大幅度晉級。這些人以為這次胡死定了，沒想到最後死的是自己，還有海軍的老大。

幾個月後張定發在北京突然死亡。據說其死前生不如死，死時人已經脫相。胡錦濤這次險遭暗殺事件被香港媒體捅開後，張定發死後沒有弔唁，沒有悼詞，官方媒體也沒有發布其死訊。只有海軍的小報《人民海軍報》刊出簡訊：「中央軍委委員、海軍原司令張定發同志，因病於12月14日在北京逝世，享年63歲。」消息中只有一個簡單得不能再簡單的履歷，甚至連個黑白遺照都免了。一個海軍司令的訃告這樣簡單，這是從未有過的事。

第二次是2007年10月2日，上海世界夏季特殊奧運會在上海開幕，胡錦濤出席開幕式。港媒披露，這次又發生了對胡的未遂暗殺。保衛部門在胡錦濤下榻的上海西郊賓館地下車庫內發現食品專用車的司機坐墊下藏有2.5公斤裝有定時器的烈性炸藥。上海灘是江的老巢，從刺殺動機來看，係江澤民死黨所為。對於這次暗殺未遂事件，透露出來的資料很有限。

第三次是2009年4月23日，中共海軍史上規模最大的多國海上閱兵活動在青島海域舉行，來自29個國家的海軍代表團、

14 國海軍 21 艘艦艇匯聚黃海。胡錦濤理所當然要參加。自上次黃海遇刺後，胡對軍隊的關注和人員的提拔都要親自過問，對於軍隊的異動也早加以防範。

在閱兵開始前，胡得到密報：江澤民的人馬準備在 23 日早上九點開始閱兵時、在 14 國海軍艦艇的面前，將胡擊斃，搞個震驚世界的「黃海謀殺案」。

胡突然改變計畫，先會見 29 國海軍代表團團長。同時派軍中心腹將企圖執行暗殺的海軍艦艇官兵搞定。當天 12 時左右，在一切就緒後，胡身著西裝開始了閱兵。儘管胡錦濤平安無事，但他無法壓抑自己的憤怒。當日，在青島出席海上閱兵活動，胡錦濤招手致意時，臉上每塊肌肉都繃得緊緊的。而旁邊站著的軍委第一副主席、江的親信郭伯雄行軍禮時，手瑟瑟發抖。

第三節

薄案引發最慘烈生死鬥

當然，最近幾年發生的影響力最大的謀殺案，當屬胡錦濤最大心腹令計劃的獨生子慘死案。這案子幾乎就發生在胡錦濤身邊。

2012 年 3 月 15 日，薄熙來被免去重慶市委書記一職後，一直把薄當成接班人來培養的江澤民派系開始瘋狂反撲。於是三天後的 3 月 18 日，胡錦濤的「大內總管」令計劃的獨子「車禍」身亡，接下來關於令計劃的醜聞不斷在互聯網上翻滾，到他出任統戰部長之後，各種醜聞依然不時冒出。

2012 年 3 月 18 日，《新京報》、《北京晚報》報導了一場發生在北京的嚴重車禍。車禍發生在 18 日凌晨四點，北京海淀區保福寺橋附近一條因下雪而變得濕滑的環路上，一輛法拉利跑車撞擊到護欄後，嚴重損壞，車上有一男、兩女，男子當場死亡，兩女重傷送醫，其中一名女子嚴重燒傷，死於 7 月或 8 月。

官方媒體沒有說明死者身分。不久，撰寫新聞並拍攝新聞照片的消防人員遭到上級訓斥，相機和電腦被沒收。中宣部還下令《北京晚報》不得傳播那張車禍現場照片，警方、消防部門和幾家當地醫院也拒絕置評。

《環球時報》英文版第二天報導說：「幾乎所有關於周日導致一名男子死亡，兩名女子受傷的車禍連夜遭到刪除，引發人們懷疑已死亡的駕車者的身分。」不久那篇文章也被遮罩。人們從照片上看到，那輛出事的法拉利跑車幾乎被撞成了一堆廢鐵。據專家介紹，法拉利名貴跑車有很強的抗撞擊能力，被撞成這樣，碰撞前的車速可能在 180 里以上，這樣的超高速度在北京公路上基本上是不可能發生的，由此人們懷疑這不是一起尋常的車禍。

3 月下旬，海外有中文網站引用報導稱：「死者是中共九常委之一、全國政協主席賈慶林的私生子。」在之後坊間流傳稱，賈慶林的這個兒子是賈與一位姓陶的美女所生。賈慶林在福建時候勾搭上她，當時她 28 歲。賈慶林從福建來到北京後，兩人的生活相當低調。

然而到了 2012 年 6 月 2 日，博訊網和明鏡網均發表了內容幾乎一模一樣的「獨家報導」。文章稱：「3 月 18 日半夜，北京的車禍中，令計劃的兒子駕駛的 560 萬的法拉利撞毀，令公子即刻死亡。令計劃是辦公廳主任，胡錦濤最信任的人。」

此「車震門」故事還稱，「令計劃的公子小令在車內完全赤裸，酒後駕車作愛，撞到中間護欄。車內一名全裸的來自中央民族大學的藏族女生………」文章還說，「令計劃的兒子北京『3·18』駕車作愛車禍死亡，如此重大案情的掩蓋牽出了『國家安全沙皇』周永康、令計劃和薄熙來 2009 至 2012 年的『三角』政治

同盟。薄熙來事發後，這個同盟被打破，但『3‧18』離奇車禍讓周永康、令計劃開始新的結盟。」

隨後文章開始講述令計劃如何操縱「18 大」前的「海選」，周永康和令計劃如何聯手將車禍事件「嫁禍」給賈慶林，令計劃如何有野心，想成為「王儲」接替習近平等。

還有台灣媒體稱，車禍發生後，令計劃要求北京警方更改兒子證件上的名字，並支付同車兩女孩每人高達 6900 萬元台幣的「封口費」，要求二女家屬不得對外張揚，否則家人會逐一失蹤，「連屍體都找不到」。

就在令計劃兒子死亡的第二天，3 月 19 日，北京人聽到了槍響，同時傳來 38 軍換將的消息。

2012 年 3 月 19 日深夜，眾多大陸名人在微博上驚呼：「北京出事了！」更有人說聽到槍聲。不久，「槍聲」與「長安街」成了新浪微博的被過濾詞了。如居住北京東城區的《證券市場周刊》編委李德林在微博上寫道：軍車如林，長安街不斷管制。每個路口還有多名便衣，有的路口還拉了鐵柵欄。兩個多月後，香港雜誌和國外媒體相繼證實：3 月 19 日，北京真的發生了槍擊戰。對槍聲有二個版本的傳言。

傳言一：周永康發動軍事政變，38 軍入京擒王。

雖然胡早已親手將中央警衛局「脫胎換骨」大換班，但仍不放心。2 月末 3 月初，胡錦濤將向來由警衛局派駐的貼身警衛全數「炒魷魚」，遠遣至大牆外圍防守，一個也不留。然後換上 38 軍調來的一個加強排，使江澤民、周永康的人不可能滲透。

與此同時，令計劃則召集警衛團全體官兵開會，厲聲宣布一條「鐵的紀律」：任何人員，未經召喚下擅自進入胡錦濤三米範

圍，格殺勿論！

3月19日，胡錦濤調動駐紮京南保定的38軍入京，130戰鬥任務是「粉碎陰謀分子軍事政變」。當時戰鬥目標是北京市東城區燈市口西街14號，即中央政法委總部。還有知情人則肯定為玉泉山某處的周永康私邸。

槍聲從白馬寺附近的中央政法委傳出，該處有一個排的武警特種部隊把守。當時特警喝問趨近的「特兵」意欲何為，野戰官兵回答稱：「奉軍委主席令徹查政變基地，緝拿政變首腦！」駐守政法委的特警威脅稱：「衝擊國家要害部門等同謀反，若不馬上撤退格殺勿論！」然後武警又對天鳴槍示警，但是38軍在數秒內讓武警們繳械。

傳言二：搶奪薄熙來「財政部長」徐明。

在3月15日薄熙來下台前後，被稱為薄熙來頭號馬仔、替薄找了上百個女人、並管理薄熙來國內貪腐和打黑搶來的錢財的徐明，最早被周永康的人馬帶走，說是去調查，實質是被保護起來了，以免徐明落到中紀委的手下。

為了得到更多有關薄熙來的罪行，溫家寶免除薄熙來職務後，讓自己的親信、中紀委副書記馬馼，設法把徐明盡快掌握到自己人手中。於是，馬派人以調查腐敗為名，要求公安系統將徐明交給中紀委。公安請示周永康後，拒絕了馬的要求。

於是有人拿出了周永康的兒子周斌（或稱周濱）做生意的資料進行要挾，周永康見對方態度急迫，知道來頭不善，不交人好像難以過關了，於是想上演「金蟬脫殼」。3月19日晚，周永康一面調動武警轉移徐明，以便謊稱徐明被人搶走，一面調動公安加強戒備。中紀委這邊也馬上調動人馬，試圖伺機下手搶奪徐明。

雙方爭持起來，甚至擦槍走火。由於事發突然，驚動高層，為防不測，中共中央辦公廳調中央警衛局加強防範，於是出現了民眾看到的「軍車如林，長安街被管制起來了。」

由於中共的資訊封鎖，至今人們不能確認 3 月 19 日的槍聲因何而起，不過，令計劃作為一開始就深度介入江澤民與胡錦濤之間生死交鋒的主力，他被周永康和江澤民攻擊也就成為必然。

在令計劃兒子死後一周年忌日的 2013 年 3 月 18 日，周永康的心腹蔣潔敏被宣布調查，據說蔣潔敏在這起車禍後，私自動用中石油的現金，在沒有經過任何財務手續的情況下，把 3000 多萬人民幣的現金給了車禍現場兩個女子的家屬。不過此事未經證實，但有一點是肯定的，蔣潔敏在令計劃兒子死亡的周年落馬，這可能不是偶然的巧合。

周永康拖刀計 李旺陽事件

同樣讓胡錦濤震驚的、發生在胡身邊的另一起暗殺：「六四硬漢」李旺陽之死。

就在胡錦濤準備去香港參加「七一」回歸典禮之前的 2012 年 6 月 6 日，「六四」民運人士李旺陽在湖南邵陽市一間醫院被發現「上吊」身亡，但當時失明失聰、行動極為不便的李旺陽是如何走到窗戶邊上？如何繫上繩子、如何在雙腳都能站在地上的情況下讓自己上吊死亡的呢？明眼人一看就知道是先被害死後，製造的自殺假象。

此前周永康控制的湖南政法委和國安警察等，還故意暗中允許香港有線電視記者林建誠採訪到了李旺陽，等「六四硬漢」

的消息傳遍全球後，江派又故意把李旺陽害死，結果導致民怨沸騰。特別是香港人，直接把矛頭對準了前來香港主持回歸紀念的胡錦濤。

在那之前有消息說，胡錦濤可能會在 23 年後平反「六四」，經過江派這麼一折騰，胡錦濤哪怕有這個心也不敢為了，因為民眾無法原諒中共當局依舊在 23 年後害死了「六四硬漢」，無論李旺陽是誰殺的，這筆債都是算到胡錦濤頭上的，誰讓胡是中共一把手呢？

事後人們發現，殺死李旺陽的幕後主使是周永康。據海外民運人士郭保羅在推特爆料說，中共政法委的目的是為了挫敗香港人紀念「六四」的持續高漲的熱情，2012 年 6 月 4 日晚，香港維園紀念「六四」人數高達 18 萬以上，當晚中共情報部門將消息傳給政法委高層。6 月 5 日，高層決定採取措施震懾港人意志。同時一致決定拿 6 月 2 日接受香港電台採訪的湖南邵陽李旺陽開刀。

郭稱中共政法委選擇李旺陽下死手的原因是：1. 李被迫害致殘，掌握大量政法黑幕，當時又與港媒取得聯繫，殺人滅口可阻止他繼續向外媒說話。2. 除廣東外，湖南離香港最近，李已經引起香港媒體注意，殺他足以震懾香港眾多翻案分子和反共分子。3. 殺李斷絕港人期盼「六四」平反的「非分」之念，打擊黨內改革派在「六四」問題上做文章的企圖。

郭保羅還爆料，涉嫌謀殺「六四」英雄李旺陽的三名主犯是：中央政法委祕書長周本順（邵陽人）、邵陽市公安局長李曉葵、邵陽市公安局國保支隊長趙魯湘。

有關周永康策劃的其他謀殺，除了殺死自己的前妻外，他還

在 2012 年 8 月的北戴河會議期間，至少兩次想暗殺習近平。一次是在辦公室安置定時炸彈，一次是在習近平去 301 醫院做體檢時準備給習注射毒針。

不過這些傳聞都沒有得到進一步證實，下面我們講述的有關習近平陣營與江澤民集團的生死搏殺，卻是人們看得見、摸得著的，是建立在公開事實基礎上的大事，即使沒有內部消息也能從公開報導中看到跡象的實人實事。

概括的講，習江之間從 2013 年 1 月開始，到 2014 年 6 月這兩年半時間裡，至少發生了三次大的生死搏殺，其中每次大戰又分為幾個小的戰役，一環扣一環，一戰接一戰，精彩至極，比看好萊塢大片還驚悚。

習江三次生死交鋒

第二章

《南方周末》 新年致詞風波

習江第一次生死博奕，發生在習近平上台僅一個多月的 2013 年 1 月 1 日，《南方周末》的新年致詞被江派人馬隨意刪改，扭曲了習近平的「中國夢」解讀；習作為反擊，1 月 7 日令公安部長孟建柱宣布在 2013 年底廢除勞教制；江派讓劉雲山出馬，令各媒體刪除了廢除勞教的報導，結果習在政治局會上大罵劉添亂。這是第一次大戰的第一戰役。

中共官場貪污腐敗已經一塌糊塗，《南周》事件的發展印證了中國的希望在民間，在每個老百姓身上。（AFP）

第一節

新年致詞撬開習江大戰之魔盒

當時中共的政局，可從一張照片看得清清楚楚。2013 年 1 月 1 日，中共政協舉辦新年茶話會，除 18 大後下台的原政治局常委周永康、李長春、賀國強外，新舊常委共 11 人出席了此次會議。中共官媒公布了一張全景集體照，令很多人看出了中南海不願公布的祕密：中共已經分裂成兩大陣營，各自站隊，楚河分明。

在這張集體照中，胡錦濤坐在中央，胡的左邊是習近平、溫家寶、李克強、俞正聲及王岐山；而胡的右邊是吳邦國、賈慶林、張德江、劉雲山及張高麗。懂點大陸政局的人都知道，右邊基本是江派人馬，至少是江派色彩濃烈的人，而左邊是團派、太子黨的集合。新華網在報導時，胡錦濤名字第一個出現，隨後依次是胡錦濤左邊習近平、右邊吳邦國這樣左右交替，目的是排名上力求平衡。

俗話說：「人以類聚，物以群分」，不知不覺中人的肢體語

言就會洩露其心中的祕密。在 2012 年 11 月 15 日中共七常委亮相時，也是張德江、劉雲山、張高麗站在習近平的右邊、李克強、俞正聲、王岐山站在左邊。如此公開鮮明的「派系站隊」亮相，在中共權鬥歷史上恐怕也很少見。

2012 年 12 月 4 日，新任中共總書記不到一個月的習近平，在北京舉行的中共「憲法公布施行 30 周年」紀念大會上，發表了一個被官方稱為「重要」的講話。大陸嗅覺靈敏的兩家頗有影響力的媒體：廣東的《南方周末》與北方的民間政史月刊《炎黃春秋》，立即鎖定習講話中難得的「尊憲」精神，以此為支點，不約而同的藉年度元旦賀詞，刊發了挺習的「維憲」社論文章，不曾想，卻就此撬開了習、江陣營的肉搏大戰之魔盒，《南方周末》元旦賀詞被強行刪改，《炎黃春秋》網站則遭除名。

在「紀憲 30 周年」的講話中，習近平高調表示，中共應「依法、依憲治國」和「依法、依憲執政」；「憲法的生命在於實施，憲法的權威也在於實施」等。儘管中共現行的「憲法」強調中共的領導和執政地位，但也寫入了「國家尊重和保障人權」（如 2004 年的憲法）和保障公民言論、出版、集會、結社、遊行、示威自由（憲法第 35 條）等條款。外界分析認為，習高舉「憲政」，以圖出師有名，以此來影響或引導黨內的「路線方向」之爭，試圖積累共識，迫使各派系跟進。然而，在中共的黑厚官場，習迎來的卻是江系餘黨的赤膊挑戰。

《南方周末》新年致詞被篡改

1 月 2 日，《南方周末》2013 年新年特刊在已經簽版定樣、

編輯記者休假且完全不知情的狀態下突然被廣東省委常委、宣傳部長庹震進行多處修改、撤換，導致報紙出現多處問題，甚至包括「2000 年前大禹治水」的低級錯誤。

據香港媒體引述北京媒體人羅昌平透露稱，文章在送廣東省委宣傳部審查時，宣傳部長庹震對內容大表不滿，刪去文中提到的涉敏感事件，更將主題改成歌頌中共的內容，全文充斥吹捧之詞。有關編輯拒絕簽版，最終要部長庹震本人親自簽發。

據新浪微博網友發布的照片顯示，《南方周末》的原獻詞為《中國夢，憲政夢》，後修改為《夢想是我們對應然之事的承諾》。而庹震大刪改後的版本變成《我們比任何時候都更接近夢想》。

早前，2012 年 12 月 17 日，《南都周刊》49 期《起底王立軍》系列調查報告剛上市，立即被有關部門責令全部收回。有分析認為，因為其中的八篇文章，通過對「王式打黑」勝過黑社會搶劫的鐵證列舉，令人看到了中共政法系統的縮影，引起江系周永康勢力的不滿。次日，《人民日報》頭版刊發評論《網路不是法外之地》，不僅警告網民，還威脅網監：「開放的中國需要文明法治健康的網路世界，不管是監管部門還是廣大網民，都應該珍惜這個平台。」暗示已經寒風凜冽的網路，還要降臨更大的暴雪。

庹震「手伸得很長」有背景

《南周》事件越演越烈，篡改《南方周末》新年獻詞的廣東省宣傳部長庹震成外界關注焦點。現年 53 歲的廣東省委宣傳部長庹震原籍河南方城，曾任北京《經濟日報》總編輯、新華社副社長等職。庹震是主管宣傳的江澤民派系政治局常委李長

春的親信。

2012 年 5 月，李長春將曾長期在《經濟日報》社任職的新華社副社長庹震空降到廣東出任省委宣傳部長，其意在控制廣東的輿論。當時外界就有猜測，庹震很可能會拿某一媒體開刀。果不其然，兩個月之後，《新快報》便被整肅得支離破碎、面目全非。

李長春控制的宣傳部門在整肅《新快報》的同時，《南方都市報》的現實版和網路版的評論部分也遭到了閹割。此後，南方報業集團旗下傳媒（即「南方系」）空間受壓。

有媒體披露，由於熟稔傳媒運作，庹震除事先傳達各種禁令外，還經常直接插手編務，「手伸得很長」，以向中央顯示他有能力管好南方報業。今次「獻詞」事件實際上成為了江系黨羽向習新政的直接宣戰。

庹震痛罵習仲勛

有內部消息說，庹震野心勃勃，並且不把習近平放在眼裡。

消息稱，新華社副社長出身的廣東省宣傳部長庹震野心勃勃，急於上位。據他原來的同事透露，庹震多次聲言，習近平之所以能夠上位，是因為有一個好爸爸。他說，習近平父親習仲勛那些言論，以現在的標準來評判，宣判他顛覆國家可能看得起他了，頂多就是一個漢奸、叛徒。據說他指的是習仲勛的一些批毛言論，這和目前中國臭名昭著的毛左論調幾乎相同。

庹震對習近平上台後的三把火也很不以為然。習近平訪問深圳與廣東時，他暗中發出指令，不許廣東等地報紙「借題發揮」，過多吹捧，更不許聯想，他對宣傳部幹部說，習近平可能只是作

秀，他是來緬懷自己父親的，和中央政策沒關，如果宣傳過火，就把習近平擺上台，「他下不來，我們就上不去」。

《南周》內部的消息說，習近平南巡不封路、不清場。而《南方周末》的南巡報導，重寫兩稿，共計一萬餘字，呈上省宣後，均被斃掉。編輯悲憤無奈，於是誕生了《南方周末》史上最短頭版報導：299 字。

消息還稱，庹震認為習就是一個過渡人物。他甚至對人說，習能夠幹五年已經不錯了。新華社一位剛剛拜訪過庹震的領導透露，庹震不看好習近平，認為他再這樣折騰，要麼就是被逼下台，要麼就是成為「末代皇帝」。庹震甚至表露出，習近平就應該下台。據此消息稱，至少有兩位前中共政治局大員，對庹震頗為欣賞，看重庹震那股「王立軍」式的「抗習」彪勁。據猜測，此後台人物很可能就是周永康與李長春。

《南周》事件越演越烈 庹震被要求下台

《南方周末》每年的新年獻詞一直引人注目。宣傳部長庹震親自操刀篡改為歌頌黨的媚文，引起轟動，成為 2013 年第一起重大政治醜聞。

消息經過媒體人微博流傳開來後，引起社會極大反響和學術界的憤怒。之後，《南周》事件越演越烈，大陸專家學者、媒體的同行等炮轟中宣部聲援《南周》，有要求庹震道歉甚至有要求其下台的。

1 月 4 日，52 名《南周》前實習生聯名寫公開信，呼籲廣東省委宣傳部庹震引咎辭職，並公開道歉。此公開信未經核實。

據法廣報導，1月4日，另有數十名在《南方周末》工作過的資深媒體從業者聯署公開信，呼籲庹震承擔責任，「引咎辭職」。公開信稱，庹震曾經在《經濟日報》社擔任總編輯，在其任職期間，將一家本有希望在市場上一顯身手的報紙，整到無聲無息；其在新華社分管社辦報刊期間，社辦報刊風聲鶴唳，萬馬齊喑。

當時有兩名記者因為《南周》事件要求辭職，他們手舉標語：「理想滅、不從業；南周慫、我辭職」。

改革派刊物《炎黃春秋》網站被關閉

與《南方周末》新年賀詞公之於眾的同一天，《炎黃春秋》刊出題為《憲法是政治體制改革的共識》的新年獻詞，呼籲真正的執行憲法，徹底消除當局執政的種種黑暗。外界稱為2013年政改的第一炮。

1月4日上午9點多，《炎黃春秋》官方微博發出消息稱其網站被突然註銷：「今天9時左右網站被關閉。2012年12月31日分別收到署名為『工業和資訊化部網站備案系統」的簡訊和郵件：『您備案資訊中的網站炎黃春秋網已被註銷，該網站的備案號京ICP備08100492號-1已被收回。特此通知！』通知中沒有註明網站被突然註銷的原因。詳情本刊正在了解中。」

《炎黃春秋》副主編楊繼繩表示已做好「殉憲」的準備，並表示該事件如何發展將是對習李班子的現實考驗。

劉雲山與習近平的不同調

就在外界紛紛揣摩《南周》事件背景同時，新晉升政治局常委的江系人馬劉雲山，在 1 月 4 日的全國宣傳部長會議上，大唱奮鬥「中國夢」，隻字不提習的「行憲夢」，與庾震腔調極為類同。

不僅如此，劉雲山對習高調言論亦有所指，火藥味很濃，他稱「在社會思想意識多元多樣、媒體格局深刻變化條件下做宣傳思想文化工作，要樹立政治意識，對於黨的基本政治路線、重大原則問題、重要方針政策，要有正確的立場、鮮明的觀點、堅定的態度。」

中宣部長劉雲山因為壓制網路自由，言論自由，一直受到西方媒體的批評，稱之為「納粹宣傳部長」。

劉雲山積極討好江澤民，藉外國銀行家庫恩的名聲撰寫《江澤民傳記》，得到江的重用提拔。劉與和李長春一樣，屬於中共的保守派，長期壟斷操控宣傳系統，維護中共一黨獨裁統治。中宣部被大陸網友評選為「最該被取消的部門」之一，另一個則是周永康的政法委。

2012 年的最後一天，習近平主持中共中央政治局會議，為 2013 年中共黨風廉政建設和反腐敗做布署。在講話上，習近平著重強調了對「個別領導幹部特別是高級幹部嚴重違紀違法」的制裁，被認為是為打一隻「大老虎」所做的輿論準備。此表態引起江系的驚慌，加緊了對媒體輿論的控制。

到底是上演「習松打虎」的壯士篇，還是「以身餵虎」的苦肉劇，《南周》等事件，將成為檢驗習式武功真假的第一關。

第二節

中共政治局明顯的兩派

習近平的「憲法夢」被庹震「追夢」

2013 年元旦，習近平剛把他的中國夢分解細化，「憲法夢」才剛剛開始，就有人來阻止他做夢了，儘管被庹震篡改的《南方周末》的專題名稱還叫「追夢」，「我們比任何時候都更接近夢想」，但實際此夢已非彼夢。這是發生在廣州南方的事，在北方，《炎黃春秋》也發聲說：中國的希望在民間。

趙紫陽時代的新聞署署長、《炎黃春秋》創辦人杜導正 1 月 6 日在接受《大紀元》專訪時談到，「我看劉雲山演講的調子就和習近平的調子不太一樣，劉強調的政治情緒和習近平強調的正好相反。我覺得這樣搞很不好。」

儘管有人把《炎黃春秋》網站的臨時關閉歸咎於技術管理層面，但劉雲山等人把矛頭對準《炎黃春秋》還有個原因：創

刊於 1991 年的《炎黃春秋》曾被習近平的父親習仲勳題詞為「辦得不錯」。曾三次被極左非難、兩次身陷囹圄，從而極其厭惡極左的習仲勳，在其創刊十年時題詞表達他的讚譽，而且杜導正跟習家的交情一直很好。《炎黃春秋》在 2011 年發表文章《習仲勳冤案始末》指：毛澤東當中央主席，康生憑藉一張紙條誣衊國務院副總理習仲勳就可以得逞，這是為什麼？這樣的黨內生活正常嗎？

對於共產黨與《憲法》究竟誰居上位這個雙方爭論的敏感問題，杜導正說：「當然是黨在法下，因為中國 13 億 8000 萬人口，共產黨員才 8000 萬，中國是 13 億 8000 萬人的國家，不是你共產黨這 8000 萬人的國家。」他強調，《憲法》序言規定，共產黨只是執政黨，「共產黨不是國家，也不是人大。這個黨在毛澤東晚年時思路上出了大毛病，就是黨大於法、黨大於人大，一切都是共產黨說了算。這是不行的，現代社會不許可的。」

杜導正說：「我辦《炎黃春秋》辦了 21 年，中間他們也整了我們十幾次了，但是這個壓力我覺得很好玩，我把它當成一場政治遊戲。……（我們）代表的是老百姓的力量，講的是事實，講的是可靠的東西、講的是民主法治，所以我內心很充實，非常自信。每次被鬥的時候，當然也有掉淚的時候，但總的來說是快樂。」

他最後表示，中國的希望在民間，因為官場裡面貪污腐敗已經一塌糊塗，依靠官方不會有任何效果。所以，習近平如果真想開創一個新時代，他必須非常的、實實在在的、腳踏實地的依靠人民、依靠民間力量。

隨後《南周》事件的發展真的印證了他的話，中國的希望在

民間，在每個老百姓身上。

江習擺擂台 劉雲山孟建柱各自唱戲

就在《南方周末》編輯記者變相罷工，抗議宣傳部的野蠻干涉、要求罷免庹震之時，江派一看庹震壓不住台了，於是派出《環球時報》的胡錫進發表社論，而且由劉雲山親自出馬督陣。1月7日，中宣部發布了緊急祕密通知：「關於《南方周末》新年獻詞出版事件的緊急通知」，全文如下：

「各級主管黨委和媒體，對於此次事件，必須明確以下三點：一，黨管媒體是不可動搖的基本原則；二，《南方周末》此次出版事故與廣東省委宣傳部長庹震同志無關；三，此事的發展有境外敵對勢力介入。各主管單位必須嚴格要求其部門的編輯、記者和員工不得繼續在網路上發言支持《南方周末》。各地媒體、網站明天起，以顯著版面轉發《環球時報》的社評《南方周末「致讀者」實在令人深思》。」

然而劉雲山沒想到的是，儘管2012年僅《南方周末》就有1034篇「斃稿」，當時人們都順從屈服了，不過到了2013年，按照瑪雅曆法來看，人類已經進入一個新時代，以往的陳規舊俗可能就行不通了。

面對自己提出的「憲法夢」被無情撕毀，習近平早就窩了一肚子火，政令不出中南海的局面不允許再重演了，於是，如同2012年9月初習近平突然「背痛」辭職一樣，在江派的不斷叫板下，習近平被迫再度出手。

局勢突變 習提前廢勞教內幕

2013 年 1 月 7 日上午，中共中央政法委書記孟建柱在中共全國政法工作電視電話會議上突然宣布：「中央已研究，報請全國人大常委會批准後，今年停止使用勞教制度。」同時，習近平在此會上發強調政法工作要順應人民對公共安全、司法公正和權益保障的新期待，全力推進「平安中國、法治中國」，再次強調其「憲法夢」。

《大紀元》獨家獲悉，據接近中辦的消息人士稱，習近平上任之後以反貪和法制作為政改突破口。公安部承諾，在年內拿出一整套取消勞教的「漸進方案」，原計畫從 2014 年 1 月開始，在兩年的「內部掌握的過渡期」最後清理勞動教養問題。然而由於《南周》事件的風雲突變，中辦突發宣布：「不要過渡期，今年（2013 年）內必須停止。」

公安部的消息稱，外界認為各級公安部門是反對取消勞教制度的主要障礙，但實際上各地維穩辦才是真正的阻礙，公安部門只是執行機構。由於政情形勢不明朗，政法委中尤其是公安機關的官員憂心忡忡，擔心最後為中央和地方的維穩政策背黑鍋，故寧願有中央明確政策出台。消息人士說，這次習強硬推動，很可能和他的「憲政夢遭封殺有關」。

消息還稱，2012 年底一批法律和社會學者聯名上書，要求停止勞教，實施憲政。據中國政法大學一位學者透露，習高調談法治，並強調《憲法》的基礎地位，而勞教恰恰是違憲的行政法規，如不採取行動，所有有關所謂的「法治建設」都將無效。

　　《憲法》第 37 條規定：「中華人民共和國公民的人身自由不受侵犯。任何公民，非經人民檢察院批准或者決定或者人民法院決定，並由公安機關執行，不受逮捕。禁止非法拘禁和以其他方法非法剝奪或者限制公民的人身自由，禁止非法搜查公民的身體」。刑事訴訟法第 12 條規定：「未經人民法院依法判決，對任何人都不得確定有罪。」然而現實生活中，各地公安隨意抓捕百姓，動輒勞教關押兩三年的事比比皆是。

　　中國的「勞動教養制度」是中共從前蘇聯引進而形成的目前世界上獨有的制度。勞動教養並非依據法律條例，從法律形式上亦非刑法規定的刑罰，而是依據國務院勞動教養相關法規的一種行政處罰，公安機關毋須經法庭審訊定罪，即可對疑犯投入勞教場所實行最高期限為四年的限制人身自由、強迫勞動、思想教育等措施。

　　大陸勞教制度最早在 1957 年反右時大力推行的。當時官方說有 58 萬右派，而實際上有 300 多萬。很多「右派」就因單位頭頭一句話就被勞教多年。經歷過那段古拉格式煉獄的人都知道，有時勞教所比監獄還黑暗，無法無天，什麼惡事都幹得出來。

　　2012 年 10 月中共司法部曾透露，目前大陸一年內被勞教人員數量有六萬多，自勞教制度實施以來，被勞教人員最多時一年達到 30 餘萬人，最少時也超過 5000 人。不過外界一直質疑官方數據隱瞞了巨大數量，據人權組織調查，中國有上百萬奴工，在勞教所無償為政法委等公檢法機關生產產品，很多還出口到國外，受到國際人權組織的抵制。

海內外齊聲呼籲廢除勞教

幾十年來，中共勞教制度一直備受譴責，特別是江澤民 1999 年對上億修煉法輪功的善良民眾發起鎮壓之後，很多無辜法輪功學員因堅持信仰而被關進勞教所，受盡折磨，人數高達上百萬。

2012 年聖誕節前夕，西方民間發起關注中共勞教所奴役良心犯的國際人權浪潮。事發兩個月前，美國一普通公民凱斯（Julie Keith）從購買的萬聖節裝飾品盒子中發現一份用英文寫的求救信，上面寫著：「先生，如果您偶然買到這項產品，請慈悲地將這封信送給世界人權組織。在這裡正遭受中共當局迫害的數千人，將會永遠感激您。」這封沒有署名的信說，這個裝飾品是在中國遼寧省瀋陽馬三家勞教所二所八大隊製造的，那裡的工人實質上是奴隸，每月薪資 1.61 美元，多數被關押在那裡的人都是法輪功學員。

凱斯把這份信發到網上，引起美國眾多媒體和政府官員的關注。投資人網站評論說，來自中共勞教所的裝飾品提醒了美國企業和政界菁英：中共是如何「運作」的，美國是否為了自身的利益而被中共買通呢？文章批評道，西方貪求中國的廉價商品，導致了中國成為一個偉大的「奴隸帝國」。

當消息傳到大西洋彼岸時，奧地利居民辛蒂（Cindy）表示在 10 年前也收到一封類似的英文求救信，來自廣州槎頭女子勞教所。信中稱：「警察利用各種殘酷手段來強迫我們放棄修煉法輪功，包括精神和肉體上的可怕折磨。」「毒打我們，切斷我們和家裡親人的聯繫。」並且「當我們的關押日期到了，他們仍然不釋放我們，而是送到所謂的『教育中心』裡繼續折磨。」信的

末尾請求看到這封信的人幫助「把這些罪惡公布於世！」

在國際社會的一片譴責聲中，中共的勞教制度在大陸內部也遭到媒體和學者們的反對。2012 年 12 月 4 日，由中國著名民生問題學家、北京理工大學經濟學教授胡星斗提議、69 名專家學者簽名的司法建議書，通過特快專遞形式寄給了人大常委會和國務院，建議習近平對勞教制度進行違憲審查，並立刻廢止勞教。2013 年 1 月 3 日《檢察日報》刊發了北京大學法學院教授姜明安的文章，對勞教制度提出改革，要求將勞教決定程式司法或準司法化。

早在習近平還沒有接班中共總書記之時，他就對勞教制度提出過非議。2012 年 9 月由浙江省共青團主管的《青年時報》，以《重慶男子轉發打黑漫畫被勞教續：將要求國家賠償》為題，對薄熙來主政重慶時打黑的荒唐及勞教制度的弊端進行了報導，文章最後借受害人代理律師雷登峰的話說，希望把廢除勞教的想法傳遞出去。浙江被稱為是「習家軍」的大本營，《青年時報》的輿論導向很大程度上是代表了習近平的意願。

18 大之後，習近平反對勞教所的態度也從一些具體行動中流露出來。2012 年 12 月 2 日，河南籍截訪人員在北京法院被以非法拘禁罪判刑的消息傳出；12 月 4 日，關押訪民的北京久敬莊突然釋放全部訪民，動作之大引起外界關注。

於是在這樣的大環境下，在各種鋪墊準備工作已經展開的情況下，面對江派劉雲山之流的阻力，習近平決定拿勞教制度開刀，提前廢除勞教制度，以換取民心和國際威望。

然而，由於勞教制度是政法委管轄之下黑金的搖錢樹，是其非法收入的主要來源，而且也是江派最大祕密所在，一旦習近平

動手拿下勞教制度，就等於是挖了江澤民的根，動了江派最大最黑的乳酪，於是很快就有人跳出來搞破壞了。

官媒洩密兩陣營 張國寶劉鐵男唱反調

2013 年 1 月 7 日，孟建柱宣布停止勞教制度後，該消息很快被中共官媒新華網、中央電視台、《人民日報》等海內外媒體紛紛轉載和報導，不過很快上述三家媒體的文章遭到刪除，而換上了江澤民鐵桿親信、國家發改委原副主任、國家能源局原局長張國寶的文章，稱「江澤民曾過問電力改革並用英語要求妥協。」

張國寶在文章中竭力吹捧江澤民，他說，當年「在電網問題上爭議很大，電力體制改革搞不下去，江澤民總書記也親自過問電力體制改革。」在聽取意見後「說了一句英語『compromise』，大概的意思是要把這兩種意見相互妥協，再協調一下。」文章藉此暗示江澤民的權力還在。在 18 大胡錦濤「全退」以廢除老人干政、不許江澤民再影響習近平執政、習推出「習八條」之時，張國寶這番話顯然刻意和習對著幹。

不僅如此，1 月 7 日同一天，被《財經》雜誌副主編羅昌平實名舉報的中共國家發改委副主任兼國家能源局局長劉鐵男，突然現身全國能源工作會議並做報告。中共官場的人都知道，劉鐵男被稱為江澤民家族的「財務管家」，其背後有黃麗滿和周永康。

江澤民家族控制中國電信行業，江的大兒子江綿恆創辦的「中國網通」等公司，由劉金寶批給十多億元貸款，成為「電信大王」。中共前政法委書記周永康是石油幫出身，曾在石油部門任職 38 年。他之所以發跡，是因為他以前跟曾慶紅在石油部是

同事。作為中國石油壟斷行業的代表，號稱「兩桶油」的中石油、中石化一直掌控在曾慶紅、周永康這條線上。被江家幫瓜分的這些國家重要行業都歸屬於國家能源局，而張國寶、劉鐵男正是替江家幫把持能源業的看護人。

習近平上台開始反腐後的 2012 年 12 月 6 日，大陸《財經》雜誌副主編羅昌平，實名舉報國家發改委副主任兼國家能源局局長劉鐵男涉嫌學歷造假、巨額騙貸、包養情婦等問題，並給出很多證據。

隨後國家能源總局新聞發言人出面闢謠，稱舉報為「誣衊」，不過民眾並不相信官方的闢謠，原因很簡單：羅昌平舉出一系列詳實的證據，而官方從舉報到回應卻不過數小時，這樣的否決絕對不是慎重調查之後的結論。羅昌平也表示，已經委託律師，將循法律途徑解決。

有評論指出，在當下的中國，中共高官涉嫌貪腐，媒體一般在官員被拿下後才推出報導，而劉鐵男當時在外訪時即被曝光，實屬罕見。劉鐵男身為正部級高官，如此級別高官被實名舉報，多年來也是少有前例，此事引起了輿論和政商圈的震動。

就在劉鐵男被舉報的同時，新華社發布消息稱，由廣東省紀委有關負責人證實，深圳市原副市長梁道行正接受調查。據報，梁的靠山正是原深圳黨委書記、江澤民的情婦黃麗滿。有人分析說，打擊梁道行、舉報劉鐵男，目的是為日後揪出黃麗滿、周永康，最終鎖定江澤民做準備的。

於是，從 2013 年 1 月 7 日官媒不再報導孟建柱提的廢除勞教制，而是大力報導張國寶、劉鐵男的講話，知曉中共政局的人都知道，這幕後大有隱情，江派、習派在你一招我一式的大打出

手中，展開了激烈的駁火。也有民眾公開表示，官媒發表張國寶的文章，是「圍魏救趙」，實際上是前中共總書記江澤民在背劉鐵男「上岸」。

值得一提的是，包括大公網、鳳凰網等在內的多家媒體在報導劉鐵男現身能源會議時，先在文章第一段加註「核心提示」，指劉鐵男此前已被實名舉報，涉嫌偽造學歷、與商人結成官商同盟等問題，然後才進入正題。且標題醒目的標示《劉鐵男現身能源工作會議，曾被舉報巨額騙貸》，這樣的做法在中國媒體的運作上實屬罕見，顯示高層內部出現激烈的搏擊。

習再提薄案示警 江派搬出「毛太祖」

然而江習鬥這一輪的來回動刀並沒有結束。面對新華社刪除習近平的廢除勞教制，而換上力挺江澤民的文章，2013 年 1 月 9 日，習近平再度出擊。

9 日上午 10 點中央紀委、監察部在北京召開新聞發布會，採用電視直播形式通報 2012 年查辦案件工作情況。中共中央紀委常委、祕書長崔少鵬說，包括重慶前市委書記薄熙來、鐵道部前部長劉志軍、山東前副省長黃勝、吉林前副省長田學仁等案件，已移送司法機關處理。同時，中紀委已對原四川省委副書記李春城案立案調查。顯然這個時候重提薄熙來案，是習近平對江派反對其「憲法夢」的升級回應。

通報中還顯示，2012 年被紀檢機關處分的縣處級以上幹部4698 人，移送司法機關的縣處級以上幹部 961 人。有 16 萬餘人因違紀受到處分，挽回經濟損失 78.3 億元人民幣。

然而江派並沒有停止行動。2013 年 1 月 9 日同一天,新華社旗下的新華網首頁、新華資料刊突然轉發毛澤東 1957 年關於反右鬥爭的文章《事情正在起變化》。文章提到,「大量的反動的烏煙瘴氣的言論為什麼允許登在報上?這是為了讓人民見識這些毒草、毒氣,以便鋤掉它,滅掉它。」「現在,他們的尾巴蹺到天上去了,他們妄圖滅掉共產黨,哪肯就範?孤立就會起分化,我們必須分化右派。」文章還說,「是不是要大『整』?要看右派先生們今後行為作決定。毒草是要鋤的,這是意識形態上的鋤毒草。『整』人是又一件事。不到某人『嚴重違法亂紀』是不會受『整』的。」

面對保守派搬出毛殭屍的話來暗喻當今局勢,很多大陸學者紛紛站出來譴責毛左的惡毒用意。近代史學者章立凡說:「又意淫了?」《中國青年報》圖片總監賀延光說:「要搞階級鬥爭麼?」他說,有本事,你們乾脆把當年毛澤東批習仲勛的「利用小說反黨也是一大發明」也刊出來算啦!

胡春華出手 擺平《南周》喊話軍方

面對《南周》事件不斷擴大的風波,1 月 6 日,新任廣東省委書記胡春華親自介入,連夜在省委開會,調解《南方周末》僵局。

隨後談判結果是,《南方周末》的採編人員停止罷工,返回工作崗位,周報也將在周四(1 月 10 日)按時出版。《南方周末》主編黃燦被解職。胡春華還暗示,宣傳部長庹震也將下台,但為了官方的面子,不會讓他立即離職。

官媒還報導說,1 月 7 日下午,胡春華還走訪廣東省軍區、

武警廣東省總隊，並出席省軍區黨委十屆十次全體（擴大）會議。胡春華在軍區會議上稱，習近平視察廣州戰區時對軍隊提出了新的要求，希望軍方深刻領會習的重要指示，「聽黨指揮」。

在江澤民交出軍委主席權力之前，廣州軍區曾是江澤民的地盤。2002 年江澤民曾批准廣州軍區 11 名將校晉升，2004 年江一舉授予其軍中 15 名親信上將軍銜，其中部分將官就來自廣州軍區。不過自 2009 年起，通過一系列的動作，胡錦濤將廣州軍區海陸空關鍵的將官換了個遍，安排上自己的心腹。

薄熙來事件後，人們看到挺薄黨在軍方還有一定勢力，而且廣東作為中共的「改革試點」基地，廣東出現不穩，可能會使得中共改革派的政治及經濟改革努力前功盡棄。所以 2012 年 12 月，習近平藉「南巡」廣東之機，專程去 42 軍軍部巡視，安撫軍心。

美國華盛頓 DC 中國問題專家、時政評論員石藏山認為：習近平取消勞教制度是此前《南周》事件的一個升級。三家官媒刪除報導，又換上江系的新聞來顯示江派勢力，通過媒體公關與習近平打擂台，江習博奕再升級，隨時都可能擦槍走火。

第三節

南周事件洩露高層二大機密

「停止勞教制度事件」發生在習近平南巡、江澤民抵制「習八條」、江系人馬製造「南周事件」阻擊習近平憲政說之後，此舉被外界認為是習近平對江的強勢回應。廢除勞教制度，直接觸動到江澤民的軟肋，牽動高層搏擊。

江澤民恐懼被清算 公開阻擊習近平

自習近平上任後，江澤民不顧 18 大高層達成「已退休的領導人不得再干政」的「默契」，多次公開抵觸習近平的「習八條」。其原因就在於：江澤民因為殘酷迫害法輪功，罪惡累累，一直害怕被清算。因為這種恐懼，江一直對其他政治局常委以及後任接班人存有戒心，處心積慮要把自己的親信、迫害法輪功元凶塞入政治局常委，以捆綁最高層共同背負血債，逃避被清算。與此同

時，為維持對一億法輪功修煉者的打壓，須耗費巨大的財政國力，同時把中國的整個司法系統拖入崩潰狀態，整個社會的運行與管理陷入混亂。因此之故，江與繼任最高層接班人之間矛盾的不可調和也就成了必然。

16 大的時候，江澤民選中了羅幹作為迫害政策的繼承人，17 大是周永康。在 18 大之前，江又早已圖謀企圖把薄熙來推入政法委，並用政法委「第二權力中央」，圖謀政變篡權。不過，人算不如天算，王立軍出走美領館，薄熙來隨之倒台。

18 大之後，政法委被降級，江澤民在中共最高層政治局常委第一次失去迫害元凶崗位，江的恐懼可想而知，這也是他近期一再公開挑戰、阻擊習近平的原因，因為他不甘失去權力，也不能沒有權力而存活。他需要籠絡同黨，繼續為迫害政策虛張聲勢。江這種因為迫害法輪功而產生的權力偏執，必定引發相應的反彈，牽動高層局勢的走向。

從薄熙來垮台事件到政法委被降級，再到勞教所事件，再次印證《大紀元》此前的報導，中國局勢的核心問題是法輪功受迫害問題。

江澤民最大的黑幕在勞教所

勞教所是中國的「法外之地」。當局不需要經過任何司法程序就可以剝奪普通公民人身自由。這個黑洞甚至比中共的牢房還要黑，因為裡面沒有任何法律的監控、監管。很多無法想像的殺戮、酷刑都發生在勞教所。

勞教制度是中共政法委的核心，也是政法委的生財工具。勞

教是個巨大的貪腐黑洞，過去十幾年裡，政法委的頭頭從勞教制度中獲取了龐大的經濟利益。如果反腐，勞教所關係鏈無疑會成為最大的反腐對象。

勞教制度不僅違憲、違法，也聲名狼藉，法律界和民間一直呼籲廢除勞教制度。

1999 年中共江澤民集團開始迫害法輪功後，勞教系統就被廣泛用於關押、酷刑折磨和強迫轉化洗腦法輪功學員。在中國數百個勞教所，被關押和被強迫生產出口奴工產品的主體變成無辜被迫害的法輪功學員。

江澤民發動的這場長達 15 年的迫害，直接迫害了一億人的正信，波及幾億中國人。這場迫害完全沒有法律根據，是江澤民通過蓋世太保「610」、政法委與勞教所等迫害機構非法實施。在江澤民滅絕人性的「打死算白打」、「不查身源、直接火化」政策下，勞教所發生了許許多多慘絕人寰的罪惡，例如活摘法輪功學員器官事件，就是因為數量巨大的法輪功學員被非法勞教，在社會道德低下，軍隊、醫療與勞教系統串通牟利的情況下，勞教所形成巨大的人體器官庫，人類無法相信的、這個星球從未有過的極至罪惡——活摘法輪功學員器官，就這樣大規模地發生了。

事實上，中共高層對法輪功受迫害的慘烈情況非常清楚。從著名人權律師高智晟上書，到兩名高幹子弟因煉法輪功被迫害的事件，材料直接呈遞到中共中央政治局，人手一份，以至於胡錦濤親自去鹽城了解情況。

在國際社會，迫害的真相已經不可能再掩蓋。2012 年 10 月 4 日，美國國會 106 名議員要求美國國務院公開可能獲取的關於

活摘器官的資訊。《大紀元》總編輯亦在聯合國發言抨擊中共活摘法輪功學員器官。2012 年萬聖節媒體披露的從臭名昭著的馬三家勞教所傳出的求救信，更讓國際社會關注中國勞教所的黑幕。

行惡者將受審判 為善者得善報

江澤民十幾年來一直在捆綁中共高層，試圖讓他們一同背負迫害法輪功的黑鍋。在迫害過程中，江澤民犯下了活摘器官等反人類的驚天罪惡，已經徹底將中國共產黨拖入了解體的不歸路，上天也不會再給中共任何挽回的機會，解體中共是歷史的必然，善惡有報是天理。

但在這歷史的關鍵時刻，如果中共內部高層或廣大的官員，誰能面對真相，順應民心，善用權力為民眾做好事，作出正確的選擇，那麼，人們會記住他，中國社會會記住他，歷史會記住他，神也會看到。

勞教制度不是一個改革或停止的問題，而是應該被立即徹底廢除，一定要逮捕江澤民。不僅如此，還要對多年來被非法勞教的廣大民眾、政治犯、良心犯、法輪功學員和所有因為宗教信仰被迫害者公開道歉，並進行國家賠償，對實施迫害的違法人員進行司法調查和審判。

中共和江澤民等迫害元凶的罪惡，一定會被審判和清算。非如此，人類沒有天理，沒有善惡的價值，文明也無以存附。因為我們面對的，就是這樣一場關係人類文明存亡的正與邪、善與惡的大較量，所有人都必須面對這場考驗，做出自己的選擇。

第四節

大陸勞教所的性摧殘

　　2012 年 12 月 16 日夜晚，印度新德里一名 23 歲的女醫學實習生喬蒂・辛格・潘迪（Jyoti Singh Pandey）和男性友人在看過電影之後回家，坐上了一輛看似公交車的大巴，遭到車裡六名男子輪姦，腹部受到鈍物襲擊，導致腸道嚴重受傷。肇事者還毒打了這個女孩的朋友，並將兩人扔出車外。喬蒂在接受緊急搶救後，被印度政府送往國外接受進一步治療，但於 12 月 29 日因搶救無效死亡。

　　此事件激起了印度人的憤怒，印度街頭乃至世界各地因而舉行抗議活動，同時也引起了國際關注，聯合國婦女權能署（UN Women）強烈譴責了這一事件。印度總理辛格表示感同身受，他說：「作為三個女兒的父親，我像你們每個人一樣對事件反應強烈。」印度議員倡議用受害人的名字來命名反強姦法律以顯示對受害者的尊重。2013 年 1 月 3 日，警方對嫌疑人提出指控，他們

被指控犯有強姦、謀殺、綁架、搶劫、攻擊罪。

中共官媒對此大肆炒作，稱印度的民主並不能給人帶來安寧，不過，中共官媒沒有報導的是，這樣的性摧殘在中國大陸各地的勞教所裡隨處可見，而且持續了十多年了，無論人權組織如何譴責，中共都視而不見，並變相鼓勵之。

中國古人常說「士可殺，不可辱」、「打人不打臉」，然而在當今中共的勞教所裡，為了強迫法輪功學員放棄信仰，中共警察所使出的招數都是慘絕人寰、喪盡天良的，其中對人體的性摧殘這種正常人都難以啟齒的事，卻成了大陸勞教所普遍推行的官方「政策」，成了勞教所反人類、反道德、反良知、反人倫的最骯髒、最惡毒、最令人難以承受的酷刑之一。

中共對外宣稱大陸有勞教所 350 家，關押了 16 萬人，但民間普遍認為實際數字遠遠不止這些。幾乎在每個勞教所，很多堅定的法輪功學員都經歷過這種難以陳述的性摧殘，明慧網刊登的人權報告《中共對男性法輪功學員的性迫害》一文中，列舉了 180 多個法輪功學員的親身經歷，其遭遇之慘烈，折磨場景之卑鄙惡毒，讓人難以想像。

男性侵犯是大陸勞教所的家常便飯

電擊生殖器是中共警察最常用的辦法。一般是用電警棍電擊，還有一種是接在電工用的搖表上，受刑者一般被銬在床上或老虎凳上，無法動彈，同時警察還常常往法輪功學員身上潑冷水，以增加導電效果。

經歷過電擊酷刑的法輪功學員回憶說，電擊生殖器時，讓人

瞬間感受到「凌遲」是什麼滋味，身上的肉似乎正被無數把刀一片片割下來，呼吸極度困難，掙扎在死亡的邊緣，從頭頂到心臟到小腹到下體，都感到極端痛苦難熬，每一分、每一秒都像一個世紀那麼漫長，真是生不如死，恨不得一死了之……

除了電擊，還有：捏彈睪丸、拔光陰毛、繩紮生殖器，針刺針扎、車輻條牙籤插進陰莖；往生殖器抹上糖水，放上抓來的螞蟻，讓螞蟻去咬的「螞蟻上樹」；唆使犯人雞姦；被他人生殖器塞入嘴侮辱；被犯人強行手淫，電擊法輪功男學員生殖器，逼迫女學員觀看等等。中共勞教所性虐待的原始動機是為了達到「610」要求的所謂「轉化率」指標，時間一長，性虐待就成為了獄警們整治人的惡習，甚至把折磨人當成了樂趣。

比如在遼寧撫順市教養院，法輪功學員袁鵬被長時間「開飛機、掰腿、手摳肋骨、捏睪丸」等酷刑迫害，疼得咬斷了自己的舌頭；在大連教養院，60多歲的老年法輪功學員潘世吉，被剝光衣服，電擊肛門及小便處。惡人侮辱人格的酷刑使老人心理嚴重受創。

在廣東省三水勞教所，警察經常電擊法輪功學員，常常多根電棍一起上。一分所四大隊分隊長郭保思就時常赤膊上陣，每天三次充電電擊法輪功學員。當被法輪功學員斥責他的禽獸行徑時，郭保思公開叫囂：「我就是流氓！」他不但以電棍電擊，還拳打腳踢，口出骯髒下流的污言穢語。

在山東省王村第二勞教所，2003年警察王力凶狠地拿兩根電棍電擊法輪功學員楊少帆的生殖器，楊痛苦地嘶叫，汗水與淚水交織在一起，整個人像被水泡著一樣；在長春市朝陽溝勞教所，當時54歲的法輪功學員胡世明被扒光衣服後，澆完冷水澆熱水，

燙得背部全是大水泡，還被惡警用三萬伏特電棍電生殖器；60多歲的河北省唐山市法輪功學員張文亮，原遼寧部隊導彈發射營營長，在邯鄲市勞教所被惡警電擊全身和生殖器，全身肉皮被燒焦，沒有一處完好。

在河北濰坊昌樂勞教所，法輪功學員王平曾被惡徒辛成林將皮帶對折起來，發瘋似地抽打下身，用手指憋足了勁狠彈王平的生殖器，每彈擊一下，就痛得王平在地上翻滾幾次，直到王平的生殖器被彈腫充血才罷了手。圍觀的普教人員毫無人性地說笑著，還用下流的語言侮辱王平。

在鄭州市白廟勞教所，法輪功學員宋旭2001年被惡警卑鄙得一根一根地往下拽陰毛，四川警察還給這個酷刑取名為「拔菠菜」；吉林省岔路鄉法輪功學員張真，在九台市飲馬河勞教所被警察捏睪丸後，被迫害得神志恍惚。

吉林九台市勞教所經常將法輪功學員全身衣服扒光，放在冰冷的水泥地上，用塑膠管放在腋下、大腿根等處，四個人一起用塑膠管擰，有的法輪功學員陰莖、陰囊都被擰沒了，痛得他們昏過去，甦醒後如不肯放棄修煉，就將手腳銬在「死人床」上繼續折磨。法輪功學員喬建國就受過這種迫害。

還有的警察把法輪功學員生殖器的根部用橡皮筋紮緊，不讓排尿，從而讓人全身發脹、膀胱脹痛，最後導致腎臟疼痛，外人卻看不出來。還有的惡警用繩子纏在生殖器上來回用力拖拽，往起吊，肉皮都被拽掉，腫得嚇人，之後留有很大的疤痕。有的還用縫衣針、牙籤往陰莖上猛扎，還有往上面抹辣椒水、碘酒、雙氧水等，在四川省樂山市五通橋看守所，惡警還發明一個酷刑叫「火爆龜頭」，用紙纏在陰莖上點燃，燒燙受傷的陰莖起泡化膿

糜爛，異臭難聞。

　　最惡毒的是在重慶永川監獄，惡警把不「轉化」的法輪功學員衣褲脫光，將上身綁在床上，下身雙腳分開定在床下，叫犯人「雞姦」，重慶江北區法輪功學員羅向旭在 2000 年就遭受過這樣的差辱折磨。

「只有魔鬼才會把折磨人當樂趣」

　　中共勞教所的所有這些惡行並不是個別警察偷偷摸摸私下使用，而是「光明正大」的官方行為：都是上級領導「支持」的。在大連教養院，原大連港理貨員，大連市中山區法輪功學員曲輝，因堅持修煉法輪功，被大連教養院非法酷刑折磨，生殖器被電擊潰爛，頸椎骨折，高位截癱，最後被折磨得奄奄一息用擔架抬出了教養院。

左圖：曲輝被迫害前的全家福。上圖：曲輝在勞教所裡遭受苦役、洗腦、酷刑，生殖器被電擊折磨潰爛，頸椎骨折，高位截癱，最後被折磨得奄奄一息用擔架抬出了教養院。（明慧網）

　　當時曲輝的妻子劉新穎（大連市婦產醫院護士），因修煉法輪功也被關押在大連教養院非法勞教三年。在家屬強烈要求下，妻子被保釋出來照顧曲輝。此時，曲輝全身功能衰竭，腎、

肺功能衰竭，靠輸液維持生命，全身多處褥瘡，骨頭脊椎露在外面呈黑色，散發著惡臭。多年來只能躺在床上，自己不能翻身，大便一直都是妻子用手掏。

教養院期間，曲輝被折磨得多次昏迷。一次醒來聽一個名叫韓瓊的醫生檢查後說：「沒事，還可以打。」此人後來被提拔為大連教養院醫院的院長；一個名叫喬威的惡警，一邊打曲輝一邊獰笑著對旁邊的人說：「多少年沒這麼過癮了。」人們評論說：「只有地獄的魔鬼才會把折磨人當成樂趣。」

法輪功學員呂開利是大連起重機技術資訊部工程技術人員，2001 年 7 月的一天，因絕食抗議迫害而遭大連勞教所惡警景殿科等大打出手、用兩根高壓電棍電擊。暴徒電擊呂的小便陰莖、大腿內側，並在其大腿內側和陰莖上寫下人類最低級下流的語言，呂的耳朵則被電成了麵包狀。對呂人格污辱和身心摧殘的整個迫害過程中，八大隊大隊長劉忠科親自在現場督陣。

黃紅啟，大連理工學院機械系博士，在大連教養院因拒絕「轉化」，多次遭惡人毒打、頭頂扎針、皮鞭抽、坐「老虎凳」等酷刑折磨，耳膜被打穿，鼻子因野蠻灌食致殘，還被電棍電擊生殖器等敏感部位，後被迫害得精神失常。

大連勞動教養院警察在用這些人們無法想像的惡行行惡時，還經常恬不知恥地說：「我這就是代表政府，對你們進行『轉化』！」由於作惡太多，「代表政府」的大連教養院中隊長雍鳴久遭惡報摔死在石頭上；中隊長姜濤 50 歲不到猝死；分隊長李亮瘸腿，殃及父親和妹妹病死。

哈爾濱市長林子勞教所還把法輪功學員的睪丸用水沾濕，用多根電棍電擊，令人痛苦無法承受，被迫寫所謂「轉化三書」，

還有的用打火機燒陰毛、擊打睾丸等。那種痛苦，對人性的踐踏，對人尊嚴的侮辱，人類的語言難以描述。用惡警自己的話說：法輪功學員是供他們玩的，想怎麼摧殘就怎麼摧殘！他們自己也承認，對法輪功學員使用的迫害手段、招數，甚至連電影上描繪的第二次世界大戰中的納粹都趕不上，有過之而無不及。

比如 2003 年 6 月某日，哈爾濱長林子勞教所五大隊會議室裡，趙爽對法輪功學員的「講話」：「共產黨信任我，將我調到五大隊任隊長，就是收拾你們法輪功。⋯⋯我就讓你們活受罪，⋯⋯讓你生不如死。在我這裡不老實，我就招你 XXX（指生殖器）。⋯⋯你們上網說我是流氓隊長，這說對了，我就是流氓。⋯⋯我最大的特點是好色，玩女人我是⋯⋯（話太髒不能複述）」

在河南省許昌市第三勞教所，惡警的口號是：「寧可打死也要將其『轉化』；如有絕食者，即使餓死也不放人。」除了殘酷的毒打外，就是齷齪的性摧殘，幾乎每個堅定的男法輪功學員都經歷了這些酷刑，不少在撕心裂肺的慘叫中昏死過去，陰莖腫得拳頭大，排尿非常困難。如法輪功學員彭紅顏，被用繩子綁住陰莖，不讓他解手，不讓睡覺，猛拉綁著陰莖的繩子折磨他，用木刺打他的大腿內側，彭紅顏被折磨得行走不便，每走一步，腿上的鮮血常常染紅厚厚的衛生紙。

被迫害致死的部分案例

劉新年，曾任中國財產保險股份有限公司保定分公司紀檢委辦公室主任，因修煉法輪功，被河北省保定勞教所惡警張謙殘忍

地用冒出藍光電火花的 20 萬伏特高壓電棍長時間電擊最疼痛最敏感的生殖器，最終導致他含冤離世。在天津勞教所的唐堅、遼寧錦州市南山監獄的阜新市法輪功學員崔志林等，也遭受同樣的酷刑而含冤離世。

劉新年曾任中國財產保險股份有限公司保定分公司紀檢委辦公室主任，因堅持修煉法輪功，遭受酷刑折磨含冤離世。（明慧網）

遼寧省燈塔市柳條鎮東廣善村法輪功學員白鶴國，2002 年被關押進大連南關嶺監獄，被警察折磨致死。屍體瘦得皮包骨頭，全身是傷，頭頂腫脹，舌上有傷口，腿被打斷，睾丸被踢爛。2009 年南關嶺監獄體檢，100 多名警察有十幾人查出患各種癌症，人們都說這是他們迫害法輪功學員的惡報。

白鶴國 2002 年被關押進大連南關嶺監獄，被警察折磨致死。（明慧網）

　　王斌，黑龍江省大慶油田勘探開發研究院計算機軟件工程師，曾獲國家科技進步二等獎，連續三屆院職工代表。2000 年 5 月因進京上訪被非法關押到大慶東風新村男子勞教所受盡折磨，當時二大隊的教導員馮喜叫囂：「不轉化死路一條！」在其指使下，44 歲的王斌被打死。經值班醫生檢查，其睪丸被打爛一個，頸部大動脈被打斷，鎖骨、胸骨、十幾根肋骨被打折，鼻孔被煙頭插入燒傷，身體黑紫。更令人髮指的是，王斌的心臟、大腦等器官被野蠻摘走，遺體慘不忍睹。

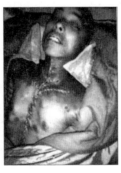

44 歲的王斌被打死，王斌的心臟、大腦等器官被野蠻摘走，遺體慘不忍睹。（明慧網）

　　原中鐵山橋集團機一車間數控銑工、河北山海關法輪功學員鄧文陽，2007 年 9 月被從家中綁架，送保定勞教所約十天後，被迫害致死。遺體上有被電擊的痕跡，睪丸凹陷、上有血跡。

　　長春電視真相插播的勇士之一雷明（已因酷刑迫害致死），生前曾遭長春市公安一處惡警殘酷的非人折磨，當被劫進長春市鐵北看守所時被強脫衣服檢查，目睹的滿號房人都驚呆了，滿身的傷啊……慘不忍睹。牢頭總結了一句：「以前我不相信法輪功被迫害這麼嚴重，今天我徹底相信了。這共產黨要完了。」

對男性法輪功學員性迫害嚴重的勞教所

　　黑龍江省哈爾濱市長林子勞教所；黑龍江省綏化勞教所；黑龍江省大慶市東風新村男子勞教所；黑龍江省鶴崗市勞教所；吉林省長春市朝陽溝勞教所；吉林省長春市奮進勞教所；吉林省九台市飲馬河勞教所；遼寧省瀋陽市馬三家教養院；遼寧省葫蘆島教養院；遼寧省錦州勞教所；遼寧省鐵嶺市勞動教養院；遼寧省盤錦市教養院；遼寧省丹東教養院；遼寧省撫順市教養院；遼寧省大連市教養院；天津雙口勞教所；河北省保定勞教所；河北省唐山市荷花坑勞教所；河北省邯鄲市勞教所；河南省鄭州市白廟勞教所；河南省許昌市第三勞教所；山東省男子勞教所；山東省濰坊市昌樂勞教所；山東省王村第二勞教所；四川省綿陽市新華勞教所；重慶市西山坪勞教所；湖北省武漢市何灣勞教所；湖北省獅子山戒毒勞教所；湖北省沙洋勞教所；湖南新開鋪勞教所；上海市勞教所；浙江省十裡坪勞教所；貴州省中八勞教所；廣東省廣州市第一勞教所；廣東省三水勞教所……

中共對女法輪功學員性虐待案例

　　中共對法輪功女學員的性摧殘就更是讓人難以訴說。一位死裡逃生的法輪功女學員說：「那裡面的邪惡，外界是無法想像的。」

　　為了讓法輪功學員放棄信仰，幾乎每個女學員都被勞教所剝光衣服所謂「檢查」，其實就是人格侮辱，當來例假時，勞教所不許女學員用衛生巾，而是讓血順著大腿流出來，那種精神折磨讓一般人難以忍受。

　　一名北京法輪功女學員在張貼法輪功傳單時被一名公安攔下當眾毒打，該公安並對路人吼叫：「她是法輪功學員，是反動分子，就算我打死她也不算啥。」毒打過後，該公安把這名女法輪功學員拖到橋下，撕破她的褲子，強暴了她，之後坐在她身上，用盡全力將警棍插入她的陰道中。

　　在河南十八里河女子勞教所裡，吸毒犯在警察隊長的指使下，用盡各種下流手段殘害法輪功學員。如扒光女學員衣服、上繩、往陰道裡塞滿髒抹布再用腳踩、用牙刷往陰道裡捅。讓還吸毒犯兩隻手抓住學員的乳房用力往下拉，鮮血順著乳頭往下滴。在被上繩前不讓大小便，用女人用過的衛生巾抹上糞便再用透明膠布黏在學員嘴上。

　　在廣東幾乎所有看守所、勞教所的警察毒打女法輪功學員的前胸、乳房、下身，用電棍電乳房和陰部，用打火機燒乳頭，將電棍插入陰道電擊，將幾把牙刷捆綁一起，插入陰道用力搓轉，用火鉤鉤女學員的陰部；男警察當眾亂摸女學員的敏感部位，侮辱學員，手段極其下流殘忍。

　　瀋陽馬三家勞教所裡，法輪功學員因不放棄信仰，經常被扒光衣物，赤身露體站在錄像機前受凌辱；長時間赤身露體站在雪地裡挨凍；陰部遭受電棍電擊。2000 年 6 月，18 名女法輪功學員被扒光衣服，扔進男牢房，遭受警察鼓動的男囚們的強暴，導致至少 5 人死亡、7 人精神失常、餘者致殘。

重慶大學魏星豔案和河北涿州強姦案

　　魏星豔，重慶大學高壓輸變電專業三年級碩士研究生。2003

年5月11日魏星豔因講法輪功真相被非法抓捕。5月13日晚上，警察把她抓到沙坪壩區白鶴林看守所的一個房間，叫來了兩個女犯人強行扒光了她的衣服。魏星豔抗議：「你們無權這樣對我！」這時竄進來一個身著警服的警察把魏星豔按在地上，當著兩個女犯人的面強姦了她。魏星豔正告惡警：「我記住了你的警號，你逃不了罪責。」

從那以後，魏星豔絕食抗議迫害，被強制灌食並插傷了她的氣管和食管，造成她不能講話。5月22日奄奄一息的魏星豔被送進重慶市西南醫院，由許多「610」警察日夜看守，去探視魏星豔的家屬與民眾都遭到盤查、跟蹤和抓捕。

強暴案曝光後，重慶官方不但不查處犯罪警察，反而追查、抓捕報案人，重慶大學也配合竭力掩蓋事實真相。不但「對外一律不承認有魏星豔這個學生，不承認有高壓直流輸電及仿真技術專業（或高壓輸變電專業）」，還修改大學網站，轉移了與魏星豔同住一層學生宿舍樓的女生，並綁架了數十名法輪功學員，至少有八位法輪功學員被非法判刑多年，他們是潼南農業銀行職工魏曉君、重慶大足縣防疫站科長黎堅、重慶聚賢科技開發公司總經理陳庶民、副總經理盧正奇、慶醫藥工業研究院何明禮、重慶光學儀器廠職工劉範欽，還有袁湫雁、殷豔。

2005年11月24日晚，河北省涿州市東城坊鎮派出所警察將法輪功學員劉季芝（女，51歲）和韓玉芝（女，42歲）從家中抓走後。25日下午，警察何雪健把劉季芝帶到一間屋裡，劈頭蓋臉地暴打，隨後又把劉季芝按倒在床上，撩開她的衣服用電棍電擊乳房。看著電出的火花，何連說：「真好玩！真好玩！……」這時屋裡另一個警察王增軍惡狠狠地說：「搽她，使勁搽她！」

於是何雪健上來要強姦劉季芝，劉季芝在拚命掙扎中說：「不要幹這種事！你是警察，不要犯罪，傷天害理呀！你是年輕小夥子，求求你放過我老太婆。」何雪健置若罔聞，只顧瘋狂地強暴劉。過程中何還不斷狠命地抽打劉的臉與狠掐脖子。何雪健在強暴了與其母親一般年齡的劉季芝後，獸性未盡，又強暴了韓玉芝。整個過程警察王增軍一直在場，卻沒有任何制止施暴的舉動。之後，兩位受害人被強迫拖地、幹雜務，直到她們的家屬分別被勒索 3000 元後才得以回家，3000 元相當於當地一個農民整整一年的收入。

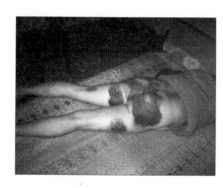

法輪功學員劉季芝慘遭毒打並姦污，臀部、腿部多處外傷。（明慧網）

然而，災難遠遠沒有結束。為了掩蓋事實，河北涿州市東城坊鎮惡黨政法委書記宋小彬、綜制辦柴玉喬、西瞳村惡黨支書楊順，跟蹤、恐嚇受害人家屬，並對西瞳村所有的法輪功學員進行監控。東城坊鎮還開了一次全鎮書記、村長擴大會議。會上傳達了河北省公安廳懸賞 10 萬元尋捕兩名受害人，企圖推翻此案，還要對受害人再罰款 4000 元，然後送勞教。

何雪健行惡時，正是聯合國酷刑專員在中國考察的期間，但中共官方一直隱瞞此事，包庇作惡警察。不過「人不治，天治」，

後來何雪健罹患陰莖癌，醫生將其幹壞事用的陰莖和睾丸全都切除乾淨，何整個身體就像太監一樣，不男不女的，喉結退化，聲音尖細，蹲著撒尿，他不但要吃男性激素，還要忍受癌症和治療的痛苦。村民說，這僅僅是惡報的第一步。

印度強姦案與大陸警察惡行的區別

2012 年底的印度強姦案讓印度蒙羞，不過，如果能把中共警察性摧殘法輪功學員的事實公布於世，人們的震驚更會加劇。印度強姦案與中共對法輪功學員的性迫害，都是人性的罪惡，但是在這些悲劇的背後，人們還是看到諸多不同。

最大的不同在於，印度的強姦犯是社會流氓人群，街頭混混，而中國施加性迫害的卻是「堂而皇之」的國家執法人員，迫害完了還可以領取薪水，手段越殘酷，越能多得獎金，多得到升遷。中共實施的性摧殘是「610」指揮之下在各個勞教所、監獄普遍存在的全國性惡行。這種級別和規模的邪惡淫蕩的魔鬼行為是任何國家的街頭混混們根本無法想像得到的。

有評論說，如果說強姦犯是出於獸性的本能，那麼十多年來，那些在勞教所、監獄、洗腦班裡，用 30 萬伏特電棍去電擊一個男人的生殖器，是出於什麼樣的本能呢？

作為一個人，根本不存在這樣的本能。這是中共把人性中最惡的一面激發出發，並無窮放大之後的魔鬼行為。把人變成鬼，這是中共這個地地道道的最大的邪教最害人之處。這樣的魔鬼一旦出現，被危害的就不僅僅是法輪功學員了。

酷刑從法輪功蔓延到全體中國人

由於江澤民對專門鎮壓法輪功的政法委和「610」辦公室被給予了「法外授權」、「作惡授權」的權力，導致大陸公、檢、法、司的徹底墮落。不過，中共政法委的惡行並不會只局限在對待法輪功身上，而是很快蔓延擴散到對待所有中國人。

2008年2月，人權律師高智晟寫的文章《黑夜 黑套頭 黑綁架》在網路上發表，文章首次披露了高律師被中共警察非法綁架後遭受的酷刑折磨，其中包括用電棍電擊生殖器、把牙籤捅進生殖器的性摧殘。

中共的特警在不間斷的酷刑折磨高智晟三天兩夜後猖狂叫囂：「對法輪功酷刑折磨，不錯，一點都不假，我們對付你的這12套就從法輪功那兒練過來的。」並要求高智晟說說「搞女人的事」，「說沒有不行，說少了不行，說得不詳細也不行，說得越詳細越好」，並無恥的宣稱「幾位大爺就好這個」。

同時，對維權人士的打壓，比如郭飛雄，中共也照樣採用了電擊生殖器的酷刑。

在中共歷史上，從「肅AB團」到張志新，從法輪功到高智晟、郭飛雄，中共的流氓本性從未改變，不管是對婦女、對男子，不管是對平民、對律師，不管是對異議人士還是對黨內人員，中共從來沒有猶豫過、手軟過。

連中共自己都沒有個殺人的標準，它要殺誰，只要它想殺的，它就會凶相畢露，毫無人性地摧殘人的肉體和靈魂。

第五節

習罵劉添亂
溫家寶針對中宣部

2013 年新年前後，隨著江澤民屢次公開挑戰「習八條」，以及《南方周末》新年賀詞《中國夢，憲政夢》遭閹割事件，江、習鬥不斷升級。儘管《南方周末》因新年致詞被中宣部指派的官員修改而出現錯誤，從而引發《南周》編輯記者罷工多日後，在胡春華出面下得以平息，但其背後牽扯的中南海高層博奕卻不斷被披露出來。其中看不見的硝煙令人感到十分火辣。

《華爾街日報》2013 年 1 月中旬刊出評論說，中國最近針對「中國夢」有各種說法，若要解「夢」，就連精神分析大師佛洛德也會絕望；中共高層的「中國夢」實際上是「同床異夢」。

江習鬥刀光劍影 中共高層同床異夢

《華爾街日報》文章稱，2012 年 11 月 18 大之前，這個夢想

就開始出現了，中共官媒用「中國夢」來抗衡那個早被中共粗糙物化的「美國夢」，但直到 11 月底，中共新任黨魁習近平在國家博物館參觀大型展覽「復興之路」重提它時，「中國夢」的概念才被瘋傳。據稱習對「中國夢」的定義是「中華民族的偉大復興」，暗指鴉片戰爭是中國過去積弱不振的原因，他提出中國未來需要富強，他希望在 2021 年達成一個中度繁榮的目標。

不久之後，主管中共宣傳的政治局常委劉雲山以他自己的夢想分析說，如果這個夢想要實現，就必須聚焦中國特色的社會主義。自此之後，官方的媒體開始不眠不休地宣傳這個夢想。

中共喉舌《人民日報》用許多評論篇幅來回應，其中一篇題為《人民和他們的聲音》，成都的宣傳部黨官稱，黨的幹部深入基層和勤奮工作是實現該夢想的祕密，而另一篇《人民的聲音》中描述這項任務為「替人民著想，獲取他們的支持。」不過《環球時報》在其評論文中呈現另類的「中國夢」，其夢想是希望中國成為一個擁有南海海軍的海上強權。

《華爾街日報》評論說，以上總總顯示，中共高層的「中國夢」實際上是「同床異夢」。

文章還表示，《南方周末》的「中國夢」更成為中共宣傳部和主張言論自由的記者之間矛盾的引爆點，《南周》在題為《中國夢，憲政夢》的新年獻詞在出刊的最後一分鐘被中共的審查者刪除，取而代之的是對中國共產黨歌功的文章。

被刪的原版如此寫著：「兌現憲政，限權分權，公民們才能大聲說出對公權力的批評；每個人才能依內心信仰自由生活；我們才能建成一個自由的強大國家。」

被修改的版本目前仍被刊登在線上不顯眼的地方，還好一位

「沉默中國」的網友貼上了被刪之前的原版全文，其下貼了一張1989年一名手執國旗的年輕學生的圖片。最後這些沒被批准的「中國夢」都被新浪微博的搜尋服務所阻擋。對一些中國人來說，或許他們的未來是一個「不可能的夢想」。

江派最怕的「廢除勞教制度」被刪

1月14日，日媒稱獲得「南周事件」內部報告，報導披露，廣東省宣傳部長庹震親自刪除新年特刊稿件中的「官員財產公開」、「廢除勞教制度」等內容，因在網上批評中共當局而被勞教者的報導也被禁止刊登。再次證實此次事件涉及中共兩派之爭，而江派最怕的就是「勞教制度」和「官員財產」公開。

《朝日新聞》報導指，廣東省委宣傳部部長庹震原為新華社副社長，自2012年5月調來廣東後就開始對持改革論調的《南方周末》進行事前審查。對於新年特刊他也要求事先看一下稿件。在內容為「2013開年10大猜想」的部分中，「獨生子女政策」、「官員財產公開」、「廢除勞教制度」、「增加免簽國家數量」等內容被刪除了。而在「追夢人物」這一欄裡，因在網上批評政府而被勞教者的報導也被禁止刊登。

禍起政治局常委權力分割

曾在習仲勛手下做過事的前國家新聞出版署署長、90多歲的杜導正對《大紀元》表示，新年一系列事件都是「劉雲山公開與習唱反調」引起的，這是毛左勢力與江系聯手對習李新政的攪局，

尤其是江系的前意識形態主管李長春在幕後操縱，現任常委劉雲山聽命於李長春，才掀起了如此巨大的政壇風波。

美國對「南周獻詞事件」的關注態度，使事件已經摻進國際因素，這是習近平不願看到的。不惟如此，事件也影響到了兩岸關係，台灣中華民國政府的陸委會已經發表文告，表態支持「南周獻詞事件」中受打壓的記者，並依此敦促大陸當局開放言論、放棄新聞審查。

據《動向》雜誌披露，劉雲山之所以要與習近平「過不去」，是因為劉雲山不滿習近平分割了他的權力。劉雲山雖然擔任中共中央黨校校長、中央書記處常務書記，但他喪失了原本應有的管理港澳事務的實權。

習近平發火：不許劉雲山再添亂

1月14日日本《朝日新聞》引述消息來源說，在1月9日的中南海會議上，習近平在政治局常委劉雲山彙報《南周》審查風波時，表達出對媒體控制系統的不滿，並要求媒體宣傳部門不要增加混亂，並下令不要懲罰那些違反宣傳部命令的記者。

習近平也決定除去廣東宣傳部長庹震的職務。習近平似乎把防止《南周》紛爭進一步擴大並威脅到他的新領導層作為首要任務。

《朝日新聞》報導說，具有改革傾向的《南方周末》在1月3日被迫重寫新年獻詞之後，有關媒體自由的爭論爆發。中宣部於是下令所有主要媒體在《南周》審查風波上嚴守「黨」的路線。

《朝日新聞》報導說，根據一名過去參與媒體控制的黨內消

息來源說，劉雲山原本決定對不遵守命令的編輯和記者進行包括撤職的懲罰，但是習近平下令，不要懲罰抗議宣傳部的記者。外界評論說，習顯然試圖通過接受記者的要求來遏制事件的影響。

報導還說，預計庹震在 3 月份中共人大召開之前不會離開這個職位，因為立刻除去他的職務將透露出黨內的混亂。根據《南周》的記者和前高級編輯的說法，許多《南方周末》員工感到不滿，因為迄今還沒有報紙管理層或共產黨官員下台。

溫家寶語出驚人 稱劉雲山搞法西斯

《南方周末》元旦獻詞《中國夢 憲政夢》被廣東宣傳部長庹震大幅刪改後，劉雲山下達了中宣部的三條密令，其中之一就是「黨就是要管媒體」、「黨管媒體是鐵打的原則」。不過有消息稱，當時即將離任的總理溫家寶針對劉雲山的話進行回擊。

消息稱，溫家寶對劉雲山的說法不以為然，他說，「不能以法西斯的方式來管媒體，否則我們跟法西斯還有什麼區別？」

溫家寶說，不可以將媒體做為自己的工具，更不是不讓媒體說實話，更不是剝奪憲法賦予人民群眾的言論自由權利。而且，不是像法西斯那樣，逼著媒體造謠生事、說假話、騙人，逼著媒體做人民群眾的對立面，這也是個鐵打原則。

據悉，溫家寶針對中共宣傳部還發表了一些看法，溫家寶說：「他們根本不顧國家的憲法對於民主、言論自由的明確規定，這是非常錯誤的。」

在這次「南周事件」中，劉雲山不但錯誤估計了形勢，錯誤判斷了習近平的態度，錯誤忽視了《南周》編輯記者的反抗，而

且劉雲山還錯誤估計了整個社會的反響和態度。劉雲山沒想到的
是,「南周事件」後,《新京報》社長戴自更敢於向中共中宣部
的強令說「不」,帶領員工抵制轉發詆毀「南周事件」的環球社
評,不但在大陸民間深受好評,還因此榮獲金長城傳媒獎 2012
中國傳媒年度影響力人物。

第三章

小鬼頭上的女人
與馬三家

習近平想以恢復法制作為他執政的突破口，於是再度拿勞教所開刀。習江第一次交鋒的第二次戰役依舊圍繞的廢除勞教制。2013 年 4 月，習陣營支持的媒體發表了兩萬字的調查報告《走出「馬三家」》，揭露遼寧瀋陽馬三家勞教所的驚天黑幕，結果被江派控制的遼寧政法委反誣為報導不實。

馬三家人間地獄般的酷刑，震驚國際社會和大陸民眾。圖為中國勞教所實施的酷刑演示：吊刑。（明慧網）

第一節

大陸電視人錄完節目後放聲大哭

2013 年 4 月 7 日，大陸著名時事評論員曹保印，在顫抖和極度悲憤中錄完了這期節目脫口秀「遼寧馬三家女子勞教所成人間地獄」。（視頻擷圖）

　　曹保印，大陸資深媒體人，著名時事評論員、兼任多家電視台的時事特約評論員，《新京報》傳媒研究院總監，他的 CAOTV《保印說新聞》節目被外界認為嚴肅與幽默兼具，他自己打出口號：原汁原味，觀點保真。

　　2013 年 4 月 7 日晚，曹保印坐在攝影機前說，他原本打算在《保印說新聞》第 16 期節目上談人間天堂——海南的博鰲論壇，但回家看到《走出「馬三家」》這篇文章後，不但改變了主意，還想罵人：「去他媽的博鰲論壇。」他在顫抖和極度悲憤中錄製了這期節目《人間地獄——遼寧省馬三家女子勞教所》，原本 5 分鐘節目，嚴重超時變成 20 多分鐘，錄完後他放聲大哭。

難以啓齒的部位帶出一本祕密日記

　　節目中曹保印主要介紹了《走出「馬三家」》這篇文章中關於酷刑的部分。下面是部分錄音摘要。

　　2011 年 9 月，62 歲的王桂蘭走出馬三家女子勞教所鐵門，她從裡面帶出一本「勞教日記」，這是跟她一起被勞教關押同一房間的勞教人員劉華所寫，她將這本日記藏在陰道中逃過層層檢查帶出來的。

　　以往看的電影、電視很多，那些被關在國民黨監獄中的地下黨員，有的還在監獄中看報紙、看書、寫作。可是，為何到了女子勞教所，需要通過陰道帶出一本日記，這日記究竟寫了什麼哪？

　　日記中寫了很多勞教人員面臨的懲戒，包括小號、包夾、卡齊、電擊、死人床、老虎凳、大掛、十字掛、斜掛、平掛、懸空掛等酷刑，他說：「每一個詞背後都是血淋淋的、毫無人性、毫無法制、毫無道德、毫無文明的赤裸裸的野蠻。」

「小號的懲罰令人不寒而慄」

　　「小號一般四平方米，沒有光線、沒有窗，只有一個出氣口，靠電燈照明。」曹保印援引「撫順市法律援助中心」2005 年 12 月 17 日的一份調查筆錄說，當年 8 月受命護理關在特殊小號裡的朱桂芹的勞教人員林景雲作證：「看到朱桂芹只穿著胸罩和褲頭，睡在水泥地上，只有一個草墊子和一套被服，沒有床。當 11 月來暖氣時，小號裡的暖氣片被拆除。」

他形容這個情形在東北寒冷的冬天，「這是一個什麼樣的人間地獄？居然發生在號稱依法治國的中國。」

他還例舉了另一位被關小號的訪民蓋鳳珍，「自 2009 年 2 月 25 日到 4 月被關在小號，透氣窗也被釘死了，她可以說在窒息中熬過漫漫長夜。」「躺在地上，地板上都是水，大便、尿全在地板上拉，幾天後才給一個尿盆。」蓋鳳珍由於此前被上過「大掛」，晚上連水帶血吐，第二天又吐血，「嘩嘩吐的全是黑血。吐了三回。」曹保印評論說：「這是小號嗎？這是十八層地獄啊！而在這地獄中受折磨的就是我們的姊妹、柔弱的女性。這樣的小號令人感覺既恐怖又不寒而慄。」

「卡齊」將被勞教人員逼出瘋子

節目還介紹了馬三家的「卡齊」懲戒，就是讓被勞教人員整整齊齊地坐在小板凳上，反覆背勞教所的行為準則，直到無法堅持、精神崩潰，處於癲狂狀態，欲死不能、欲活不成。

他評論道，這樣一種「卡齊」乃是一種精神刑法、精神酷刑。被勞教人員有人經過卡齊之後，真的精神失常成瘋子。「卡齊」應該被打成十八層地獄之中去。

對勞教所絕食人員用「死人床」：「真的要死人」

「死人床」是勞教所對絕食抗議者所採用的酷刑。一張皮革面的鐵床，從床頭到腳有多道鐵質搭扣以及帶索，可嚴密固定束縛絕食者全身。被縛者身體赤裸，下身臀部部位有一個大小便口。

絕食者被綁縛，不能下床、不能活動，灌食和大小便都在床上解決。灌食時，將醫用的子宮擴張器強行撐開絕食者的嘴，灌食後還要將擴張器留在絕食者的口中，被勞教人員因此牙齒鬆動，以至於一些夜班工作人員不忍目睹要求改上白班。但對這樣的虐待，當地檢察機關稱，灌食是為了維持生命，所以不能以虐待罪起訴。

他憤怒地表示：「死人床，那是真是要死人了。可是在這樣的女子勞教所死又如何，在勞教所管教人員眼中，這些被勞教人員的生命連蒼蠅也不如，而且是女人對女人，只不過是穿著一身制服就可以像野獸一樣瘋狂折磨」「這還是人嗎？」「即便連獸類也不會對同類如此！」「當你了解這些資訊時，你還能說這不是人間地獄嗎？」

老虎凳歷史重演 「這是煉獄」

老虎凳就是一種長時間限制身體姿勢的一種椅子，由鐵製，兩邊有搭扣將手扣住，腳也上鎖，扣的高度使人無法伸直只能半弓著。曹保印介紹，長時間坐的話，會造成整個肢體的磨損和傷害，他悲憤地說道：「我們能想像當你的身軀只能在老虎凳中彎曲的時候，那是一種什麼樣的滋味？」「惡毒、凶殘、野蠻、冷血、獸性……所有這些詞居然出現在女子勞教所的女警察身上，這還叫人間嗎？」「甚至比地獄還要地獄，這是煉獄，煉一種屈服、妥協、煉一種認罪，他們（上訪）何罪之有？」

「老虎凳對待的是我們母親、我們的姊妹、我們女兒，這就是社會主義的中國……」

「無法想像的大掛」

曹保印表示，自己根本無法想像什麼叫「大掛」，更不用去分什麼「十字掛」、「斜掛」、「平掛」、「懸空掛」。

所謂「大掛」就是使用手銬將人固定在床、門、牆壁等地方，雙臂被用手銬分開十字拉伸到臂長的極限，讓當事人承受超極限的身體重量，大掛有十字掛中又分為兩腳懸空或落地。受過大掛刑法的人表示，當管教拿腳一踹床，「筋就一抽，感覺胸裡面都碎了」。

節目還對包夾、電擊等進行了介紹。他警告說：「今天你可以通過這些酷刑迫使放棄權利，可明天心中的憤怒如果像火山一樣，最終引爆的將不是這些屈辱的人，而是整個社會。」

「讓勞教局調查勞教所的酷刑，這是什麼他媽的制度啊！」

「遼寧司法廳勞教局曾在 2011 年給一個勞教人員的答覆中寫道：『你們所反映的情況，經過我們勞教局的複查，沒有發現對你們的過激行動，沒有發現對你們實施虐待和酷刑的證據。』當勞教人員提出看勞教所的監控視頻時，勞教局的答覆：『這些錄像只能保留一個月，之前的沒有了。』也就是說死無證據。讓勞教局調查勞教所的酷刑，這是什麼他媽的制度啊！這不是赤裸裸的暴力和恐怖？！」

他憤慨道：「這些公安幹警、國家人員、國家警察，對這樣的一群女性，居然採取各種酷刑。而這些人經過酷刑後，只能通過陰道帶出祕密日記，再想通過法律來定罪，可是所有的證據都被勞教所銷毀，這是什麼樣的國度！這是一個什麼樣勞教所？這又是一個什麼樣的社會？！」

他還表示，假如今天不行動起來，廢除這個萬惡的勞教制度，誰能保證，明天，我們會不會同樣被這些酷刑伺候？

最後他說：「看一個社會到底野蠻還是文明，不要看樓房有多高，而是看監獄，只有監獄真正有人性的，我們才可以說這個國家是文明的，否則無論它為自己臉上貼了多少金，它還是野蠻的國家。希望大家通過這期節目能夠認清，我們的中國夢，到底是夢，還是夢魘？我們何時才能通過我們的力量去掉這種噩夢，讓我們母親有尊嚴、讓我們每個人都有尊嚴。」

第二節

走不出去的馬三家

《走出「馬三家」》揭露了中共「勞動教養先進單位」——馬三家勞教所的殘暴酷刑，但這些酷刑原本只針對一特殊群體。人們不禁要問，那些最早被施以酷刑的人是誰？他們在哪裡？假如當初能阻止勞教所對他們行惡，今天，中國還需要遭受這樣的痛苦嗎？仍隱藏在馬三家的祕密將是解脫中國人痛苦的關鍵？

2013 年 4 月 7 日，當張連英在新浪網看到那篇近兩萬字的獨家調查《走出「馬三家」》時，她有點吃驚。大陸雜誌社、官方控制的網站，怎麼會公開登出揭露中共政法委樹立的「先進典型」馬三家勞教所的殘酷黑幕呢？

張連英，原中國光大集團財務處的處級幹部、大陸標準白領階層。2008 年奧運前她被北京公安綁架後，強行關進了馬三家，兩年半死裡逃生的經歷，令她對馬三家刻骨銘心。

原光大集團的處級幹部張連英（左）因不放棄修煉法輪功在瀋陽馬三家勞教所九死一生。圖為獲得自由後的張連英一家人。（張連英提供）

一個法輪功學員在馬三家的遭遇

當張連英看到《走出「馬三家」》這篇報導時，五年前她因修煉法輪功而被關押在馬三家勞校所的那近 1000 個漫長的日日夜夜，再度浮現在她的眼前。她能夠理解大陸記者和大陸媒體暫時不敢點出「法輪功」這三個字，但她堅信真相必將公布於眾。

2011 年流亡到美國的張連英對媒體說：「馬三家警察有三句名言：『馬三家就是要叫你們什麼時候想起來都哆嗦！』『每年有兩個死亡指標，誰要，給誰一個！』『不轉化就別想活著出去！』」

張連英和丈夫牛進平修煉法輪功後，按照「真善忍」的標準來指導自己的日常生活，身心受益良多。然而 1999 年 7 月 20 日之後，江澤民發動的對法輪功的迫害，把這個家庭拋向了驚濤駭浪。因為法輪功遭受的不白之冤上訪，張連英先後三次被非法勞教，十幾次差點被害死。

2006 年歐洲議會副主席愛德華・史考特（Edward McMillan-Scott）到中國調查人權狀況時，牛進平向他講述了發生在自己身旁的法輪功學員遭受的殘酷迫害，結果，張連英一家頓時成為了中共政法委打壓的重點。2008 年 4 月，夫妻倆再度被綁架，牛進平被關進北京團和勞教所，而張連英被專門送到馬三家，北京警察稱：「我們就不信沒人能轉化你！」

「我來馬三家時一下車就看到，勞教所樓前站滿全副武裝的警察。當時是夏天，我頭被戴著坦克兵冬天的厚棉帽，全身纏裹著黑色厚的鬆緊練功帶，被堵著嘴，雙手被銬，車窗用布簾遮擋，路途十多個小時，在路上我幾次噁心得嘔吐，他們才取下堵在我嘴上的東西。

他們把我從車中拖出來，我就高喊：『法輪大法好！』『天滅中共，退黨、團、隊保平安，沒有共產邪黨才有新中國！』幾個男警就像瘋了一樣的撲了上來，他們使勁揪我的頭把我拖下車，一男警用手使勁捂我的嘴，並用手指甲深深摳進我臉上的肉裡，一直把我拖進樓裡，在一樓大廳幾個男警對我拳打腳踢大打出手，隨後把我往樓上拖。在樓梯上三大隊大隊長張君接著捂我嘴，手指甲又深深摳進我臉上的肉裡，我整個臉鮮血順臉往下淌。到了三樓，隨後將我雙手吊銬在上下鋪鐵架子的上面，一男警不停地用手銬和拳頭向我臉上毆打，隨後他們就用開口器撬我嘴，撬不開，他們找來食堂炒菜用的大杓子，往我嘴上掄砍，鮮血流了一地，一人砍完又換一個人砍，鮮血染紅我的衣服，染紅了大塊的地磚，惡警打了我很久才住手。

接下來，他們揪著我的頭髮把我捆綁在死人床上，一個帶著黑框眼鏡叫石宇的女警，又用杓子砍我嘴，揪我頭髮。三大

隊的大隊長張君，就是那個管理科長馬吉山的老婆，兩口子一樣心狠手黑，揪我頭髮，用繩子使勁勒住我四肢和全身，看著我鮮血不住下流的嘴，馬吉山還嫌不夠又去找來繩子，在我嘴上來回拉動。鮮血染紅了繩子，染紅了衣服，他還嫌不夠，又去找來說是破壞神經的藥片，往我嘴裡灌，還問我手麻不麻，舌頭麻不麻。還放個錄音機播放辱罵我師父的錄音，夜晚打開窗戶放蚊子進來咬我，不讓我睡覺，一女警，見我閉上眼，就用長木桿捅我腳心。

第二天生活衛生科的科長于文和一個不知姓名男警用滴著水的雨傘尖杵我嘴說：『妳看妳還有人樣嗎？』幾天後當我看自己被打得滿臉青黑色，雙眼也被打得青腫，多處深深的手指甲摳的血印印在臉上，一張臉十分恐怖，看了渾身忍不住的一陣顫慄。我攥緊了拳頭，心想，我一定要活著出去，我要叫全世界都知道中共幹了什麼！

2008 年 7 月 14 日至 9 月底，僅兩個月，我被上了 10 次『大掛』，日夜不能睡覺，多次被電棍電，被男警毆打。

由於不轉化，堅持信仰，我被上了二十多次押刑，被押掛上後，有時幾天幾夜都不放下，持續長久的疼痛使我衣服濕透，頭髮也一根根飄落在地上；有時衣服被撕爛，被扒的一絲不掛的押掛起來，特管大隊大隊長潘秋妍揪我乳頭，還拿床板往我身上掄打，直到被押昏過去，潘秋妍還曾拿相機給我錄像，並說：『給妳錄像，把妳不穿衣服的樣發到明慧網上去，讓他們都看一看。……』」

就這樣，張連英在馬三家苦熬了兩年半。等勞教期滿時，馬三家還因為她「不服從管教」而加刑 15 天。

8109 篇文章講述馬三家的祕密

十多年來，馬三家勞教所一直是中共重點樹立的典型，強迫法輪功學員放棄信仰的「轉化先鋒單位」。2001 年馬三家獲得中共「勞動教養先進單位」，女警察蘇境曾因迫害賣力而獲「二等功」、「全國英模二等獎」，獎金五萬元。在超越人體承受極限的煉獄般的摧殘下，馬三家保持了最高的轉化率。中共政法委在這裡創立、積累迫害的「經驗」，推及全國其他勞教所、監獄，結果這些惡行就在全中國遍地開花，受害者也遍及所有中國人。

4 月 9 日美聯社評論說，「中國雜誌《Lens》對馬三家勞教所的虐待報告跟法輪功精神運動成員十年前向國際社會作出的投訴相吻合，該報導給中國改革派廢除勞教制度補充了彈藥。新一屆中共領導層說，他將改革勞教制度並承諾在年末之前推出計畫。一些法律專家說，《Lens》雜誌的報導應該會增加變革的勢頭。」

很多人權組織表示，大陸雜誌刊登的這篇《走出「馬三家」》，只是談到普通上訪人員的經歷，而法輪功學員遭受的苦難遠遠不止這些。法輪功在海外創辦的明慧網，從 2000 年至 2013 年，共有 8109 篇報導、期刊，揭露和抨擊馬三家勞教所對法輪功學員的身心迫害。大陸著名律師高智晟就因揭露中共勞教所摧殘法輪功學員的三封公開信，而至今被關押在中共監獄裡。

比如，大連法輪功學員王雲潔，2002 年 5 月 14 日正在上班時被泡崖子派出所警察抓走，在沒有任何理由、也沒有通知家屬、更沒有得到王雲潔簽字的情況下，6 月 4 日，王雲潔被綁架到了馬三家勞教所。在經歷幾個月的單獨關小號、警察包夾輪番不許

她睡覺，被關在陰暗的水房、廁所、倉庫、地下室等地方，罰站、罰蹲、受盡折磨長達半年後，王雲潔依然不放棄信仰。

2002年12月3日，遼寧省公安廳來了一批所謂的「轉化團」，又開始了近一個月的對法輪功學員的殘酷迫害。領頭的是姓孫的公安廳副廳長，還有原本溪戒毒所所長郭鐵英等人。這幫警察用高壓電棍長時間的電擊王雲潔的右乳房，還把床單撕成布條，強行把王雲潔雙腿雙盤上，用布條把她的手、腿全都綁上，並將頭和雙腿緊緊地連在一起，成為一個球狀，而且又用手銬將雙手從身後吊銬起來。後來王雲潔因乳房潰爛，於2006年7月含冤去世。

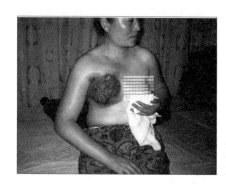

法輪功學員王雲潔遭受中共惡警以高壓電棍長時間電擊右乳房，導致乳房潰爛，於2006年7月含冤去世。（明慧網）

明慧網在2006年3月還發表了從馬三家勞教所倖存活下來的法輪功學員，出獄後演示他們在馬三家遭受的數十種酷刑。詳情請見「馬三家勞動教養院部分酷刑展示一覽表」http://www.minghui.org/mh/articles/2006/3/1/121865.html。

如果說62歲的上訪勞教人員王桂蘭用自己的陰道傳遞祕密日記令人驚愕，而變態惡警對法輪功女學員的陰道實施的邪惡罪行，更令人震驚。

遼寧本溪的法輪功女學員信素華回憶她在馬三家女二所的

遭遇時，這樣寫道：「馬三家的男惡警不但強姦女法輪功學員，狠狠地踹陰部，女惡警還用三把牙刷綁在一起，刷毛沖外，插入女學員的陰道，在裡面來回刷，有的還用電棍放入陰道裡面電等⋯⋯」

在馬三家勞教所，這樣踐踏人類尊嚴的暴行幾乎天天發生，每個不放棄信仰的法輪功學員基本上都被折磨過。比如法輪功學員齊玉玲被電棍電乳頭；張秀傑被電棍電、打，還被電陰道部位，被電得昏死過去；王曼麗被電棍電到失去知覺；李小燕被管教用四個電棍電她的頭、腳心，把她的肉都電糊了，逼她轉化⋯⋯

據海外人權組織報導，2000 年 10 月，中共前政法委書記羅幹在馬三家勞教所蹲點之際，馬三家勞教所的警察將 18 位女法輪功學員扒光衣服投入男牢房，任其強姦，導致至少五人死亡、七人精神失常、餘者致殘。

馬三家的警察公然叫囂：「什麼是忍？『忍』就是把你強姦了都不允許上告！」許多女學員告訴親人：「你們想像不到這裡的凶殘，邪惡⋯⋯」其中一位年輕的未婚姑娘被強姦懷孕，目前孩子已經十多歲了，還有被摧殘的女學員至今仍處在精神失常的狀態中。

為了讓法輪功學員放棄對「真善忍」的信仰，馬三家警察除了用性摧殘、酷刑折磨、精神迫害外，他們還給法輪功學員服用破壞腦神經的藥物，直接把人變成瘋子。更可怕的是，中共還活摘法輪功學員的器官以牟取暴利。

張連英回憶說，她多次被勞教所強行抽血化驗，差點被活摘了器官。據國際人權組織調查，僅在 2002 年至 2006 年間，中共用於移植手術的器官就有四至六萬個無法解釋來源、而被指控為

屠殺法輪功學員後偷盜來的器官。

走不出的馬三家困局

2013 年 4 月 7 日，大陸很多網站，如網易、搜狐、騰訊、新浪等，大大小小近百個網站，幾乎都刊登轉載了《Lens》雜誌這篇由袁凌主筆的深度報導。《Lens》雜誌隸屬於財訊集團，曾經是王波明創辦的《財經》雜誌旗下的影像新聞雜誌，2012 年獨立發行後，依然跟王岐山等高層有密切關係。

新浪網等網站在轉載這篇文章時，給出了新的標題：《揭祕遼寧馬三家女子勞教所：坐老虎凳綁死人床》，文章一開篇就講述了一段令人難以想像的「走出馬三家」的方式：

「2013 年 2 月初，一位新近解除勞動教養的女訪民找到大連人王振，交給他一封用蠅頭小字寫在皺巴巴紙上的『呼籲書』。這是一封從勞教所發出的要求廢除勞教公開信，簽名者中包括王振的妻子劉玉玲。劉玉玲 2012 年 8 月被判勞教，眼下仍在遼寧馬三家女子勞動教養所裡羈押。這位女訪民告訴王振，『呼籲書』是她包在裹緊的小塑膠卷內，藏在陰道裡帶出勞教所大門的。」

自古以來人們聽說過「大雁傳書」、「鴿子報信」，人類歷史上還從來沒有從女人陰道裡傳出來的公開信。然而在現實中國，僅僅在馬三家勞教所就不止發生了一次。

「這個情節，像是一年多前王桂蘭經歷的重播。2011 年 9 月，62 歲的王桂蘭走出了馬三家女子勞教所的鐵門。出門之前，她的身體經過了搜檢，防止夾帶違規物品。無人想到，王桂蘭在陰道內藏匿了一卷同宿舍學員劉華寫的《勞教日記》。『過關』之後，

她一身冷汗。」

接下來，這篇原文兩萬字、上網發表時刪成 1.5 萬字、以類似檢察院起訴調查書的格式，集中講述了幾個因遭遇不公而去上訪的普通民眾被公安強行關進馬三家後的親身經歷。劉華、陸秀娟、朱桂芹、趙敏、王桂蘭、梅秋玉、王玉萍、郝威、蓋鳳珍、李平、胡秀芬、曲華松，劉玉玲……作者在採訪這些被關押上訪者的同時，還採訪了馬三家內部人士肖溪（化名）和馬三家勞教院原副院長彭代銘，以及瀋陽勞教局的人。

「廉價勞作、體罰、蹲小號、被電擊、上『大掛』、坐「老虎凳」、縛『死人床』……通過勞教人員講述、相關物證、文字材料、訴訟文書和知情人士的口述，此文試圖還原一座女子勞教所內的真實生態，為時下的勞教制度破冰立此存照。」

就在這篇文章上傳網上幾小時內，跟帖、轉載、閱讀的人數就是 50 多萬人。比如香港作家廖偉棠說：「讀完我至今心顫，人類得多麼變態才能對同類施以這樣惡行？而且這一切發生在 21 世紀，我們的同一大地上，就在我們上網、吃飯、睡覺的同時，一個個集中營如常運轉！請大家盡力轉發，促進罪惡被遏止，向揭露黑暗的記者與媒體致敬。」

很多人說：「今晚大陸網路充滿臭名昭著的馬三家勞教所惡行。」也有的說：「終於把長期以來被視為『境外反動勢力惡毒造謠攻擊』的材料，貨真價實、白紙黑字地擺在國內媒體的版面上了。這樣的報導也是勞教制度的掘墓人。」「這家勞教所的『威名』我覺得足以和『731 部隊』媲美，但願今天眾媒體一戰能促成徹底廢除勞教。」

人間地獄 一年上億的創收

按照中共紙面上的勞教制度，殘疾人、病人、孕婦都不判勞教，每天教育學習時間不少於三小時，每天勞動不超過六小時，不能施加酷刑，手銬不在特殊情況下不使用，勞教人員勞動後還有報酬、享有醫療、健康、衛生等權力，家人能來信、來訪等等。不過現實中，這些都成了一紙空文，真正執行的全都與規定的相反。

比如在馬三家幹活：「王玉萍入院時趕上了訂單高峰期。她坐在染血的舊棉花上鉸扣眼，每天要做 800 條棉褲，還要打包。一天 20 個小時在車間。」王玉萍睡覺不脫衣服、不洗臉、洗腳，「留著勁兒幹活去」。

「生病不是免於勞動的理由。賈鳳芹保留的勞教所衛生所注射通知單顯示，她因為『昏迷待查』和『眩暈待查』輸液，得到的優待不過是『照顧勞動不加班一天』，而非休息。」

「高峰時期，馬三家的勞教人員超過 5000 人，無償勞動產生出龐大的效益。」彭代銘說，當時一年外出勞務的收入就過千萬元，加上種地和工廠的收入，總產值一年近一億元。

「勞教產生的龐大效益，也引發了腐敗效應。勞教生產車間的效益無需上繳財政或司法廳，勞教院自身即可支配，卻沒有財務公開制度。「幾千畝地和廠房的租金、車間加工收入，幹警沒得到福利。」肖溪說。

「原來只用於特定類型人員」

文章介紹了馬三家勞教所使用的一些酷刑。在令人心驚膽戰

的現場描述中，讀者往往很少注意到，所有這些酷刑「原來只用於特定類型人員，後來卻使用在普教身上。」

如文章不止一次地強調：「女教所的『小號』不止一種。據勞教人員說，最狹小的懲戒室寬一米多，長兩米，原來只用於特定類型人員，後來卻使用在普教身上。」……肖溪則對《Lens》雜誌記者證實，「老虎凳」和「死人床」都是勞教所裡使用的器具，前者本是專用於特殊群體的，以後被用在普教身上。後者則是應付犯人絕食的裝置。

簡而言之，所有這些酷刑原本都是針對一個特殊群體的，隨後蔓延到整個中國，波及所有中國人。

人們不禁要問，那些最早被施以酷刑的人是誰？他們在哪裡？假如當初我們就阻止了勞教所對他們施以這些酷刑，今天，一不小心成為訪民的我們，會遭受這樣的痛苦嗎？

答案是：「中共最早迫害的就是法輪功。」

馬三家與薄熙來被掩蓋的最大罪行

前政治局委員、重慶市委書記薄熙來已經被羈押審查，中共官方公布了他的七大問題，不過薄熙來最主要的罪行卻被掩蓋著，特別是他在主政遼寧時期，為了快速升官，他緊跟江澤民鎮壓法輪功，並第一個犯下活摘法輪功學員器官的罪行。

1999 年 7 月 20 日中共宣布取締法輪功之後，全國各地的法輪功學員到北京上訪。由於中共搞株連政策，很多善良的法輪功學員為了不牽連其他人，拒絕上報自己的姓名和地址，當時到北京上訪的學員非常多，北京附近的派出所、勞教所和監獄都裝不

下了，而且東北三省修煉法輪功的人數最多。

為了推行其迫害政策，同時解決關押法輪功學員的具體問題，1999 年 8 月 10 日至 15 日，江澤民竄至遼寧，為他個人發動的迫害法輪功政策找到積極執行、配合的地方官員，而此時的薄熙來正想討得江澤民的歡心，只要江澤民答應提拔他，讓他幹什麼，他都願意。

於是薄熙來馬上加大力度鎮壓大連的法輪功學員，與此同時，在江澤民的批示撥款下，薄熙來擴建了很多監獄，全國各地無處遣送的法輪功學員都被運到了大連，以及後來薄熙來就任省長的遼寧省。大連及整個遼寧省很快成為全中國迫害法輪功的「急先鋒」。

因積極配合迫害法輪功學員，薄熙來開始「青雲直上」。1999 年江巡視後不久，薄被提拔進了遼寧省省委，2000 至 2001 年期間薄當上了遼寧省委副書記、代省長，2002 年成為省長。薄熙來一當上遼寧省代省長，就下令新建、擴建了瀋陽馬三家勞教所、龍山教養院、沈新勞教所等，使遼寧省成為迫害法輪功最嚴重的地方之一。

時任中共中央政治局委員、政法委書記羅幹、中共公安部長劉京等鎮壓法輪功的元凶多次親自到遼寧坐鎮，中共司法部還撥專款 100 萬元給馬三家「改善」環境，而與馬三家同一城市的以迫害法輪功手段殘酷著稱的張士教養院獲賞金 40 萬、龍山教養院獲賞金 50 萬。

薄熙來個人也嘗到了「甜頭」：他越是積極地鎮壓法輪功，他越會得到江澤民提拔，也能從國家財政中得到越多的經費，越有利於他個人從中撈取錢財。

據大陸媒體報導，2000 年 7 月初，江澤民暗中直接指揮的中共中央「610 辦公室」的負責人王茂林、董聚法等，在視察馬三家教養院後，對其「成績」給予肯定。「610 辦公室」的另一負責人劉京還多次往返馬三家教養院，促使江澤民決定撥專款 600 萬人民幣給馬三家教養院，命其速建所謂的「馬三家思想教育轉化基地」。

2003 年經薄熙來批准，遼寧省投資 10 億元在全省進行監獄改造，僅在瀋陽于洪區馬三家一地就耗資五億多元，建成中國第一座監獄城，占地 2000 畝。1999 年以前，馬三家連年虧損，連電費都繳不上，鎮壓法輪功開始後，當地政府對於從省內各地押送到馬三家的法輪功學員，按每人一萬元撥款。

隨著薄熙來罪行被揭開，欠下法輪功血債的江派人馬逐一浮出水面，這持續了 15 年的殘酷迫害是江澤民一手發動的，江澤民、周永康之流是主要元凶。江澤民無法、也不可能與薄熙來案切割。

人類必須擺脫過去的黑暗才能走入未來。中共政權和全體中國人都必須直接面對這樣的問題：什麼造就了馬三家？為什麼會有馬三家？怎樣才能避免馬三家繼續或再次出現？

若非如此，中國人永遠不可能走出馬三家這一黑色夢魘。

第三節

兩面偽裝的馬三家

　　隨著中國大陸媒體對馬三家的酷刑曝光，遼寧當局成立了「馬三家勞教所問題聯合調查組」。然而，調查組的副組長是遼寧省勞教局剛剛上任的局長張超英，原馬三家教養院的院長兼黨委書記。在他任職期間，發生了 18 名女法輪功學員被剝光衣服投入男牢房慘遭蹂躪事件。製造酷刑的人前來調查酷刑，受外界強烈質疑。據透露，張超英及馬三家警察都非常腐敗且生活糜爛。

　　2013 年 4 月 7 日，大陸各大網站紛紛刊登了揭露遼寧瀋陽馬三家勞教所用酷刑折磨人的兩萬字的調查報告《走出「馬三家」》，其殘酷之深令人震驚之餘不免困惑：勞教所的警察怎麼能對同是人類、同是女人的人施加那樣慘絕人寰的酷刑？人類最基本的憐憫、同情、廉恥之心都沒有了，不就是鬼了嗎？中共勞教所把人變成鬼。

　　一位 2003 年曾被關押在馬三家的秦靜女士（化名）告訴《新

紀元》，「馬三家有陰陽兩面，裡外兩層，那些酷刑都是背地裡幹的。馬三家不但酷刑出名，欺騙手法也很有名，表面上給人非常偽善的感覺。」

「比如勞教結束前，每個人都必須在留言冊上寫下對馬三家歌功頌德的話，否則就要延期釋放。一次，中央電視台來拍馬三家升旗活動，很多記者都來了。一位法輪功學員高喊：『馬三家有體罰』，結果馬上被帶走，而那些記者也假裝什麼都沒聽見似的。還有一次年終總結，一個學員站起來說：『法輪功不是邪教』，結果她被上大掛，手臂都被吊斷，終身殘廢了，也有很多被直接判刑，送大北監獄去了，很多人被害死⋯⋯假如遼寧省勞教局的調查只停留在表面，那是不起任何作用的。」

2013 年 4 月 12 日是北京女子勞教所開放參觀日。據民眾投訴，這天上午大量在那裡被迫害過的訪民要求進所參觀，被官方拒絕，被挑選進去參觀的主要是勞教所事先安排好的便衣或五毛，不過還是有一位曾在這裡被勞教過的老太太混進去了。參觀過程中，她要求不按規定路線走，去她關押過的地方看看，但被拒絕。後來她強烈要求參觀關押地，結果被勞教所控制，最後她在裡面暈倒了，由救護車載走。後來勞教索性宣布：「電腦壞了，今天的參觀到此結束。」2012 年 4 月 9 日，北京市政府舉辦所謂的「愛民月」，有人去勞教所詢問參觀需要什麼手續，勞教所反而報警，派出所的人趕來後，也沒有解決問題。

針對 4 月 8 日遼寧省宣布成立由省司法廳、省勞教局和駐地檢察機關組成的「調查組」，並邀請相關媒體和部分人大代表、政協委員參加，很多民眾說，馬三家就是隸屬於勞教局管理的，「由老子查兒子，能查出個什麼結果？類似的鬧劇大家畢竟見識

得多了，因為這些所謂調查者，正是違法的當事人之一。」

親歷者講述馬三家的騙局

從 2000 年以來，法輪功海外網站「明慧網」發表了 8000 多篇揭露馬三家罪行的文章。如 2001 年 4 月 6 日一大陸法輪功學員投書說，「2000 年 12 月 28 日，遼寧省副省長張行湘和遼寧省司法局局長、勞教局局長及中國記者到教養院採訪時，各大隊立即把拒絕洗腦的學員藏起來，派三、四個人看著，怕學員說出真實情況，還準備了東西捂嘴。我被他們藏到倉庫裡，被四個人看著，只聽到外面提前安排好的學員在喊：『領導好！』我想站起來反映真實情況，立即就被他們按在那裡。等領導和記者走了之後，才把我放出來。」

「2001 年中國新年前，中共中央官員和省級官員、記者再次來到馬三家，女二所一大隊二分隊的法輪功學員鄒桂榮站起來說明真實情況，立即就被周圍的犯人拳打腳踢地打了一頓，回來後，把她的上衣脫光，刺上師父的名字遊室。」據國際人權組織調查，「因為鄒桂榮揭露馬三家的迫害，一大隊隊長王 X 指使惡人對鄒桂榮強行注射破壞神經系統的藥物，這種藥物注射到人身上不到五分鐘，人就不能動，表情呆滯。」鄒桂榮原是撫順市新賓縣公路段職工，2004 年她被迫害致死，年僅 30 多歲。

2006 年 5 月 21 日另一篇投書《瀋陽馬三家的騙人伎倆》寫道：「2002 年 11 月 8 日開始，馬三家又來了 60 天『攻堅戰』，在 60 天內不分白天黑夜，在走廊的過道裡、廁所裡公開給不轉化的大法弟子實施各種酷刑迫害。刑具有繩子、電棍、狼牙棒，

只要不轉化，大小便只能往自己褲子裡拉。為了避免被外界知曉，60日之內任何人不能接見。然而，這件事恰恰在進行到50天左右的時候，被國際上曝了光。

當時被折磨的大法弟子由於長時間被綁、被罰蹲、被吊掛，大多數人根本走不了路，吃飯時只能用兩個人架著去食堂。為了掩人耳目，馬三家教養所又搖身一變，請來『轉化者』的家屬，在食堂擺上了各種水果，免費吃住而且請來了電視台錄像，看似一派祥和之氣。然而，就在距他們全場只有150米左右的鐵門裡，卻有近200名左右的大法弟子因堅持信仰，而承受著各種酷刑折磨。相同的時間，同在馬三家教養院二所內，相隔只有150米的距離，卻是黑白兩個世界，更可悲的是，有的家屬因為被矇騙，竟為馬三家送去錦旗和感謝信，真是天大的悲哀。」

內容也提到「一袋奶粉」的故事：「由於我當時已被非法關押近三年，管教人員對我已經不想再轉化了，想直接把我送到大北監獄，但是在60天『攻堅戰』中非法關押我們監室的管教人員還是把我們腿用雙盤的姿勢綁好後，用繩子把腿和脖子勒在一起，後來又把我吊起來打。

當時的管教叫張環，是一位25歲的大姑娘，她一邊打我一邊說：『我不願意管你，可蘇所長說通通上刑。』後來，我被折磨得從鼻子裡流出很多鮮血，躺下翻身時力氣都沒有了。這時所長蘇境卻滿面春風地過來，假惺惺地給我送來一袋奶粉說：『你這耳朵邊這兒多白，缺血呀，加點營養補一補，喝沒了我還給你買。』當時我們監室已經轉化的人員中有的不明真相的還很受感動，可她們哪裡知道這場酷刑是誰導演的呀，就是這個人面獸心的蘇境啊！」

惡人很容易變成鬼

據遼寧知情人介紹，1979 年，遼寧省各地知青點還剩 200 多人回不了城，他們大多是什麼也不會幹或什麼也幹不好的、或人品有問題沒有單位要的。以前馬三家都從警察內部招生，這次突然臨時決定在這 200 個知青中招聘警察。招聘考試只考三門課：政治、語文、數學，考前把試題答案發給了他們，即使這樣，這些「知識」青年幾乎沒有人平均成績過 60 分及格的，最後只好一再降低錄取分數，直到最後降到 120 分（單科成績 40 分），才把這些沒人要的大齡青年留下來。從此這些人被稱為「一百二十幹部」。在迫害法輪功中很多充當「急先鋒」的，如惡警李明玉、周謙、王乃民、邵麗等，都是這批「一百二十幹部」成員。

1999 年「7・20」法輪功遭受鎮壓後，瀋陽勞教系統專門進行了一次「精心選拔」，把各單位工作不好好幹、道德敗壞亂搞男女關係、索賄敲詐幾乎人見人唾棄的人渣集中起來，組建了迫害法輪功的專職大隊。

2008 年 11 月據一份舉報材料透露，馬三家是「上爛下爛，爛成一片」。「2008 年過年期間，遼寧省司法廳廳長張家成到位於瀋陽市于洪區馬三家地區的遼寧省監獄城『慰問』警察，在監獄城的食堂吃飯期間，該廳長公開要監獄頭目給他找妓女陪吃，監獄城頭目不敢違抗，當時就叫手下開車到附近朝鮮族聚集的大興村，拉了兩個朝鮮族的年輕女子陪吃，吃完後又陪睡。」

「馬三家教養院院長張超英因迫害法輪功賣力，被提拔為遼寧省司法廳副廳長、勞教局局長。他逢年過節都要到各地勞教所『深入基層』『慰問』警察，其中最重要的一項『慰問』項目就

是和各個勞教所的頭目們打麻將，頭目們每次打麻將都會『巧妙』地輸給張超英幾萬、十幾萬現金，這已經成為了各個勞教所最重要的『政治任務』，而且每次打完麻將後，找妓女陪張超英吃、喝、玩、睡已經成了『潛規則』。」

張超英即是此次遼寧當局成立的「馬三家勞教所問題聯合調查組」的副組長。

舉報材料還披露，「在馬三家勞教所內部，警察們在男女關係上簡直亂到了極點，所長帶頭，幾乎每個人都有多個情人，而且警察之間也互相亂搞，或男警察姦污女普犯，或女警察勾引男普犯的，互相之間還攀比情人的數量和富有的程度。工資一個月才兩三千元的女警察，一個個戴數萬元的手錶、開轎車、穿名牌，一出教養院大門，就奔舞廳或約會情人，下三爛的人渣本性暴露無遺。

有一次，一個被勞教的賣淫女指著女警李 X 吃驚地問周圍的人，她是警察嗎？原來她認出了這個女警竟然是和她爭一個歌廳老闆的『情敵』。有的未婚女犯人在服刑期間，竟然懷了孕生了小孩，到期滿釋放都沒有查出孩子的父親是誰。

以賣力迫害法輪功而被追查國際上了惡人榜的女惡警李明玉為例，其丈夫劉永是馬三家惡警（警號 2108020），兩人都在外面亂搞，互不干涉，他們之間到了互相拆台、水火不容的地步。2008 年 3 月，瀋陽市大東區法輪功學員肖立新在馬三家被迫害得生命垂危，李明玉在勒索了肖家巨額現金後把她『保外就醫』，劉永知道後妒火中燒，於 4 月 1 日下午四點多鐘，帶著馬三家惡警，再次把肖立新綁架回教養院非法勞教。」

罪在馬三家 禍根在江澤民

這位知情人還透露：「瀋陽市于洪區西江街有一塊土地，90 年代之前是一個槍斃死刑犯的刑場，在前些年圈地狂潮中，周圍幾乎所有的土地都被『開發』了，唯獨這塊冤魂出沒的大坑沒有人要。2003 年遼寧省委書記聞世震將這塊地獎賞給馬三家，給各級警察們修建家屬樓小區，冠名『河畔人家』。有人稱其為陰陽宅，意指陰間的冤鬼和人間的惡鬼住在一起了。」

「你想想，中央要鎮壓法輪功，轉化一個有獎勵，轉化不成就得下崗，這些警察也是被逼的。我認識一個馬三家警察，大學畢業，父母都是教師，開始他不願用酷刑，結果就他這邊轉化率低，要扣他獎金，還要罰款下崗，處處受排擠，後來他也幹了。人就這樣被逼成了鬼。馬三家的問題不光在馬三家，這是全國普遍的，禍根還是在中央，在發動這場鎮壓的江澤民身上。」這位知情人總結說。

2013 年 4 月 13 日，《紐約時報》簽約攝影師杜斌計畫推出長 99 分鐘的口述紀錄片《小鬼頭上的女人》，他形容「馬三家教養院」內群魔亂舞，鬼魅魍魎，是建在一片墳墓上的勞教所。被勞教的女人說：「下面小鬼住的是陽間，我們這些女人住的是地下的陰間。陰間和陽間混合住在一起。我們就是住在小鬼頭上的女人。」

紀錄片中杜斌披露了 57 歲的法輪功學員劉霞的遭遇，她回憶說：「酷暑被捂著棉被，在烈日下長時間奔跑；酷寒被逼穿單衣，在冰雪上長時間蹲坐；被關禁閉室，大小便，有時長達半年不給衛生紙⋯⋯嘴裡流血，陰道裡流血⋯⋯血牢。」

偽善的欺騙性與斯德哥爾摩症

　　一位曾經因為修煉法輪功而被非法關壓在馬三家勞教的學員透露，「馬三家具有偽善和凶惡的兩幅面孔，偽善的那張面孔是對外的，用來對付各種檢查，欺騙那些順從它的人。特別是對法輪功學員，當你放棄信仰被轉化了，它就對你特別好，假如你不轉化、不屈服，它就往死裡整你。它往往在這陰陽兩面中不斷變換，讓人精神極度緊張，在死亡線上掙扎。在長期恐懼心理的壓迫下，有的人就出現了斯德哥爾摩症，也就是對行凶者反而生出依賴和感激之心。我看到有的人離開時，對馬三家還感恩戴德，那就是被精神摧殘的結果。」

　　「在馬三家，一般勞教人員每天都要幹 10 多小時甚至 20 小時的奴工，但有兩種人不勞動。一是被稱為『重點人』的未轉化的法輪功學員，她們不勞動是因為她們被帶到沒人看見的地方，每時每刻都在經受各類精神和肉體的酷刑折磨，直到她們屈服說不煉了，才恢復跟其他人一樣的勞作。另一種就是被警察選中來充當酷刑實施者的凶手和幫凶，叫『包夾』，她們 24 小時監視法輪功學員，包夾一般都是最心狠手毒的人，這其中也包括那些曾經慘遭折磨後患上斯德哥爾摩症的、被所謂轉化了的、曾經學過法輪功的人。其實她們早就違背了法輪功的教導，早就不是法輪功學員了。」

　　「比如大陸勞教所最常見的罰站、熬鷹這兩種酷刑，表面上看很溫和，就是讓你站那，一站就是連續十幾天、幾十天，腿都站腫了，腫得小腿跟大腿一樣粗，痛得連鞋都穿不上。只要不轉化，寒冬臘月或天寒地凍的就一直這樣站著，還不讓睡

覺，眼睛一閉上，包夾就上來打人，一連十幾天、幾十天不讓人休息睡覺。沒有睡眠，人的意志很容易垮掉，加上各種心理折磨，中共讓心理學專家給警察出主意，如何利用人的生理和心理特點來折磨人，不光是肉體上的酷刑，還有精神上的摧殘，再不轉化，警察就偷偷在吃的東西裡加藥，或直接注射精神病藥物，讓人精神失控。」

「你說我們煉功後身體好，按照真善忍修煉，對社會對單位、對家庭都是好事，為什麼非要用整部國家暴力機器逼迫人放棄呢？全世界其他國家不都歡迎法輪功嗎？就好比和尚不吃肉，為什麼非要強迫他吃肉呢？信仰是人最基本的選擇權，現在這樣搞迫害，受害的還是老百姓，昨天受酷刑的是法輪功學員，今天是勞教所的訪民，明天後就可能是我們每個人了。」

第四節

監管勞教所的人在哪？

面對馬三家勞教所犯下的罪惡，人們不禁要問：為何這樣慘絕人寰的罪行能夠發生在 21 世紀的地球上呢？中國不是有法律、有政府在管嗎？那些監管機構哪去了？

問題的核心就是，幹這些惡事之人，正是所謂的警察、法官、律師，所謂公檢法司的成員。人們說，公正比太陽更溫暖，而本應代表公正的司法體系，在中共治下、特別是江澤民鎮壓法輪功之後，卻變成了最黑暗的地方，從而把中國拖向地獄。

迫害法輪功 江澤民把中國拖向地獄

1999 年「4．25」法輪功萬人上訪之後，僅僅由於學煉法輪功的人數超過了中共黨員的人數，江澤民出於對法輪功創始人李洪志先生的妒嫉，不顧其他所有政治局常委的反對，一意孤行地

發動對法輪功的鎮壓。

無法體會人類信仰力量的江澤民，當初以為三個月就能消滅「打不還手、罵不還口」的法輪功，於是在發動「第二次文革」、鋪天蓋地誣陷、誹謗法輪功沒有成效之後，江澤民、羅幹不惜編造了所謂「天安門自焚案」，以此煽動人們對法輪功的仇恨。

與此同時，江澤民下令要不惜一切手段逼迫法輪功學員放棄修煉，搞所謂「轉化」。各級政法委為了達到江澤民提出的「消滅法輪功」的總目標，層層施壓，給每個勞教所制定轉化目標，達不到目標就剋扣工資獎金。專管迫害法輪功的「610」辦公室只看轉化率，只要能達到轉化率，無論採取什麼惡行，上級機關都不管。江澤民曾經親自下達密令，對法輪功不要講法制，「打死算自殺」、「不查身源、直接火化」。

江澤民還偷盜國庫，用經濟獎勵的方式，縱容鼓勵各地警察以酷刑折磨法輪功。江澤民對法輪功的迫害浸透到社會的方方面面，無論黨、政、軍、企事業單位、司法、教育、醫療、經濟、軍事、外交，全方位地配合中共的打壓政策，用金錢暴力維持著這次對上億無辜百姓的鎮壓。

據中共財政部一位官員透露，江澤民曾把相當於國民收入的四分之一投入到直接或間接鎮壓法輪功上，在最嚴重的年分，這個數字一度高達四分之三。

於是，一場「群體滅絕」罪行在江澤民的發動下，在中共政法委的指揮下，在各級公安、武警、國安、單位、街道辦事處，鋪天蓋地而來，徹底摧毀了中國剛剛建立的所謂法制。其中，黑幕最深的就是大陸 300 多個勞教所。

法輪功受迫害才是中國的核心問題

勞教所是中國的「法外之地」，馬三家的黑幕只是中共勞教所普遍現象的一個縮影。當局不需要經過任何司法程序就可以剝奪普通公民人身自由。這個黑洞甚至比中共的監獄還要黑，因為裡面沒有任何法律的監控、監管。很多無法想像地殺戮、酷刑都發生在勞教所。

據人權組織調查，從中共迫害法輪功以來，至少有 30 萬名法輪功學員先後被勞教，警察不但用最繁重的體力勞動和洗腦等精神折磨摧殘他們，還喪盡天良地活摘法輪功學員的器官。

中共給國際社會施加重大壓力：「什麼人權問題都可以談，但不能談法輪功。」這充分說明了法輪功問題在他們議程中的重要程度，也更說明這是中國社會的核心問題。這一問題不解決，其他問題也不可能解決。

由於鎮壓法輪功，把中國的法制、經濟、道德、文化徹底摧毀，江澤民成了中國歷史上的千古罪人，因此江非常恐懼，一旦他失去權力，若繼任者要清算他欠下的累累血債，他將難以逃脫。於是，這十多年來發生在中共官場上的「江胡鬥」，實質就是圍繞法輪功問題上。法輪功已經成為中國最大的政治問題，中國核心問題的關鍵。只有解開這個結，中國才有出路。

廢除勞教刻不容緩

2013 年 4 月 8 日，就在馬三家勞教所酷刑黑幕在大陸媒體上曝光，並引起網路轟動的第二天，遼寧省宣布成立了由省司法廳、

省勞教局和駐地檢察機關組成的調查組，並邀請相關媒體和部分人大代表、政協委員參加，對報導涉及的內容進行調查。

不過，由於經歷了太多被官方所謂公正調查所欺騙，民間對遼寧官方組建的這個調查組並不信任。《走出「馬三家」》一文中已經透露，瀋陽檢察機關多次因為民眾舉報而調查馬三家，但調查結果都是馬三家無罪。

《財經》雜誌副總編羅昌平在微博上公開對此表示憂慮，他以《老子查兒子》為題，評論遼寧的做法是：「這是老子查兒子，真有心給公眾一個交代，就允許民間自發組建調查團，在打掃之前進場。」

針對馬三家勞教所黑幕，大陸各界在震驚的同時，再次呼籲廢除中共勞教制度。很多民眾表示，這是「中國式的勞教集中營！」中國社會科學院農村發展研究所社會問題研究中心主任于建嶸表示，廢除勞教，刻不容緩！

國際投資促進會執行會長王平表示：「勞教制度實為踐踏法制的毒瘤，唯有剷除一途，絕無改革可能。勞教這種制度，奴隸社會時期和封建王朝時期都沒它醜惡，一再曝光被鞭撻卻磨蹭著死不悔改，全因貪戀鎮壓人民霸權的既得權力惡徒捨不得停下作惡多端的髒手。」

善惡就在一念間

目前的中國社會，正處在改朝換代和大變革的前夜，與200多年前的法國大革命有幾分相似。同時，做為一個面臨覆滅王朝的當權者個人，歷史的選擇和結果是無情的，絕不會因為其個人

品行的好壞而有所區別，不過，歷史也會給順應天意和歷史規律的當權者機會和榮耀，在蘇共解體起重要作用的前蘇聯領導人戈巴契夫，20 多年來得到國際與世人的尊重和讚譽。

從表面上看，法輪功問題似乎是中共不能被碰觸的底線，好像一碰就會導致中共滅亡，好像一碰就要帶來意想不到的問題。然而，歷史的選擇和最後結果不是人能夠想像的，也不以任何人的主觀意志為轉移。與其逆潮流而動，不如順天意而行。天理昭昭，法輪功的真相一定會大白天下，迫害元凶也一定會被懲罰。與其被動背黑鍋、當幫凶、做替罪羊，不如盡早按照人類應有的良知善念，給自己選擇光明的未來。

習江三次生死交鋒

第四章

「習近平打的」遭死亡威脅

中共從前蘇聯引進而形成的「勞教制」是目前世界上獨有的制度，一旦要廢除則需通過中共人大，不過人大委員長張德江聽命於江澤民派系 故意拖延阻撓。作為回擊，習陣營利用審判「深航案」等一系列動作，不斷曝光張德江的貪腐醜聞，同時判處江派鐵道部長劉志軍死緩，調查竺廷風，把江派銀行管家陳元踢出國開行，結果招來劉雲山編造的「習近平打的」恐嚇劇。

張德江（右）和劉雲山（左）靠拍江澤民的馬屁而升官上位，成為對陣習營的江派兩大新前台人選。（Getty Images）

第一節

張德江阻撓 醜聞被曝光

2013年4月7日，大陸傳媒《Lens》雜誌發表《走出「馬三家」》一文，披露了遼寧馬三家女子勞教所內令人怵目驚心的酷刑，在中國引起轟動。但是第二天大陸各大網站轉載的《走出「馬三家」》一文都被刪除，微博也開始刪帖。不過，有些大陸網站卻依然堅持傳播真相。

4月11日人們發現，刪除這篇報導的有：《Lens》雜誌網、雅虎、網易、騰訊、中華網、鳳凰網、青島新聞網等；沒有刪除的有新浪網、北方傳媒網、環球財經網、好男人網、法治天下網、天和財富網、溫商網、中國市場調研在線、青島網路電視台、中國西部開發網，人民網用遼寧省官方開始調查的報導替代了原來那篇揭黑報導。

了解中共官場運作的人都知道，這一發一刪的背後都是有原因的，絕不是偶然，裡面直接牽扯到中共高層兩派之間的較勁與

搏擊。中共內部的矛盾鬥爭一直在暗地裡進行，但從來沒有像現在這樣公開展現在百姓面前，裸露在全世界人面前。

一位北京知情人士向《新紀元》透露，習近平這邊想依法治國，想廢除勞教，但江澤民派系怕被清算，竭力阻撓。

「1月初，習叫孟建柱宣布要在今年（2013年）廢除勞教，兩會時，張德江拖著不辦，張管人大嘛，結果人大沒提勞教案。劉雲山更是把持宣傳口，前不久習出訪時，劉就開會定調媒體大方向，簡直是對著幹。現在高層爭得很厲害，兩邊都不讓，互相拉鋸，搞得很分裂。」

南周事件後 習陣營提廢除勞教

中共18大之後，很多人沒想到，「江胡鬥」會如此迅速地轉變成了「江習鬥」。胡錦濤以18大「全退」，換取與習近平政治上的緊密聯盟，而且在中共黨內高層達成默契，結束老人干政，「讓江澤民徹底退出政壇」。然而江澤民不甘心失去權力後的坐以待斃，頻頻題詞露相，叫板「習八條」，同時，江派政治局常委劉雲山密令廣東省委宣傳部副部長庹震，藉《南方周末》的新年題詞扼殺習近平的「憲法夢」，引發「南方周末事件」。

習近平因此震怒。1月7日中共政法委書記孟建柱在中共政法會議上宣布，2013年內停止使用勞教制度。消息剛一發出，就被新華網、中央電視台、《人民日報》等轉載，但數小時後，這三家官媒都刪除了這條消息。

當時《新紀元》就評論說，這一登一刪，反映出江習鬥的激烈。江澤民掌權時靠的是腐敗特權來籠絡人心，胡錦濤時代則是

諸侯割據的各自為王，表面上叫「集體領導」，但九個常委各管一攤，胡錦濤名義上有統轄權，但實際沒有實權。

同樣的局面出現在習近平時代。比如張德江要壓著不提出廢除勞教的提案，習近平乾著急也沒用，再比如劉雲山掌控的媒體宣傳，他要不登習的憲法夢，習就最多只能自己在家作夢，而無法把夢想實現，除非習拉下臉，非常嚴肅非常強烈地要求劉雲山。據說，南周事件後，習在中南海會上批劉雲山「添亂」。

張德江阻止勞教提案 被曝三大醜聞

2013 年 3 月中共兩會上，雖然張德江作為人大委員長，扣住了有關廢除勞教制的提案上交全國人大討論，但在 3 月 9 日的記者招待會上，人大法工委副主任郎勝公開表示：勞教制度改革不久將有成果。

郎勝在解釋廢除勞教制需要時間時說：「這樣一個執行了幾十年的制度，要進行改革也還有一些工作要做。比如說現有的一些體制機制需要作出相應的調整安排，再比如說現有的法律有關規定需要進行清理和修改，還有一些專門的工作要做。……我想用不了太長的時間，這項工作一定會有成效展示給大家。」

在此之前，2 月 5 日雲南省宣布，「即日起，包括涉嫌國家安全、反覆上訪、醜化領導人形象等在內的勞教審批全部暫停」，2 月 25 日，廣東省也宣布停止審批新的勞教。

人們從《走出「馬三家」》得知，一個小小的馬三家勞教所一年收入達上億元，全國有 350 多家勞教所，十多年下來，其黑錢有多少呢？廢除勞教所遭遇的阻力之大，也告訴人們黑幕有多

深。最關鍵的一點是，大陸勞教所是器官移植醫院的器官庫，很多勞教人員、特別是每個法輪功學員一進入勞教所，就被抽血化驗，一旦有人出錢需要某種特定器官，勞教所就可能有人會突然「病死」或所謂「回家」了，其實是被害死了。

據知情人士透露，前中共人大委員長吳邦國在兩會前確定：有中共黨員身分的中共政協委員與人大代表，在兩會上對勞教制度「可以討論，不允許提案」。所謂的民主黨派也依樣畫瓢，不做該方面的提案。張德江在人大內務司法會議上公開指責列席會議的孟建柱：「在勞教制度存廢重大是非方面立場出現偏差，陷入『激進改革』的敵對勢力圈套。」

不過，李克強在兩會最後的記者會上主動提到勞教制度，稱勞教制度改革方案將在年內出台。兩會結束後不久，人們就在海內外網站上看到很多張德江的貪腐醜聞。

2013 年 3 月 26 日，中國新聞網採訪了「7‧23」動車相撞特大傷亡事故中倖存的兩歲半女童小伊伊，這位動車事故的最後一名得救者。經過近兩年的治療，落下九級殘疾的孤兒小伊伊，被叔叔項餘遇接回溫州老家。

2011 年 7 月 24 日據中共中央電視台記者報導，「24 日凌晨四時許，浙江溫州境內的動車組列車追尾事故共造成 34 死 191 傷。事故現場經過生命探測儀顯示，列車上已無生命跡象。」此時距事故發生尚不到八小時。而有受害者家屬稱在事發五小時到達出事地點時，「現場已停止救援，他們說沒有生命跡象了。」而下達停止救援命令的正是在現場指揮搜救、時任國務院副總理張德江。

然而溫州市公安局特警支隊支隊長邵曳戎拒絕停止搜救。「萬一有生命跡象呢？怎麼向人家交代？」他和身邊幾個人堅持

繼續在橋面上搜救。事發 20 小時後的 24 日 17 點 40 分左右，他們在 D3115 次列車第 16 節車廂進行搜救中發現了依然還活著的小伊伊，同時還找到了八具遇難者遺體。假如張德江不下令停止搜救，更多人會有存活的希望。

第二天 3 月 27 日，《爭鳴》雜誌披露說，2013 年 1 月下旬，前廣東省省長黃華華曾向王岐山遞交一封致中共政治局、中共人大常委會黨組、中紀委的信件及附件，長達四萬多字，舉報黨組內高層在廣東貪腐情況，其中包括張德江。

舉報稱，黨內高層在廣東貪腐、侵吞、揮霍資金、財產等情況是怵目驚心的，是經過收集、調查及其他人士協助得來的。據黃華華披露：被點名在廣東持有別墅、豪宅的高官有：前政治局常委、國家副主席曾慶紅，以及曾培炎、唐家璇、肖揚、當時在職的李長春、劉淇，18 大晉升的張德江、張高麗、杜青林等。

3 月 24 日，張德江的妻子辛樹森是年薪百萬的銀行高管，薪酬超標等舊聞，再被外界翻炒。

早在 2009 年 4 月 13 日《證券日報》披露，張德江的妻子辛樹森是年薪百萬的銀行高管。「多家銀行高管薪酬超標，財政部限薪令面臨嚴峻考驗」，其中就包括張德江妻子、時任建行副行長的辛樹森。

據建行年報顯示，多家銀行高管薪酬雖然已從 2007 年有所下降，但還是在百萬以上。建行董事長郭樹清的薪水已經從 2007 年的 179.5 萬元（人民幣，下同）降到 156.9 萬元，而行長張建國和副行長辛樹森的薪水也分別降到 156.1 萬元（之前 177.4 萬元）和 140.9 萬元（之前 155.1 萬元）。

就在媒體不斷曝光張德江這位從北韓留學歸來、靠「六四」

時壓制學生而「穩定有功」從而被江澤民重用的江派人馬醜聞時，2013 年 4 月 9 日，也就在江派人馬開始刪除馬三家黑幕報導時，北京市第二中級法院突然開始受理深圳航空有限責任公司 20.3 億資金被非法挪用案，深航原高級顧問李澤源、原董事長趙祥等六名高管一起出庭受審，趙祥甚至身穿病患服帶口罩出庭。他們被控挪用深航 20.3 億元資金，導致高達 7.5 億元的資金至今未還。曾三次入獄的李澤源當年掌舵深航，四年時間給深航留下近百億的財務黑洞大案。

2005 年，當時名不見經傳的李澤源出資 27 億元人民幣，擊敗中國國際航空公司（國航）、中信集團、平安保險乃至外資巨頭，入主深航，轟動海內外。而李澤源當年之所以能夠空手套白狼，除了違規借用關國亮（新華人壽前總裁）八億元資金，背後更牽涉多位中共黨政軍高層以及高幹子弟，其中包括時任政治局委員、廣東省委書記的張德江。

中共 18 大前，北京政壇知情人士曾透露，在深航案的陰影下，張德江進入政治局常委的希望應該已經破滅，他「18 大入常無希望」，「大概也只能接受這樣的政治安排」。

但是薄熙來的倒台給了張德江一個機會。在江派香火幾乎後繼無人的情況下，張德江在重慶做了一段時間的書記後，最終入常。就連江派在海外的媒體也承認，張德江入常本來並無希望，但是薄熙來的下台給了他這個機會。

誰在拆習近平的台？

就在 2013 年 4 月 7 日這一天，習近平在海南召開的博鰲論

壇上談到，「不能這邊搭台、那邊拆台，而應該相互補台、好戲連台」，人們一般將此話解讀為針對國際形勢而言，不過，這也是習近平在國內處境的真實寫照。

比如習近平這邊想「依法治國」，那邊就有張德江、劉雲山等人拆台；習近平想有個「和平發展」的環境，江派徐才厚、王軍等人，就背地裡操控北韓叫囂戰爭；習近平想處理好釣魚島爭端，梁光烈、周永康等人就煽風點火，激化矛盾，鼓動人們上街遊行；習近平想公布官員財產，曾慶紅就說以會引發「社會上大混亂」為藉口加以威脅，曾慶紅還公開講，馬列主義、憲法從來沒說不許官員家屬經商，周永康也利用手中控制的特務機關威脅說，如果七常委公布財產，就讓他們難堪，最終讓他們下台；習近平想懲治薄熙來，就有周永康、王軍、烏有之鄉的人跳出來保薄⋯⋯

概括來說，中南海已出現高度分裂狀態，這種分裂的態勢比歷史上任何時候都更明顯、更強烈，雙方激烈對抗，公開叫板，但核心問題就是道德良知的選擇。

江澤民從破壞信仰入手，踐踏法律、侵害人權，一旦法律從政法委這個缺口開始洩漏，整個社會也就坍塌了。強權對一個人的不公，就是對全人類的不公，惡性腫瘤會蔓延侵蝕整個肌體。

此次王岐山布署的馬三家事件，可以說是高層對此問題的「壓力測試」。就像結束文革時那樣，先是推出張志新、林昭等人慘遭酷刑迫害的故事，激起民眾對惡行的憤慨，然後順理成章地廢除以前的惡政，為後面的平反開路。此前，官方不是宣判了一起因抓捕訪民、開設黑監獄而被判刑的政法委雇傭人員嗎？不過，如何真正廢除勞教、消除酷刑、懲罰惡人，是擺在北京當局面前必須回答的一份考卷。

第二節

劉雲山下達「三不」密令

　　2013 年 4 月 10 日，曝光馬三家女子勞教所殘忍酷刑罪惡的文章在中國大陸網路和社會滿天飛；同時，江澤民心腹鐵桿——原鐵道部部長劉志軍被提出公訴；而前一汽集團總經理竺廷風被調查——江澤民老根據地出大震盪；與此同時，大陸的禽流感疫情正日趨擴散。值此之際，中共負責宣傳的常委劉雲山讓中宣部下達的「三不」密令曝光。

　　這三大最新敏感大案都指向中共前總書記江澤民，案件的背後推手是中共政治局常委、中紀委書記王歧山。4 月 10 日，針對三大案，中宣部下達「三不」密令：

　　1. 對前鐵道部部長劉志軍案有關問題（包括提起公訴、開庭審理、宣判等）的報導嚴格按新華社通稿刊播，各媒體及網站不自行做其他報導和評論。

　　2. 對馬三家女子勞教所的報導及相關內容，一律不轉、不報、

不評。

3. 中紀委對吉林省原常務副省長竺廷風的處理，媒體不報導、不評論。

劉雲山封殺馬三家和《姜戈》

現任中共政治局常委、江澤民的鐵桿劉雲山作為前中宣部長，一直壓制網路自由，言論自由，被稱之為「納粹宣傳部長」。從 2013 年年初的壓制「南周事件」到封殺「馬三家暴行」報導的背後都有劉雲山的鬼影，中共媒體界消息稱，這個中宣部密令背後就是劉雲山。

2013 年 4 月 11 日在大陸新浪微博檢索「馬三家勞教所」，得到的顯示是：根據相關法律法規和政策，「馬三家勞教所」搜索結果未予顯示。

一位大陸民眾表示：「1997 年夏天，10 歲的我在家看了 Alan Parker 的電影《午夜快車》，電影裡那座恐怖的土耳其監獄成為我童年的夢魘，也許除了地獄，沒有比那更可怕的地方。近日看了馬三家女子勞教所的報導，我被那些文字驚出了一身冷汗，原來那座土耳其監獄就在我們的身邊。」

就在同一天，獲 13 項奧斯卡提名，由昆汀・塔倫蒂諾（Quentin Tarantino）執導的電影《被解救的姜戈》（Django Unchained）在大陸上映，首日開場一分鐘就遭全面停映。據媒體人披露，是因為裡面的酷刑場面容易讓人聯想到如今在大陸被火爆討論的馬三家勞教所內的酷刑場面。

4 月 11 日陸媒報導稱，大陸各大影城接到中影集團通知，原

定當日上映的昆汀作品《被解救的姜戈》因技術問題，全國臨時暫停上映，影城已售出的電影票將做退票處理。在聲明中強調是：「恢復放映時間將另行通知，請密切關注。」

網友「血一刀」在微博中憤怒的表示，剛剛看了一分鐘《被解救的姜戈》，就被叫停了：「在三里屯美嘉看第一場《姜戈》，剛看了一分鐘，停了！！工作人員進來說廣電總局和院線都來電話說要推遲！！誰能告訴我這他媽是什麼情況！！！」

有網友留言稱，看了一分鐘就被叫停，這也算創造中國電影的歷史了。香港作家、詩人、攝影師廖偉棠隨即回帖表示：不是因為怕露，是怕人聯想馬三家。

劉志軍案的報導水溫不一

北京時間 2013 年 4 月 10 日午間，中共喉舌新華社最先發布消息稱，鐵道部原部長、黨組書記劉志軍受賄、濫用職權一案，已由北京市人民檢察院第二分院依法向北京市第二中院人民法院提起公訴。北京市二中院已依法受理此案，並將擇日開庭審理。

但蹊蹺的是，同一天另一個中共的龍頭喉舌《人民日報》對劉志軍被公訴的消息沒有任何提及。

獨立評論人「老徐時評」依據起訴書中提到的四個「特別」推測，「看來他的命可能保不住了」。

劉志軍一直被認為是由中共前總書記江澤民一手提拔。江澤民當政期間每到地方上視察，乘坐專列都由劉志軍全程陪同，劉鞍前馬後精心侍候拍馬屁，成為江派人馬中一個舉足輕重的人物。劉志軍因得到江澤民的「賞識」而在官場一路橫行，被認為

是江系核心人馬。此外，劉志軍將鐵通的資產轉給了江的兒子江綿恆。

而在 2013 年年初召開的中紀委發布會上，劉志軍案與重慶前市委書記薄熙來案並列成為 2012 年中紀委重點查處的「大案要案」，同時被視為中共反腐打老虎的標誌性案件之一。而如今，劉案也即將成為習李上任之後，司法機關審理的最大貪腐案件。

外界分析，薄熙來案發以來的整個處理過程一直伴隨著打江行動，而劉志軍案則是削江行動的另一把匕首，在薄案的一些關鍵點上，由江澤民一手提拔的劉志軍都被拋出。

江澤民人馬竺廷風被調查

中共中宣部的密令還包括：關於中央紀律檢查委員會對吉林省原常務副省長竺廷風的處理，媒體不報導、不評論。

2013 年 3 月 31 日，親近習近平陣營的大陸媒體財新網報導稱，多個訊息源向財新記者確認：吉林省委副書記、前一汽集團總經理竺延風正在接受中央紀委調查。

據悉，一汽是江澤民的老根據地。江在 1956 年從蘇聯回中國後，歷任長春第一汽車製造廠動力處副處長、副總動力師、動力分廠廠長兼任黨支部書記，一直到 1962 年離開。

竺延風與江澤民的關係非同一般。每次江澤民到一汽，愛說「我是一汽人」。2000 年 8 月 25 日，江澤民第三次到一汽，接待他的正是時任一汽集團公司總經理的竺延風。

竺延風的父親竺培曜與一汽原動力分廠廠長、一汽副廠長沈永言早在 1950 年就是同事，竺培曜為沈永言的班組長。江澤民

與沈永言及竺培曜的關係非同一般。《江澤民在一汽的歲月》即為沈永言為拍江澤民馬屁所著。

1990 年末，汽車市場萎縮，一汽積壓了 1 萬 8000 輛車，資金周轉非常困難。沈永言到北京去江澤民家裡訴苦。江澤民打電話給解放軍總後裝備部，一句：「這 1 萬 8000 輛車給部隊，國務院撥六個億，部隊拿兩個億。」裝備部高層只得點頭。

分析稱，此次披露江派部級高官涉嫌貪腐的又是江派宿敵胡舒立主辦的媒體。財新網再度披露江派部級高官貪腐被中紀委調查，顯然，背後是中紀委王岐山的授意，欲通過財新網釋放信息探水溫，胡王再聯手跡象明顯，江澤民老根據地失火，又有「大老虎」將現身。

不久後，大陸財新網當時再度披露，2013 年兩會前夕，一汽集團多名企業高管突被專案組祕密帶走「協助調查」，被揭開的案中案，越滾越大。集團及主要合資公司的 200 餘名中高管理層有可能將被調整，而有些人肯定會入獄。這將是一汽 1953 年建廠以來最大的人事震盪。

消息人士透露，「可以確定，某些人的最終歸宿一定是監獄。」

習近平出訪 劉雲山搞鬼

2013 年 3 月時分，北京經歷了一場嚴酷的倒春寒，溫度下降，中宣部的一個宣傳部長會議，更讓中國媒體人士感到了陣陣寒意。3 月 24 日，習近平外訪期間，大陸傳來中宣部的五點宣傳基調，被民眾認為是「讓人感到一股倒春寒的冰冷感覺」：

1. 中國的媒體，不管是傳統媒體還是新媒體，都應當是黨的

喉舌。今後不允許黨管的媒體發出與黨利益相違背的聲音，否則就收回經營權；

2. 今後不能允許反馬列毛言論公開在媒體上出現；

3. 堅持反黨等立場的所謂「新三反人員」不能繼續待在媒體，不能從事輿論宣傳工作，不換立場就換人；

4. 要加強黨對媒體的管理和引導，不能總是報導負面東西，卻對正面東西視而不見；

5. 不能讓有「新三反」傾向的人在高校從事新聞人才的培養工作，並派出黨政幹部到各高校新聞專業去與各高校新聞老師到黨政機關換崗。

在新浪微博上，網友「愛有心‐義有我」說，「新近中央宣傳工作會，講話精神已傳達，讓人感到一股倒春寒的冰冷感覺。喉舌論，新三反，不換立場就換人……」

劉雲山出局最高決策圈

18大前夕，江派被胡習聯盟從軍隊核心層清洗出局，喪失軍權，而後在政府層面，總理李克強的地位也從第三升到第二位，兩會後，汪洋、李源潮、劉延東等團派人馬全線上位，江派除三人進入政治局常委外，幾近全軍覆沒，在中共政府體系裡，習李基本掌控了局面。

有消息稱，2013年3月18日在中共中央政治局第19次會議上，中南海最高層宣布了「重大決策決定、緊急應變、軍事國防、經濟、外事」這五大核心決策領導小組成員的職責和職能。習近平擔任四個小組組長，李克強擔任一個小組組長及四個小組副組

長，李源潮擔任了其中四個班子的副組長並兼任第一、第二組辦主任，張德江只獲得兩個小組副組長職務，張高麗則獲一席，而劉雲山則不在五大核心決策組之內。

在「南周事件」、「馬三家勞教事件」及劉志軍案中，劉雲山公開表露出與習李陣營叫板的姿態，很快劉雲山就收到多次警告，劉雲山兒子劉樂飛涉嫌貪腐的舊聞也再被外界翻炒。

2004年，年僅31歲的劉樂飛被劉雲山強力安插到中國最大的機構投資人——中國人壽保險股份有限公司，出任投資管理部總經理，負責掌管超過5000億元保險資產的投資運用。同時每年還有將近1000億元的新增現金保費資產需要進行投資運用。而這塊肥肉被劉雲山死死盯住。

「入主中國人壽投資管理部以後，劉樂飛左右一明一暗，手托兩家公司，輕鬆運作，大肆斂財，實現其竊取國家資財的終極目的。」消息人士這樣說。「劉雲山主要在內蒙發跡。劉氏家族始終以內蒙為依託，大肆竊取國家財富，滿足其家族無限貪慾。」

「2004年前，劉氏家族已經暗中實際掌控了大象投資公司，並且操作了對內蒙伊利股份法人股的操控，股改後，其掌握的伊利法人股時值超過數億元。同時還控股了另一家內蒙上市公司——金宇集團的大部分法人股。而且，在內蒙掌控了相當多的礦產資源的所有權，包括煤礦、鉬礦等。」

靠薄一波江澤民發跡 劉雲山力挺薄熙來「唱紅」

劉雲山是山西忻州人，薄熙來、薄一波父子是山西忻州定襄縣人。劉雲山的父母在內蒙古當官，父親是薄一波的下屬。劉雲

山一路走來，一是靠薄一波栽培，二是靠江澤民提拔。

1968 年文革期間，劉雲山在內蒙古蘇葡蓋公社下鄉勞動，中專畢業後做過教師、宣傳幹事，1975 年至 1982 年任新華社內蒙古分社記者、黨組成員，1982 年至 1984 年任內蒙古團委副書記。劉雲山最初的發跡，與薄一波的栽培有很大關係。劉雲山早在 1985 年即已被作為「省部級幹部第三梯隊人選」，成為最年輕的 12 屆中央候補委員。

江澤民在 1989 年當政後，劉雲山快速升：1991 年任內蒙古赤峰市委書記，1993 年被提拔進京任中宣部副部長，2002 年中宣部長原部長丁關根退休後，劉雲山接任中宣部長，同時升任政治局委員、中央書記處書記、中央文明辦主任。

中共 18 大，江澤民力阻胡溫習人馬入常，把劉雲山硬塞進政治局常委，成為江系在中共權力的代言人。

劉雲山還一直力挺薄熙來。2009 年 11 月劉雲山到重慶調研，他公開表示：唱紅「讓我心潮澎湃，熱血沸騰！」他在重慶市委宣傳部說：「重慶開展的『唱讀講傳』活動，這樣的宣傳教育才有生命力。」他還說「紅歌體現了先進文化的方向。紅歌要永遠唱下去，唱得更響更遠，更有力量。」

劉雲山積極追隨江澤民迫害法輪功

1999 年 7 月江澤民在中國大陸發起鎮壓法輪功運動，並設立了兩個專門對付法輪功的中央工作組：由羅幹掌控的「610 辦公室」和劉雲山操控的「宣傳工作辦公室」。

2000 年 1 月，中宣部等聯合召開全國電視電話會議布署開展

「掃黃打非」行動，要求各地各部門查繳法輪功類出版物，結果導致大陸民眾想要了解法輪功，想要閱讀《轉法輪》都找不到書可讀。

2000年2月，劉雲山主持全國「同法輪功鬥爭先進事蹟報告會」，遼寧馬三家教養院女二所所長蘇境、湖北沙洋勞教所歐陽代霞彙報勞教轉化工作，劉雲山稱，打擊法輪功骨幹「取得了重大勝利」，要求「把同法輪功鬥爭進行到底」。

2001年7月，中宣部、中央文明辦、「610」等聯合舉辦反法輪功大型展覽，劉雲山在開幕式上講話，要求按照江澤民「三個代表」為指導，「徹底鏟除法輪功」。

由於誣陷法輪功有功，2002年劉雲山升任中宣部長。羅幹退休後，江澤民讓其心腹周永康接任了政法委書記，繼續嚴酷鎮壓法輪功。2003年11月，劉雲山、周永康還專門一同出席了所謂反法輪功大型展覽。2005年，「追查國際」（追查迫害法輪功國際組織）發表《對中宣部劉雲山、徐光春、李東生等人的追查通告》指，中宣部是中共對中國媒體和全民精神控制的最高權力機構，中宣部緊密配合參與迫害法輪功，全方位開動媒體對法輪功進行了系統性的妖魔化宣傳，謊言策劃煽動全國民眾對法輪功的仇恨敵視，成為推行滅絕政策的機器。通告把劉雲山列為追查對象首位。

此前，追查國際作為獨立非政府組織，調查、核實並立案記錄下劉雲山參與鎮壓法輪功的種種罪行，一旦海內外有法庭審判劉雲山，這些調查資料就是現成的起訴材料。如2004年劉雲山利用大陸媒體掩蓋勞教所罪行，利用所謂「掃黃打非」，下令中國海關和全國郵政系統非法監視、攔截、扣押法輪功學員為澄清事實、揭露迫害真相的出版物與信件；利用「世界中文報業協會」，收買脅迫境外中外媒體參與迫害和洗腦等。

第三節

習近平清洗江系

2013 年 4 月 7 日，由財經雜誌體系分離出來的《Lens》雜誌罕見地發表了兩萬字的調查報告《走出「馬三家」》，揭露中共政法系統樹立的「先進模範」馬三家勞教所用酷刑折磨人。該雜誌具有明顯的習近平、王岐山背景。一石激起千層浪，各大網站紛紛轉載，新浪網等還把標題改為更加直觀的《揭祕遼寧馬三家女子勞教所：坐老虎凳綁死人床》等標題。人們驚呼：「那一夜全中國都沉浸在馬三家勞教所的黑暗中。」很多大陸知識分子主動站出來，嚴厲譴責這 21 世紀不可容忍的野蠻和殘酷，並稱，這再次證明國外「反華網站」十年前揭露的都是事實。

被刪的馬三家報導「復活」突顯高層分裂

就在劉雲山竭力封殺勞教所黑幕的同時，4 月 14 日早晨新華

網突然在首頁呈現兩篇有關勞教改革文章，之前遭刪帖的馬三家酷刑報導也紛紛復活。

馬三家的黑幕直接牽扯到江澤民和把持政法委的周永康。江澤民利用勞教所為鎮壓法輪功犯下驚天罪行，由於怕被清算，勞教所黑幕一直是江派掩蓋最深的祕密，廢除勞教制也就「撬動了江派的根」，習近平亮出勞教所這張牌，也是對付江澤民派系最好的「殺手鐧」。（詳情請看《新紀元》新書《習近平對江澤民亮出殺手鐧》）

新華網的首頁兩篇文章之一《勞教制度改革路在何方》，開篇就說：「已經在中國存在近 60 年的勞教制度將在今年（2013 年）內啟動改革。」接下來文章針對 3 月兩會因為江派人馬張德江擔任人大委員長而故意扣押了有關勞教變革的提議，直接點出習李陣營的回應對比。「3 月 17 日，在 12 屆全國人大一次會議閉幕會後的記者招待會上，新任國務院總理李克強表示，有關中國勞教制度的改革方案，相關部門正在抓緊研究制定，年內有望出台。」有人爆料說，兩會前吳邦國私下打招呼說：有中共黨員身分的中共政協委員與人大代表，在兩會上對勞教制度「可以討論，不允許提案」，民主黨派也不作該方面的提案。

文章還提到 1 月 7 日由新華網、中央電視台、《人民日報》轉載，但在幾小時內就被刪除的孟建柱的講話內容。「1 月 7 日，中央政法委書記孟建柱在全國政法工作會議上表示，待報中央批准後，今年（2013 年）適時建議國務院提請全國人大常委會批准後、停止使用勞教制度。」細心人會發現，孟建柱用的詞是「停止使用勞教制度」，是停止而不是改革，這等於是要廢

除勞教制。

　　文章接下來介紹了現行勞教制度的依據主要有三個：1957 年的《國務院關於勞動教養問題的決定》、1979 年 11 月人大批准國務院發布的《關於勞動教養的補充規定》以及 1982 年 1 月國務院轉發公安部制訂的《勞動教養試行辦法》，並就勞教制度的出路請專家談了看法，其中「中國人民大學教授莫于川認為，消除勞教制度改革的法律障礙，其實只需要全國人大和國務院作出一個決定，廢除相關文件就可以，公安部等其他部門可以根據要求同步廢止或者取消相關規章、規範性文件，『這並不困難』。……如果我們單從維持社會秩序的角度考慮，那任何東西都動不了；如果從尊重人權的角度考慮，就應該立即行動。」

　　「據司法部官網公布的數據，截至 2012 年年底，全國共有勞動教養管理所 351 個，在所勞教人員五萬多人。」文章最後用權威人士的話總結說：「現任中國法學會黨組書記的陳冀平曾經長期擔任中央政法委副祕書長，他近期在接受媒體採訪時表示，現在停止勞教制度的時機已經成熟，……而停止勞教制度的關鍵在於提高基層政法幹警、尤其是公安民警的執法手段和維護社會安定的能力。」

　　新華網首頁另一篇文章《中國勞教制度改革不會因上訪媽媽敗訴而止步》。湖南永州「上訪媽媽」唐慧因未成年女兒被人蹂躪強姦而官方包庇凶手，她多年上訪未果反而被判勞教。唐慧認為，永州市勞教委 2012 年 8 月對她作出的勞教決定不合法，應書面道歉，並支付賠償金、精神損害撫慰金共兩萬多元。2013 年 4 月 12 日下午，唐慧起訴永州市勞教委一案被官方駁回，唐慧當庭表示上訴。此前大陸媒體紛紛報導了唐慧的冤屈。

陳元「捧江祭薄」被踢出國開銀行

　　2013年4月10日，中共八大老之一陳雲的兒子、著名太子黨、國家開發銀行（簡稱：國開行）董事長陳元突然高調在《人民日報》撰文吹捧江澤民，第二天財新網引用多位國開行內部人士消息稱，陳元將被撤職。五天後的4月15日，新華網電報交通銀行公告，宣布胡懷邦請辭交行董事長之職當日生效。報導稱，曾在多種金融機構任職的胡懷邦將執掌國家開發銀行，這等於官方間接證實陳元被解除國開行職位。

　　國開行是中國第五大銀行，交行為中國第六大銀行。陳元在2013年中共「兩會」後成為了政協副主席，這次其國開行實權被解除，被認為是中南海「明給面子、暗中打擊」的舉動。政協副主席雖屬「國家領導人」，但遠不如開發銀行董事長「實惠」。

　　外界分析，陳元丟掉這個位子，不僅會失去巨大的經濟利益，因其擔任國家開發銀行行長多年肯定有許多不可告人的「祕密」，離開後他的繼任者可能將這些祕密的「蓋子」揭開，這對於陳元來說不只於是滅頂之災。於是，困獸猶鬥，垂死掙扎，才有了陳元此番頂風作案，藉重溫1993年江澤民的講話來捧江。

　　類似情況還出現在中石油原董事長蔣潔敏身上。《新紀元》曾在報導中提及，長期被周永康控制的中石油，一直是政法委維穩系統高壓鎮壓的「黑金庫」之一。為了查處周永康在中石油的貪腐證據，蔣潔敏被「高升」到中石油的上級主管單位「國資委」當主任。

　　類似的手法也體現在政治局七位常委的任命中。江派好像用張德江、張高麗、劉雲山把李源潮、汪洋等人趕出了常委，但不

到四個月人們就發現，江派是「贏了面子、輸了裡子」，這些江派人物只是成了「印象派」，徒有虛名而沒多少實權，實權都被胡錦濤的團派和習近平陣營的人瓜分架空了。比如，李源潮最後替代劉雲山成為國家副主席，而且有資格出席和旁聽政治局常委會議，還有投票表決權。

外界分析，這種「外表柔順、實際強硬」的作風，「放棄虛名、直取實權」的做法，不但具有強烈的「胡錦濤風格」，也有「習近平色彩」，這是胡習聯盟的結果，至少面子上給對方足夠的空間，「先禮後兵」，「息事寧人」。不過，走在絕路上的江派人馬卻不領情，不斷跳出來鬧事，陳元就是其中一例。

為薄熙來夫婦喊冤 毛左公開反撲

據大陸網站報導，「2013 年 4 月 3 日清明節前夕，烏有之鄉站長范景剛前往八寶山祭拜了薄一波、谷景生等。在毛澤東紀念堂，范景剛看到陳雲之子陳元給毛澤東敬獻的大花籃，上寫『偉大的毛澤東主席永垂不朽！』在烈士公墓，范景剛又看到陳元給薄一波敬獻的花籃，上寫『薄一波同志永垂不朽！』而且落款都註明『國家開發銀行陳元』。」

范景剛祭拜時，稱讚薄一波「用毛澤東思想培養了一個傑出的兒子，成為偉大的人民英雄」；又稱薄熙來「雖遭陷害蒙難，但人民沒有忘記他，堅定支持他」；並發誓「一定要打倒漢奸賣國賊，再造一個乾淨的紅色新中國。」

港媒評論說，薄熙來倒台一年後，左派藉清明節公開為薄熙來、薄谷開來夫婦喊冤，「明顯是剝中國國家主席習近平和中共

當局的眼眉。」是在挑戰習近平。

薄熙來和陳元兩家三代關係都很親密。1950 年代陳雲主持中共計畫經濟，薄一波是其得力助手，兩人在幾十年的從政生涯中是共進退的關係。到了陳元和薄熙來這一代，陳元的國開行不斷支持薄熙來在重慶「搞建設」，其中包括 2010 年國開行支援重慶「二環八射」項目建設的貸款餘額為人民幣 337.39 億元人民幣，對項目的累計承諾貸款達 506.83 億元。王立軍事件後薄熙來被免職，陳元仍一直暗中進行支持薄的活動。中國金融界消息人士稱：「重慶從國開行獲得的支持力度，是其他省級政府都不可能獲得的。」

外界認為，薄熙來讓兒子與陳元的女兒陳曉丹「拍拖」，政治目的明顯。陳曉丹在哈佛期間與薄瓜瓜是戀人，兩人同遊西藏時享受特級待遇被媒體曝光，遊玩過程中全程警車開路。2012 年 2 月有大陸媒體稱，薄瓜瓜在哈佛大學的同學證實，兩人幾個月前已經分手。對此有人說：「不得不說，陳大小姐家族消息靈通。」

《環時》強行解釋中國夢 《南都》針鋒相對

2013 年 4 月 16 日上午《環球時報》刊登署名文章《王義桅：外界對「中國夢」的十大誤解》，提到將「中國夢」誤解成憲政夢、人權夢、民主夢、復興夢，該文認為「中國夢」就是中國人夢、中國夢、中華夢的三位一體云云，《環球時報》對「中國夢」的強行解釋，引起輿論極大反彈。

《南都》評論在當晚深夜發表「南都快評」說：「相較於對『中國夢』的多元解讀，更要警惕對其解釋權的壟斷。『憲政夢、

人權夢、民主夢」本身已是寫入現行憲法的國家理想,不乏共識,絕非個別人的個別主張,更不是誤解。『中國夢』應當回歸公民個體的各自理解,尊重百家爭鳴,允許自由探討,要讓每個人都免於恐懼地喊出『我有一個夢想』。」

《環球時報》是中共中央委員會機關報《人民日報》社主辦與出版的國際新聞類小報,創刊於 1993 年 1 月,被外界視為左派陣地代表,江系色彩濃厚,曾為薄熙來叫屈。《南方都市報》1997 年 1 月 1 日正式創刊,為廣東省委機關報《南方日報》的子報。在中共當局箝制言論的高壓下,《南方都市報》被認為是相對比較敢言的媒體。

大陸媒體之間就「中國夢」解釋的對立引起民眾的關注。很多人說,「連做夢、釋夢都要管了?」「現在的問題不是『中國夢』的內涵是什麼,而是少數人強迫大家上床做夢是否合法。眼下各單位都在催眠,其噁心程度,和重慶模式完全一個球樣。」「憲政原本不是夢!老蔣 80 年前都提出了軍政—訓政—憲政時間表,可 80 年過去,憲政倒成了國人的白日夢?!」

《環時》強行解釋習近平的話,這已經不是第一次了,在 2013 年 3 月底習近平首次出訪之際,《環時》對習近平 18 大後系列的講話就四大問題作澄清「是非」,統一認識;當習近平在博鰲論壇上公開批金正恩政權後,社會上出現放棄北韓輿論,《環時》刊文威脅警告習近平「別幼稚」;當習近平說「將權力關進制度的籠子」,《環時》馬上稱這不是關進西方三權分立那樣的籠子裡,迫使中共官僚進行「縮小性解釋」。

習近平動勞教所 點了江澤民死穴

　　為什麼江派如此張狂地要和習近平對著幹呢？雙方矛盾的核心就是法輪功問題。江澤民與習近平的衝突，其實是江澤民與胡錦濤衝突的繼續，江澤民是發動鎮壓法輪功的元凶，江派人馬對法輪功犯下累累血債，而胡習陣營大多沒有直接主動參與這場涉及上億善良民眾的政治運動所造下的罪行。

　　1999 年 7 月，江澤民出於個人妒嫉，一意孤行發動了全國範圍內對以真善忍為指導修煉的法輪功群體的鎮壓，並延續至今。江澤民下達了對法輪功修煉者要「名譽上搞臭、經濟上截斷、肉體上消滅」、「打死白打、打死算自殺」、「不查身源、直接火化」、「三個月內鏟除」、「對法輪功可以不講法律」等一系列「群體滅絕」政策。

　　為了迫害法輪功，江澤民給了各級政法委（及其下屬的專門迫害法輪功的「610」）凌駕於憲法和其他法律的「超級」權力。全部國家機器公安、國安、武警、勞教、司法、檢查、宣傳、外交、教育、文化等一切部門，都圍繞迫害法輪功而運轉。

　　據明慧網公布的數據，已有 3645 名法輪功修煉者被證實迫害致死、近萬人被判刑、數十萬被勞教、上百萬人被騷擾、上億人被剝奪信仰「真善忍」的權利。目前中共活體摘取法輪功學員器官牟取暴利的「這個星球上前所未有的罪惡」也在全球不斷被揭露。

全球起訴江澤民 30 多國參與

　　江澤民作為發起對法輪功殘酷迫害的元凶先後在全球 30 個

城市和地區，被以「反人類罪」、「群體滅絕罪」和「酷刑罪」等多項罪名，在 50 多個刑事和民事訴訟案中被起訴。

2002 年 10 月江澤民訪美，抵達美國三天就接到海牙國際刑事法庭和美國聯邦法庭兩個訴訟狀。他被控告侵犯人權、酷刑折磨和謀殺無辜的法輪功學員。這讓江澤民在國際社會顏面掃地。

2003 年 9 月 30 日，由 100 多個組織和知名人士加盟的「全球公審江澤民大聯盟」在華盛頓 DC 國家記者俱樂部宣布成立。這個「凝聚一切正義力量，揭露江氏所有罪行，把江澤民送上良心、道義和法律的審判台」的正義行動，在人類歷史上第一次寫下了起訴在位獨裁者的輝煌篇章。

2009 年 11 月 19 日，西班牙國家法庭在經過兩年多的調查後，決定按照國際法「普世司法管轄權原則」（Universal Jurisdiction）的法條裁決，對江澤民、羅幹、薄熙來、賈慶林、吳官正五名中共官員發出傳訊令，要求他們對法輪功學員犯下的「群體滅絕罪」及「酷刑罪」行為進行解釋。

2009 年 12 月 17 日，阿根廷聯邦法院刑事及懲治庭第九法庭法官拉馬德里德（Octavio Araoz de Lamadrid）下令，在全球範圍內，逮捕中共前黨魁江澤民和前政法委書記羅幹，押到法庭接受被控犯下「群體滅絕罪」和「酷刑罪」的審判。這兩人一旦出國，就會被國際刑警隊抓捕。

「全球公審江澤民大聯盟」除了公審江澤民外，還對積極參與迫害的中共各級官員發起了訴訟追查，目前已有 30 多位中共高官被起訴。善惡有報，即使江澤民再恐懼，全球公審江澤民及其幫凶的日子也已經不會太遠了！

第四節

「習近平打的」
劉雲山死亡威脅

2013 年 4 月 18 日，香港《大公報》在 A6 要聞版，以一個整版的篇幅，繪聲繪色地講述了當代皇帝「微服私訪」的故事《北京的哥奇遇：習總坐上了我的車》。該文由《大公報》北京分社社長王文韜以及北京分社副總編輯馬浩亮共同撰稿。

報導訪問了出租車司機郭立新，郭表示 2013 年 3 月 1 日周五晚間，在鼓樓西大街載上兩名男士，前往城西的釣魚台大酒店。其中一人坐在右前座，另一人坐後座。郭立新表示，他後來發現坐右前座的人是習近平，車費 27 元，習最後付了 30 元，堅持不找錢。郭立新並要求習近平題字，習用圓珠筆寫下「一帆風順」四字。期間，習還與司機一路議論北京環境污染、治理等時政話題。

因《大公報》是中共在香港的「黨媒」，報導上網後很快被迅速傳播。當天下午 2 點左右，新華社的一個官方微博帳號發布

記者李志勇的採訪，稱已向北京市交通局求證，並獲證實此事為真。然而三個多小時後，新華社突然發稿，不但否定了自己此前對該報導的求證，並且斬釘截鐵地說：「經核實，此報導為虛假新聞。」而當時，北京市交通局的微博也發布聲明，聲稱從未對外證實習的打車行程。

新華社的否定稿出來半小時後，《大公報》也刊登聲明稱，「經核，此為虛假消息，對此我們深感不安和萬分遺憾。由於我們的工作失誤，出現如此重大虛假消息是極不應該的。對此我們誠懇地向讀者致歉。我們將以此為鑒，用準確嚴謹的新聞報道回饋公眾。」

疑點重重的「微服私訪」

在中共官方這一肯定一否定、一真一假之後，網路上頓時炸開了，人們開始探索這齣烏龍戲的背後到底有什麼「貓膩」，幕後的水到底有多深。

比如《南方周末》記者劉俊在微博發帖《打車羅生門的邏輯推演》，提出四大質疑：誰向《大公報》爆的料？誰參與了這篇報導？誰在說謊？他們為什麼要說謊？文章分析說，《大公報》在大陸知名度不高，相比於《北京晚報》、《新京報》或中央電視台，一個北京普通出租車司機或出租車公司老闆，想要爆料也輪不到《大公報》。

這篇重要政治新聞的作者之一，社長王文韜曾在新華社工作多年，他深知一旦這種新聞是假的，他會吃不了兜著走。副主編馬浩亮是《北京觀察》專欄的主要撰稿人，長期從事政治報導。

這天《大公報》還配了一篇鄧聿文寫的評論《習近平微服私訪：與群眾路線》，鄧聿文是中共中央黨校《學習時報》副編審，2月28日因在英國《金融時報》發表文章呼籲中國應考慮拋棄北韓，被無限期停職。

當天下午2點02分，新華社新浪官方微博發表下列資訊：「一則有關習近平總書記乘坐北京計程車體察民情的消息18日成為各大網路媒體的頭條。對此，新華社記者採訪了北京市交通部門和最先報道此事的媒體，北京市交通部門和該媒體都表示，確有此事，相關情況都是真實的。」此文記者李志勇在新華社專門負責北京交通新聞，他和王文韜不但曾經在新華社共事，還一起寫過很多交通新聞。他經過調查後稱消息屬實，那人們就相信了。

三個多小時後，這些所謂「證人」都反水了。文章分析司機和李志勇說謊的可能性都較小。據說出租車司機郭立新一家人都很老實，而且被稱假新聞後，郭立新「失蹤」了。新聞到底假在哪裡呢？

來自宣傳系統高層的授意

在大陸官方媒體任職過的人都知道，中共高級官員的行蹤與活動報導，特別是總書記之類的，每個字、每張照片都必須經過其辦公室的人審核批准後才能發布，而且一般只有新華社才有資格首發，其他媒體跟著轉載。

不久法國廣播電台通過熟悉這次報導的內部人士得知，此報導「的確獲得了高層的授意與首肯，但該採訪因為是間接採訪，其實並不能證明3月1日在鼓樓西大街打車的的確是習近平本人。」

法廣還表示，由於獲得了上級高層的首肯和授意，屬於「放風」，因此，作為《大公報》的資深記者並未按常規新聞操作以降低風險。報導還分析稱，從網路上的迅速轉載傳播，以及黨媒快速跟進「證實」看，《大公報》是按中共中宣部原本擬定的「劇本」在演出，但因中共最高層的否定，則使《大公報》處於尷尬的失語狀態。

《大公報》內部人士還向法廣證實，該報駐京多位高層被約談，並且嚴令該報員工不得接受外界採訪，不得透露上述稿件的操作過程。法廣報導分析：「這次假新聞事件，是習與中共文宣體制的一次碰撞與裂痕。」而《大公報》作為此次操作的執行者，雖然被指為「假新聞」，並被要求不得做任何的辯解，因為責任不在他們，因此不會受到太嚴厲的處分。

香港媒體被北京的中宣部「玩」了、「涮」了，這已經不是第一次。2011 年 7 月，「江澤民死了」這則消息，也是得到「高層」肯定的，結果，香港亞洲電視被丟光了臉，這次同樣的悲劇落在了《大公報》身上，淪為高層內鬥的犧牲品。港民評論說，現在這個《大公報》，「和民國時期那個不黨、不私、不賣、不盲的《大公報》，只是名字相同而已。」

獨家：江派對習發死亡威脅

針對劉雲山等江派釋放在網路上的習近平寫的「一帆風順」這四個字的筆跡，網民們收集了習近平的各種筆跡，如他與都江堰學生打籃球時簽字；習近平博士論文上的簽名；美國發行「歡迎習近平副主席訪問洛杉磯」紀念封，當時時任中共國家副主席的習近

平簽名封；1999 年新年，習近平回憶下鄉經歷的題詞；習近平題詞等。人們發現，那些筆跡和這個一帆風順的筆跡大不相同。

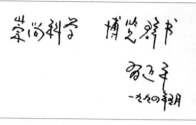 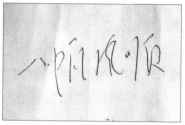

習近平題詞（左）筆跡和「一帆風順」的筆跡大不相同。

不久《新紀元》得到獨家消息稱，以曾慶紅和劉雲山為首的江派陣營，借助偽造習近平打的並題字的新聞釋放信息，對習近平陣營傳遞「死亡威脅」。「一帆風順」幾個字，故意被寫成了類似「八 b（寶）山風順」的字樣。同時「帆」這個字，上面還故意多了一橫，更是暗示習近平再這麼搞下去，八寶山就會再多躺一個人。劉雲山等江派的真實意圖是藉此威脅習近平不要再「越界」碰觸法輪功問題。

為了圓場的各類解釋

第二天 4 月 19 日，一個名為「博聞華夏」的網民在微博中寫道：「2 月底和朋友去了趟北京遊玩，那天星期五好不容易打了個的，司機問我怎麼走？我一外地人，只好說怎麼走都行，後來他說我像誰誰誰，我樂了，你是第一個認出我的……那司機好激動……還跟我聊上了國事……末了，不要錢不說，硬要我給他寫幾個字。想他是搞出租的，順手給他寫了『一帆風順』……現

在想起還好笑。」

微博還附上兩張攝有一男子就餐的照片，臉相酷似習近平，不少網民驚嘆「長得太像了」。同一天，一個註冊名叫馮競程的浙江金華女孩也發微博呼應說：「他真的不是什麼習主席，他是我爸爸，一個很普通的人。」不過她也說，爸爸 2013 年內沒出過其他省市，在北京打的「冒充」主席的絕對不是他。

到底有沒有這個冒充的「習大大」呢？還是真的是習近平坐上了出租車呢？儘管後來網路上釋放出很多消息，比如「真有其事」，習近平「臨時起意」，改坐了出租車，事後罵劉雲山「一蠢、再蠢」之類的話，不少都是煙霧彈。

中共在 2013 年 3 月 5 日召開兩會，當時戒備森嚴，大有草木皆兵之勢，馬上要當國家主席、三權在握的習近平，其保安達到最高水準，怎麼可能私自去坐一個出租車呢？而且習近平要安排各級官員的調任，忙得哪有時間去聽一個司機嘮叨呢？中共高層出行一貫是強制交通開綠燈的，怎麼會在下班高峰時間花 26 分鐘走 8.2 公里，時速 18.9 公里的爬行呢？

鳳凰衛視和婦女報「頂風而行」

我們先按下打車的事不表，說說 4 月 19 日還發生了什麼。

在《大公報》挑起這個真假習近平「打的事件」之前，從 4 月 7 日大陸各大網站媒體都在轉載和評論財訊傳媒集團旗下《Lens》雜誌的調查報導《走出「馬三家」》揭露遼寧瀋陽馬三家勞教所用酷刑折磨人的惡行。人們在震撼痛心之餘，廢除勞教制度的呼聲一浪高過一浪。整個大陸網站充滿了對勞教所的憤怒

聲討。

　　儘管在 4 月 11 日主管宣傳口的中共政治局常委劉雲山下「三不」密令，禁止人們再談論馬三家，很多媒體被迫刪除、關閉了這類文章和論壇，但就在 4 月 11 日這天，香港鳳凰衛視還是「頂風」而行，在敏感時刻推出《揭祕馬三家》的電視訪談節目。

　　有「第二央視」之稱的香港鳳凰衛視，其實權實際掌控在中共太子黨大老葉選寧手中，而葉選寧是習近平的太子黨盟軍。於是鳳凰衛視自習近平「背傷」事件後開始高調打擊薄熙來，劉長樂率領的鳳凰衛視也徹底轉向，在政治上倒向習近平。

　　當地時間 4 月 11 日晚間 10 點到 10 點 30 分香港鳳凰衛視在節目《社會能見度》高調播出《揭祕馬三家》。

　　該電台女主持人曾子墨在節目中重點採訪《走出「馬三家」》中的主線人物：陸秀娟、劉華、王玉萍等，受訪者在節目中更為直觀地描述她們曾經遭受過的酷刑待遇，說到痛處，潸然落淚，這樣生動直觀的講述，更是深深觸動人們的心。很快這個視頻被大陸民眾轉發到微博和論壇網站，引發新一輪對馬三家酷刑的聲討。儘管後來這個視頻在鳳凰網被刪，但在國外 youtube 和大陸還在被繼續傳播。

　　4 月 11 日這天，同樣敢於違背劉雲山密令的還是中國婦聯組織的出版物《中國婦女報》。這天該報不顧禁令，刊登了記者王春霞在 4 月 9 日採訪《走出「馬三家」》的稿件採寫者《Lens》雜誌主筆袁凌，並給採訪文章取名為《訪馬三家女子勞教所事件記者：直面真相推動改革》文章透露，袁凌是通過了五年的調查，收集了大量資料，直到中共 18 大後才準備推出這個兩萬字的調查報告。

　　袁凌說，這些受訪者遭受的酷刑，「讓人聽得心驚肉跳」，

他同時發現，那些因為不公而上訪的女性，在經歷了「老虎凳、死人床」等慘無人道的折磨之後，「她們既比男性柔弱，又有一種耐力、記憶力，比男性更堅強。」

老子查兒子 調查結果嚴重失實

從 4 月 8 日開始，遼寧省官方就稱對馬三家開始調查。當時各界民眾就發現，所謂調查組是由馬三家勞教所的上級單位：遼寧省司法局、勞教局等組成，是「老子查兒子」。馬三家的惡行能持續十多年而沒被上級懲罰，這本身就說明是沆瀣一氣的上下勾結，讓他們來調查，是很難查出真相的。

明慧網資料顯示，現任遼寧省勞教局局長張超英恰恰是原馬三家教養院的院長兼黨委書記。在他 2000 年任職期間，馬三家教養院將 18 名法輪功女學員扒光衣服投入男牢房任人輪姦。據知情人披露，張超英不僅極盡全力迫害法輪功學員，此人還極為陰險、凶殘，人品極其低下。另外，2012 年初任遼寧司法廳廳長的張凡，系原遼寧省司法廳副廳長、遼寧監獄管理局局長。此人長期是遼寧省司法、監獄系統迫害法輪功的負責人，身負累累血債。

很多民眾表示，這些所謂調查組成員，其實就是酷刑的參與者，酷刑就是他們製造的，讓他們去調查酷刑，那除了掩蓋真相以外還能幹什麼呢？

果不其然，4 月 19 日，就在人們被真假習近平「打的」爭論得最熱鬧的時候，新華社悄悄發表了關於對馬三家的調查報告，此前一天，隸屬於政法委的「法制網」未署名的新華社文章稱，

「4月9日以來，調查組通過實地現場勘查，查閱有關檔案卷宗73本，調查幹警116人、207人次，勞教人員55人、146人次和14名解教人員，提取證言證詞、圖片及聲像資料663份，查明了事實真相。調查結果表明，《走出「馬三家」》一文存在嚴重失實的問題。……文中提及的原被勞教人員陸某、梅某、蓋某和趙某等四人被『上大掛』和趙某被『坐老虎凳』係惡意捏造和無中生有。」

不過被新華社稱為趙某的趙敏，在接受海外媒體調查時憤怒地指出，沒有任何政府人員來調查過她在馬三家的經歷，她說，她連一個電話詢問都沒有接到，且近段時間她都在家養病，官方虛構那麼多調查人數全是騙人的，「調查報告直接脫離了受害人，官方單方面下結論，不真實。」

不過新華社文章在否認使用酷刑的同時，還是變相承認了馬三家強制給人灌食的現象。很多讀者說，這個床你叫它護理床也好，叫死人床也好，反正就是把人捆在那灌食，叫什麼名不重要，承認有灌食，承認有這個床就是第一步。

新華社文章最後主動提到「法輪功」這個最近幾年很少在大陸媒體上公開提到的名詞。江澤民沒下台之前官媒就大肆宣稱，法輪功早就被「消滅」了，不存在了，即使《走出「馬三家」》這篇文章也有意避開這三個中共最害怕的字，只是反覆說，這些酷刑起初都是針對「特殊群體」而設立的，後來才擴散到對待訪民和其他勞教人員。

「自開展 XX 鬥爭以來，『坐鐵椅子』、『老虎凳』、『死人床』、『上大掛』、『毆打虐待』等駭人聽聞的詞彙，充斥在境外『法輪功』媒體上。《走出「馬三家」》一文歪曲事實，

大量使用境外『法輪功』媒體惡意攻擊的用語，……造成極壞的社會影響。」

從中共這個調查報告的定調來看，最後是把大陸揭露馬三家罪行，歸結為是受了海外法輪功媒體的影響，是引用了海外媒體的資訊，用了海外法輪功的詞彙，一句話，暗示是被「反華勢力」在海外發布的假新聞給欺騙利用了。

劉雲山設局假新聞 懼酷刑真相續曝光

這裡又回到「假新聞」上了。

就在4月18日《大公報》發布「假新聞」的前兩天，4月16日，中共新聞出版廣播電視管理總局（廣電總局）下發《通知》，要求各類新聞單位均不得擅自使用境外媒體、境外網路的新聞資訊產品；4月19日，遼寧官方報告又稱海內外關於馬三家酷刑的報導是「假新聞」，這一前一後兩個假新聞，一下終於讓人們看清第一個「習近平打的」的假新聞的真正作用了。

大陸電視節目製片人「東昇路小新」調侃說：新聞總局剛指示「新聞單位不得擅用境外媒體資訊」，馬上就出事，的確有先見之明……中新網英文網副總監孫恬猜測說：「大公網不會是配合著演了一出苦肉計吧？有了這個案例，再怎麼蕭整自媒體都不為過了，出師有名了啊！」

美國華府中國問題專家石藏山認為，從整個事件發生的前後過程來看，「習近平打的」事件是劉雲山刻意設下的一個局。劉雲山操控的中宣部利用「大公網」做托，上演了一齣「殺雞給猴看」的戲碼，為的是整肅大陸媒體，不得擅自使用境外媒體的新

聞資訊，尤其不得觸及法輪功相關問題。其背後的實質是為了掩人耳目，繼續掩蓋中國勞教所內發生的令人震驚的迫害黑幕。

該事件因涉及「廢除中國勞教制度」，而廢除勞教無法避免地觸及中共最怕的法輪功真相問題。中國勞教制度的黑幕，從江澤民時代起，對鎮壓法輪功及大陸民眾的迫害犯下的驚人罪行，一直被掩蓋。江派常委劉雲山控制中宣部與習近平陣營就「廢除勞教制度」等相關問題，成為中共高層目前最激烈的拉鋸戰。

石藏山分析說，新聞廣電總局的這個所謂通知，其實就是中宣部想藉此讓大陸媒體繼續在勞教制度、法輪功問題上噤聲，掩蓋最大的真相。「習近平打的」烏龍事件，不過是劉雲山操控中宣部利用「大公網」做托，上演的一齣戲而已。

石藏山表示，再用一個形象的比喻來說，在象棋規則中，帥是不能出九宮的，而劉雲山藉習近平打車出宮這條資訊，是在警告習近平要「守規矩、別出格」，這樣大家相安無事，否則會魚死網破。

顯然，掩蓋勞教所相關的法輪功真相，是目前江派對習死守的「底線」，馬三家勞教所酷刑內幕已開始探底了，劉雲山等江派用「習近平打的」假新聞威脅習近平「已出格了」。

習江三次生死交鋒

第五章

薄熙來案的
七次肉搏戰

習江之間的第二次生死交鋒也是分前後兩次戰役。第一戰役是 2013 年 7 月薄熙來被提起公訴之前，江澤民假裝「稱讚」習近平而釋放的威脅；到了 8 月 22 日薄案開審前幾天，薄熙永搞出了「8·16」烏龍指，以搞垮中國經濟來脅迫習輕判，再到 10 月 25 日二審宣布維持對薄熙來的無期徒刑後的第三天，就在習近平開會地點附近，發生了天安門爆炸案……

由於薄熙來案直接關係到江派血債幫是否立即面臨大清算，審薄前後江習展開七次肉搏戰。（AFP）

第一節

江「稱讚」習 求饒中藏殺機

　　2013 年 7 月 22 日，就在官方宣布將公訴薄熙來的前三天，中共各大媒體都轉載了來自中共外交部網的一則消息——「江澤民會見美國前國務卿基辛格」，不過報導的不是新聞，而是 19 天前 7 月 3 日的舊聞。報導引用「知情人士」的話稱，這次家庭式、「莊園式」相會，談話涉及內容「很重要」，並聲稱會談中，江澤民首次公開稱讚習近平。

　　由於報導沒有刊登雙方會面的圖片，而中共新聞造假一直是由來已久，包括教科書上的歷史都是假的，因此外界對這次新聞的真實性還存質疑。特別是那篇報導「人工痕跡」非常重，除了雙方生硬的奉承的話之外，唯一的新意就是江澤民對習近平的評價。也許基辛格到訪是真有其事，但兩人之間並沒有說這些話，這些話是十多天後根據政局的變化而臨時加上去的，通篇給人一種命題作文的感覺。

江繞過「習八條」發聲

　　近 1800 字的報導談了很多兩人記憶中的中美互訪，不過有評論說，作為已經過氣幾十年的「政治明星」，基辛格的此番表演不過充當了中共內鬥棋盤上的一個政治棋子而已。基辛格自 1971 年第一次踏上中國，42 年來共訪中 80 餘次，與中共幾代領導人都有交往，和中共建立了利益共同體。基辛格的顧問公司業務經辦數十家大公司的中國生意。在美國，很少有政客像基辛格這樣將從政資源最大化地變成商業利益，他因此被商界稱為「跨國掮客」。基辛格曾盛讚過中共多個黨魁，2011 年 6 月 28 日，基辛格第三次到訪重慶並讚揚薄熙來是中國的一位「傳奇式人物」，他還參與了紅歌會，並高度評價「唱紅打黑」。這樣一個只想掙錢的人，要他配合江澤民演一場戲，那是不會有問題的。

　　報導中稱，「江澤民說，不久前我與習近平主席通電話，他委託我向你及家人表示親切問候。你知道，像中國這樣一個擁有 13 億人口的大國，需要有一位強有力的領導人。習近平是一位非常能幹、有智慧的國家領導人。」不少媒體把這句話解讀為江澤民對習近平的讚揚，不過明白中共政局的人卻從中看出了殺機。

讚揚、表揚還是求饒、威脅？

　　自由亞洲電台在《江澤民喊話習近平明褒暗否藏殺機》的評論中表示，「江澤民對習上台後所做的幾件大事，並沒有提及和稱讚一句」。習反腐只拿下了幾個副部級官員，但各界認為還沒有打下一個大老虎，原因就是江派腐敗利益集團在黨內的勢力已

經尾大不掉。習近平上台後提出「中國夢」，作為習的執政意識形態基礎，而江澤民根本就沒有提中國夢，習近平推出的群眾路線整風，被習視為是救黨的關鍵，但江對此沒有任何表態。

習近平看到高壓維穩是一條死路，於是他上台後宣布廢除勞教，而這些都不是江認為的「能幹、有智慧」，相反，江澤民暗示中共需要一個能「強有力」維穩的領導人。在江澤民看來，習近平這大半年來唯一值得稱道的地方僅僅是一個新疆突發事件的維穩，江說：「中國這麼大的國家毫無疑問會存在一些這樣或那樣的問題。出了問題並不可怕，關鍵是要果斷處理。最近，中國新疆發生了暴力恐怖襲擊事件，習近平果斷決策，迅速控制了局勢。」

然而，新疆衝突很大一部分是中共一貫的高壓民族維穩政策導致的惡果，但在江眼裡，才是「能幹有智慧」的體現。江的觀點不但跟習的做法大相徑庭，而且跟大陸整體輿論以及民眾的想法都是背道而馳。人們不禁懷疑，江說的中國「需要有一位強有力的領導人」，與其是在表揚習近平，不如說是在暗示習近平不夠強有力，對民眾的壓制還不夠有力。

眾所周知，中共以維穩的名義，迫害民眾的暴行已經導致大陸社會天怒人怨，個體、群體事件層出不窮，但是江派勢力卻在這公開亮相表態：假如未來有大規模群眾事件發生時，如果習近平不鐵血鎮壓，那就是軟弱，那不是「強有力」，就沒有能力沒有智慧了。江的這番話讓人不禁想起，江澤民自己當年是如何高壓鎮壓上億修煉法輪功的善良民眾，如何採取高壓維穩，如何「強有力」地欠下了累累血債。

接下來江澤民又說：「雖然我們目前還有很多困難需要克服，

但我對新一屆領導班子充滿信心，相信他們能夠解決這些問題。」明眼人一下就能讀出這裡面有種居高臨下、有「太上皇」讚譽小後生的味道，給人造成「習近平還需要江澤民的肯定才能站穩腳跟」的錯覺。江澤民在這裡提到的是「領導班子」，是「他們」，而連「以習近平為總書記」的字眼都不提。江澤民在不得不讓出黨魁位置給胡錦濤時，為了達到繼續掌權，不被清算的目的，他的手段就是創立一個「領導班子」，取代過去的「黨魁核心」，設九個常委，每個人各管一攤，大事集體決策，然後通過塞自己人進常委會來達到掌控的目的。外界評論，江的這番話更像是給自己的馬仔打氣，故意與習近平的樹立權威唱反調，為一些不「自覺維護中央權威」的江派大員打氣。

2013 年 6 月下旬，中共政治局罕見召開持續數天的長會，習近平在會上要求「政治局同志要帶頭自覺維護中央權威」，而港媒報導，會上火藥味甚濃，主管意識形態的江派常委劉雲山因為歪曲包裝「中國夢」受到嚴厲批評，被要求今後重要問題向習近平彙報，而劉雲山因此向祕書發火，並不得不將重要文章先送到習辦審查。而公眾看到的是，黨媒自 6 月底開始在意識形態上急速右轉。2012 年 12 月，「習八條」就禁止江澤民公開發聲，這次江不得不通過所謂外事活動，藉見基辛格的機會發聲，所說的讚揚話，不是為了維護習近平的權威，相反，卻是在給自己塗金。很顯然，這樣一篇精心打造的文章，別說主要內容，甚至每個標點符號都是江派人馬，諸如劉雲山、曾慶紅等反覆斟酌後的產出，絕不會是無心之疏。

為何 7 月 3 日的事要到 7 月 22 日才報導出來呢？為何江澤民要讚揚習近平呢？有內部消息說，江澤民最怕的就是法輪功，

因為對法輪功的迫害而導致上百萬法輪功群眾死亡,這筆血債是江澤民的血債幫如何都償還不了的。由於 7 月 20 日法輪功在海外各地舉行了盛大的遊行,加上《新紀元》周刊大量報導江習鬥內幕以及江澤民面臨的絕境,雜誌周四在香港出街後,周末傳到江派手裡,於是周一出台了這麼一個所謂外事談話。

每周的《新紀元》周刊雜誌都會出現在中共政治局辦公室的桌子上,這已不是什麼新聞。不過,江澤民為何在讚美習近平、變相「求饒」的同時,還要暗藏殺機呢?這就跟江澤民對法輪功犯下的累累血債、被幾十個國際法庭以反人類罪、酷刑罪起訴,息息相關。《新紀元》報導習近平要廢除勞教制,要依法治國,突顯了中共高層的分裂,於是,江澤民跳出來為江習鬥「闢謠」,給人感覺好像江澤民和習近平關係很好,很團結,但實際上江、習兩大陣營早已分崩,這是大陸民眾都已知的事實。

現在中國所發生的一切,其真相是江澤民集團要掩蓋這 15 年來鎮壓法輪功所犯下的震驚世界的重大罪惡,包括活摘法輪功學員器官的「這個宇宙中最大的邪惡」。江派若失去對中國的控制,真相會立即曝光,中國社會會發生劇變。

江喊話後「榜上除名」

面對江派搞出的這個所謂「讚揚背後的殺機」,習近平陣營並沒有後退。就在 7 月 22 日中共外交部發表江澤民談話的第二天,7 月 23 日,新華社等大陸媒體報導了中國工程院院士周開達去世、中共新老兩屆常委分別表達哀悼的消息。細心人發現,中共高層排名出現了變化。

23 日當天，新華網以《周開達院士遺體告別儀式舉行 川農大數百名師生送別院士》為題報導說：「習近平、胡錦濤通過中國工程院對周開達院士去世表示哀悼，對家屬表示慰問。李克強、溫家寶等送來花圈。」也就是說，胡錦濤排在習近平之後，溫家寶排在李克強之後，分別排第二、第四，排名罕見提前；而名單中未見江澤民名字。

早在 2013 年 2 月，《南方周末》報系發表了《領導人排名：一個政治問題》一文，介紹了中共官場往往會利用在媒體上的報導排名順序，暗示各自權力變更的風向標，不過這篇《中共政壇科普性》的文章卻被官方刪除。文章說：「依慣例，對在任的黨和國家領導人的排名順序，一般先是黨的領導人，依次是中共中央政治局常委、政治局委員、政治局候補委員、中央書記處書記。之後，是全國人大和『一府兩院』的領導。具體來說，依次是全國人大常委會副委員長、國務院副總理、國務委員、『兩高』負責人；再往後，是全國政協副主席和中央軍委委員。」對退休高官的排名更是很有講究，連哪裡用頓號、逗號，或「和」字都有規矩的。

「這些或長或短的名單進入公眾視野的方式，一般是在重大活動、慶典，或黨內重要幹部去世的新聞報導中。『在這些報導中，中央媒體都有一張由中央下發的名單，依照名單對出席活動的現任和卸任領導人進行排序。』一位曾擔任《人民日報》頭版編輯的媒體人說。」

回頭看這次的排名，敏感的大陸媒體人馬上突出了這個變化。西北網以《習近平胡錦濤李克強溫家寶哀悼院士逝世》為題轉載了新華網的報導，商都網、燕趙都市網等以《周開達去世 習

近平胡錦濤李克強溫家寶等悼念》為題轉載報導。看似一個小小的標題，卻成了透視中共高層權力變更的窗口。

其實，中共 18 大後高層排序已經多次調整，但江澤民則是每況愈下。如 2012 年 11 月 27 日，官方稿件播發丁光訓主教逝世新聞時，領導人排名順序則是：胡錦濤、習近平、江澤民、吳邦國、溫家寶、賈慶林、李克強、張德江、俞正聲、劉雲山、王岐山、張高麗。而在 18 大之前，江澤民的排序長期保持在時任中共總書記胡錦濤之後。

2013 年 1 月 21 日楊白冰逝世舉行追悼會時，中共高層排序首次發生了變化，央視新聞聯播播發的稿件中排名順序為：胡錦濤、習近平、吳邦國、溫家寶、賈慶林、李克強、張德江、俞正聲、劉雲山、王岐山、張高麗、江澤民。這也是江澤民首次排名於現任常委之後。

2013 年 5 月 2 日中共官方播發倪志福遺體在京火化的新聞時，稿件所列的中共高層排名順序則是：習近平、李克強、張德江、俞正聲、劉雲山、王岐山、張高麗、江澤民、胡錦濤。

第二節

驚魂宮廷劇 薄周案祕辛

2013 年 12 月，中共透過各種非正式管道向海外媒體高密集度披露周永康政變、刺殺習近平、殺妻、黑社會等罪惡，顯示前政治局常委周永康後台曾慶紅、羅幹、江澤民等人欲斷尾求生。同時，中紀委發布對三中《決定》解讀中明確「責任終身追究」的說法，被認為是破除中共「刑不上常委」的潛規則，為拿下周永康做準備。

下面我們來回顧北京高層是如何導演出薄熙來、周永康落馬的故事。

處理薄熙來 習近平投下關鍵一票

《新紀元》此前報導，中共政治局常委在王立軍逃美領館案發後，2012 年 2 月 16 日開會討論如何應對「危機」，尤其是

如何處理薄熙來的問題？當時在京的常委有八人。其中四人胡錦濤、溫家寶、李克強和賀國強主張依法處理薄熙來，但另外四人吳邦國、賈慶林、李長春和周永康則反對。

當時，習近平正在美國訪問，接到了中辦的電話，徵求其意見。習近平表態說，支持胡錦濤等人的意見——追究薄熙來的責任。這是習在「倒薄」中又投下的關鍵一票。

溫家寶公開對決周永康 常委們各有盤算

在北京高層 2012 年 3 月份做出解除薄熙來職務決定後，溫家寶力主進一步追究薄熙來罪行及其由此而造成的王立軍出逃和唱紅打黑等一系列問題，將薄熙來撤職查辦。

與此同時，備受「共同謀反」困擾的周永康仍在非常積極力保薄熙來。消息說，周永康是唯一反對撤去薄熙來職務的政治局常委，他甚至向高層建議，將薄熙來調任西藏第一把手。他認為只有薄熙來才可以用鐵血手段解決西藏目前的「混亂局面」。他還認為調任薄熙來任西藏第一把手，也是堅持黨內團結的重要基礎。

消息稱，在 2013 年 5 月初的這次政治局擴大會議中，參加會議的有政治局常委、委員和地方大員、最高級別軍頭以及已經退休的一些中共元老如曾慶紅等。在眾人面前，溫家寶與周永康撕破臉皮，展開殊死的公開決戰。

溫家寶繼續就薄熙來的事件質問周永康，並要求調查周永康。但是周永康拿出海外的溫家寶負面傳言，要求對溫家寶的妻子同時也進行調查，並稱：「否則只是對我調查，在我黨中是沒

有信服力的！」曾慶紅也表示支持。

溫家寶則罕見地強硬表態稱，可以對我溫家寶和家人進行調查，「如果我本人及家人有任何斂財行為，我馬上辭職！」

溫家寶與周永康的矛盾公開激化之後，其他常委們開始各自為自己打算。

吳邦國「緊急轉向」胡、溫

此前，吳邦國在重慶事件中的態度已經受到中央的「警告」。據報導，在王立軍出走後幾天內，黃奇帆就被賀國強緊急傳召進京彙報，遭到嚴厲批評。隨後，賀國強就讓黃立即飛回重慶。雖然時間緊張，黃奇帆仍然匆匆去拜見了自己在常委會內的「後台」吳邦國。兩人見面只急急忙忙談了不到 20 分鐘。吳邦國大致聽了事件經過，便向他承諾到時會為他說話。

1983 年，吳邦國成為上海科技工作黨委書記兼市委常委，把黃奇帆調到市委整黨辦公室工作。吳邦國當上上海市委副書記的時候，又將黃升為上海經濟資訊中心主任。吳邦國調到中央以後，還專門將黃奇帆借調到中央辦公廳工作（1994 年 10 月到 1995 年 5 月）。黃奇帆據稱完全是吳邦國的人，既是吳邦國的馬仔，也是他的幕僚。

此外，吳邦國家族在重慶的斂財事實被曝光。2012 年 4 月 6 日，有消息曝光吳邦國的家人如何在重慶「大發其財」，以及吳邦國和黃奇帆之間不同尋常的關係等。

這些消息都被外界視為吳邦國受到胡錦濤的「警告」，不要再「站錯隊」。吳邦國出於自保，「緊急轉向」胡、溫。

賴昌星回國 賈慶林縮頭

賈慶林因為賴昌星被中南海要回來了，即使與周永康同屬江派，也不敢挺周永康。

2011 年 7 月 23 日，賴昌星被加拿大政府「遣返」回中國，賴昌星的回國，對賈慶林影響最大。

據報，廈門「遠華案」牽涉多達 250 名以上的地方、省甚至是中央級別的官員。他們被指控在 1994 年到 1999 年期間，收受數百萬美元的賄賂，使用價值數億美元，包括汽車、燃油、原材料、重型機器和奢侈品的貨物，通過廈門港口走私到中國。而1994 至 1996 年，賈慶林是福建省委書記和福建省人大常委會主任，這是江澤民不讓「遠華案」往上查的原因。

在江澤民的庇護下，賈慶林不僅沒有因為遠華案被查，還步步高升，被江塞進中共最高權力機構。不過，「遠華案」始終是賈永遠揮之不去的陰影。

李長春憂「薄案」惹火燒身

薄熙來下台後，網路上頻頻出現各種有關李長春家族成員的貪腐醜聞。李長春在溫家寶與周永康的激烈駁火中，唯恐惹禍上身，更不敢替周永康站台。

2012 年 4 月 16 日，香港媒體報導稱：「河北唐山的一家國企『藍海曹妃甸』準備來港上市，上市前引入中銀國際等作為策略投資者，專責股權投資業務的中銀國際執行總裁李彤可謂居功至偉。而李彤即為中央政治局常委李長春女兒。」

李彤除了打理中銀國際外，她還暗地裡掌管著一家私募基金——華人文化產業基金（CMC）。有知情人透露：「李彤搞的這家私募基金，可以說是李長春在為自己下台後做準備，他想利用這個私募基金平台，作為家族的支柱。該基金業務主要集中在媒體行業。」

2012 年 2 月習近平訪美期間，夢工廠和 CMC、東方傳媒、上海聯和等組建合資公司，進軍大陸市場。也就是說，江澤民家族和李長春家族已經牢牢控住了「這塊肥肉」，不過，江派軍師、中共前副主席曾慶紅也沒有放過這種權錢分贓。曾慶紅的弟弟曾慶淮也在涉足電影業，他是所謂「愛國史詩」《建黨偉業》、《建國大業》等大片的顧問。

有知情人爆料說：「本來『精神文明』只是一個空洞的名詞，到了李長春的手上，就變成了現錢。」

李長春涉及的貪腐醜聞還不僅是這些，他的哥哥李長吉也曝出醜聞。2012 年 4 月，繼大連實德集團老闆徐明被調查後，與薄家族關係密切的億萬富豪富彥斌也被控制。據前香港《文匯報》記者姜維平指控，富彥斌不僅與薄熙來、薄谷開來夫婦來往密切，他還與李長春家人暗渡陳倉，共同發財。

賀國強挺「打薄」 上演「雙重復仇」

在溫家寶與周永康的較力中，賀國強力挺溫家寶。

薄熙來被貶重慶後，為了獲取政治資本，躋身中共政治局常委，在重慶開始了「唱紅打黑」。打下了文強，觸動了賀國強家族在重慶的利益，也順便掌握了賀國強的黑材料。

　　賀國強曾於 1999 年至 2002 年擔任重慶市委書記。而薄熙來主政重慶後，高調開展「打黑」，並將賀國強和汪洋過去在重慶倚重的人馬，前公安局副局長文強列為「黑社會頭號保護傘」。

　　坊間傳言，賀國強與薄熙來私下協商，薄熙來判處文強死緩，賀國強也判處王益死緩。王益曾是薄一波的祕書，也是薄熙來家族中「忠誠的家臣」，索取或收受財物 1196 萬元，2008 年 6 月，剛接掌中紀委的賀國強立即下令將王益「雙規」。

　　2010 年 4 月，北京中級法院以王益犯受賄罪，判處死刑，緩期兩年執行。當賀國強兌現承諾後，薄熙來卻不守約定，文強最終被執行死刑（注射針劑）。據稱這讓賀國強非常惱怒。

　　王立軍事件發生之後，同為江系的賀國強判斷薄熙來難以支撐，便立即翻轉成為胡、溫二人倒薄行動的一員。多方報導曾經稱，賀在胡、溫的支持下，親自參與，積極收集薄熙來的犯罪證據。賀也藉查處薄熙來之機，報了一箭之仇。

　　港媒報導稱，中紀委書記賀國強首先對薄熙來發難，提出薄熙來在 3 月 9 日重慶團記者會期間「嚴重違背黨紀、組織紀律」。

　　賀國強列出三點：一、多次把總書記有關指示來自我加持，特別把提出要求總書記到重慶考察改為總書記要到重慶考察，其動機、目的何在？二、薄在會上聲言「敢同惡鬼爭高下，不向霸王讓寸分」的調子是否恰當？「惡鬼」、「霸王」何所指？三、作為政治局委員、市委書記，就王立軍嚴重政治事件的認識和在事件上失職所造成的惡劣影響的態度是不負責任的，是文過飾非的，要作出深刻反思。

　　華府的中國問題專家石藏山說：「賀國強和薄熙來本身就積怨很深。在習近平和胡錦濤聯手的情況下，賀國強也就順勢整

治了薄熙來。不僅為他自己，也為了他的舊部，上演了『雙重復仇』。」

胡錦濤不動聲色 「溫水煮青蛙」

2012 年 2 月 15 日前後，美國媒體「華盛頓自由燈塔」曝光了薄熙來和周永康企圖政變，並廢黜習近平的消息，使習近平決定打擊薄熙來、周永康已無異議。

李克強唯胡錦濤、溫家寶馬首是瞻，而胡錦濤的態度尤為關鍵。

周永康在王立軍出事後，依然在「兩會」前力挺重慶，在「兩會」期間幫助薄熙來「站台」，同時不斷給薄熙來通風報信，告知其中央的動向。此前有報導稱，周永康的祕書曾經集合「毛左」們祕密開會，布署了一套反攻計畫。薄熙來也因為有周永康的撐腰，而在「兩會」上對胡錦濤進行逼宮。這些早就使得胡錦濤對周永康產生「震怒」。

北京的消息指，溫家寶與周永康激烈爭執後，與會者部分人力挺溫家寶，也有少部分人支援周永康，會議拖延長時間仍未結束。

據悉，賀國強稱，當前黨內和黨外對調查周永康的呼聲很大，但他相信周永康是「清白」的。但是賀又稱，如果不對周永康進行調查，「於黨、於中央將來要開展的工作，都是有阻力的、不利的、不放心的。」

在賀國強說話後，胡錦濤表態贊同賀國強的說法，並補充稱，調查須要在「公正」但「不公開」的原則下進行。所有與會者都意識到，胡錦濤當時對周永康的策略是「溫水煮青蛙」。至此，周永康命運急轉直下。

第三節

七次反覆 習近平下令重判

　　薄熙來案自 2012 年 2 月 6 日王立軍夜逃美領館到薄熙來一審被宣判無期徒刑，每一步都驚心動魄、起伏跌宕，極具戲劇性而吸引了全球的目光。有人說，薄案具有了好萊塢大片的所有元素：政變、毒殺、色情、陰謀、內鬥、三角戀、病變、追擊、外交衝突、巨額財產、貪腐、庭審、狡辯等等，如今，當國際主流媒體聚焦薄熙來將如何把「牢底坐穿」、其同謀者周永康將何時落馬時，再回頭再看《新紀元》的報導，每一步的分析預測都成為了現實。

　　《新紀元》一開始就分析了在薄熙來案中，「保薄派」以江澤民為首的血債幫和毛左為主體，「倒薄派」以胡錦濤、溫家寶、習近平、李克強、王岐山為主體。兩派表面上看勢均力敵，難分高下，在一年半的激烈交戰中，先後出現了七次大的轉折點，這令很多媒體和讀者還「一時轉不過彎」來，跟不上局勢的變遷。

第一次轉折點：溫家寶的兩會答問

2012 年 3 月 14 日第一次交鋒的結果是由鬆變嚴：王立軍出逃後，薄熙來還去雲南拜訪 14 軍，還去滇池餵海鷗，而且還參加了兩會，重慶代表團還舉辦了記者招待會，會上薄熙來還聲稱有人故意朝他潑髒水，妻子薄谷開來早就為他犧牲了事業，在家當家庭婦女，兒子留學全部靠的是獎學金，自己如何清白等，當時很多人認為薄熙來平安無事了，周永康還專門去看望重慶代表團，力挺薄熙來。哪知 3 月 14 日溫家寶在外國記者招待會上一直回答問題，直到西方記者問到王立軍事件才肯結束提問，溫家寶強調中央要徹底調查重慶事件。第二天 3 月 15 日，薄熙來被解除重慶市委書記職務。

第二次轉折點：五月京西賓館會議

然而到了 5 月京西賓館會議後，薄案又出現第二次轉折：由嚴到鬆。因為溫家寶的倒薄建議遭到中共退休大佬們的反對，而胡錦濤只想平平安安地移交權力，而且中國經濟在 2012 年 5 月份之後出現「硬著陸」的危機，於是，一心想平安交接的胡錦濤決定放薄熙來一馬，縮小打擊面，大事化小，凡是參與薄案政變的人，只要公開切割，就不再追究，薄案也盡量留在 18 大後從輕處理。

這下薄熙來黨羽、特別是政變主謀周永康、曾慶紅樂壞了，9 月 3 日，周永康高調到合肥中級法院「調研」，並在海外中文媒體放風說「谷開來沒有殺海伍德」，「薄熙來同志一定會看到

太陽出來的日子。」一時間，保薄派大舉反撲，特別是藉助日本釣魚島事件，周永康下令各地政法委，煽動和利用民眾的抗日遊行，為薄熙來翻案。很快「九一八」遊行變成了「打、砸、搶」暴動。不過這個陰謀被胡錦濤與溫家寶識破，9月28日薄案出現第三次轉折：由鬆再變嚴，因為胡溫意識到，不懲治薄熙來，今後誰都可以跳出來挑戰中央的權威。

第三次轉折點：9月28日政治局會議

這其中感受最深的當然是「未來新君」習近平。從2012年9月1日開始，習神祕「失蹤」了14天。習近平之所以撂攤子，是因為他看到了如果讓薄「軟著陸」，薄黨以及毛左會隨時跳出來炸傷他習近平，於是習提出要辭去中共接班人的安排。

習近平的辭職如同一顆炸彈，炸亂了中共高層，各派不再爭執，經過各方的討價還價，最後按照習近平的要求，在定下18大時間表的同時，於9月28日宣布薄熙來被開除黨籍和公職，並稱薄犯下七大罪，徹底結束了薄的政治生命。懂政治的人都知道，從開除黨籍那天起，薄熙來已經是個死狗了，無論在後面的庭審如何演戲，都是徒勞，「也只剩餘生」，苟延殘喘了。

9月28日，法輪功學員在聯合國人權會議上譴責中共活摘法輪功學員器官，世界各國紛紛譴責活摘器官是人類無法容忍的罪行時，江澤民發現再繼續挺薄，自己也會跟著搭進去，於是，江澤民馬上改變態度，力圖與薄切割，斷臂求生，江派媒體也馬上變調放風說，江澤民也認為薄熙來犯下「反人類罪，突破了人類底線」，應該嚴懲。於是，9月底，大陸網際網路一度解禁對「活

摘器官」的封鎖，民眾能看到薄熙來參與活摘的罪行。

然而，周永康、薄熙來之子薄瓜瓜之流並不甘心被拋棄，他們拼命做最後的掙扎，於是薄案出現第四次轉折，再度由嚴變鬆。

第四次轉折：《紐約時報》的攻擊

2012 年 10 月 26 日，《紐約時報》拋出了「溫家寶家族貪腐27 億美元」的重型炸彈，雖然海外的人都質疑這裡面很多是不實之詞，是故意編造謊言詆毀政治對手，但很多大陸百姓卻相信了。儘管就在 26 日當天深夜，胡溫馬上通報薄熙來被立案偵查，並送進了秦城監獄羈押，但中南海高層也被周永康之舉嚇住了，他們見識了什麼叫亡命徒的垂死掙扎。

周永康作為中共情報頭子，對幾個常委以及家屬在過去十多年的所作所為瞭如指掌，他對此是一直監視、偷聽和祕密記錄的，也就是說，中共九個常委有違法的地方，周永康都知道。用中共黨內的話說，哪怕屁股都不乾淨。這就出現一個矛盾：一旦把周永康逼急了，周會利用他控制的海外媒體，把所有這些醜聞都曝光出來，老百姓一看，還不氣炸了？中共官場真的就像《紅樓夢》裡的賈府，除了門口那對石獅子外，沒一個乾淨的，如此，中共用幾十年謊言塑造的「偉光正」形象不就徹底毀了嗎？中共統治的合法性也就隨之喪失了。

按照薄熙來的罪行，他害死了那麼多法輪功學員，判他死亡幾百次都不冤枉的，儘管當時海外輿論一直呼籲要判處薄熙來死刑，至少判處死緩，但為了保黨，中南海屈服了。

於是人們看到，2012 年 11 月 8 日，胡錦濤在中共 18 大開

幕式上講話，不但多次提到「毛澤東思想」，「堅持四項基本原則」，還首次提出了「既不走封閉僵化的老路、也不走改旗易幟的邪路」。由於有了毛左的共同語言，人們開始猜測胡錦濤是否會從輕處理薄案，令薄案出現第四次轉折。

第五次轉折：薄周政變令高層震驚

不過，等到了 2013 年 3 月中共兩會上，薄案又出現由鬆再嚴的跡象。當時不斷有中共高層給海外媒體爆料，說中紀委已經從薄熙來北京的家中搜到 2270 萬元人民幣，而且得到薄熙來的金主徐明的供詞，大量證據顯示，薄熙來確有奪取中國最高領導權力的圖謀，薄案查出的一些問題令胡、溫和習、李、王極為震驚。薄黨不但有奪權後的政綱、政變的步驟，甚至也有財源策劃和長遠新聞宣傳綱領，在軍中也和部分將領達成某種默契共識。當時就有跡象顯示，薄案可能從一般貪腐問題，升級到政治問題。這是薄案的第五次轉折。

第六次轉折：濟南起訴只有三項小罪

然而到了習近平、李克強、王岐山開始推行他們的新政策的半年時間裡，特別是在為李克強的經濟改革開路「打老虎」的過程中，習李王三套馬車無論如何想往前跑，但遇到的阻力之大是他們沒想到的。首先是習近平想廢除勞教所的想法被江派張德江的人大給拖延否決了，王岐山讓他掌控的《財經》雜誌推出兩萬字的調查報告《走出「馬三家」》，也被江派劉雲山的中宣部定

性為「不實之詞」，兩派矛盾十分尖銳。

眼看中共兩派矛盾越來越突出，習近平出訪俄羅斯回來後的最大感受就是：「竟無一人是男兒」。他看到的是：中共有的是為自己貪腐不遺餘力的「劉鐵男」那樣的男兒，卻沒有要保中共天下的「好男兒」。為了防止左派與右派的嚴重分裂和對立，最後出現蘇聯共產黨那樣的土崩瓦解的局面，於是習近平想出來一個「左擁右抱」的折中想法：既不否定前三十年，又不否定後三十年，哪怕這前後三十年是根本對立的。

於是人們看到，原本在 2012 年 9 月 28 日宣布薄熙來犯下七大罪，並含反人類罪行，但到了 2013 年 7 月濟南中級法院提出的公訴書上，只剩下了涉嫌受賄、貪污、濫用職權的三項罪。這就是薄案的第六次轉折：從嚴再變鬆。這從《新紀元》報導了習近平與薄熙來達成的三大協議中可以看出，官方想輕判薄熙來。

第七次轉折：薄翻供引來重判

然而等到了鄧小平生日那天的庭審法庭上，薄熙來翻臉不認人，哪怕法庭給出的證據是一環扣一環，環環相扣、證據確鑿的，薄熙來也全部用詭辯術來加以否定。儘管薄否定不了事實，但薄的翻供演出，大大貶低了中央的「權威性」，令習李王非常沒有面子，於是，官方把原定的 15 至 20 年的刑期，變成了無期徒刑，這可以說是薄案的第七次轉折：到了溫家寶生日那天，薄熙來被宣判在遙遙無期的牢房裡「日薄西山」。

接下來也許還有第八次、第九次轉折，因為薄熙來在重慶審判李莊律師時，提出了要「追加審判遺漏的罪行」，不排除在薄

熙來的一審上訴中，官方也許會追加他的其他罪行，或薄因為檢舉揭發周永康、江澤民有功，而縮短刑期。

很多人根據中共官場潛規則和薄熙來的性格分析說，假如一審前薄熙來就坦白了，還檢舉揭發他人，那上面的人就不會保他，等一審後發現他期待的人沒有保他，薄熙來一定會反撲，他會檢舉揭發很多人，按照黑幫規矩來看，你們不救我，就別怨我不講哥們義氣了。而且薄熙來深知習近平最想要的檢舉揭發是什麼，只要把周永康、江澤民這些大老虎檢舉揭發出來，薄就能自救。從此前幾個月周永康的眾多親信被相繼除掉來看，民憤極大的周永康在劫難逃了。

據香港媒體報導，薄案開庭前，薄家已放風，假如判刑太重，不排除「爆大鑊」（放出猛料）。從此角度看，法庭在判決書上牽扯到江系大佬江澤民，也就不是偶然的了。

第四節

《新紀元》準確報導薄案

談到薄熙來案的起起伏伏，超乎人們的想像，特別是江派媒體不斷放風，釋放各種假消息，令人們誤判未來局勢。不過經常看《新紀元》的讀者驚喜的發現，《新紀元》在薄案的報導上可謂及時準確。

2012年2月23日，王立軍剛出逃美領館十多天後，《新紀元》周刊263期就推出了八萬字獨家特刊《王立軍事件大揭祕！》，在香港、台灣發行第一天就獲得市場的熱烈反饋，很多書攤開門半小時就把準備賣一周的庫存全賣光了，不得不馬上再進貨。現場讀者反饋說，本刊的標題和封面設計都很震撼獨特，讓人一看就意識到王立軍事件的歷史份量和深遠影響，想先睹為快，深入研究。

當時很多中共黨內高官和普通民眾以及西方中國問題專家，還沒有意識到一個小小重慶市公安局長進入美國領事館會給中國

政壇帶來什麼影響，而《新紀元》周刊立刻公開宣布，王立軍出逃是「現代版林彪出逃，六四方勵之避難，八萬字獨家揭祕，牽連中央九常委和美國白宮」；這八萬字包括：現場直擊王立軍出走全過程；揭開團派、江派、太子黨祕聞；改革派 PK 毛左派，紅潮末路「昌盛」？

從那以後，《新紀元》這個創刊了六年的華人精英周刊，沿襲「世紀關鍵點，掌握新未來」的辦刊宗旨，一直在最前線報導薄熙來案的變局，以及中國政治、經濟、文化、生活、歷史等方方面面的最新動態，成為中共官方最害怕、大陸遊客和港台讀者最喜愛的政經周刊之一。

中共驚歎《大紀元》及時準確

2012 年 9 月底，一份中共祕密文檔被曝光，其中對《新紀元》周刊所屬的大紀元新聞集團的報導評價說，「今年『王立軍事件』發生後，境內外法輪功，有組織、多管道彙集內部資訊，對『薄王事件』做了最全面、最及時也是最準確的預告，法輪功三大媒體設立專欄、刊文千餘篇，外電大多引用了『法輪功』的消息。」

現在很多中共高官都發現，《新紀元》的報導就像內部文件所說的，是「最全面、最及時也是最準確的預告」了中共政局的變化。

中共內部對《新紀元》報導的準確性相當驚歎，這與其對外百般詆毀的態度截然相反，這也是為什麼大陸遊客到香港、台灣，受壓而「自律」的導遊經常強調：「可以試著買其他雜誌帶回去，但不許買《新紀元》。」《新紀元》之所以上了中共黑名單的第

一位，就是因為《新紀元》報導了官方最害怕讓人知道的黑幕。其他雜誌也在揭露中共的罪惡，有的沒有打中七寸，有的是小罵大幫忙，讀者花了冤枉錢和冤枉時間，卻看不到最關鍵的信息。

王立軍事件後，中共官方封鎖消息，各種流言蜚語在網路上流傳，中共高層各派也故意通過其收買或控制的海外媒體放風爆料。由於中共長期動用國家資源封鎖新聞、過濾真相，西方媒體儘管在大陸有很多記者或資訊來源，但由於不了解中共的邪惡本質，無法真正準確報導為何一個重慶市副市長闖進美國領事館，會牽扯出薄熙來，揪出周永康，直擊江澤民派系，牽動整個中國未來的走向。

《大紀元》不是法輪功

中共所說的法輪功三大媒體是指大紀元新聞集團（包括網站、全球各地報紙和雜誌）、新唐人電視台和希望之聲廣播電台。不過，和中共在文革時搞誣陷一樣，這裡中共再次想混淆是非。《大紀元》是有法輪功學員參與興辦的報紙，《大紀元》不顧中共禁令而持續不斷地報導法輪功在中國遭受的人權迫害，這是有目共睹的事實，但《大紀元》並不是法輪功。

法輪功是一種類似於信仰的修煉團體，而《大紀元》是按照社會普遍規則興辦的一個普通媒體。例如美國著名的報紙《基督科學箴言報》（The Christian Science Monitor）即是一份在美國創辦的國際性日報，雖然報紙名稱中包含「基督教」的字樣，但並不以宣傳教義為主旨，而是一份普通的面向「世俗」的報紙，內容體裁廣泛，但以嚴肅新聞為主，一般不刊登有關暴力、色情等

誨淫誨盜方面的新聞，報導和分析較為客觀中立。其創始人瑪麗・貝克・埃迪（Mary Baker Eddy）定下的辦報方針是「不傷害任何人，幫助所有人」。《基督科學箴言報》曾七次獲得國際新聞界的最高獎項：普利茲新聞獎。

大紀元新聞集團自從 2000 年 5 月成立以來，目前在全球有 12 個語種的報紙，19 個語種的網站，擁有在中國問題上最具權威的全球華人精英雜誌《新紀元》周刊、在全球 60 多個國家和地區有記者站。如今《大紀元》僅中文網站每天的點擊量就在 600 萬次以上，不光有華人的地方就有《大紀元》，在世界各地，各族裔的人們都在搶先閱讀多語種的《大紀元》，《大紀元》已經成為全球規模最大、覆蓋面最廣，影響力最大的華文媒體。

在過去 14 年中，《大紀元》也獲得眾多國際獎項。2005 年，《大紀元》因率先報導中國政府掩蓋 SARS 疫情，獲得加拿大政府頒發全國民族新聞媒體理事會獎（National Ethnic Press & Media Council Award）；2005 年《大紀元時報》系列社論《九評共產黨》獲得美國亞裔記者協會獎項；2005 年，《大紀元》德文版獲得德國頒發國際社會對人權獎。

2011 年，《大紀元時報》台灣分社獲得第 14 屆「中華民國傑出企業領導人金峰獎」中的中小企業組十大傑出商品獎；2012 年《大紀元》加拿大分社獲頒伊麗莎白女王二世登基鑽禧紀念勛章；2012 年，《大紀元》中文版獲得加拿大政府頒發全國民族新聞媒體理事會獎。

2013 年 4 月 6 日，《大紀元》英文版為「紐約亞洲周」製作的特刊，被紐約新聞協會評選為 2012 年廣告類最佳特刊第一名；2013 年 6 月 21 日英文《大紀元時報》因揭露中共活摘法輪功學

員器官,而獲得美國「專業新聞記者協會」「卓越新聞報導獎」。

西方主流媒體都在跟隨《大紀元》

在薄熙來案件中,不但有中共內部文件稱《大紀元》報導是「對『薄王事件』做了最全面、最及時也是最準確的預告」,中共甚至在報紙上公開談及此事,當然,是用英文而不是中文。2012年4月30日,中共官方新華社發表了一篇英文評論,「質問」為何有關薄熙來事件的「謠言」此起彼伏,這篇文章官方沒敢翻譯成中文,不想讓國人知道實情。

文章首先描述了一個現象:「很多西方主流媒體大量報導了薄熙來竊聽高層談話、參與政治內鬥等各種消息,不過,而這些消息都是(法輪功媒體)早就報導過的了,西方正規傳統媒體反覆引用一個民間組織的獨家報導,這不是國際新聞史上一件令人吃驚的軼事嗎?」

文章還稱,「西方媒體被法輪大法攻陷」,也就是說,西方主流媒體所報導的中國新聞很多取自於法輪功學員興辦的《大紀元》、新唐人等媒體。確實,全球主流媒體都在看《大紀元》,香港名嘴陶傑在自己的節目說,現在全世界都在看《大紀元》,《大紀元》已經成為中國問題的行家媒體。

中共奪取和維持政權的兩大工具是暴力和謊言,在中共奪取政權後,暴力和謊言依然是其維持政權的工具,中共對內暴力與謊言並用,對外,中共主要使用謊言和金錢。中共對外使用謊言的體現就是花費巨資打造的「大外宣」,用所謂的軟實力,一方面對西方主流媒體做滲透,另一方面滲透收買海外的中文媒體。

在此種情況下，西方部分媒體和政府以及不少的海外中國問題專家在解讀中國時，因為利益問題，如同「霧裡看花」，許多時候，這些媒體或主動或被動地成為了替中共背書的工具，成為了中共「大外宣」策略的一部分。

連左派五毛每天都看《大紀元》

在民間，大陸民眾翻牆突破網路封鎖出來看《大紀元》，每天上百萬的民眾訪問大紀元網站，根據網路流量統計公司 Alexa 的排名，《大紀元》早已是海外中文媒體訪問量最大的，而且跟一些中文媒體的差距也越拉越大。

甚至連中共最大的「五毛」之一司馬南也在博客上公開承認，看了大紀元網站後對薄熙來被抓起來移交審判的結果感到「一點也不意外」，只不過有點不敢面對現實。司馬南稱王立軍事件後，一系列後來被證實的消息與法輪功學員所辦媒體「謠言」保持高度一致。他稱「搞不清楚為何境內外謠言總被證明是事實」。

「六四」學運領袖、流亡海外的民主人士唐伯橋也表示，「這次美國最大的一家媒體記者採訪我，問為什麼《大紀元》媒體能拿到那麼多爆炸性信息？我告訴他，像《大紀元》、《新唐人》這些有正義良知的媒體，當整個社會呼喚正義良知的時候，他們也就會受到全世界的關注。」

新華社那篇英文報導頗有些氣急敗壞的味道，一年多下來，新華社內部消息說，他們的編輯經常被要求看《大紀元》，上級指示，要針對《大紀元》的報導來安排他們的「反報導」，《大

紀元》報導了什麼，他們就得「解釋」或「歪曲」什麼，目的就是對抗《大紀元》。

法輪功是中國局勢的核心問題

外界揣測《大紀元》為什麼能準確把握中共局勢發展的脈搏，背後有高人掐算，或是中共內部有人向《大紀元》透露消息，甚至有說法，中共高層想和法輪功學員合作云云。

其實，《大紀元》能夠準確分析預測中國政局發展，主要是因為它是獨立媒體，不受任何政治勢力的控制，也就能跳出所有派系的約束，站在遠處和高處看到問題，真正去研究事實，真正去剖析社會趨勢、民心向背，真正去探索歷史規律，從而抓住事物的本質，推演和預測局勢的變化。其他大陸媒體或海外親共媒體，由於「身在此山中」，故而就「不識廬山真面目」了。

近十多年來中國問題的核心關鍵是什麼呢？其實很簡單，就三個字：法輪功。引申出來就是江澤民派系（血債幫）因為鎮壓法輪功而釀成天大罪過，為了逃避清算，不得不利用前所未有的各種卑鄙手段，來與胡溫、習李等（非血債幫）爭奪權力，從而上演了一場表面上是圍繞中南海最高權力寶座的政變爭奪。

1999 年 7 月 20 日中共黨魁江澤民發動了對上億法輪功修煉者的鎮壓，把十三分之一的中國人推向了對立面，中國社會於是出現了巨大的裂變。特別是法輪功代表的是「真善忍」的好人團體，是中華傳統文化的繼承者，中共鎮壓法輪功，實質就是鎮壓全人類最根本的良知善念，從本質上否定人類生存的底線。

　　這場持續 15 年的迫害，絕不是一個簡簡單單的鎮壓氣功組織，背後牽扯的是人類最本質的選擇：是要說真話還是說假話，是要善念還是要殘暴，要寬容還是要暴力。江澤民帶領的鎮壓法輪功的「血債幫」，為了維持迫害，耗費了巨大的社會資源，同時破壞了中國人的道德良知，雖然暫時在大陸造出了恐怖氣氛，但在迫害中，中共也把自己搞垮了。

　　其中的一個代價就是，江澤民為了維持迫害，就不得不改變接班人的挑選標準，只能從「血債幫」裡面挑選出周永康、薄熙來之流，為了維持迫害，不斷強化周永康的政法委的維穩系統，使之維穩經費超過了國防預算，而且為了避免被後來者清算，江派搞出了「第二權力中央」，伺機謀反篡權。也就是說，表面上看是薄熙來在搞政變，其實，江澤民早就搞了政變，早就在與胡錦濤進行生死較量，胡錦濤幾次差點遭暗殺，只是老百姓不知道這些黑幕而已。

　　而習近平、胡錦濤在鞏固自己權力的過程中，必然會觸動江派的利益，於是上演了中共政壇的一系列變局。

　　如今薄熙來的政治生命已經結束，周永康將成為落馬的「大老虎」，關押迫害法輪功學員的主要場所勞教所正在全面解散，雖然中共對法輪功的迫害還在持續，但是，江澤民為迫害法輪功而精心打造的堡壘正在坍塌，迫害已經難以為繼、走向末路。

　　如果對這段期間以來中共高層落馬的官員做一下盤點，幾乎都是參與迫害法輪功的「血債幫」成員，包括王立軍、薄熙來、周永康的這些人無論以什麼方式落馬，從中國傳統的觀念來看，可以說這些人都是因為迫害法輪功遭到了惡報。

　　印度聖雄甘地曾經說過：「他們一開始忽略你，然後嘲笑你，然後打擊你，然後你贏了。」如今越來越多的人讀懂了中國正在發生的這個故事的核心：法輪功持之以恆的和平反迫害，正在贏得這場較量，壞人會遭到懲罰，所有支持良善的人和團體，包括敢於為法輪功講話的《大紀元》媒體，也將越辦越興旺，這是人心所向，天意使然。

習江三次生死交鋒

第六章

天安門廣場血案
習近平驚愕

習近平把薄熙來判成了無期徒刑，等於徹底結束了薄的政治
生命。江派還手反擊，搞出了天安門爆炸案，當時爆炸現場
離習近平開會地點也就 200 多米遠。同時廣東的《新快報》，
憑藉地方官員的支持，開始跨省和湖南警方鏢上了勁。這一
戰役發生在 2013 年 10 月。

2013 年 10 月 28 日中午 12 點 5 分，天安門發生了震驚中外的爆炸案。
爆炸現場離習近平開會地點僅 200 多米遠。（AFP）

第一節

天安門爆炸案五大懸疑

2013 年 10 月 29 日，中共宣布 18 屆三中全會將於 11 月 9 日至 11 月 11 日召開。而就在此前一天，10 月 28 日中午 12 點 5 分，天安門發生了震驚中外的爆炸案。一輛汽車衝向天安門金水橋後起火爆炸，事故共造成 5 人死 38 傷。爆炸發生時，習近平、李克強和五名其他政治局常委在 200 米以外的廣場西邊的人民大會堂開會。

北京市警方第一時間就「鎖定」犯罪嫌疑人來自維吾爾自治區，而在維吾爾人當中擁有影響力的維吾爾在線網站則質疑說，在實際攻擊者的職業身分、族群背景和肇事動機均未得到證實的情況下，當局放口風，意在轉移矛盾，將維吾爾人當做替罪羊，在污名化維吾爾人的同時，為針對維吾爾人的高壓政策尋找藉口。

事件發生後，中國社交網站微博出現很多相關照片，但都在很短時間內被刪除。當局一度封鎖附近街道，關閉天安門地鐵出

口。當時有兩名法新社記者第一時間出現在現場拍攝，但隨即遭天安門便衣警察帶離，並被強行扣押在天安門公安分局。當局試圖指控他們與肇事者合謀，但記者否認，稱純屬巧合。警方在強制刪除了記者拍攝的照片後，將其釋放。

10 月 30 日，中共官方正式將 28 日發生的車輛撞擊天安門事件，定性為恐怖襲擊事件，並是一起經過嚴密策劃，有組織、有預謀的恐怖襲擊案件。北京警方宣稱，還抓捕了其餘涉嫌的五人。

1. 鳴笛驅趕行人 故意撞人群？

中共官方稱，新疆三民眾烏斯曼・艾山及其妻子和母親駕乘吉普車闖入長安街便道，沿途「快速行駛故意衝撞遊人群眾」。嫌疑人駕車撞向金水橋護欄，點燃車內汽油致車輛起火燃燒，車內的三人當場死亡。

然而，《洛杉磯時報》報導目擊者的話說，汽車闖入步行區，沿著廣場北邊行駛 500 米，衝撞上人行道，然後撞擊石橋的圍欄。然後汽車在巨大的毛澤東畫像下爆炸。

23 歲的菲律賓女子 Francesca Bunyi 在事件當中受傷，她 29 日在醫院告訴友人，該汽車鳴著喇叭驅趕行人，試圖衝向毛澤東畫像同時躲閃障礙物。她說她沒有聽到槍聲。

「我們所有聽到的就是喇叭聲，很遠就傳來喇叭。」她的友人引述她的話說。

一個來自山東的年輕男子說，「汽車走得不快，因為兩個人卡在汽車輪子下面了。武警衝著汽車喊叫，要它停下。」「汽車撞向石橋然後停下。然後有一個爆炸……我大約位於爆炸之外的

三米遠。但是我沒有受傷，因為它不是很強烈。」男子說。

北京著名的社會活動家、諾貝爾和平獎提名者胡佳也表示，有目擊者說，這車一直在鳴笛與官方說法矛盾，「鳴笛是希望人閃開而不是說硬衝撞上去奪人性命，但是這裡面還是造成了這樣大的傷亡，最後三個人自己沒下車全都死亡了。」

2. 針對天安門城樓上毛澤東畫像？

一名目擊者告訴《華爾街日報》，他看到這部汽車開進人行道的人群，然後幾乎在俯瞰天安門廣場的毛澤東畫像正前方起火。

法國《解放報》刊登了駐京記者菲力浦·格朗日羅的文章，在北京市中心發生的這起自殺式攻擊，是針對中共政權的象徵——天安門城樓上毛澤東畫像去的嗎？

文章稱，這些攻擊者的目標好像是毛澤東的畫像，而且此次的攻擊也不是針對中共政權的這個唯一象徵的第一次。中國異見人士胡佳說，攻擊目標毫無疑問是毛的畫像。

文章援引胡佳的博文稱：在這個法西斯暴君的魂魄沒有被消除之前，中國就不會有民主和自由，如果說天安門廣場上有兩樣東西必須被焚燒的話，那就是毛的遺體和他的畫像。

毛澤東是中共權力的象徵，卻是中國人的大災星。自 1949 年起，毛澤東發動的各種政治運動，及人為製造的大饑荒，葬送了 8000 萬中國人的性命。在 25 年前，即 1989 年「六四」前夕，發生了一起四個湖南人用顏料和雞蛋投擲天安門城樓上的毛澤東像的事件。

2010 年 4 月，北京天安門城樓毛澤東畫像在清明節當晚，有

人突然向畫像投擲可能是墨汁或雞蛋的污染品，畫像遭污損。

多方稱爆炸車是軍車

還有知情人向「希望之聲」透露，爆炸案的吉普車其實是一輛軍車。官方都在封鎖消息，據傳是軍用車，而且可能是「京」牌的。

胡佳對《大紀元》介紹，他去過天安門金水橋並有所了解，「金水橋只能是公安、特警、武警和城管的車輛進去，民用車輛是絕對不能上去的，上去就會遭攔截。我聽警察也講過那部車闖了好幾道關。」

港媒報導，也有熟悉車輛管理的北京律師指，從官方公布天安門肇事越野車曾擁三副新疆不同地市車牌看，似是當地政府駐京機構的車輛，因為只有這種車輛才可一車多牌，隨意「變身」，根據不同地方來的官員掛不同的車牌，以顯威風。

3. 爆炸車上是新疆人嗎？

另有消息人士向「希望之聲」透露，吉普車上的三個人不是新疆人，因為他們不具有新疆人特有的外貌特徵。

消息人說，不少上訪民眾在天安門廣場親眼看到事件發生，他們說車上絕對不是新疆人。「新疆人從他長（相貌），他一個不像；再一個新疆人的語言也不一樣。因為當時它的速度來講，還有其他人它是整個一個集體行動，究竟這些人是什麼身分，是哪裡人現在搞不清楚。他們有知道的，他們從王府井開過來的，

和那幾個人交談過，要不，他們怎麼知道語言呢？具體情況非常隱密，不清楚。（還有其他同夥人沒在那車上？）對，對。那個吉普車是越野型的、軍用的。」

消息人士還指出，三個人因為都有冤情，長期得不到解決，對政府感到失望，所以用這樣的方式來表達自己最後的憤怒。而且他們事前曾經駕車多次踩點，尋找最佳的時間及路徑。

4. 車撞之前 故宮傳將提前關門

法國《費加羅》報導，天安門汽車爆炸事件的當天，一位法國遊客正在現場。報導引述這位希望匿名的法國工程師的披露，中午12時前，他在天安門，離那輛汽車只有 20 米遠。他說，此前的 11時 30 分，有個資訊宣布故宮將提前關門，人群開始奇怪地移動。

該男子向法媒描述事件現場稱，當時他聽到他所在的人行便道上有汽車的聲音。他看是一輛白色吉普車在人行便道上行駛，起初以為是服務車輛分開人群，後來發現一個男子被卡在白色吉普的車輪下面叫喊著，一個中國警察用警棍敲打這輛車子。

他說，當車停下來，他在車門上看到黑色阿拉伯字體，立即想到了是炸彈汽車，於是撒腿就跑，邊跑邊回頭，大約 10 秒鐘後，他聽到了爆炸聲，不知是油箱還是炸彈爆炸，但在爆炸發生之前，他沒有看到任何火光和煙霧。

5. 京警預知天安門發生大案？

據法廣報導，一位在華旅遊的法國工程師向《費加羅》披露，

12 時前夕，他在天安門，離那輛汽車只有 20 米遠。此前的 11 時 30 分，有個資訊宣布故宮將提前關門，人群開始奇怪地移動。之後，12 點 5 分就發生了爆炸。

還有一名北京的網民上班遲到的微博上抱怨說：「早上 9 點不到，無緣無故地鐵 2 號線前門站東北口採取封閉措施，莫名其妙！」

上午 9 點不到，也就是距事發至少三個小時前，京警已有布署動作，似乎「有事發生」早在北京警方的「預料之中」。

胡佳：維族一家自殺式攻擊蹊蹺

胡佳接受《大紀元》專訪說，官方的解釋令事件充滿詭異和不可思議，背後一定有更深的內幕，並對該事件的疑點和維漢民族矛盾做了深層的分析與解讀。

胡佳表示 10 月 28 日中午慘案發生之際，起初認為車上是一個男性，後聽說車上有三人都死亡了，想像中是三個男性，但後來才震驚得知是一家，包括丈夫、母親和妻子。

他認為相當匪夷所思，「說句心裡話，哪個兒子會帶著自己的老母親去做這種衝撞的事呢？誰願意把自己妻子也同歸於盡呢？這確實是不可思議的一件事，我覺得這裡邊一定有更大的、更深的、更長時間的這種社會根源才會造成如此的一種境地。」

他認為從妻子、母親、兒子（或丈夫）這三方的社會角色來講，他們相互之間都會很珍惜對方，「有多少個老母親會支持、參與這樣的事情，哪個母親不想留自己的兒子在身邊呢？哪個妻子又願意丈夫去死呢？但這一家三口就發生了這麼一件事情。我覺得這是一個悲劇，不僅一家三口自己死亡，同時還造成了 38

人傷，及另兩位無辜者的死亡。」

他認為暫且將他們是維族人放一邊，在中國大陸，漢人採取一些特定的方式比如 1982 年時金水橋附近同樣女司機駕車衝撞人群，多多少少都有原因。而且他們從遠離京城三、四千公里之外的新疆來，他的內心有多少的壓抑，然後去衝撞這個有特定象徵性的天安門城樓。

官方全方位封鎖資訊

不過，很多消息得不到證實。在爆炸發生後，官方立即全方位封鎖資訊，也是人們質疑的重點。中共第一時間緊急下「封口令」並稱與新疆維吾爾人有關係。媒體引述中共內部消息稱，事件絕非偶然意外，而是自殺式襲擊。

法國媒體《十字架報》以標題《疑似一起攻擊事件讓天安門一片恐慌》進行報導：周一中午，天安門廣場到底發生了什麼？我們很難了解到真情。中國特警在事發後立即封鎖了出事的現場，網路警察也查禁了相關的評論。

北京維族學者伊力哈木・土赫提對「德國之聲」表示，對官方公布的有關所謂「暴力恐怖襲擊事件」的消息存在疑問。同時他也擔心維吾爾人的處境更加艱難，矛盾衝突會更激化。

熱比婭呼籲展開獨立的國際調查

英國廣播公司（BBC）報導，世界維吾爾人大會主席熱比婭呼籲對天安門撞車爆炸事件展開獨立的國際調查。熱比婭稱這是

一起悲劇事件。

報導說,當被問及維族人是否應對事件負責時,熱比婭表示:「也許是,也許不是。由於中共政府嚴格管控對這起悲劇事件的相關資訊,目前很難講。」

熱比婭在接受路透社的書面專訪時說:「如果是維族人幹的,我想他們是出於絕望,因為在中共統治下,維族人沒有解決不公義問題的管道。」

熱比婭在華盛頓還發表聲明稱,擔心中共政府將捏造事實,並利用天安門撞車事件為藉口加強鎮壓新疆維族人民。熱比婭還擔心鎮壓會引起維族人的反抗。

美國官方未定性天安門案是「恐怖襲擊」

10 月 31 日,美國國務院例行記者會上,有記者問及應該如何定性天安門汽車爆炸事件,美國國務院發言人普薩基(Jen Psaki)表示,這是一場悲劇,五人在該事件中死亡,多人受傷。此外,隨著收到資訊的增多,美方也將對此進行調查。

就中共定性此案為恐怖襲擊,普薩基表示,美國正密切關注此事,並與中共進行了溝通。

普薩基稱,她不認為美中在應對穆斯林極端分子或恐怖分子時有共同的價值觀和目標。美方堅信普遍人權,這當然也會適用於維吾爾族群體。這也是美國同中方定期溝通的內容。

第二節

12 年前天安門另一命案

　　2013 年 10 月 28 日，北京天安門廣場發生汽車爆炸事件。據知，該案發生後大陸官方媒體僅以文字形式報導此消息，具體細節至今未有公布。外媒稱，該爆炸案震撼中共政權，中央命令公安部副部長負責調查。

　　天安門廣場向來被中共當局高度戒備，被認為是重重之地，這裡發生的任何事件都會被國際聚焦，成為國際大事件。早在 13 年前，天安門還曾發生過震驚世界的「自焚」偽案。不過，當時官方媒體的表現與這次完全不同，而是開足馬力對此事件進行大報特報。

　　2001 年 1 月 23 日大年除夕時，五人在天安門廣場自焚，中共喉舌新華社立即宣布自焚者是法輪功學員，並在全國範圍內發起了一輪誣衊、誹謗法輪功、漏洞百出的輿論造勢。

天安門汽車爆炸 官媒嚴控報導

中共官媒新華網當天僅發布了兩篇短篇報導，在第一篇報導中稱有三人死亡，事件正進一步調查中。之後一篇報導死亡人數上升至五人，報導只說北京警方迅速處置了一起吉普車衝撞天安門金水橋事件，事件還在調查中。其他的細節沒有披露，並且沒有圖片報導。

當日晚上的中共央視新聞報導中也只是播音員播報簡短的文字稿，沒有出現照片與視頻。10 月 29 日，中共外交部發言人在回答記者提問時僅稱她不清楚事件細節，只表示事件在調查之中。

與此同時，該事件成為外媒關注的焦點，紛紛爭相報導。BBC、法廣、路透社、港媒等媒體以不同角度發布了多篇報導，據悉，當時肇事車車尾掛著一條白底黑字的橫幅。另有報導稱，三名死者均有上訪歷史，其中兩名死者為新疆維吾爾族人，出事前曾經駕車多次踩點。

據法新社報導，案發後不久，大陸各地媒體都收到來自中宣部的指令，報導嚴格按照新華社電告，新浪微博等網路社交平台都受到密切的監視，一名在微博上發表照片的網民向法新社透露說，新浪管理人員禁止他再發表其他的照片。

12 年前「自焚」偽案 官媒開足馬力報導

與這次事件的低調相比，2001 年發生的震驚世界的所謂「天安門自焚案」，中共喉舌卻是開足馬力大肆宣傳。

2001 年 1 月 23 日，來自河南省開封市的五人集體在北京天安門廣場引火自焚。一名男子走到廣場中心人民英雄紀念碑的東

北方，坐了下來，隨後把汽油澆在自己身上，然後點火。現場的公安立即趕到男子所在處，並試圖撲滅火勢。

不久之後，另外四個人也相繼點火，四人當中有一位男子立刻被公安架走。隨後撲滅了四人身上的火勢，一輛警車進入，將傷勢嚴重男子帶走；大約 25 分鐘後，一輛救護車到達現場，將其餘四人帶走。天安門廣場遭到全面封鎖，其中一名女性當場死亡，四人重傷，其中一名 12 歲的小女孩在治療數日後死亡。

在事件發生兩小時後，中共官媒新華社迅速向外國媒體發布錄像；接著在一周後，1月30日當天，新華社又發布了一篇更為「全面的」新聞稿，作為對其他媒體的回應。而這時報導中自焚的人數從原來的五人增加到七人，其中一個是年僅 12 歲的劉思影。

1月31日，央視的《焦點訪談》節目再向大陸民眾播放了一個 30 分鐘的特別版本，央視宣稱此錄像取自廣場附近的監視器。《焦點訪談》還曾先後三次追蹤報導「自焚」者的最新情況。

據悉，事發當時剛好在現場的美國有線電視新聞網團隊，他們幾乎是剛開始拍攝即被公安阻止，母帶也被沒收。

自焚錄像疑點重重 真相終被揭開

中共官方的自焚錄像曝光之後，引起廣泛質疑：警察為何先到位，然後自焚者才開始點火？當時又是從哪裡拿來那麼多的滅火器？中共喉舌央視為何能立即拍攝到自焚者各種角度特寫？大搖大擺背著小型攝影機的人又是何人？已經做氣管切開手術的小思影為何能說話底氣十足？王進東的打坐似是而非，為何煉功手勢和法輪功不同？

中央電視台播出的自焚畫面：所謂的「自焚者」王進東點火自焚後，兩腿間盛著汽油的綠色雪碧瓶卻完好無損，身後的警察等待王喊完奇怪的口號後才把滅火毯緩慢地蓋在王的頭上。自焚本應是突發事件，央視卻能拍到近鏡頭並錄下喊口號的聲音。（視頻截圖）

　　當場死亡的自焚者劉春玲說是被燒死，為何其背後卻有現場警察用重物擊打其頭部？為何王進東兩腿間盛著汽油的雪碧瓶在火焰中無任何變形，最容易燃燒的頭髮也還完好？烈焰焚身應本能地奔跑以緩解劇痛，王進東為何卻能穩穩地坐在地上？……

中央電視台《焦點訪談》播出的自焚偽案節目慢動作分析：1. 在滅火器噴射的同時，一隻手臂掄了起來，猛擊劉春玲的頭部。2. 重物猛擊劉的頭部後被彈起。3. 重物逆著滅火器噴射流飛向警察。4. 一名身穿大衣的男子正好站在出手打擊的方位，仍然保持著一秒鐘前用力打擊的姿勢。這齣前政法委書記羅幹緊跟江澤民炮製出來誣陷法輪功的自焚偽案，被目擊者揭露與法輪功毫無關係的「自焚者」劉春玲是被一軍警用滅火器猛擊頭部致死。（視頻截圖）

國際教育發展組織：自焚是政府一手導演

「自焚」偽案發生之後，立刻引起國際各界關注。事件發生兩周後，《華盛頓郵報》記者菲力普·潘（Philip Pan）在一篇名為《Human Fire Ignites Chinese Mystery》的報導中，訪問劉春玲故鄉開封市的當地居民有關劉春玲的身分時，獲得以下回應：「沒有人曾看到過她煉法輪功。」

「國際教育發展組織」於 2001 年 8 月 14 日在聯合國會議上，就「天安門自焚事件」，強烈譴責中共當局的「國家恐怖主義行徑」，聲明指出：錄影分析表明，整個事件是「政府一手導演的」。中共代表團面對確鑿的證據，沒有辯詞。該聲明當時被聯合國備案。

自焚事件發生前 中共內部有消息走漏

隨著時間的推移，通過越來越多的知情人向海外透露的消息證實：「天安門自焚」是中共一手策劃的，在事件發生前，中共內部就已有消息走漏出來。

中國民主黨國內負責人之一林春水曾經向海外透露，公安部一名高級官員 2001 年 1 月 28 日向他提供的消息說：王進東 23 日「自焚」，時任公安部長賈春旺 22 日就知道消息。

他還表示，在中央政法委會議上，羅幹曾經說過：根據掌握的情況，即使我們王進東不自焚，也會有張進東、李進東等跳出來「表演」。

自焚真相紀錄片 國際影展獲獎

在 2002 年 1 月，北美民間中文電視台「新唐人」製作了揭露 2001 年「天安門自焚真相」的紀錄片《偽火》（False Fire），以怵目驚心的畫面和精闢嚴謹的分析，揭示了「自焚」案的真相，證實該案是江氏集團為栽贓法輪功而炮製的一起偽案。

此紀錄片廣為流傳，並在 2003 年從各國參賽的 600 多部影片中脫穎而出，11 月 8 日榮獲第 51 屆哥倫布國際電影電視節榮譽獎。

第三節

《新快報》牽扯中南海搏鬥

2013 年 10 月 18 日，正在報社總部廣州的《新快報》記者陳永洲，突然被湖南長沙警方以涉嫌損害商業信譽罪跨省抓捕，由此引發了一場表面上看是商業官司、實質卻牽扯到習近平的政治爭奪。

《新快報》隸屬於《羊城晚報》，之前國際上很少有人知道這份名不見經傳的地區性綜合報紙。作為專題記者，陳永洲從 2012 年 9 月 26 日至 2013 年 6 月 1 日間，共發表了 10 篇有關湖南國有建築設備製造商「中聯重科股份有限公司」（Zoomlion Heavy Industry Science & Technology Co., 1157.HK，簡稱：中聯重科）財務黑幕的文章，揭露其「虛報利潤」、「利益輸送」、「畸形營銷」及涉嫌造假等一系列違規行為，並向香港聯交所、香港證監會及中國證監會實名舉報中聯重科。由於這些醜聞，中聯重科的股票從 2013 年 1 月以來已經下降了 40％。有知情人透露，

那天湖南警方是坐著中聯重科的車跨省抓捕陳永洲的。

《新快報》頭版「請放人」公開挑戰

作為國營報紙，一個記者能連續發表 10 篇文章揭露不法商人的醜聞，肯定是獲得報社總編和社長支持的。10 月 18 日是周五，在沉默五天後的 10 月 23 日，《新快報》在頭版就記者被捕事件發表聲明，只見三個醒目的黑色大字：「請放人」幾乎占了頭版的主要位置，副標題也擲地有聲：「敝報雖小，窮骨頭，還是有那麼兩根的。」強烈要求長沙警方立即釋放陳永洲。

報紙一出，全球譁然。不但幾乎所有華文媒體頭條報導了此事，很多西方媒體也報導了此事，因為懂中國政治的人都知道，這是公開挑戰中共的公安系統和新聞管制系統，不但把中聯重科和湖南警方擺在了檯面上，也打破了中宣部的潛規則：從來沒有哪個國營報紙敢以當事人或受害者的身分，如此深入的介入一個正在進行的新聞事件中，一般來說，要想放人，他們會私下交涉，私下找關係，還從來沒人這樣公開呼籲的。

第二天 10 月 24 日，《新快報》頭版上方藉報導習近平會見清華大學經管學院顧問委員會海外委員時表示：「18 屆三中全會對改革作總體布署」，不同尋常的是，在這個大標題下沒有正文，而與三中全會字號一樣大的，是頭版下方的四個大字「再請放人」，副標題是「一切在法律框架下解決，不能先抓後審」。夾在這兩行大字中間的是兩行第三號大的字，「不能讓有問題的人心存僥倖，不能讓腐敗分子有立足之地」，上標小字解釋說，這是「王岐山布署今年（2013 年）第二輪巡視時強調」的。

明眼人一看就明白了《新快報》要表達的意思：他們是按照中央精神在行事，他們的所作所為是符合習近平和中紀委書記王岐山的講話要求的，這等於亮出了他們的底牌：誰要再不放人，誰就是公開抵觸習近平，公開反對王岐山。

《新快報》這種公開抗議方式立刻引起強烈反饋，很多人把這兩分報紙保留下來作為紀念，大量民眾以各種方式予以聲援，很多世界重量級英文媒體也發文聲援中國大陸媒體對警方的抗議。設在美國紐約的保護記者委員會與設在巴黎維護新聞自由的人權組織「記者無國界」對《新快報》的也表示聲援，甚至中共官方也出面表示支持。

10月24日，國務院主管新聞出版事物的國家新聞出版廣電總局一位負責官員在接受官方媒體採訪時首次罕見表示：「總局將堅決支持新聞媒體開展正常的採訪和報導活動，堅決維護新聞記者正當、合法的採訪權益。」他說，國家新聞出版廣電總局正在密切關注事態的進展。此外，新浪網曾引述一名不願透露姓名的中聯高管也證實，該「案件社會影響力較大，引發全國媒體報導，也引起了中央高層關注，中紀委、中宣部已介入。」

央視突變：記者認罪 報社道歉

就在人們期待湖南警方放人之際，情況卻突然出現了急轉彎。

10月26日周六，由劉雲山掌控的中央電視台突然在「朝聞天下」節目中播報了一則新聞：被湖南警方刑拘的《新快報》記者陳永洲首次公開亮相，只見這位年輕記者身穿看守所的囚服，茂密的黑髮變成了囚犯的光頭，他在電視上承認自己受人指使收

人錢財，發表了失實報導。

鏡頭前只見陳永洲表情麻木，眼睛還不時往下看。10 月 29 日，李方平律師在微博上說，一位有多年從警經驗、且在政法委工作的朋友非常肯定的說：陳眼睛不斷往下瞟，一定是盯著前面的稿子在供述。

央視報導讓此前一邊倒的對中聯重科討伐的輿論發生了扭轉。儘管播報中沒有直接提到中聯重科的競爭對手是三一重工，但新聞視頻中巧妙地顯示出陳永洲正在簽名的筆錄上「三一重工」的字樣。

三一重工股份有限公司創建於 1994 年，是中國最大、全球第六大工程機械製造商，2003 年 7 月 3 日在上海證交所上市，2008 年 6 月 17 日，公司股票全流通，成為大陸股權分置改革後首家全流通的企業。這所民營企業的老總、創始人梁穩根 2011 年以 500 億元的身價成為大陸公開的首富。

據騰訊財經報導，中聯重科不但作為陳永洲的舉報人，還直接參與了央視的報導，電視上出現的《新快報》稿件的鏡頭，就是在中聯重科的辦公室裡錄製的。對此作家天佑的微博質疑說：「法院還沒審判，央視就開始報導陳永洲的所謂『罪行』了，這就跟此前官方辦薛蠻子案是一個路數，其目的，明眼人一看就明白。即使記者真的收了黑錢，央視的做法也是不合適的。」

西安法律人譚敏濤分析說：一、任何犯罪嫌疑人都沒有上央視懺悔認罪的義務；二、案件未經查證屬實便在媒體面前認罪懺悔，等同於有罪推定；三、央視選擇陳永洲案的緣由在於反擊中國言論自由和新聞自由的支持者；四、陳永洲的律師為何失聲了？五、法律案件轉為政治案件的中國式操作模式即是權力介入。

　　細心的民眾從央視公開的視頻中還發現了馬腳：陳永洲脖子上兩道明顯的粗血痕（央視視頻1分44秒和8分鐘處），明顯被人使用鐵絲或者繩索勒過。

　　很多網民質疑這是湖南警察對陳永洲嚴刑逼供的結果。此前民營企業太子奶創始人李途純曾表示：「為什麼進了湖南監獄你必須招？在獄中五次逼我簽字放棄太子奶所有民事權利，拒絕一次公安局抓捕一人，先後抓捕時在清華讀書兒子李帥、妹妹、弟弟，逼死毫無關聯的舅舅高博文，多次誘捕妻子金曉琳，恐嚇、威逼母親。保姆、祕書等三位女性因關押恐嚇威脅至今不孕。」

　　另外，陳永洲未經判決就被剃光頭，亦有很多民眾表示反對，時評家鄢烈山質問：《最高法院、最高檢察院、公安部關於依法文明管理看守所在押人犯的通知》：除本人要求外，禁止給在押人犯剃光頭。長沙警方和央視，你們侮辱人格，已是被告。

　　剛看過審判薄熙來、劉志軍的觀眾都記得，即使貪腐了幾千萬，在法庭上這兩人都是衣冠楚楚，既沒有手銬囚衣，更沒有光頭，而陳永洲這個小記者，最多收受了幾萬塊錢，為何就被剃了光頭呢？哪個小夥子在看守所會自願剃成光頭呢？

　　除了記者認罪外，《新快報》在堅持兩天頭版抗議之後，26日仍堅持陳永洲沒有違法違規。但央視節目出來後，該報態度急轉，於27日在頭版一角發聲明道歉。11月1日官方消息稱，《羊城晚報》報業集團免去了《新快報》社長、總編輯李宜航和副總編輯馬東瑾的職務。

　　什麼勢力能讓中央電視台為了一個湖南公司的名聲而「配合演出」呢？誰能讓廣東的報社為了一個湖南公司而舉刀劈向自己人呢？這就不得不談到中聯重科的背景，以及與三一重工

的恩怨。

中聯重科是湖南省委及政法委的後花園

中聯重科是中國第二大重型設備製造商，該公司股份制改造後部分依舊由湖南省政府擁有，很多政法系統的官二、三代都在此國營企業工作。

據港媒披露：中聯重科的董事長詹純新的父親詹順初，是湖南高級法院前院長，而岳父萬達則是湖南省委前第二書記；中聯重科的副總裁孫昌軍則是湖南省前省委書記楊正午的女婿；再加上現任國家廣電總局黨組書記蔣建國的兒子等其他官二代，中聯重科實則是湖南高官後代的後花園，湖南官場遍布他們的親信。

大陸媒體在「同城記」中，報導了中聯重科與三一重工這兩個處於同一座城市的競爭對手之間的 20 年來的角逐，特別是2010年市場萎縮後雙方的短兵相接。比如「舉報門」、「遷都門」、「間諜門」、「鎖機門」、「路條門」、「行賄門」、「簡訊門」等，雙方你來我往，交戰激烈。

不過，外面的人看得很清楚，比如10月28日「網易財經」發表知名財務分析專家賀宛男的評論，文章稱作者查閱了中聯重科的大量公開資料，以及有關媒體的質疑報導，認為中聯重科主要涉嫌「三宗罪」：一是財務造假；二是高管持股公司高位減持，套現 12 億多元，而這一時期正是中聯重科銷售涉嫌造假之時；三是管理層收購旗下優質資產，造成國資流失。

人們發現，中聯重科在確鑿證據面前還能夠不停抵賴，不但抓人，還能調動央視為其辯解傳聲，其後台之大，早已超過湖南

省的級別了，肯定是中央有人，而且是有大後台才能如此興風作浪。那中聯重科的大後台是誰呢？

湖南「黑不見底」是因為有周永康和江澤民

從詹純新的父親詹順初是湖南高級法院前院長、中聯重科能讓湖南警方坐自己的車幫自己到廣東抓競爭對手來看，中聯重科在政法委這條線上肯定有人。據知情人向《新紀元》周刊透露，湖南官場之所以「黑得不見底」，與原湖南省公安廳廳長周本順密切相關。

周本順（1953年2月～）湖南人，2000年11月任湖南省公安廳廳長後，開始巴結周永康，並積極鎮壓法輪功，成為周永康的鐵桿心腹，2003年被周提拔為中央政法委副祕書長，2008年任祕書長。中共18大後由於習近平要削弱和取消政法委，2013年3月周本順被調任河北省委書記，但從2000年以來，湖南一直就是周本順、也就是周永康的地盤，湖南政法委的很多行動都是這「二周」幕後策劃的結果。

這些年來湖南政法系統人員早已惡名遠揚，由於有周永康撐腰，發生了很多震驚全國的惡性事件，如2012年6月6日，「六四」工運領袖、民主硬漢李旺陽突然離奇死亡，「被自殺」一事曾引起國際輿論高度關注。2006年湖南永州發生「11歲幼女被逼賣淫案」，唐慧是受害者的媽媽，因多次上訪無效反而被湖南政法委判處勞教，引發民眾憤怒，直到2013年7月15日，「上訪媽媽」唐慧起訴湖南永州勞教所案二審才判決唐慧勝訴。

2013年6月14日，中共最高法院核准裁定湖南民企富商曾

成傑死刑結果。女兒曾珊看到了法院的公告時，曾成傑已經因「資不抵債」而被祕密處決，人們質疑湖南法院至少違背了兩條法規，一是湖南法院在沒有通知家屬的情況下就將曾執行死刑屬違法；二是迅速處死曾的背後恐與按需活摘器官有關。

這麼多年中聯重科一再想擠垮或吞併三一重工都沒有成功，這說明三一重工也是有後台的，否則早就被中聯重科給搞垮了，那誰是三一重工的後台呢？

梁穩根親胡溫習李 兒子差點被綁架

三一集團主要創始人梁穩根，1956 年 1 月出生於湖南省漣源市茅塘鎮。1983 年畢業於中南礦冶學院（現中南大學）材料學專業，1986 年下海創辦漣源特種焊接材料廠，1991 年將企業更名為「湖南三一集團有限公司」，公司名稱起源於「創建一流企業，造就一流人才，做出一流貢獻」的三個一，梁穩根擔任董事長。

2011 年梁穩根被福布斯中國和胡潤中國評為大陸首富，還成為全國工商聯常務執委、中國青年企業家協會副會長，並獲得福布斯中國上市公司最佳老闆和蒙代爾世界經理人成就獎等榮譽。有消息說，梁穩根與胡溫習李關係密切。

2003 年 10 月，胡錦濤剛當上中共總書記不到一年就去視察三一集團，當時胡錦濤的權力還被江澤民架空，受制於人。而前中共國家總理溫家寶則曾三次視察三一集團：2005 年 8 月 13 日，溫家寶視察三一長沙產業園；2009 年 3 月 20 日，視察瀋陽三一重裝；2010 年 7 月 2 日，視察湖南三一寧鄉產業園，而且與梁穩根握手時稱他們是「老朋友」。除此之外，2009 年 1 月 29 日，

溫家寶還在德國出席了三一投資德國產業園項目的簽約儀式。

在 2011 年、2012 年梁穩根還分別跟隨胡錦濤、習近平訪美，是為數不多的幾個中國大陸企業家之一。甚至江派媒體在 2013 年中共兩會期間還放風稱，梁穩根與習近平將要對「親家」。

三一集團對外宣稱其企業文化精髓是：「國家之責大於公司之利」，「心存感激，產業報國」，梁穩根曾自稱「我生 1000 次，都希望是在中國；死 1000 次，都會是在中國」，不過他卻送兒子到英國留學，在長期遭受中聯重科的排擠打壓、不得不把公司總部從長沙搬到北京時，他對外公開承認，北京的政治資源是「遷都」的重要因素。

2012 年 11 月 21 日，梁穩根突然宣布要求在兩個月內將集團總部由湖南長沙遷往北京，涉及一千多名員工，三一員工以「震驚」來形容獲得上述消息的心情。「事先沒有任何徵兆，最高層從討論到進入決策程式，大約半個月不到。」梁穩根是中共 18 大代表，與中央關係良好，此次「遷都」被視為意在進一步接近權力核心，但更多的也是為了逃脫湖南黑惡勢力的圍剿。

據《環球企業家》雜誌報導，2012 年梁穩根在接受採訪時披露，2011 年同城競爭對手一手炮製的「行賄門」事件，令三一 H 股上市融資計畫告吹。行賄門曝出的次日，在一天之內，三一股價跌幅就高達 4.30％，三一市值蒸發近 60 億元。

行賄門事件涉及人員之廣、影響之大史無前例，遂引起中共高層重視，溫家寶曾親自下令要求徹查。最終在中紀委干涉之下，警方得以查明此案係中聯重科唆使其員工所為，令人不解的是，兩名涉案人員抓捕數天後即被釋放，更令人瞠目結舌的是，湖南省紀委經辦此案的負責人竟是中聯重科高管的家屬。此案最後不

了了之。

2010 年 7 月 2 日，溫家寶計畫視察三一寧鄉產業園，梁穩根之子梁在中（又名梁冶中）清晨驅車前往寧鄉接待。車行至星沙地段之後，他被一輛精心偽裝的假警車尾隨，裝扮成警察的歹徒上前將其車攔下，並密謀將其綁架。幸運的是這一計謀被梁在中的司機識破，在遭遇辣椒水、催淚瓦斯等襲擊後梁得以僥倖脫逃。

該案最終告破，不過主犯在抓捕過程中蹊蹺自殺，此案因此被蒙上一層陰影。後來梁家人得知，綁架者曾在其車內祕密安裝 GPS 定位系統，綁匪曾尾隨伺機作案達數月之久，而攻擊矛頭更多的時候直接指向梁穩根本人。中共社會之黑，一個所謂的交通事故就可能讓人一命嗚呼、石沉大海了。

中共高層博奕 誰在挑釁習近平？

《新快報》隸屬廣東省宣傳部管轄，現任廣東省委書記胡春華乃是胡錦濤一手提拔上來的，其前任汪洋已入主中央，是習近平陣營中的得力幹將。而對於《新快報》的背景，湖南警方不可能不清楚，網上有消息稱，正是因為知道這個背景，所以才「精心布置」，突然襲擊。

而對於湖南警方的跨省抓捕，《新快報》更是以極其罕見的態度表達了強烈的不滿，先後兩日在頭版以醒目的字體打出「請放人」、「再請放人」，並在陳永洲公開「認罪」後還馬上發表聲明，認為其無罪。這樣強硬的態度以一介媒體而言，如果背後沒有廣東高層的默許和支持，是不可能連續出現的。

《大紀元》評論員周曉輝認為，湖南對廣東的挑釁，廣東的

高調回應，應該不僅僅是警方和媒體的較量，而是兩地高層的較量，是它們背後所代表的保守和改革勢力的較量，甚至是中共高層博奕雙方的較量。

因為自薄熙來被下獄以及公審後，周永康在中石油、四川的若干重量級馬仔相繼被抓，其胞妹和兒子及其親家利用其權力攫取巨額利益也被曝光，周在政法委的幾個馬仔亦傳出被調查，周本人正呼之欲出。在此期間，江系的劉雲山等藉助媒體不斷攪局，歪曲習近平講話、詆毀習的形象、推出反憲政文章、打擊網路大 V、給習近平製造難題等，而這樣的攪局不少是通過央視實現的。近日，習近平將親信安插進中央黨校和中宣部就是對劉雲山的警告。

顯然，對於湖南、廣東的較量，中共高層不能不有所表態。對於習近平而言，湖南警方的無法無天完全違背了自己的「憲法夢」，支持其胡作非為就是在否定自己。因此廣東的態度應該是反映了習等人的態度，而劉雲山等江系則是唯恐天下不亂，通過央視播出「認罪」鏡頭，無疑是在暗示對湖南的支持，再一次貶低習在民眾中的形象，於是人們在看習近平陣營如何回擊。

胡習官媒批政法委警察「無法無天」

人們首先看到的是，10 月 30 日陳永洲被正式逮捕之際，胡錦濤團派陣營的官媒和大陸媒體突然爆出關於政法委管轄之下的大陸警察「無法無天」超越人性的惡行。

親習近平陣營陸媒「財新網」發文《廣西貴港警察酗酒殺人事件警示》稱：近年警察權力膨脹的現象已有目共睹。警權作為

具有「殺傷性」的國家權力，本為保護公民所設，但如得不到遏制約束，則會從公民權利的保護神，蛻變到反面。缺乏法治約束的情況下，警權擴張一分，民眾的權利就會減少一分。

文章還以前重慶公安局長王立軍事例警示政法委的無法無天，稱「警權的濫用和膨脹的危害」，「重慶打黑運動期間，重慶警方在王立軍治下，警權達到如何囂張跋扈的程度，教訓極為深刻。」

10月27日，中共政法委網站「中國長安網」下屬雜誌《長安》引述了中央政法委書記孟建柱三個月前在一官方座談會上的講話摘要。10月28日，「財新網」用標題《孟建柱：「政法機關與媒體是平等的」》報導了這一消息。

文中孟建柱表示，當前以網際網路為主要傳播途徑，以微博、微信為主要代表的新興傳播媒介快速發展，「人人都可以成為記者、人人都可以成為新聞發言人。政法機關面臨空前開放、高度透明、全時監督的輿論環境。」

孟還說：「實情決定輿情。政法負面輿情的產生，往往與執法司法活動中存在問題或瑕疵有關。要牢固樹立法治意識，嚴格依法律按程式履行職責、行使權力，防止因實體上的錯誤、程式上的瑕疵導致輿論危機。」

有分析指，《長安》此時將孟建柱三個月前的講話拿出來，暗有所指，意在湖南抓人事件上與之撇清關係，言外之意那是湖南政法委幹的，與中央政法委無關。

習李陣營的反擊還體現在中央電視台的報導上。10月29日據「財經網」報導，三一重工董事長梁穩根作為非公有制經濟人士在央視《新聞聯播》出鏡接受採訪時稱，「要將中國製造變為

中國創造，要得到世人的認可，三一重工把國際化看做是第三次創業。」

上次誣陷三一重工的「陳永洲認罪」，是在央視的「朝聞天下」欄目，而這次肯定三一重工的採訪，卻是在央視「最熱門」的《新聞聯播》欄目，後者的觀眾群大大超過前者。外界分析認為，梁穩根亮相央視，顯然是得到中共某些高層的支持，此舉也是習李陣營對陳永洲事件背後的江派及湖南地方勢力的回擊和警告。

幾次關鍵時刻 江派都在湖南攪局

其實，胡溫習李陣營早就與江派控制的湖南地方勢力展開了激烈爭奪，大凡在關鍵時刻，江派都在湖南攪局。這樣的例子非常多，比如李旺陽事件上，江派就故意在湖南製造事端，令胡錦濤訪港時難堪。

2012 年 6 月 6 日，湖南「六四」民運人士李旺陽在邵陽醫院離奇死亡，其家屬和網民都認為是「被自殺」。李旺陽「被自殺」後，大陸又出現了一系列維權人士被謀殺和失蹤的事件，其中 6 月 16 日，湖南獨立候選人管桂林在駕車時，突然被人用一塊四公斤重的石頭襲擊，導致汽車的擋風玻璃被擊碎、副駕駛被擊傷。

據海外民運人士郭保羅透露，涉嫌謀殺李旺陽的三名主犯是：中央政法委祕書長周本順（邵陽人）、邵陽市公安局長李曉葵、邵陽市公安局國保支隊長趙魯湘。

2012 年 6 月 17 日，香港特首辦一位不願意透露姓名的高級官員對媒體透露說，以周永康為首的政法委還授意負責調查李旺

陽「被自殺」事件的相關人員故意拖延調查，藉機激怒香港人，令 7 月 1 日胡錦濤來香港遭遇港人大規模遊行示威，讓胡難堪，也讓中央認識到香港存在一股「敵對勢力」，造成北京與香港的對立情緒，最終的目的則是讓北京承認政法委這些年工作的重要性與必要性。

2013 年 7 月 8 日，中共法院一審宣判江澤民心腹、中共原鐵道部部長劉志軍死緩。劉志軍也是習、李上台後，司法機關第一個公開審理的省部級官員，外界分析有殺雞儆猴的作用。但江派為了給嘍囉們鼓勁，幾天後的 7 月 12 日，他們故意迅速處死了湖南湘西民營企業家、億萬富翁曾成傑。

10 月 25 日，在山東省高院對薄熙來受賄、貪污、濫用職權案二審公開宣判前的 10 月 21 日，政法委以「擾亂公共場所秩序」為名，抓捕了民營企業家、鼎輝投資創始人王功權。曾成傑被殺，王功權被捕，這兩件大事，在中國民營企業家中引發了持續的劇烈震盪。

媒體報導，曾成傑之死吹響了民營企業家移民的號角，而王功權被批捕開啟大規模移民的閘門。

華府中國問題專家石藏山表示，習近平想通過高調改革爭取民心，比如所有的人哪怕沒有資本的人也可以註冊公司，發展民營企業，但江派卻殺曾成傑導致大陸民營企業家紛紛往海外跑。

習想穩定局勢，江就故意殺民營企業家，讓他們恐慌，資金拚命往外撤，江派曾慶紅說過「越亂越好辦」，反正他們馬上要被送到審判台了，所以在三中全會要討論經濟改革重要議題前的關鍵時刻，利用各種事件大攪局，《新快報》事件就是其中的一個攪局計畫。

第四節

三中全會前習遭死亡威脅

　　2013 年 10 月 28 日，北京有人開車衝撞天安門金水橋護欄，車輛起火燃燒，事件震驚國際。事件發生當時，中共七名政治局常委正在緊靠天安門廣場的人民大會堂舉行會議，習近平等人聽到事件後極為驚愕。

　　負責破案的江派北京公安局負責人傅政華很快將此案定性為涉「東突」恐怖襲擊，不過，這樣的把戲能欺騙得了老百姓，但知曉中共政治惡鬥的人都說，這如同令計劃的兒子被政治暗殺一樣，官場之人一看就明白：這顯然是對習李政權的一種恐嚇和難堪。

　　自從薄熙來事件後，江澤民派系利用這種赤裸裸的公開恐嚇方式早已不是第一次，從 2012 年 6 月 6 日「六四硬漢」李旺陽「被自殺」事件開始，江派多次採取這類毫無顧忌的恐嚇手段，不但要殺人，而且故意讓人看出破綻，從而讓人知道這是故意殺人。

江派這麼做的目的就是特地做給習近平看的，讓習知道假如不聽江派恐嚇再繼續幹下去，自己的生命隨時會發生類似險情。

馬三家事件與習近平打的 江派發死亡威脅

接下來是 2013 年 4 月 18 日，香港《大公報》發表獨家新聞《北京「的哥」：習近平總書記坐上了我的車》，「新華網」官方微博先證實「確有其事」，幾小時後又宣布此報導為虛假新聞。

據北京消息告訴《新紀元》，「習近平打的」事件是以曾慶紅和劉雲山為首的江派殘餘勢力對習近平發出的死亡威脅，習近平根本就沒有坐過出租車，劉雲山等江派的真實意圖是藉此威脅習近平不要再「越界」碰觸法輪功問題。

為何江派要搞出這個假新聞呢？目的就是為了給「馬三家勞教所」的報導扣上假新聞的大帽子。2013 年 4 月 7 日，與習近平、王岐山關係密切的大陸《財經》雜誌旗下的《Lens 視覺》發表《走出「馬三家」》一文，揭露了部分馬三家勞教所的黑幕，引發國際對法輪功受迫害的關注。此後此文在大陸媒體上被刪除之後再出現，出現「拉鋸戰」。接下來就發生了「習近平打的」事件。

光大事件 江派威脅搞垮經濟

再接下來是 2013 年 8 月 22 日薄熙來出庭受審之前的 8 月 16 日，中國股市意外暴漲，一分多鐘內滬指突然升 100 點，暴漲逾 5%，交易額達 78 億元。這個被國內外稱為「8‧16 光大烏龍指」事件導致大陸股市暴漲暴跌，引發中國證券史上最大錯帳交易糾紛。

此前薄熙來的哥哥薄熙永公開恐嚇說，他們（江派）能讓股市暴漲暴跌，並且有能力控制中國經濟從而影響中國政治，藉此威脅習近平陣營，給習近平來下馬威，讓習派「見識」江派勢力在極端情況下可不惜毀掉中國經濟來「同歸於盡」。

天安門爆炸案旨在恐嚇習近平

薄熙來在 2012 年 3 月 15 日被免除重慶市委書記的職務後，3 月 18 日出現了轟動北京的令計劃兒子被謀殺的「法拉利事件」，3 月 19 日的周永康「警變」。這次在薄熙來 10 月 25 日被二審終判無期後，也是三天左右，發生了天安門爆炸事件。

北京消息稱，將事件升級為東突恐怖襲擊的目的是為了恐嚇國際社會、撕裂和分化中國社會及脅迫習近平。新疆一直是周永康的老巢，新疆很多衝突是周永康一夥因應其政治目的的需要而挑動及發起的。「這起事件，圖片全部被封鎖，但是唯獨維族人涉案的風聲在第一時間內被放出，這其實已經都很明白了。」

江派在中共最高層失去權力，恐懼法輪功真相將全面曝光。因此故意升級天安門案，製造民族撕裂，目的是為在亂中奪權。此前有報導稱，曾慶紅列席港澳協調會上曾說：「香港出現政治混亂，要害是『奪權』、是搞『政治獨立體』……，越亂越好辦，按既定方針解決……」

江派把此事定性為「東突恐怖襲擊」，另一個目的就是給美國造成壓力。美國是新疆維權人士的支持者，給這起事件安上「東突恐怖襲擊」的名頭，會讓習近平在新疆問題上騎虎難下，並可能使得美國對此做出反彈，增加習的壓力。

江澤民的吹捧與恐嚇 雙管齊下

令人奇怪的是，爆炸案兩天後的 10 月 30 日，海外有媒體稱，江澤民要給習近平「核心地位」。胡錦濤執政十年，江澤民一直也沒有給胡「核心地位」，人們只聽說，「江核心」，胡上台後江派把持的官媒強調的是「集體領導」，九個常委各管一攤，很多事胡錦濤都插不上話。

江派此舉完全是「此地無銀三百兩」，一邊對習近平進行恐嚇和撕裂中國社會、製造漢人和維吾爾族的衝突，一邊給習戴高帽子。類似的手法在薄熙來案的時候也曾經出現。

2013 年 7 月 22 日薄案開審前，新華社轉發中共外交部網站的消息，稱江澤民與美國前國務卿基辛格會面，江在會面中給習近平戴上高帽稱，「習近平是一位非常能幹、有智慧的國家領導人。」但江澤民同時又奇怪地提到「中國新疆發生了暴力恐怖襲擊事件……」，希望習能更強硬。

當時中共官媒對江澤民的大尺度報導，曾被認為是江在薄熙來案開審之前，吹捧習近平，做姿態與薄熙來進行切割。但是江澤民話語中也被認為帶有威脅的成分。在隨後的 8 月 22 日到 26 日，薄熙來一審期間，薄當庭翻供，抵賴所有指控，玩弄中南海。江澤民的高帽加恐嚇手法表現無疑。

法輪功問題不解決 改革都是自欺欺人

被王立軍事件觸發的中南海激烈搏擊，實際上是圍繞奪取 18 大將接掌中共最高領導權的接班人習近平的陰謀政變展開，被江

澤民祕密選定接掌中共最高權力的是薄熙來，並非習近平，由於中共高層各種因素制約，江澤民被迫選定習近平作為 18 大中共最高層接班人。

江澤民、曾慶紅、周永康、羅幹等鎮壓法輪功的元凶，15 年來犯下反人類的群體滅絕罪，前中共政法委書記羅幹用暗殺方式製造「天安門自焚偽案」、政法委系統下的全中國勞教所與黑社會、貪官勾結形成活體摘除法輪功學員器官的殺人網等驚人的罪惡，為繼續掩蓋實事真相，江澤民、曾慶紅絕對不甘心讓出中共最高權力，這就是「江、胡鬥」的核心，也是中共 16、17 大、18 大權鬥的核心。

今天中南海正發生的一切，不僅僅是中共高層權鬥問題，而是涉及被掩蓋的重大真相將要昭然於世的大事。一個是中共當政者恐懼政變和活摘器官被曝光致政權倒台，一個是江派恐懼因迫害法輪功被清算。

中共江澤民集團對法輪功學員的打壓，維持對一億人的鎮壓，涉及幾億人的家庭及親朋好友，花費巨大的財力。法律上，法輪功學員打死算白死，財產可以任意被沒收，對這個社會的憲政和法制都開了口，很多人以這個名義為非作歹，社會陷入失控狀態。

最顯著的事就是活摘器官，因為利益龐大，法輪功學員可以任意被殺。延伸到各個層面，這類事就很多了：搶房子、搶土地，不是法輪功學員做的，栽贓和陷害法輪功學員，只要扣上法輪功學員的名義就可以不追究，這個國家處於法律失控的邊緣，很多人以此謀取私利。

習近平一上台就要搞憲政、搞法制，這是形勢所逼。鎮壓

法輪功讓法律失控了，國家就運行不下去了，習也走不下去了，但不解決法輪功問題是做不成的。目前中共的政局就是僵局一盤，法輪功問題不解決，什麼事都解決不了，其他的改革都是自欺欺人。

習江三次生死交鋒

第七章

三中全會後
周永康被抓

習江的第二次生死博奕的第二戰役，開始於 2013 年 11 月的三中全會上，習李王出人意料地全方位擴權，令江派大敗。特別是 12 月底抓捕了周永康的心腹、「610」主任李東生，點到了江派的最痛處，於是江派不但在 2014 年 1 月放出陳光標，搞出所謂收購《紐約時報》的鬧劇，同時在 1 月 30 日爆出中南海六家族海外存有巨款的驚天醜聞，令習的政治生命差點死亡⋯⋯

（大紀元合成圖）

第一節

三中全會的七大詭異

中國人做什麼事都講究日子，普通百姓若要結婚或開市都要查一查黃曆，選個黃道吉日，國家大事更不用說了，必須挑選一個好日子。不知這個傳統是否延續了下來。中共第五大接班人給 18 大三中全會挑選的好日子是 11 月 9 日（9 日召開，12 日結束），但人們都說，11 月 9 日對中共來說並不是個好日子。當然對百姓來說可能就是個好日子。

詭異 1：召開日期隱含天機密碼

知曉點國際共產主義運動的人都知道，1989 年 11 月 9 日，在中國學生「六四」運動被坦克屠殺鎮壓之後，在遙遠的東德，聳立了近半個世紀的柏林牆卻在這一天被推倒了，這標誌著東德共產主義制度的崩潰，強權建立的限制人民自由的有形牢籠被拆

除。人們早就預言中共會步德共的後塵，面臨同樣的滅亡命運，而事關中共未來改革的三中全會卻在這一「倒牆」的日子召開，也巧合得太離奇了，外界評論說，這不是天意的警示，就是人為的安排。

1989 年，東德共產黨總書記昂納克已經在東德最高位置上坐了整整 18 個年頭。儘管當時的東德已債台高築，不斷有人逃亡，但直到 1989 年的 6 月，昂納克對東德「鐵打的江山」似乎依然信心十足。然而僅僅兩個月後的 1989 年 8 月，由於受「六四」的啟發，匈牙利的政府改革打破了籠罩歐洲44年之久的「冷戰鐵幕」，東德許多城市也相繼爆發大規模示威遊行，要求民主改革。

此前的 5 月，東德大批公民已開始大量逃往西德；10 月，多個城市爆發規模不一的遊行，要求放寬出國旅行和新聞自由的限制，等到了 10 月 18 日，昂納克不得不宣布辭職；11 月 9 日，柏林牆被推倒，東、西德經歷了 45 年的分裂後重新統一。

類似的巨變同樣發生在蘇聯。1991 年 8 月 19 日，蘇共保守派發動了一場不成功的政變，軟禁了當時正在黑海畔度假的蘇共中央總書記兼蘇聯總統戈爾巴喬夫，試圖收回下放給加盟共和國的權力，同時終止不成功的經濟改革。但是在蘇聯人民、軍隊和大多數蘇共黨員的聯合反對下，政變僅維持三天便宣告失敗。假如沒有蘇共保守派的反撲政變，蘇共也許還能再支撐一段時間。1991 年 12 月 25 日，蘇聯總統戈爾巴喬夫宣布辭職，標誌著建政 69 年的蘇聯解體。

眼看 2013 年的聖誕節就要到了，中共也面臨跟蘇共一樣的混亂局面，到處風聲鶴唳，光是三中全會前一、兩周爆發的事件，

就足以說明這點。今天的中共，也跟當年的蘇共一樣，各種政治地震、海嘯的預警都拉響了，只是由於人們沉迷在金錢名利享樂中，對這些警報聲充耳不聞，視而不見。

不過，中共高層卻深知自己腳下的大地在晃動，火山即將爆發，於是人們看到很多中共高層實施的詭異舉措。

詭異 2：至少八個航班出現炸彈

10 月 28 日，就在中共官方宣布三中全會召開時間的前一天，北京天安門發生震驚世界的汽車爆炸案，三天內中共「迅速」地將此案定性為涉「東突恐怖襲擊」。

據《明報》報導，有消息人士透露，爆炸發生後的第二天，中共高層召開會議，新疆自治區區委書記張春賢從烏魯木齊趕赴京城出席會議，在會上受到「措辭嚴厲」的批評。同時，由於很快將事件定性為有組織、有預謀的「恐怖襲擊」，中共國務委員、公安部長兼國家反恐工作領導小組組長的郭聲琨，受到的壓力倍增。

據大陸媒體報導，11 月 4 日 20 時 40 分，郭聲琨不打招呼、身著便裝，來到北京市公安局西城分局府右街派出所突擊檢查值班備勤情況，之後又從天安門東地鐵站乘坐地鐵至永安裡地鐵站，視查天安門地區社會治安狀況。22 時 30 分許，郭來到北京市公安局通州分局白廟公安檢查站，檢查環京「護城河」安保情況。

與此同時，所有來自新疆地區的手機，一旦進入北京範圍內都會被自動監聽，同時進京的新疆戶籍人士將受到更嚴格的規

管。據自由亞洲電台報導，當時大陸各地大批訪民湧入北京，但北京警方動用了大量保安人員驅趕，而被押送遣返的訪民也遭當地政府非法關押，防止他們再次赴京。

據說天安門爆炸發生時，中共七個政治局常委正在爆炸現場不遠的大會堂開會，聽聞爆炸案，習近平十分震驚，不過接下來的事讓他更震驚，一連串的爆炸案讓他意識到，這些爆炸都不再是個案，不再是偶然。

據「新民網」報導，原定 10 月 27 日 22 時從湖南長沙黃花國際機場飛往上海的 HO1250 吉祥航空因「飛行器收到危險品威脅」而延誤，當時所有乘客帶行李下飛機重新安檢，現場人山人海，場面混亂。

10 月 31 日 12 時 45 分，長沙黃花機場再次接到威脅電話，指稱爆炸物的數量為「四枚」。對方稱在部分航班上放了爆炸物，涉及的航班有首航的 JD5662（長沙－杭州）、南航 CZ3743（哈爾濱－長沙－深圳）、廈航 MF8258（蘭州－長沙－杭州）和川航的 3U8998（福州－長沙－成都）。

據知情人士介紹，打電話給長沙黃花機場的是一名男子，通話時長有十餘分鐘，該匿名男子以手機撥打電話。「電話裡，他謊稱自己是旅客，目前在長沙。」該男子起初說自己將乘坐長沙至杭州的航班，之後又說準備乘坐 CZ3743 航班去深圳，他在長沙飛杭州等多趟航班上放有爆炸物品，並稱危險品是他從雲南購買的。

不過後來經查證，這些炸彈情報都是虛假謊報的，都只是為了製造恐怖氣氛而故意安排的。

另據新華社報導，10 月 27 日、28 日，湖南長沙黃花國際機

場、福建福州長樂國際機場分別接到「某航班上放置了炸彈」等內容的威脅電話。加上 11 月 4 日，南昌機場又發生「炸彈」威脅，湖南 27 日一次，28 日四次，再加上長樂、南昌各一次，也就是說，至少發生了七次國際機場的虛假恐嚇事件。

以往若發生同樣的電話謊報事件，肇事嫌犯很容易被查出來，因為只要到電信局一查，這個電話是在哪打的，很容易就抓到詐騙者是誰，而這次連續發生七次虛假投訴，為何中共公安就不能迅速偵破呢？分析認為，這可能就是中共政法委系統的人馬所為，特別是湖南政法委的人幹的。

詭異 3：習湖南摘柚子寓意深刻

就在「飛機炸彈」不斷、郭聲琨提心吊膽「嚴防死守」的時候，習近平卻「悠閒」地到了湖南西部「摘柚子」。據官媒新華社報導，在鳳凰縣廖家橋鎮菖蒲塘村，枝頭掛滿柚子，村民們正在採摘，習近平捧住一個柚子，輕輕一擰就摘了下來。習一連摘了兩個，還說：「這是技術活啊。」

但新華社的報導裡，卻沒有解釋為何摘柚子是個技術活。按理說，柚子皮厚，摘時哪怕出手重了，也不會像摘草莓或嫩桃那樣，把水果皮弄壞，而且報導說瓜熟蒂落，習近平「輕輕一擰就摘了下來」，這有什麼難度呢？這哪有什麼技術含量，需要長時間訓練呢？

毫無疑問，這篇經過「習辦」審理後發表的新華社文章，是故意在傳達某種資訊。據《新紀元》在大陸的知情人透露，習近平 11 月 3 日在湘西摘柚子很有寓意：湘西歷來出土匪，是江系

殘餘勢力的天下，摘下兩個柚子也即要摘下兩個土皇帝的人頭，更宣稱是技術活，「寓意深刻！」

11月4日，習近平結束湘西行程後，來到湖南長沙，視察了威勝集團，並「鼓勵企業加強研發」。4日中午，習近平現身位於長沙的中南大學。至於其他時間習近平做了什麼，官方就沒有報導了。

此前《新紀元》封面故事報導了《新快報》事件曝光了習近平與江澤民兩大陣營的殊死搏鬥，前中共政法委書記周永康自薄案審判結束，已被各界聚焦為即將被習李陣營拿下的政治局級別的「大老虎」。周永康在位時做大政法委，使其成為「中共第二中央」，是名副其實的土皇帝；而前中共黨魁江澤民因恐懼其一手發動的迫害法輪功罪惡會被清算，所以即使退位也一直霸權不放，也算是一個真正的土皇帝。

江澤民因為恐懼被清算，欽定跟隨其迫害法輪功的薄熙來為接班人，不料卻被王立軍出逃美國領館踢爆江派的「薄周政變」計畫。而薄熙來被審時，豪賭中共不敢公布其「活摘器官」真相，當庭翻供，讓習近平下不了台。江派薄黨還在海外放風：會想方設法拉習近平下台，甚至取他的項上人頭。因此，在重判薄熙來的同時，周薄政變的後台江澤民被瞄上，同時周永康被國際聚焦，將成為「薄案二季」的主角。

與此同時，中共高調紀念習近平的父親習仲勛，似表示習近平子承父志的政治意向，這在無形中羞辱了江澤民：即習的父親是改革派，江的父親是大漢奸。同時，香港媒體放風：習陣營已經成立一個特別工作組調查周永康。

10月31日，《中石油被曝將被拆成五六個區域公司》的消

息被大陸多家網站刊登。消息稱，根據中共國務院發展研究中心撰寫的「383 方案」，要推進石油天然氣行業的改革，要「將石油天然氣管網業務從上中下游一體化經營的油氣企業中分離出來，組建若干家油氣管網公司，並建立對油氣管網的政府監管制度」。中石油是曾慶紅、周永康攫取巨額利益的根據地，「拆分」意味著再將江系及其馬仔推到風口浪尖。

詭異 4：海陸空三軍同時異動

令人費解的不光是習近平摘柚子的「技術活」，中共軍隊在三中全會前的異常行動也令外界困惑：什麼原因要如此調兵遣將呢？到底中南海高官怕什麼呢？

2013 年 10 月 31 日，海外中文媒體「希望之聲電台」援引消息披露，三中全會前夕北京調了兩個師武警戒備，北京有一個武警總隊，從外地又調了兩個總隊，一個總隊是一個師。知情人透露，北京已經開始戒備森嚴。

11 月 1 日晚，有南昌民眾在網上爆料，位於江西南昌市南郊迎賓南大道（105 國道）附近的二炮基地，百餘輛各式軍車排成長隊離開基地。附近民眾驚詫不已，二炮基地成立以來，從沒見過如此大規模的軍事調動。

第二天 11 月 2 日，中共官媒新華網沒有報導二炮的祕密行動，但報導了胡錦濤、習近平親信范長龍所屬的濟南軍區某師，千餘身披迷彩的各式車輛冒雨前往千里之外的集結地，進行實兵演習。官方沒有透露這個千里之外的集結地是什麼地方，但拿出地圖來看，北京就在此範圍之內。

習近平捨近求遠、放棄北京軍區而調濟南軍區，其實這也不奇怪，因為范長龍是胡錦濤和習近平最信任的人，幾個月前審判薄熙來，之所以選在濟南審判，也是出於對濟南軍區的放心。

外界觀察，就在中共三中全會即將舉行之時，習、李與江派利益集團的前哨戰已是硝煙瀰漫，同時日本上演的「奪島」演習，也是火藥味十足。中南海大有腹背受敵之感，而胡、習親信范長龍所屬的濟南軍區在此刻冒雨集結，似有為主子分憂之意。

除了內地軍隊的異動，中共邊防軍隊也出現異動。11月5日，中共官媒稱，11月6日至7日每天7時至17時，將封閉渤海以執行軍事任務。據遼寧海事局網站消息，11月6日至7日每天7時至17時，在渤海海峽相關水域將執行軍事任務，要求任何船隻在上述時間內不得進入該海域。

據資料介紹，渤海是中國的內海，位於遼東半島和膠東半島之間，被遼寧省、河北省、天津市、山東省陸地環抱，僅東部以渤海海峽與黃海相通。遼寧省、河北省、天津市、山東省均是北京環衛省市。

也許習、李不放心，不但要以幾個師的武警和濟南軍區防範地面，以二炮防範空中，還要從水面上加以防範，害怕「恐怖分子」或「內部敵人」從海、陸、空三方面突襲。

習李陣營為何這樣緊張呢？因為江派利用天安門爆炸事件和《新京報》等事件，已經悄悄對習近平發出了死亡警告，而眼前的三中全會，據說將進一步觸動江派既得利益集團，為了避免狗急跳牆，多加防範也許是必要的。在習近平看來，有人製造天安門炸彈案，有人謊報飛機炸彈，難道這些人就會放過三中全會讓它順順利利地召開嗎？

李克強向利益集團宣戰

據說三中全會上，李克強將對利益集團宣戰。2013 年 11 月 4 日，親近習李陣營的「財新網」和《新京報》都高調報導了李克強對利益集團宣戰：「現在改革已進入深水區，要闖險灘，必然要觸動利益，我們必須義無反顧，奮力向前，敢於打破固有利益格局……」此話來自於 10 月 31 日的李克強主持召開的經濟形勢座談會。北京觀察人士認為，聯繫最近習李的一系列講話，顯示習李已經感到了三中全會的改革將面臨強大的阻力。

中共在匆匆終結薄熙來案之後，就公布了一份「383」改革方案，據稱是中共 18 屆三中全會的改革路線圖。10 月 31 日，江派傳聲筒《環球時報》發表文章對 383 改革方案提出質疑。10 月 30 日，毛左大將、中央民族大學教授張宏良在左派網烏有網刊轉載的博客中，稱 383 方案是一套完整的美國宰殺中國方案，這個改革路線圖的要害之處，就是要對中國殺豬、宰羊、割麥子。

美國之音分析說，這是左派反習的先聲，顯示當局整肅意識形態，扼殺自由派、縱容左派，養虎為患的結果。中國近代史學家、政治分析人士章立凡對美國之音表示：「這次的三中全會可能確實面臨一種對決。」

當前，中共政權面臨隨時都可能崩塌的危機、高層嚴重分裂公開化、社會矛盾層出不窮、經濟也面臨崩潰邊緣的背景下，三中全會成中共欲延續其政權的重要會議，然而內部相關利益集團不斷反撲阻撓，中共已是命懸一線。

地方政府不斷算計中央 基層失控

中共江澤民時代以貪治國造成的惡果，在習近平反腐風暴中不斷浮現，亂象紛呈。地方政府為政績加大投資，不斷算計中共中央；中南海對地方失控；基層社會祕密組織遍地開花。

有跡象顯示，中共基層也開始失控。據陸媒《瞭望新聞周刊》報導，地方和基層官員作壞事的膽子因「六四」而突然變大，因為他們知道失去道德權威的中央政權將只能靠惡人和惡官來維持統治。

江澤民上台以後，為維護其在中共的統治地位，放任官員貪腐，任其為所欲為，這在一定時間內，培養了各級官員對中共一定程度的「效忠」，尤其在鎮壓法輪功方面，以利益和放任貪腐為誘餌造成許多地方官員的斑斑罪惡。另外，中共的許多縣委書記都通過賣官等大發其財。

目前的中國大陸社會，道德和法律對官員的約束已然失效，地方和基層官員對上級的「效忠」，只有利益。地方官員一旦無利可圖，對中共的忠誠自然蕩然無存，中共不但出現高層分裂，地方也在貪腐的侵蝕下與其離心離德，自尋出路去了。

著名評論人士梁京表示，熟悉中國的人都懂得，縣官在中國治理中的重要地位。縣治普遍失控，是中國要出大亂子最重要的徵兆。

詭異 5：江突提「習核心」內幕

就在 18 大三中全會召開前的敏感時期，習李陣營不斷對江派勢力發起反腐攻擊，江澤民岌岌可危。這時江派海外媒體突然放風說，早已退休十多年的江澤民打算給習近平一個「最強有力

的支持」，要確定其為中共第五代領導的「核心地位」。其實，薄熙來案的大火已經延燒到了周永康和江澤民的頭上，江被外界喻為「被架上火上烤」，江澤民集團這個時候散發「江澤民還能說了算」的消息，實際上是垂死掙扎以掩蓋江派的潰敗。

18大，習李上任後面對危機四伏的政治經濟局面。外界可以看到，習李政權的所有舉措，不管政治、法制、還是經濟，方方面面都受到中共內部集團的強力阻擊。

這不僅僅在於中共的專制邪惡機制不可能允許實質性的改變，更在於現政權的任何改變舉動，都必然觸動到中共內部以江澤民為首的迫害法輪功的血債幫的神經，而受到強力阻擊。

對於習近平來說，面對的是中共要解體的亂攤子，觸動江澤民集團是因為現在國家已經無法執政，但不觸動江派，中共面臨即刻失去政權。

目前中國民眾掀起的退黨大潮、活摘器官黑幕被曝光等讓中共的罪惡已經無法掩蓋，中共解體是歷史的必然。中共內部已陷入一片混亂，習李政權若還維持與江澤民集團妥協式的爭奪，必將面臨更大的危險，同時也無法挽救中共即將解體的命運。

在江澤民自身難保的大背景下，江派勢力放出風聲，聲稱江澤民打算確定習近平為中共第五代領導「核心」，此舉被外界解讀為自作多情，虛張聲勢，其目的是給下面的嘍囉壯膽：你看，我還沒完蛋，我還有幹政議政的權力，其實這都是假的。

2012年中共在決定審判薄熙來時，海外江派媒體也放風說，江澤民大罵薄熙來犯下反人類罪行，堅持要求嚴懲薄熙來。

當《大紀元》、新唐人等媒體曝光江澤民才是薄熙來的幕後主使，江想斷臂求生之後，江派媒體才默不作聲。事實上，薄熙

來殘酷迫害法輪功所犯下的反人類罪行，至今還被中共和國際媒體集體掩蓋著。

詭異 6：北京官場任免 129 人

由於北京在很長一段時間是被江澤民的人馬控制，胡錦濤到了快離任時才將北京收復到自己手中，胡錦濤「全退」後，如何清理北京基層官員就由習近平接手。於是習開始清理北京市委官場。

據中共官方消息稱，2013 年 11 月初，北京市公布重要 129 人的人事任免事項。除法院、檢察院系統外，任命市管幹部達 109 人，涉及市委辦公廳、首都精神文明建設委員會辦公室等多個部門。

在疑點重重的天安門爆炸案後，北京高調公布北京市重要人事任免，使得本已霧靄濛濛的北京時局更顯迷霧重重，而任免名單流露出來的資訊，顯示出中共三中全會前高層博擊的激烈與詭異。

「統計專家」任市委辦公廳主任 北京市委或被秋後算帳

在任免名單中，崔述強任中共北京市委辦公廳主任。公開簡歷顯示，崔述強 1963 年 5 月出生，北京市人，高級經濟師。曾任北京市統計局黨組書記、局長。

在中共無官不貪的官場，精通審計、統計的專家出任市委辦公廳主任，對江派的原北京市委書記劉淇仍留有相當人脈的北京市委來說，團派郭金龍的這一舉措無異於掐住了江派的七寸。

北京官場之黑，超出人們的想像。2012 年 7 月 21 日，一場大雨讓北京豆腐渣工程露了餡，金玉其外，敗絮其中，這場大雨也暴

露了江派北京幫多年來在北京大搞面子工程背後的巨額貪腐真相。據披露，賈慶林治下貪官在北京至少侵吞近 1400 億，劉淇利用奧運會貪污至少兩億，首都博物館新館建設費涉貪高達 16 億。

審計在中共官場的重要性，除了財經統計方面的重要性外，更突出的價值是在反腐上：很多貪官都是在審計時被挖出來的。比如前不久中石油集團董事長蔣潔敏被雙規，就是因為在對蔣的離任審計中，延長調查了近 10 年的數據，中南海宣稱對中石油一案，一定要徹查，「無論涉及到什麼人，都要一查到底，」石油幫被抓住七寸，人人自危。

此前據中國長江三峽集團公司官方網站消息，根據中南海統一布署，中央第九巡視組 10 月 29 日進駐三峽集團進行巡視工作。第九巡視組組長侯凱此前就是審計署副審計長，巡視工作重點是要著力發現江派大本營的三峽公司是否存在權錢交易、以權謀私、貪污賄賂、腐化墮落等。

詭異 7：「六四」女主播成熱詞

眾所周知，江澤民是踩著「六四」鮮血爬上位，江最怕的事就是平反「六四」和法輪功。三中全會前，江派不斷攪局製造混亂，中南海進入廝殺狀態。2013 年 11 月 5 日，「六四」期間同情學生民主運動的前央視女主播杜憲突然成為大陸百度搜索的熱詞並位居榜首。評論認為，這是天安門發生汽車爆炸案及江澤民通過海外媒體「冊封」習近平為第五代核心後，習陣營對江澤民的反擊與強烈警告。

11 月 4 日，知名博主「北京冬雨」通過新浪微博曝光了一組

曾經在 1989 年「六四」民主運動期間同情學生的前央視女主播杜憲的近照，照片中 59 歲的杜憲一頭幹練的短髮，圍著藍白色圍巾，時而和工作人員交談，時而在台上主持節目。大陸眾多媒體紛紛報導，其迅速成為大陸百度搜索引擎的熱詞，並位居榜首。

杜憲生長於清華園的書香家庭，1981 年大學畢業後，分到中央電視台做《新聞聯播》的播音員。杜憲當時很快被全國觀眾接受，在事業上風生水起。不過就在央視工作了 11 年後，1992 年 6 月離開中央電視台。

在 1989 年 6 月 4 日北京時間晚上 19 時，她和拍檔薛飛穿著肅穆的黑衣，沉重地播報了關於「六四」事件中共戒嚴部隊開入天安門廣場清場等新聞，對被屠殺的學生表達了同情和哀悼。因此，杜憲和薛飛被央視打入冷宮，先後離開了央視。據說播音組的負責人李瑞英，是江澤民的姘頭。

杜憲被央視調離播音組進入經濟部編輯，到經濟部報到時，全體同仁離座起立歡迎，鼓掌長達數分鐘，令杜憲熱淚盈眶，不知所措。1992 年 6 月，杜憲終於繼薛飛之後離開了央視，之後到美國佛羅里達大學訪問。1998 年創辦一家科技公司，任董事長；2000 年 1 月受聘鳳凰衛視，主持《我們只有一個地球》、《穿越風沙線》、《尋找遠去的家園》節目；現任教於中國傳媒大學（原北京廣播學院）播音主持藝術學院。

薛飛則於「六四」後離開央視節目組。1992 年薛飛遠赴匈牙利，在異國他鄉風塵十載，浪跡天涯。2001 年，已經步入不惑之年的薛飛重新回大陸。2013 年 8 月初，薛飛近照在微博上熱傳，看起來顯得蒼老，但還是透出當年的風采。大陸民眾看到照片之後，給予了這位在「六四」之後消失的主播非常高的評價。

第二節

七連爆威力巨大 猶如地震

2013 年 11 月 6 日，山西太原，
山西省委門口發生連環爆炸，
迎澤大街湧入許多民眾圍觀。
（AFP）

　　2013 年中共 18 大三中全會前局勢動盪，繼北京天安門汽車爆炸、四川車衝撞政府大樓後，11 月 6 日山西省委門前發生連環爆炸，7 日遼寧鞍山傳大爆炸、陸媒禁聲，突顯中國社會矛盾極其尖銳，一觸即爆。《大紀元》獲消息稱，連環爆引起中南海巨大震驚，中共官場非常恐懼，感到局勢在巨變，人心惶恐不安。

　　11 月 6 日早上 7 時 40 分左右，位於太原市迎澤大街的山西省委門口發生至少七次連環爆炸，造成一人死亡八人受傷。現場滿地鐵釘、鋼珠和塑膠皮等。

　　爆炸發生後，中共山西省委所在的迎澤大街一度封閉，東西雙向禁行，造成大量交通堵塞，數小時後解除。

　　據目擊者說，爆炸威力極大，「『砰！』響了好幾聲，還以為是地震了。」爆炸現場一片狼藉，煙霧四散，瀰漫著一股炸藥味。

現場多名目擊者聲稱，前後總共聽到七聲巨響。親歷爆炸現場的市民韓先生透露，7時10分起就聽到爆炸聲，第一個爆炸地點在省委信訪部門門口，前後持續了近一個小時。

事發時，有一位送孫子上學的老人，被飛起的物品擊中，血流不止。附近人行道上，血漬清晰可見。就在省委大門附近50米處，有一輛受損的白色越野車門上還留有幾處血掌印。

山西太原民眾在網上發布消息稱，聽到爆炸聲有七聲，整個地面都在晃動。途經事發現場的公交車玻璃被震碎，停靠距爆炸現場100米左右的20輛車受損，已造成一人死亡、一人重傷、七人輕傷。

當局封鎖消息 資訊混亂

中共山西省委附近，有山西省財政廳、科技廳、中小企業局等政府單位，據報導，事發後相關的每一位上班員工被逐個翻撿衣袋查驗，附近的飯店「風味大王」甚至不允許員工進入。

山西警方表示，在現場發現鋼珠、電路板等爆炸物，「初步判斷爆炸係人為製造」。還有消息稱，爆炸現場附近共有九個炸彈，爆了八個，排除了一個。當局出動排爆小組搜查，再未發現其他爆炸物品。

對於案件發生的動機、性質，警方尚未公布，也沒有公布細節。山西宣傳部門11月6日上午表示，此案尚無法定性。

山西警方稱，兩車受損。但其他陸媒報導，現場至少20輛車受損。因為此案距離10月28日天安門撞車爆炸時間間隔甚短，不少人猜測其中的關聯。

中共媒體「人民網」稱已經抓捕了一個嫌疑犯，《第一財經日報》則說鎖定了一個目標，而山西外宣辦人員回答「自由亞洲電台」查詢時，否定了以上說法，稱是傳言。這顯示目前中共內部還未能「統一說法」，資訊混亂。

民眾對山西公安的說辭表示質疑，稱多年來，山西不知道瞞報了多少煤炭傷亡事故，現在又在習慣性撒謊。

11月7日，山西太原的各家報紙頭版一片「和諧」，沒有提到山西太原爆炸案，而6日晚央視《新聞聯播》也「漏報」此事，大陸媒體人稱，媒體已死。港媒透露，中宣部針對該事件下達密令，要求媒體低調處理。

11月8日，官方報導稱，該案嫌疑人豐志均在太原被抓捕，但官方依然未公布作案的動機和爆炸的原因。對此，網路上質疑聲一片：

「破案速度好快，連夜突擊審訊，大刑伺候，然後在政府編好的認罪書上簽字畫押，可以給上級交代了。」「動機呢？一個盜竊犯為什麼要製造爆炸，爆炸物來源是哪兒，製作工藝是在哪兒學的？還有作案車輛的來歷，有無共犯等一系列的問題……，好好查查吧。」

高官嚇破膽 裝甲車配重機槍「保衛」省委

外界普遍認為，此次爆炸攻擊的動機明顯是衝著山西省委，省委發言人仍說：「還沒確定是不是恐怖襲擊」，似有難言之忍。

11月7日，中國茉莉花革命網站爆料：爆炸現場雖已解封，仍是外弛內張。當局出動大批警力戒備，高官們還是放心不下，

6 日晚上，出現配備重機槍的裝甲車巡邏保衛。

山西太原市知名維權人士鄧太清認為，在當前形勢下，很多因素都會觸發報復行為，他分析目前三種可能的情況：第一、中共內部權力鬥爭的失敗者；第二、一貫有暴力傾向的毛左派；第三、還有個可能是受到不法侵害的，失地的、受強拆強遷的等民眾，這個群體很大。

美媒：作案人手法專業 令人驚恐

此次爆炸現場散落大量大小不一的鐵釘和鋼珠，100 米範圍內至少震壞 20 輛車，部分車窗玻璃砸出如被子彈射穿的圓洞，亦有車身被砸凹。

美國《洛杉磯時報》報導稱，香港一家報紙的一名記者在其微博上說，從爆炸現場的情況看，實施爆炸的人對爆炸技術有較為深入的了解，他甚至有條件進入省委大院內。

視頻畫面顯示，有些爆炸裝置是被放置在省委機關的大門以內，它們被隱藏在樹籬和花床裡。爆炸現場還發現了電路板，據中國國有媒體說，炸彈是被定時裝置引爆的。

美國《基督教科學箴言報》也報導說，爆炸襲擊在中國雖然並不常見，但也並非聞所未聞，一些有冤情和受挫折的人偶爾會使用這種極端手段，但發生在山西省委機關外的爆炸案卻與眾不同：七個爆炸裝置在很短時間內被連續引爆，這顯示爆炸實施者的技術水準已經達到不同尋常的高度。

2013 年 4 月，美國波士頓馬拉松爆炸案，炸彈內就有鋼珠鐵釘，現場人士傷亡慘重。類似的炸彈在巴基斯坦、印尼等地的恐

怖襲擊中都曾出現，殺傷力十分驚人。有分析據此推斷，此次爆
炸案的疑犯掌握一定的炸彈製作技術，手法專業，有意製造人員
傷亡，並非虛張聲勢。

爆炸案發生前 中央巡視組進駐

《第一財經日報》報導，值得關注的是，山西連續爆炸發生
的時間恰是中共中央巡視組進駐山西後。10 月 31 日上午，中央
第六巡視組巡視山西省工作動員會召開，該巡視組將在山西省工
作兩個月。

2013 年 10 月下旬，王岐山反腐的中央巡視組進行第二輪巡
視，第一至第十巡視組分別進駐商務部、新華社、國土資源部、
吉林、雲南、山西、安徽、廣東、三峽集團、湖南進行巡視。王
岐山稱，此輪巡視重點是監督各地一把手，並放出強調「要讓腐
敗分子沒有立足之地」。

不過，據報導，第一輪巡視組在巡視過程中，就遭到部分地
方官員的抵制和恐嚇。有巡視人員透露曾收到過恐嚇信稱：「這
個地方沒有你做的事，玩一玩回去吧。你要是不回去，沒有好下
場。」此外，也有民眾向巡視組反映問題時遭到當地官員截訪。

此前，中儲糧大火就是發生在中央第一巡視組進駐後。2013
年 5 月 27 日，王岐山的中央第一巡視組進駐中儲糧總公司。5 月
31 日，中儲糧總公司所屬黑龍江林甸直屬庫發生火災，共有 80
個儲糧貨位表層過火，過火倉位共儲存糧食 5.14 萬噸。上百萬人
一年的口糧瞬間變成灰燼，引發各界質疑中儲糧掩蓋虧空，人為
縱火，避免清查。

鞍山疑大爆炸 陸媒報導被速刪

中國時局震盪不已。11 月 7 日，遼寧鞍山再傳出疑似「大爆炸」的消息，多位民眾聽到兩聲震撼門窗的巨響，但在大陸多個媒體報導後不久被刪除。

鞍山民眾 14 時 30 分許在微博上發帖，在烈士山、站前、高新區、鞍山師範學院等地都聽到巨響，但不知道具體原因，等待中，還有民眾稱門窗搖晃。

隨後，遼寧鞍山警方在其官方微博中稱正在調查可疑巨響，已在全市範圍進行排查，表示警方還沒有接到諸如爆炸等報警，尚未發現可疑巨響原因。

自由亞洲電台的記者採訪鞍山市民時也得到證實確實發生巨響，一位李女士表示，她在下午大約二時兩次聽到疑似爆炸巨響，聲音之大連門窗都有震動，當時市內各區的居民都聽到爆炸響。李女士又說，當地在周三晚也曾出現過爆炸響聲。

報導中還稱，不過，網上也有消息指爆炸並非發生在鞍山市內，而是在距離鞍山有十多公里的首山鎮遼化廠區。

在百度貼吧的遼化吧內，發現包括遼化 18 區、20 區、遼陽等地的民眾均表示聽見巨響，有網民更表示巨響後看見有尾隨白煙的飛機從空中經過。

與此同時，大陸各大媒體包括網易、搜狐、新浪、鳳凰網、羊城晚報等均曾在 7 日較早時就事件在網上發表簡報，但不久後有關報導已經全部被刪去。

中南海震驚 黨官恐慌

中共 18 大三中全會的前幾天，正值敏感時期，接連發生天安門汽車爆炸事件、太原連環爆等驚天大案，令時局震盪，震動中南海。

《大紀元》獲得消息顯示，一系列爆炸案引起中南海巨大的震驚，中共官場現在都在議論，非常恐懼。現在各派官員都不願意出面講話，感到局勢在巨變，都不知道明天會如何，都在靜觀事態的變化，小心翼翼。

特別是在江澤民「腐敗治國」的政策下，江派人馬貪腐泛濫，引民怨沸騰。消息稱，習李王的反腐搖撼了江澤民派系的人，他們因恐懼難以承受巨大壓力，期望江澤民出面承擔他執政以來所產生的大面積貪腐問題，讓一些「人在江湖，身不由己」的人免被送上法庭。

對於北京天安門汽車撞擊爆炸事件，已是撼動中共神經。然而，事件餘波還未停息，山西省委附近又發生連環爆炸，跟著傳出遼寧鞍山發生大爆炸，雖說爆炸製造者的身分、動機尚不清楚，但仍不免引人揣測。

對於此案跟天安門撞車事件是否有關聯時，中共外交部發言人洪磊聲稱，警方並不確定。

恐怖源自共產黨 網民：打響反共起義第一炮

網民紛紛表示：好恐怖！社會開始亂了！天朝已經開啟恐怖模式，政府部門和人群密集地段都是高危區域，將來到政府部門

辦事要戴頭盔了。天安門的車輛衝撞爆炸，山西省委的爆炸，為何中國現在爆炸案不斷？誰最該反思？體制不改革現狀永遠改變不了！

——這是要給中央巡視組下馬威？反了，反了！

——把山西省委炸了，真是大快人心啊！怎麼沒把省委大樓炸了呢，可惜了！

——幾十年後歷史教科書會不會這樣描述：太原爆炸案打響了反共起義的第一炮？

——考慮到廣場事件被迅速定性後的各種外交解釋，真的非常擔心山西方面也弄出個「暴徒連帶老媽、老婆一塊死」嚴重違反倫理的荒誕說法！真相水落石出，百姓方能信得過。

——從太原同學那裡看到的照片，他們單位在山西省委對面，10樓的雙層玻璃都被炸穿，看鋼珠有多大！可見爆炸的威力驚人！

——剛知道山西省委連環爆炸案的死者是山西大學哲學系86級校友，早上去省委開會，無辜受害！這些「恐怖分子」真沒人性！

——恐怖之源是共產黨啊！被失蹤、被自殺、被精神病等等哪樣不是共產黨領頭幹？

——自食其果！暴力反抗暴政將是後共產中國的方向。

第三節

習近平山東行
怕暗殺派 50 狙擊手

2013 年 11 月 22 日青島發生爆炸案，24 日習近平視察青島後，隨即抵達山東臨沂市，在山東調研五天，省市縣出動嚴密的安保措施，習近平為何這般緊張，這與山東曾發生的暗殺高層事件有關。

11 月 28 日當習近平結束山東之行後，官方才報導說，24 日至 28 日，習近平在山東省委書記姜異康和省長郭樹清陪同下，考察青島、臨沂、濟寧、菏澤、濟南等地。

習山東調研 怕遭暗殺派狙擊手

按照慣例，中共最高層出行都有一套嚴格的程式和提前安保措施，目的地也會提前有各種準備。22 日青島發生爆炸案，24 日習近平在視察青島後，當晚乘專機抵達山東臨沂市，隨後在山

東連續調研五天。

據海外茉莉花革命網站披露，這次習近平出訪臨沂，省市縣共出動特警武警公安消防機關人員達 9000 餘人，在習近平下榻的地方，光狙擊手就 50 多人，街上便衣無數。當地所有的訪民全都被控制。由於習近平要探訪朱村，當地政府事先給朱村撥款上億。

習近平為何這般緊張，這與山東曾經發生的暗殺高層事件有關。山東青島曾經是江派占據的地盤，特別是臨沂一直是周永康政法委的地盤。

2011 年 12 月前後數月，一批又一批中國網友、訪民和外國人士，其中包括一些西方記者以及好萊塢影星貝爾，前往臨沂東師古村探訪、聲援因揭露暴力計生違法行為而遭周永康政法委非法軟禁和嚴密監控的盲人律師陳光誠，其中不少探訪者遭到政法委系統人員毆打、恐嚇、劫掠、凌辱或關押，受到廣泛關注，形成了一場中國公民和國際社會對臨沂地區惡劣人權狀況的持續圍觀。荒謬的是，2011 年 12 月 20 日，「人權惡地」臨沂市卻被官方授予「全國文明城市」稱號，名列地級市榜首，當時中共黨內主管宣傳教育的江派高官李長春、劉雲山等高官出席了頒獎活動。

山東曾發生暗殺高層事件

早在 2006 年 5 月初，胡錦濤以軍委主席的身分在黃海視察北海艦隊，兩艘中國軍艦突然同時向胡的驅逐艦開火，胡錦濤艦上的五名海軍士兵被打死。事後調查發現，攻擊胡錦濤的命令是

時任海軍司令員、駐紮在青島的張定發下達的，而張定發是江澤民在軍中的鐵桿親信。事發後幾個月，張定發在北京突然「病死」於醫院，官方連個訃告也沒有。

2011 年 8 月 30 日維基解密公布了一份美國駐上海領事館 2007 年 10 月 5 日發往美國華府的電報。電報稱，中共中央政治局常委、中紀委書記吳官正的長子在 2007 年 1 月被謀殺。當時吳官正長子去山東省青島市出差，為所在工作單位的國企簽一個合同。吳官正兒子的屍體據信是在其入住酒店房間內死亡三天後才被發現的。據說是北京的犯罪分子幹的。現場沒有留下任何證據。

暗殺在中共官場經常可見，特別是在山東。2007 年山東濟南市人大主席謀殺了情婦。該人大主席雇了他的侄子殺人。他的侄子使用汽車炸彈，但因為是新手，使用了太多炸藥，當這名情婦發動汽車時，爆炸摧毀了半條街區，三名無辜旁觀者受重傷。該人大主席後來被判死刑，當時青島市委書記杜世成和一名山東省副省長因與此案有牽連而被拘捕。

習說：「這兩本書我要仔細看看。」

官方還報導說，11 月 26 日習近平到曲阜孔府考察，並來到孔子研究院。桌子上擺放著展示孔子研究院的系列書籍和刊物，習近平一本本「饒有興趣地翻看」。看到《孔子家語通解》、《論語詮解》兩本書，他拿起來翻閱，說：「這兩本書我要仔細看看。」

新唐人評論員林子旭分析說，習近平說要細讀這兩本通俗讀物，是想要以此來普及這兩本書。中共當年瘋狂的批孔，現在又

到處熱捧孔子，可見中共的那一套真的是沒有市場了。中共三中全會《決定》提「國家文化安全」，只是企圖推遲其統治垮台的時間。

中國五千年的傳統文化講究的是「天人合一」，人與自然和諧共處。儒釋道講行善積德、仁義禮智信，推行孝道等做人的道理，而中共的共產邪說則完全相反，宣傳戰天鬥地、階級鬥爭的鬥爭哲學，人與人之間只有弱肉強食，人們天天麻木地生活在謊言中，又人人在推波助瀾身受其害。

近年來中共以弘揚中國傳統文化為藉口，假借孔子的名義，在海外大辦所謂的「孔子學院」，但卻招來一片罵聲。就在中共幾乎破壞中華傳統文化殆盡的時候，海外法輪功學員組成的「神韻藝術團」以純真、純善、純美的歌舞形式，讓五千年中華傳統文化重現藝術舞台，在短短幾年內巡迴演出風靡全球震驚世界，成為各界公認的世界第一秀。很多觀眾說，神韻才是中國傳統文化的代表。

第四節

獨家：周永康被抓十大罪

　　自從 2013 年 12 月 1 日中南海在美國副總統拜登訪華前夕釋放「周永康被抓」消息後，海內外一直在「等第二隻靴子掉下來」。20 多天後卻不見下文。有人就開始懷疑周永康是否被抓。就在這時，《新紀元》從一位前中共司法系統的部長級高官那獲得確鑿消息：「周永康已經被抓，只是中央還沒有對外公布。」

　　此前還有消息說，周永康的兄弟姊妹、大兒子周斌（或稱周濱）、大祕余剛、祕書譚紅、警衛保鏢等人也被抓了。

獨家：周永康被抓 有三名前政治局常委涉案

　　這位來自北京的前政法系統正部級官員的消息來源證實，周永康已經被抓，此事高層全部都知道，只是沒有對外正式宣布，

但宣布只是遲早而已。

周永康案的焦點在於何時、以何種方式公布其罪宗，以及周案將要波及的範圍。周永康的問題直接涉及到中共前政治局常委江澤民、曾慶紅和羅幹，現在中共最高層爭論的焦點在於如何將這三人與周永康切割處理。

江澤民和曾慶紅夥同周永康和薄熙來，密謀在 18 大後，先由薄熙來接手周永康的政法委書記，再聯手政變奪下習近平的權力，此計畫實施到一半，因為王立軍闖入美領館而功虧一簣。薄熙來因此而倒台，周永康也因此而傳被抓捕。同時，江澤民、曾慶紅和羅幹又是周永康仕途上的恩人，與周的關係密切。

王岐山批示「拔掉老虎牙齒」

12 月 14 日海外媒體報導說，中紀委書記王岐山就周永康案作出三條批示：24 小時監控未捕的周案人員，沒收他們的護照；將已被捕、被拘、被雙規的周案人員主要集中關押北京市西城看守所；未經中紀委專案組組長和公安部副部長兼北京市公安局局長傅政華共同簽字，任何人不得接觸被押人員。

在此三天前，中央社報導稱，一名消息人士說：「周永康的自由受到了限制，行動也受到監視；在未獲允許的情況下，他不得擅自離開位於北京的住家或接見訪客。」另一名消息人士說：「習近平已經將這隻老虎的牙齒全給拔了。」「周永康已是一隻沒有牙齒的老虎，跟死老虎沒什麼兩樣。問題是，習近平是否會剝了這隻老虎的皮？」

報導稱，周永康是 10 年來，中共針對貪腐指控進行調查最

具權勢的政治人物之一；周永康也是中共 1949 年掌權以來，涉入貪污醜聞的最高級層的官員。

2013 年 12 月 10 日，中共喉舌新華網重點報導了《18 大後被查處的中共高官和高管》，其中大部分是江派嫡系，很多則是周永康的馬仔，強烈示警意味濃厚。

據不完全統計，自中共 18 大以來，已有 15 名副省（部）級以上幹部落馬，其中：李春城、吳永文、郭永祥、蔣潔敏、王永春等是周永康的鐵桿，有幾個甚至曾是他的心腹祕書；劉鐵男、季建業等則是前中共黨魁江澤民的財務大管家；衣俊卿長期為劉雲山、李長春的文宣部門站台。

北韓處死張成澤令中共尷尬

美國《洛杉磯時報》12 月 16 日引述政治分析家說，預計中共領導人很快宣布對周永康的指控，但是這個計畫被推遲是因為害怕被拿來跟北韓金正恩此前處死自己的姑父做比較。張成澤也是被指控企圖政變。

「他們本來已經要公開。但是突然之間，北韓宣布清洗，這將看起來令人尷尬。」北京學者章立凡說。不像北韓金正恩那樣肆意妄為，中共領導人想避免任何明顯的政治指控。

「在毛澤東時代，他們常常指控人們政治罪行，但是現在更容易以經濟犯罪指控他們。這是一個低成本的方式來清除反對派，而無需洩漏共產黨的醜陋祕密和內鬥。」章立凡說。

周永康倒台 因與江澤民、薄熙來一夥

12 月 16 日《洛杉磯時報》報導還說，「膚色斑駁，方形下巴的 71 歲周永康長期以來是中國自由派人士的死敵，他被指控鎮壓異議人士，在國家石油行業大肆腐敗。但是政治分析家相信，導致周永康倒台的罪行是，他作為當局敵對政治派系的一部分，這個陣營裡面最著名的成員包括前中共黨魁江澤民和最近被定罪的前重慶市委書記薄熙來。」

報導說，在 2013 年 8 月薄熙來的庭審中，有關當時位於周永康掌管之下的國安機構是如何試圖掩蓋薄熙來妻子殺死英國人海伍德的證詞浮出水面。

美國媒體連線雜誌《The Wire》12 月 15 日也報導說，「本周對於共產黨亞洲國家來說不太平。在數月的傳言之後，中共主席習近平正式啟動調查共產黨內部圈子當中一個權勢人物——前國內安全主管。

中共高層指控周永康謀殺、腐敗、陰謀推翻現任政府。為讓你對這個事情的重要性有一個概念，讓我們看看《每日野獸》（美國在線雜誌）稱周永康是中共的第三號權勢政客。按照美國人的說法，這相當於約翰遜總統對應聯邦調查局局長胡佛。如果控罪成立，周永康可能被判處死刑。

迄今為止，最大的驚奇是薄熙來案件。這個審判成為全球頭條是因為薄熙來曾經是一個崛起的政治新星以及身居政治局並且他父親曾經是毛澤東的朋友。但是現在，這都是小土豆了，因為周永康——他是薄熙來的同盟——是政治局常委。

同時值得指出的是，薄熙來和周永康被廣泛認為涉及迫害法

輪功，共產黨視這個精神團體規模太大從而在 1990 年代開始打壓，並且常常是非人道的。

對於周永康的一個指控是，他跟一個女人發生婚外情——這個人現在是他的妻子。在這個婚外情被發現之後，他發誓跟妻子離婚——她很快死於一場車禍。中文媒體報導說，他的司機認罪說，周永康命令製造了車禍。

此外，最近海外媒體宣稱周永康被控以黑手黨風格殺死了幾名政治反對派，包括三名商人和一名著名軍隊人物，並陰謀奪取習近平的權力以保護他的家族和朋友的經濟利益。自從 2012 年末以來，當局就在醞釀調查周永康案。」

周永康核心罪責是政變和活摘器官

對於周永康家族涉嫌的巨額貪腐問題，據披露，周氏家族過去十多年斂財高達 300 億人民幣。然而周永康的主要罪責：政變、謀殺、活摘器官等，雖然海外媒體廣傳，卻被中共有意掩蓋。

《新紀元》曾報導，周永康、薄熙來等試圖政變，從習近平手中奪權，從而逃避江派血債幫因殘酷迫害法輪功包括活摘器官罪行受到清算。政變計畫是由江澤民主導、周永康憑藉政法委「第二權力中央」來統管，薄熙來藉重慶舞台而具體暗中實施的。但因王立軍出逃美領館而功虧一簣。

周永康最大的罪惡是參與了活摘法輪功學員器官，不僅王立軍、薄熙來、薄谷開來都參與其中，周永康的兒子周斌也一同參與。周家父子曾一度用被關押的法輪功學員頂替死囚犯被執行死刑，並在行刑時活摘法輪功學員器官。

《周永康垮台驚天內幕》新書出版

2013 年 12 月，《新紀元》出版了有關逮捕周永康的最新書籍《周永康垮台驚天內幕——暗殺習近平另有圖謀》，書籍封面介紹說，「薄熙來出事後，周永康孤注一擲攬局習近平。」「貪腐小意思，政變奪權才是倒台肇因。」20 多萬字的內容詳細介紹了「周永康治下政法委的暗藏驚天罪行、周永康的政治同盟及政治對手名單揭祕」等。

在書的封底介紹說：「最早預測周永康被捕的書籍是《新紀元》出版社在 2012 年 9 月 7 日出版的《中南海政治海嘯全程大揭祕（上）》，那時薄熙來還沒被雙開。

王立軍案發後，江澤民集團策動薄熙來 18 大入政治局常委來頂替即將退休周永康位置的計畫流產，同時，江澤民、曾慶紅、周永康和薄熙來策動兩年內政變的相關資料也被王立軍交給了美國大使館，習近平 2012 年訪美期間獲此資訊，其中包括江澤民、薄熙來、周永康參與大規模活摘及販賣器官等罪惡。為逃避清算，周永康對習近平動了殺機。

周永康執掌公安部和政法委的 10 年間，中國黑暗政治蔓延，地方政府黑社會化加劇，官場賣官、賄賂司法機構減刑、免刑、頂替死罪等等貪腐迅速蔓延。但動搖中共統治合法性的問題還不僅於此。

同薄熙來案一樣，中共高層為了減少王立軍出逃後引發的政治骨牌效應，為了推遲中共政權的解體，掩蓋了周永康的眾多駭人聽聞的驚人罪行，公開治罪極有可能仍是『貪腐』。

從薄熙來到周永康，其背後的政治勢力雖正在加速瓦解，周

永康背後仍有更大元凶，三名中共前政治局常委（其中包括一名中共前總書記）是周永康案的直接同夥。」

周犯下十多種死罪被多國法庭起訴

按照中共制定的《刑法修正案（八）》，能夠判處死刑的罪名有 55 個，就目前人們掌握的周永康的罪行來看，比如他涉嫌犯下：1. 貪污罪；2. 受賄罪；3. 瀆職罪；4. 故意殺人罪；5. 故意傷害罪；6. 強姦罪；7. 綁架罪；8. 傳授犯罪方法罪；9. 分裂國家罪、10. 武裝叛亂；11. 暴亂罪：12. 以危險方法危害公共安全罪；13. 非法製造槍支、彈藥、爆炸物罪；14. 非法買賣運輸核材料罪；15. 非法出賣、轉讓軍隊武器裝備罪；16. 走私罪；17. 搶劫罪；18. 詐騙罪等等。

這些罪名中只要一項被證實，都是可以判處周永康死刑，何況這十多項死罪，再加上每個都可判處十幾年的罪名如猥劣婦女罪、嫖娼罪、亂倫罪等等，足以讓周永康死上幾十次都不夠償還他的罪行。

然而中共的法律中沒有國際通用的「酷刑罪」、「反人類罪」，「群體滅絕罪」等罪名，自從 2001 以後，周永康在海外十多個國家被起訴。如 2001 年 8 月 27 日，周永康因反人類罪等罪名在美國被起訴，36 歲的波士頓居民、法輪功學員何海鷹將起訴書遞交到周永康本人的手裡；2006 年 7 月 21 日，周永康在法國被起訴；2008 年 11 月，周在澳洲被起訴；2009 年 11 月，西班牙國家法庭做出決定以「群體滅絕罪」及「酷刑罪」，起訴江澤民、羅幹、薄熙來、賈慶林、吳官正五名迫害法輪功的中共元凶；

2012 年 3 月 12 日，北京法輪功學員盧琳到兩會代表駐地遞交《致全國人民代表大會各位代表的公開信》，起訴迫害法輪功學員的首惡之一周永康。

周永康的主要十大罪狀

《周永康垮台驚天內幕 暗殺習近平另有圖謀》一書，詳細介紹了周永康的諸多罪狀，概括起來可以歸為十大罪行，其實細分起來，十多個罪名都不夠：

一、活摘器官反人類罪：周永康夥同江澤民、羅幹、薄熙來、王立軍、薄谷開來等人，負責對至少數以萬計的善良民眾犯下了強制性的活體摘除器官罪行。

該書介紹說，周永康早在 18 大後就被削權、控制，官方為何選在拜登訪華期間釋放周永康被抓的信息呢？其中一個主要原因就是歐盟、美國等國際社會制定了要求中共停止活摘器官的緊急決議，中共想要再掩蓋活摘罪行已經不可能了。在拜登的警告和敦促下，中南海高層不得不對周永康採取行動，否則他們就會被國際社會譴責為犯下包庇袒護罪。

美國政府早在 2011 年 6 月就要求凡是申請進入美國的中國人，必須聲明「沒有參與強制性器官移植」，否則就類同納粹分子一樣被拒絕入境。國際出版社相繼出版了多本書籍，列舉了詳實的證據，證明中共活摘法輪功學員器官。而且在國際社會調查時，李長春無意中親口供出：周永康負責活摘器官事項。

由於器官的絕對暴利，如今薄谷開來、江澤民、周永康之流發起的偷盜器官之風，已經擴散到每個普通中國人身邊：孩子在

家門口玩耍時，就被人挖眼偷走了眼角膜，這樣的罪惡再不禁止，中國也就國將不國了。加上正義力量持續不斷的呼籲，周永康被抓，也就成了中南海高層不得不採取的行動。

二、破壞法律實施罪：周永康接替羅幹充當政法委書記後，在江澤民的指使下，「知法犯法」、「執法犯法」，在公安、檢察院、法院大搞「法外施法」，利用黑社會手法，嚴重破壞了法制，成為「依法治國」的最大破壞者。

三、兩次軍事政變罪：《新紀元》新書中還介紹了周永康策劃的兩次軍事政變：第一次是在江澤民、曾慶紅的指使下，夥同薄熙來，計畫實施了在 2014 年對習近平政權進行政變。特別是 2012 年 2 月 7 日，周永康下令薄熙來帶領 70 輛警車欲強行進入美國領事館，抓回王立軍。這種企圖武力進入美國領地的做法，不但在國際法中被視為入侵美國，而且在中共法律中，沒有軍委主席的批准，擅自調動武警，也屬於政變性質。

周永康的第二次軍事政變是在 2012 年 3 月 19 日的北京槍戰。據說周永康的武警包圍了新華門，有人說，要不是 38 軍及時趕到，可能今天是另一番景象了。書中關於「薄熙來計畫策反 14 軍」，「薄周欲建私人武裝被一車軍火揭底」等內容，都明確無誤地證明了周永康的軍事政變陰謀。

四、刺殺國家首腦、顛覆國家罪：周永康先後兩次行動，要謀殺習近平。一次是 301 醫院體檢時施打毒針，一次在會議室安放定時炸彈。加上周永康與薄熙來密謀的推翻習近平的政變計畫，這些都做實了周的顛覆罪名。

五、瀆職罪、盜用國家資產罪：周永康執掌中央政法委期間可謂權傾一時，手握公安、檢察院、法院乃至國安和武警大權。

周以「維穩」的名義，可調用的預算高達 1280 億美元，超過整個中國的國防預算，防民甚過了防敵。其治下的維穩辦公室，卻被百姓稱為中國最不穩定因素的製造者。中國反覆上訪的冤案中，80％是由政法委的瀆職造成的。

六、故意殺人罪、故意傷害罪：被周永康殺死的人很多，現在媒體報導出來的就有周永康的前妻（周斌的母親）、令計劃的兒子、達賴喇嘛的侄兒晉美諾布、中功創始人張宏寶、中石油廣西石化公司副總經理王學文等人，還有數千名法輪功學員等等。

周永康利用酷刑故意殘害人，這樣的受害者數不勝數，比如《走出「馬三家」》裡曝光的那些遭受酷刑的訪民；全國十大傑出律師高智晟，被周永康親自下令，被折磨得九死一生，至今還非法關押在新疆。可以說，周永康下令公安用酷刑折磨的受害者數以百萬計。如刀客楊佳案、鄧玉嬌殺淫官案、盲人律師陳光誠案、「六四硬漢」李旺陽案等等，都是明證。

七、誣陷罪：周永康夥同薄熙來為了搞政變，在輿論上早就開始了誣陷誹謗政治對手。比如他們為了重金收買百度，故意利用國安的駭客攻擊谷歌信箱，從而把谷歌趕出了中國。

隨後百度故意在網路上散布習近平家族有六億美金的資產，胡錦濤、溫家寶的兒子如何貪腐等傳言。最典型的攻擊是在 2012 年 10 月 26 日，周永康為報復溫家寶拿下了薄熙來，利用《紐約時報》散布溫家寶家族貪腐 27 億美金，溫家寶隨即請律師發表了聲明，中共外交部也公開站出來為溫家寶闢謠。

八、強姦罪、不正當男女關係等：周永康的淫亂，和薄熙來、毛澤東是一丘之貉。素有「百雞王」之稱的周，在大慶油田的時候就強姦過婦女，1999 年到四川當省委書記後，更是連工作人員、

賓館服務員都不放過，受害者敢怒不敢言。

還有中石油的「AV女優門」、公共情婦湯燦的失蹤等，這些都和周永康直接相關。

九、貪污罪、受賄罪：周家通過投資中國石油行業，攫取了數十億美元的利潤。僅從重慶一地的市政項目中，周濱就賺走了100億人民幣。周永康還讓兒子利用他的司法特權讓罪犯上繳「保護費」和「撈人費」。如2006年寧夏黑社會大頭目綁架了一名拒絕搬遷的住戶，並用熱油燙死了此人。此黑社會頭目被抓後獲判死刑，但在給周濱300萬好處費後被釋放了。

十、濫用職權罪：周永康治下的政法委、維穩辦，濫用職權，禍害民眾，已經無法用數量來計算，大陸近千萬訪民都是政法委濫用職權的受害者。就拿官方公布的事件來看，薄熙來在周永康的命令下，調動70輛警車跨省追捕，即使有江派心腹、軍委副主席徐才厚等人的批准，周永康謊報軍情，騙取軍委命令，也算是濫用職權罪之一。

作為特務頭子，周永康為了謀反政變，一直監聽中共高層的電話、書信等，這種濫用職權這次也將會一起被審理。

然而從中共邪惡的本性來看，就像中共掩蓋薄熙來的罪行一樣，今後審判周永康時，中共只想把最後一、兩個罪行公布於世，例如貪腐受賄罪、濫用職權罪，與前面那十多項大罪死罪相比，微不足道。

不過，中共想隱瞞也未必隱瞞得了。「人不治，天治」，天道公平，作惡者受懲罰只是時間問題。

第八章

李東生落馬
的特殊頭銜

習近平上台後，公安、政法委的官員日子都不好過。李東生何許人也？中紀委公布調查他時，用了一種非常特殊罕見的方式介紹他的身分和頭銜。這個玩弄筆桿子的中央電視台副台長，是怎麼一下披上警衣，間接掌控幾百萬武警的槍桿子呢？

李東生落馬，其「610辦公室」主任身分被強調。（大紀元合成圖）

第一節

李東生殺人不見血

2013 年 9 月，繼周永康在石油幫的心腹蔣潔敏落馬不久，海外傳出周永康在政法委的心腹李東生、曹建明被拘查的消息。《新紀元》在 343 期（2013 年 9 月 12 日出刊）報導此事後，人們一直在等待進一步的消息。三個月後的 2013 年 12 月 20 日，中共中紀委監察部網站發布正式通告稱：中央防範和處理 X 教問題領導小組副組長、辦公室主任，公安部黨委副書記、副部長李東生目前正接受組織調查。

此通告雖然只有幾句，卻包含了巨大豐富的內涵。一方面證實了海外「小道消息」的準確性，同時也被解讀為周永康案定性的轉折點：官方可能不只是在經濟貪腐上定罪周永康，很可能會在政治上、特別是鎮壓法輪功問題上追究政法委的罪行，尤其是在活摘器官問題上抓出幾個主要罪魁禍首，給民眾和國際社會一個交代。

「610 辦公室」的祕密來由

人們注意到，中紀委在介紹李東生時最先說他是「中央防範和處理 X 教問題領導小組副組長、辦公室主任」這個中共官方很少對外公開的身分，最後才說他是公安部副部長，也就是暗示說，中紀委追查他的「嚴重違紀違法」是在這個特別小組中的事。

《新紀元》以前報導過，「中央防範和處理 X 教問題領導小組」成立之初叫「中央處理法輪功問題領導小組」，是江澤民一意孤行在 1999 年 6 月 10 日成立的臨時性黨務機構，（簡稱「610 辦公室」），當時中共政治局其他六名常委都在此事上反對江澤民。

法輪功 1992 年由李洪志先生最先從吉林長春傳出，教人按照「真善忍」的宇宙原理做好人，不但在治病健身方面有奇效，而且能迅速提高修煉者的道德思想境界，到 1998 年底，大陸學煉法輪功的群眾人數達到一億，超過了中共黨員人數。這令妒嫉心重的江澤民極度不安，於是下令羅幹不斷在基層騷擾法輪功。

1999 年 4 月 25 日，羅幹讓其連襟何祚庥拋出所謂「法輪功會像白蓮教那樣亡黨亡國」的謊言，在天津抓捕了大量煉功群眾後，引導他們到北京上訪。4 月 25 日這天，聞訊而來的部分北京、天津、河北法輪功學員到位於天安門附近的府右街國家信訪局上訪，當天朱鎔基基本圓滿解決了此事，同意放人並支持法輪功自由煉功，但江澤民看見上萬法輪功學員如此「有組織、有紀律，比軍隊還聽話」，妒嫉攻心，加上為了藉政治運動樹立其權威，於是當天晚上，江澤民寫信給每個政治局常委，要求鎮壓法輪功。

據知情人向《新紀元》透露：「李鵬投了棄權票，朱鎔基、

李瑞環、尉健行、李嵐清都投了反對票。最令江澤民吃驚的是，當時已經是『王儲』、一直當小媳婦的胡錦濤，也舉手投了反對票」。六比一，按理說鎮壓法輪功就無法通過。朱鎔基、李瑞環認為，對於一種「氣功」完全沒有必要大動干戈，更沒必要搞成巨大的運動。江還在自己的家裡遇到了反對，因為當時他的妻子王冶坪、孫子江志成都修煉法輪功。但江的理由是，在共產黨控制下的中國，不能容忍一個不受共產黨控制的組織發展到如此規模，否則，他們終有一天會取代共產黨。

當時李瑞環說：「你這種擔心是不是你自己高抬了氣功？」朱鎔基還引用調查數據說：「法輪功能祛病健身，為國家節約了很多醫藥費，煉的人很多是中老年人和婦女，他們想煉就煉唄。」哪知江一聽，馬上像蛤蟆一樣跳得老高，又喊又叫地雙手咆哮道：「糊塗！糊塗！糊塗！亡黨亡國啊！」「滅掉！滅掉！堅決滅掉！」

為了讓政治局六個常委同意他的鎮壓，江澤民還指使曾慶紅命令在紐約的特工送回一份假情報，謊稱：法輪功得到美國中情局每年數千萬的資助，法輪功有海外背景等等。於是在謊言加高壓下，江澤民為首的中共，向上億善良民眾舉起了屠刀。

於是江澤民仿照「文化大革命」時期毛澤東一意孤行發動文革時的伎倆，成立了一個超越法制、凌駕在正常機構之上的「中央文革領導小組」，江澤民成立了「中央處理法輪功問題領導小組」，因其成立時間是 1999 年 6 月 10 日而被叫作「中央 610 辦公室」。

中共高層先後任此小組組長的有李嵐清、羅幹、周永康，歷任中央「610 辦公室」主任有王茂林、劉京、李東生，都因迫害

法輪功而血債累累。

「610」通過政法委控制公安、法院、檢察院、國安、武裝警察系統，還可以隨時調動外交、教育、司法、國務院、軍隊、衛生等資源，迫使政府機構配合其對法輪功的迫害。該機構從成立、組織結構、隸屬關係、運作和經費各個方面都打破了政府的現有構架，並有超出中國現有憲法和法律的權力和任意使用的資源。由於該「610辦公室」全面控制了所有與法輪功有關的事務，因而成了江澤民迫害法輪功的私人指揮系統和執行機構，是一個類似於納粹蓋世太保的龐大犯罪組織。

長期以來，中共一直對「610辦公室」諱莫如深，概因其迫害法輪功而臭名昭著，同時法輪功問題是中共的禁忌話題，隱藏駭人聽聞的迫害內幕，極其恐懼真相曝光。

美國國會稱「610」是「法外機構」

資料顯示，1999年6月10日，江澤民強行下令成立了中共「中央處理法輪功問題領導小組」，下設中央處理法輪功問題領導小組辦公室（對外稱「中央610辦公室」）。2000年9月，國務院防範和處理X教問題辦公室成立，與中央「610辦公室」合署辦公。兩者一個機構兩塊牌子，列入中共中央直屬機構序列。兩個辦公室皆與中共中央政法委合署辦公。該辦公室內設一局、二局、三局。當時「610」組長是江澤民的好朋友李嵐清。2002年李嵐清退休後，羅幹擔任「610」組長，2007年後是周永康。相應的「610辦公室」主任是原王茂林、劉京、李東生。

什麼時候「610」由法輪功小組改為X教小組呢？1999年

10 月，江澤民會見法國《費加羅》報記者時，隨口把法輪功稱為 X 教，在沒有經過中共人大立法和國家批准的情況下，江澤民僅憑自己一句話，就把法輪功誣陷為了 X 教，「610 辦公室」也相應改名為「中央防範和處理 X 教問題領導小組」。

由於違背法律，言不正、名不順，中共歷來不敢公開大肆宣傳「610 辦公室」的存在，當國際社會質疑其罪行時，中共一度還否認「610」的存在。不過這次定罪李東生，第一個涉及罪行的職務就是「610」副主任，要不是中紀委在其官方網站上公布消息，很多專家都不知道李東生從 1999 年 6 月 10 日成立之初，就是「610 辦公室」的副主任。

美國國會及行政部門中國問題委員會把「610 辦公室」稱為是中共管理的國家安全「法外機構」（extralegal, Party-run security apparatus），就是不受法律管轄的無法無天的機構。2012 年 10 月 10 日，美國國會在 2012 年度報告中引用明慧網的統計資料表示：「610 仍然在大力度實行迫害法輪功政策，至 2012 年 6 月有 3533 名法輪功學員被迫害致死。」

中共 18 大之後，獨立機構「美國國際宗教自由委員會」（International Religious Freedom）在一份報告中表示，中共成立凌駕於法律之上的組織「610 辦公室」又稱為「再教育中心」，正企圖「剷除」法輪功。該報告指稱：有「大量的法輪功學員被監禁，而且那些拒絕放棄信仰的人將遭受酷刑，包括羈押中死亡的可信報導及拿其成員做精神病實驗。」法輪功學員被拘留人數的準確數字難以統計。

美國國務院 2012 年報告還表示，中國勞教所中官方記錄的 25 萬囚犯中，至少有一半是法輪功學員。聯合國酷刑問題特別報

告員估計，在拘留期間，被指控的酷刑受害者中三分之二是法輪功學員，並呼籲對中共官方批准的活摘法輪功學員器官的指控進行獨立調查。

江胡鬥、江習鬥核心是法輪功問題

李東生於 1955 年 12 月出生在山東諸城。有消息說，1970 年代初，李東生被選中當上了華國鋒的警衛，後來還當上了兼職攝影師。雖然鄧小平上台後華國鋒被貶，但善於攀附權貴的李東生馬上轉向，自上海復旦大學新聞系畢業後，他分到中央電視台工作，從記者幹起，在隨後 20 年裡，相繼被提升為新聞部時政組副組長、政文部副主任、新聞採訪部副主任、主任、新聞中心主任和副台長。

李東生的「飛黃騰達」，與他討好當時主管宣傳的政治局常委李長春有關。在 2002 年至 2009 年任職中宣部期間，李東生「秉承」中宣部部長李長春的指使，嚴控媒體。他不僅是 2005 年《新京報》事件和《冰點》事件的幕後黑手，還是中宣部臭名昭著的「新聞閱評組」的具體主管者。他多次傳達李長春和劉雲山「對新聞閱評工作的重要批示」，大拍李長春和劉雲山的馬屁，並因此贏得了二人的信任。

李東生從一個文職的媒體人，變成掌控 200 萬刀槍的副總警監，2009 年，年過半百的李東生為何要「改行」呢？誰主導了這個變化呢？

《新紀元》2013 年 12 月出版的暢銷書《周永康垮台的驚天內幕》獨家披露了相關祕密。答案很簡單：表面上是李東生性賄

賂周永康，周提拔了李東生，其實是江澤民為了逃避清算而不得不在政法委新梯隊尋找自己的代言人，就跟江澤民選中薄熙來、周永康一樣，為的是延續對法輪功的鎮壓，以至於後來當權者無法對其罪行進行處理。

書中獨家披露了周永康是如何變成「江主席的人」的。一方面是周永康殺妻後娶了江澤民妻子王冶坪妹妹的小女兒，另一方面是江澤民主動安排指使的。當時羅幹由於年齡大，必須退休了，而胡錦濤又非江派人馬，因此江澤民、曾慶紅急需物色人馬接替羅幹的政法委書記職務，繼續推行鎮壓政策。

《新紀元》曾報導，據一名「610」官員透露，2001年江澤民在一次布置對法輪功打壓的會議上表示，原各地「610辦公室」是以各地政府名義設立的，但由於公安、國安、司法等部門消極對待等現象已經使得「各地法輪功事件不但沒有減少的趨勢，反而越演越烈」。會上江提出要在國家安全廳、公安廳、各地公安局也增加設立相應的「610」辦公室，這時胡錦濤說：「增加『610』機構得增加人員編制，經費不少。」江立刻大怒，衝著胡錦濤咆哮道：「都要奪你權了，什麼編制不編制、經費不經費的！」江在鎮壓法輪功上要求胡錦濤「要錢給錢，要人給人」。

胡錦濤雖然照辦了，但江澤民深恐一旦胡真正掌權就會否定自己的鎮壓政策，並且會在強烈民怨的敦促下清算這場不該發生的政治迫害。於是，擔心被胡錦濤否定，一直是江澤民的最大「心病」，這也是江澤民怨恨胡錦濤的最根本原因，並以此做出了一系列「戀權不放」的布署，如在中共16大中把政治局常委從六人增加到九人，為的是把羅幹擠進去，在17大中也搞九人常委，拚命把周永康和李長春塞進去，在中共18大上，劉雲山、張德江、

張高麗也是江派拚死拚活搶得的七分之三的位置。

隨後進行的 20 多年的「江胡鬥」以及現在正在進行的「江習鬥」的核心問題，就是法輪功問題，因為江澤民在 1999 年挑選提拔官員的主要標準就是是否在鎮壓法輪功問題上能否出賣良知地幫助江澤民，誰欠下的法輪功血債越多，誰就最贏得江澤民的信任和提拔，薄熙來、周永康就是這樣升官發財的。

李東生擅長搞誣陷而被江周看中

書中披露說，1990 年代末期，一心想往上爬的中央電視台的副台長李東生，與曾慶紅的弟弟曾慶淮大搞美女外交，將旗下的美女主播介紹給政界要員，以擴大自己的影響力。常常參加他們小型聚會的美女們包括宋祖英、湯燦、王小丫、蔣梅和賈曉燁等。參與聚會的政要們主要是曾慶紅的關係網和羅幹等政法系統人馬。

當時周永康正準備出任四川省委書記。由於曾慶紅是周永康的拜把兄弟，兩人都喜歡女色。通過曾慶紅的關係，曾慶淮和李東生將賈曉燁介紹給了周永康。當時李東生希望湯燦可以跟隨周永康，但顯然周永康對賈曉燁與江澤民的親戚關係更有興趣。

當周永康與賈曉燁發生不倫戀後，不久就傳來周永康分居的妻子在一次神祕車禍中喪生的消息。對此事了解內情的原中共公安大學法律系資深法學專家趙遠明堅稱，周妻是被周永康謀殺的。2013 年 12 月有海外媒體報導說，據周永康的兩名前司機供認，周下令通過車禍的方式謀殺了前妻。兩名司機都是武警，被捕後判處 15 至 20 年徒刑，但僅關押了三、四年就釋放了，被安

排到石油系統工作。其中一名司機成為車隊副隊長，另外一名調往山東中石油，成為副總經理。薄熙來事件後，兩名司機再次被捕，供認當年是受命謀殺。

周永康由於有曾慶紅和江澤民外甥女婿的雙重關係，外加小聚會上的特殊友誼，周很快建立了與羅幹的親密關係，並最終成了羅幹政法委書記的接班人，最後進了政治局常委，兼中央政法委員會書記。而從中「拉皮條」的中央電視台副台長李東生，最終也從宣傳系統轉入政法系統，官拜公安部副部長。

但這裡面還有一個被人忽視的祕密，就是江澤民想要利用李東生在造謠宣傳方面的「特殊本領」來為其迫害法輪功出力。大陸媒體報導，1994 年 4 月 1 日，央視新聞中心推出了每天一期的新聞評論性欄目《焦點訪談》，李東生是主要創意、組織、終審者之一。《焦點訪談》節目是李東生的「成名之作」。於是在 1999 年 6 月 10 日，江澤民任命李東生為「610 辦公室」副主任，李東生的升官之道其實從那時就打通了，不過這條升官之路，也成了李東生通向地獄的毀滅之路。

《焦點訪談》利用並欺騙殺人犯造假

1999 年 12 月 29 日，《焦點訪談》的「鄒剛殺人案」是一起利用殺人犯造假的案例。據追查國際調查報告顯示，39 歲鄒剛是松花江林業總局種子站職工，從小就有幻聽、幻視、幻覺等精神異常症狀，案發前兩天其精神已嚴重錯亂。案發前一天，家屬為給鄒剛治療曾聯繫哈爾濱太平精神病院。

但《焦點訪談》節目為了配合當局鎮壓法輪功進行構陷，欺

騙鄒剛如果配合說是煉法輪功煉的保他不死。然而，當鄒剛被利用完後仍被處死滅口。

2000 年第二期《黑龍江內參》刊登的《對自稱「法輪功」練習者鄒剛犯罪情況的調查》中表示：記者會同公安及有關部門對鄒剛的犯罪情況進行調查，初步查明，除鄒剛自稱是「法輪功」練習者外，未發現其有煉法輪功其他證據。而且據法輪功經典書籍《轉法輪》第七講第一節「殺生問題」有明確規定：「煉功人不能殺生。」

李東生是「天安門自焚」偽案的媒體策劃人

李東生編造的謊言，最出名的就是所謂「天安門自焚案」。2001 年 1 月 23 日中國新年除夕，當時在江澤民對法輪功的迫害難以為繼的形勢下，天安門廣場上發生了幾人點汽油想燒死自己、而隨後即被帶滅火器的巡邏警察撲滅的「天安門自焚案」。

中央電視台不但對這個突發事件進行了最快報導，還有長鏡頭、短鏡頭的各種現場錄像播放在《焦點訪談》裡面。中共當局高調把事件栽贓在法輪功上，借存活者之口謊稱他們是想「自焚升天」。如此殘害生命的行為，激起了被洗腦操控的大陸民眾的憤慨，江澤民一夥由此達到了讓民眾仇恨法輪功的效果，從而令迫害升級。

不過人們很快發現，那些冒充法輪功的自焚者根本不練法輪功，而且法輪功作為佛家功法，一再強調不能殺生，包括不能自殺。另外，天安門廣場執勤的警察怎麼會在那一天背上滅火器巡邏呢？警察為何手拿滅火毯卻等待自焚者面對鏡頭高喊幾句貌似

法輪功的口號後才滅火呢？中央電視台怎麼會事先把多個攝影師安排到樓頂或東、南、西、北不同方位，拍攝不同角度的畫面呢？而且把《焦點訪談》的鏡頭放慢就能看出，那名被燒死的女人在火中奔跑時，其實是被警察用警棍打死。那個切開氣管還能唱歌的女兒，不是在演戲，就是創下世界醫學奇蹟。

七個月後的 2001 年 8 月 14 日，一連串的質疑被「聯合國國際教育發展組織」證實：所謂「天安門自焚事件」是「政府一手導演的」對法輪功的構陷，涉及驚人的陰謀與謀殺，該「錄影分析」被拍成紀錄片《偽火》在國際上廣泛流傳，並於 2003 年 11 月 8 日在第 51 屆哥倫布國際電影電視節獲獎。

當時李東生就是這個世紀偽案的媒體策劃者、實施者和傳播者。這個偽案不但一度激起了中國人對法輪功的仇恨，也一度愚弄了全球 70 億人。這種超大規模的「殺人不見血」的精神欺騙和思想謀殺，讓李東生血債累累，成為了江澤民血債幫的主要成員，他後來的升遷也就順理成章了。

王博案：《焦點訪談》移花接木 搞欺騙

2002 年 4 月 7 日至 8 日，《焦點訪談》推出節目《從毀滅到新生——王博和她的爸爸媽媽》，把由於迫害而造成的王博一家的骨肉分離歸罪於法輪功，完全是顛倒黑白。

事實上王博和其父親王新中都是在勞教所被折磨得精神崩潰的情況下被強制轉化的，在接受《焦點訪談》記者採訪時，他們談的和最後觀眾看到的，是大不相同的內容，也就是說，李東生任意篡改了受訪者的話。

後來王博在揭露《焦點訪談》造假時說：「我被綁架到北京新安勞教所，連續六天不讓睡覺，灌輸顛倒黑白的謊言，看歪曲法輪功的錄像，強制洗腦。用那裡警察的話說：『我們就是用對付間諜的辦法使你精神崩潰！』」被轉化的王博告訴其父親，自己被轉化後，內心的矛盾，精神的壓抑，生不如死。

王新中也披露被強迫轉化過程說：「24小時不讓睡覺，天天如此。在被斷章取義、偷梁換柱的種種謊言和誹謗錄像的欺騙下，再加上多日不讓睡覺的精神摧殘下，我迷迷糊糊神志不清，就這樣被所謂的『轉化』了。這絕不是我的本願。」

王新中表示當自己看到播出的節目後，「為《焦點訪談》如此卑鄙的嫁禍、歪曲誣陷的『偷梁換柱』手段而感到震驚。」節目將其全家修煉和自己遭「610」毒打的情況刪掉了，內容被移花接木、改頭換面，製作成醜化修煉人，惡意攻擊法輪大法的完全不同的內容。

《焦點訪談》將江氏集團利用國家機器對法輪功學員的殘酷折磨、強制轉化美化成「春風細雨」、「和善勸導」，就是這樣利用各種造假、欺騙手段製作了一些各地法輪功站長、甚至是法輪功總會工作人員轉化的視頻，矇騙其他法輪功學員，並誣衊法輪功學員「不顧家庭」、「破壞家庭」、「泯滅人性」等。

在妄圖轉化法輪功學員的同時，李東生主編了《良友周報》在2001年9月第36期及12月8日第48期誣陷法輪功文章，同時，李東生還大力的對未成年的中、小學生進行洗腦、毒害，誣陷法輪功，以達到全面迫害法輪功的目的。在中國大陸發行的2002年《小學生報》寒假合刊總第1597至1611期，中高年級版2002年一至八期均刊登誣陷法輪功文章，這些報刊的總編就是李

東生。

各地訪談節目仿照央視造假

由於《焦點訪談》節目中為配合中共鎮壓，策劃造假，請人扮演法輪功學員等，因此各地的訪談節目都學樣，真人真事的「訪談」也變成請人來演。最出名的是石家莊電視台的訪談節目《不孝之子》，鬧出大笑話。

2011年8月石家莊電視台《情感密碼》的訪談視頻《我給兒子當孫子》爆紅網路，男嘉賓許峰遭到千夫所指，致使他不敢上街，因不堪壓力才說出了真實情況：他只是演員，他從來沒有虐待自己的父親。

許峰後來發表聲明，「希望大家能還我一個清靜」，並找到媒體一再強調自己是個演員，不過演了一場戲。此事曝光後，引起民間憤怒，電視台竟如此玩弄大眾感情？！其實自從得知央視誣陷法輪功的「天安門自焚案」後，很多大陸民眾都把焦點「訪」談稱為焦點「謊」談，「央」視稱為「殃」視。

追查國際：李東生犯下反人類罪行

2013年11月21日，國際性非政府非營利的獨立組織：「追查迫害法輪功國際組織」發表了關於中央「610辦公室」主任李東生的調查報告。報告稱，從中央「610辦公室」成立以來，李東生就擔任副主任，負責反法輪功宣傳。李東生在任央視副台長期間主管《焦點訪談》節目，中共迫害法輪功開始，該節目在收

視率最高的黃金時段大量播出反法輪功節目，據不完全統計，從1999年7月21日到2005年為止的六年半中，共播出102集反法輪功的節目。其中從1999年7月20日開始到年底的五個多月就占了70集。

2002年8月26日中宣部召開的全國宣傳部長會議上，李東生通報了反法輪功宣傳的情況。2001年4月9日李東生以中國代表團特別顧問的身分參加聯合國人權委員會第57屆會議期間，就婦女問題作專題發言造謠抹黑法輪功。4月17日，李東生藉接受日本共同社、中新社等記者的採訪在聯合國人權會議發表反法輪功言論。

作為對一個信仰團體的迫害，中共對法輪功學員進行的轉化洗腦是整個迫害的核心。為此，中央「610辦公室」成立了教育轉化工作指導協調小組，負責全國的轉化洗腦工作，李東生任該協調小組的組長。2001年6月15日，李東生在武昌視察時，對武昌區投資260萬興建教育轉化基地表示肯定。濰坊市 X 教協會曾編寫了《教育轉化實踐與探索》一書，李東生對此建議在全國深度開發利用。

報告說，在江澤民集團發起的針對法輪功修煉者長達15年並仍在繼續的迫害中，一方面在早期開動全國的宣傳機器造謠誣衊妖魔化法輪功，欺騙中國民眾和國際社會；另一方面，則針對法輪功學員的信仰進行轉化洗腦迫害，所有的酷刑虐殺都是為完成轉化洗腦指標而實施的。李東生先後以中央「610辦公室」副主任和主任的身分，從1999年7月至今一直在直接操作指揮進行這兩方面迫害，犯下了反人類的罪行。本報告提供的證據只是其罪行中的很小一部分。追查國際希望知情者繼續向他們提供李

東生和其他嫌犯迫害法輪功的證據。

獨家： 李東生離開央視後依然掌控央視

2013 年 12 月，《大紀元》獨家獲悉，曾任央視副台長的李東生，在從央視離任後仍忠於江澤民、周永康，指揮調動手下馬仔嚴控、把關對法輪功的誣衊報導。

消息指，李東生著力扶持多名「小兄弟」，其中最重要的一個就是主管新聞的現任中共央視副台長孫玉勝。李東生在 2002 年離開央視後，繼續操控孫，通過新聞頻道嚴加監控、發表涉及法輪功的各項誣衊報導，以及掌控相關輿論導向性事件。

消息還稱，李東生的胞弟李福生，還被安排擔任了體育頻道投資公司的總裁。在其運作下，李東生 2009 年雖然因為醉駕壓死人，但是獲得其在新聞中心的「兄弟」頂罪，後此「兄弟」又擔任央視一大型賽事公司總裁，通過中美合資的形式將國有利益進行轉移，李東生在央視的巨大政治影響力可見一斑。

由於誣陷法輪功賣力了，李東生因此也得到江派人馬的大力提拔。2000 年 7 月，被提拔為廣電總局副局長；2002 年 5 月，被提拔為中共中央宣傳部副部長之職。2009 年，李東生被時任中共政治局常委、政法委書記周永康跨部門調到公安部擔任副部長，李東生成為江派人馬筆桿子（文宣）和槍桿子（公安）兩手都要抓的代表。同年，李還出任「610 辦公室」主任，成為迫害法輪功的元凶之一。

第二節

錄音曝血債幫罪惡

　　中共公安部副部長李東生已經被免職。他是中共「18大」後落馬的第二名中央委員。官媒強調，李東生是專門為鎮壓法輪功而設立的非法機構「610」的頭目。

「610辦公室」是迫害法輪功的指揮機構

　　1999年6月10日，「610辦公室」正式掛牌，是江澤民為迫害法輪功成立的法外指揮系統和特務機構。當年江澤民鎮壓法輪功的想法並沒有得到其他常委的支持，而且中共經過幾年的調查，也沒有查到法輪功有任何違反法律的行為。江澤民為此繞開當時的法律體系，成立了類似納粹蓋世太保的特務機構「中共中央處理法輪功問題領導小組」，並設立了一個辦公室處理日常工作。

「中共中央處理法輪功問題領導小組」第一任組長為中共中央政治局常委李嵐清。而中央「610辦公室」第一任主任是原湖南省委書記王茂林，副主任是當時的公安部副部長劉京和央視副台長李東生，分別負責政法和宣傳。

自中央「610辦公室」成立，李東生就一直兼任副主任，其時李正任央視副台長。李東生1975年至1978年在上海復旦大學新聞系新聞專業學習，之後1978年到中央電視台工作，曾任新聞中心主任、副台長。李在擔任副台長期間，還曾主管《焦點訪談》。江澤民正是利用李東生這些新聞專業技能及《焦點訪談》節目來誣衊法輪功，讓大陸百姓一時真假難辨，中毒極深。2001年的天安門自焚偽案，李東生就是直接參與、策劃者之一。

李嵐清退休後，中共中央處理法輪功問題領導小組組長由羅幹繼任，2007年後為周永康。「610辦公室」主任王茂林退休後由劉京接任。至2009年，時任中共政治局常委、政法委書記的周永康違規將李東生調到公安部任黨委成員、副部長，之後讓李東生接替生病的劉京任中央「610辦公室」主任。

一直以來，李東生以「610辦公室」正、副主任的身分，把持中共宣傳系統對法輪功進行造假抹黑，還全國到處流竄監督各地對法輪功學員進行洗腦轉化，逼迫法輪功學員放棄信仰。

「610」直接參與 活摘法輪功學員器官

江澤民為迫害法輪功，對各地「610」下達了「名譽上搞臭、經濟上搞垮、肉體上消滅」、「打死白打死、打死算自殺」的密令，以金錢、升官收買唯利是圖者跟隨其迫害，耗費四分之一的國家

資源來維持迫害，高峰時期甚至達到四分之三。

在迫害初期大量的法輪功學員湧入北京上訪，為了不牽連當地，很多因上訪被抓的法輪功學員不報姓名，一時北京及附近的關押場所人滿為患。從北京公安內部傳出來的消息，從 1999 年 7 月到 2001 年 4 月，全國各地到北京上訪被抓、有登記記錄的法輪功學員達 83 萬人次（不包括許多不報姓名和未作登記的）。2001 年夏天，北京市公安局通過計算北京市街頭出售饅頭的增加數量，估算當時來到北京市上訪的法輪功學員超過百萬。

那些不報姓名的法輪功學員被中共祕密轉移到不為人知的地下監獄、勞教所或集中營關押。就這樣，數十萬計的法輪功學員（主要來自東北、華北及各地農村的法輪功學員）從此失蹤了，成為了中共之後器官移植爆發性增長的供體來源。

12 月 12 日，在 2013 年歐洲議會最後一次全體大會上，議員們投票通過了一項要求「中共立即停止活體摘除良心犯，以及宗教信仰和少數族裔團體器官的行為」的緊急議案，是由歐洲議會多個黨團共同提出的。其他國家包括美國、澳洲、加拿大、以色列、西班牙等多個國家已經或者正在準備立法禁止本國公民赴中國進行器官移植，對直接或間接參與者都拒絕入境。

也就是說，中共活摘法輪功學員器官是不容置疑的事實，而指揮迫害法輪功的中共「610」特務機構就是犯罪機構，其辦公室主任就是禍首。

2006 年第一個活摘器官證人出現後，「追查迫害法輪功國際組織」就對中共這一全國系統性的大規模活摘法輪功學員器官的罪行進行了調查，其調查員獲得數個調查錄音就可以證明，「610辦公室」及其相屬的政法委系統官員直接參與這一滔天罪惡，剛

下馬的「610辦公室」主任李東生就是主要的責任人。

調查錄音記錄活摘罪證

■調查錄音1：

天津薊縣「610辦公室」主任向追查國際的調查員承認，薄谷開來非法售賣的人體模型中，不僅僅是法輪功學員的屍體。

http://www.youmaker.com/

調查員：喂，你好，「610」嗎？

「610」主任：啊？

調查員：「610辦公室」嗎？

「610」主任：是。

調查員：知不知道……

「610」主任：你是誰呀？

調查員：知不知道你們是個犯罪機構啊？

「610」主任：我是，你是誰呀？

調查員：這場迫害一旦結束，你們怎麼辦，想過嗎？看沒看到谷開來今天的下場啊，她表面上……

「610」主任：谷開來賣那個法輪功的人體器官的。

調查員：你說什麼？

「610」主任：我說，你說谷開來呀，賣法輪功人體器官的。

調查員：對呀，她在大連搞了兩個屍體加工廠，她一具完整的屍體在國際上賣100萬美金，一個臟器被摘除的屍體她賣80萬美金。

「610」主任：噢。

調查員：她是魔鬼。

「610」主任：她賣的也不都是法輪功。

調查員：這個你知道不都是法輪功，是嗎？

「610」主任：啊，啊。

調查員：裡面有一些是這個上訪的那些藏族人和蒙古族人。

「610」主任：算啦……（掛斷）

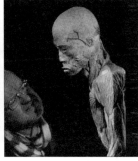

「610辦公室」主任向追查國際的調查員承認，薄穀開來（左圖）不僅非法售賣法輪功學員的人體器官和屍體，還包括上訪的藏族人和蒙古族人。（Getty Images）

■**調查錄音 2：**

北京政法委李姓官員說：「處級以上知道這個機密。」

http://www.youmaker.com/

2008 年 9 月 16 日至 26 日，在江蘇省常州市江南春賓館召開的中共全國政法會議期間，追查國際調查員以「國家安全部官員」的身分與一位來自北京政法系統姓李的參加會議者的對話。

調查員：是江南春賓館嗎？

賓館接線員：啊，對。

調查員：請給我接 1219 北京政法委的李同志。

賓館接線員：你在賓館裡邊，是吧？

調查員：我沒在賓館裡邊，我在外邊。

賓館接線員：啊，好的。

李：哎。

調查員：喂，是中央政法委的李同志嗎？

李：你好。

調查員：是嗎？

李：您是哪裡啊？

調查員：您是，您是李什麼？

李：我姓李，對。

調查員：我是國家安全部的，有點事情需要你協助我們一下。

李：國家安全部的？

調查員：對。

李：什麼事啊？

調查員：就是有關一個洩密的案件，我們在調查啊。

李：洩什麼密啊？

調查員：我們想了解一下，你們中央政法委有哪一級工作人員了解到這一國家機密的。

李：是什麼事啊？

調查員：說的這是，活體摘除在押的法輪功學員器官做器官移植手術的這一國家機密，中央政法委有哪一級工作人員知道這個機密呢？

李：應該是處級以上吧。

調查員：因為我們的情報了解到，好像監聽到有自稱中央政法委的工作人員要跟外國情報機構出賣這一國家機密，所以我們的領導讓我們祕密做一些調查。

李：我明白。

調查員：小範圍的，不驚動許多人的情況下的調查。

李：啊，那個，您這樣吧，再打一個電話，然後找他那個辦班的那個，有一姓劉的劉處長，您找他，好了。

調查員：啊，他是……

李：具體電話我也不太清楚。

調查員：啊。

李：好嗎？

調查員：啊，他叫什麼？

李：總機轉過去吧，姓劉，劉處長。

調查員：劉處長？

李：他一直在盯著這個班，一直在這個我們這個賓館在組織這個事。

調查員：啊。

李：中央政法委「隊建室」（中央政法委政法隊伍建設指導室）的一主任姓魏（魏建榮），前兩天一直在這。

調查員：啊，

李：然後是他一直在現場盯，叫劉什麼，我不太清楚。您就繼續工作吧，往下進行就是了，祝您工作順利

■調查錄音 3：

原中共中央政法委辦公室副主任魏建榮承認活摘器官：「這事已經很早了。」

http://www.youmaker.com/

追查國際調查員以「國家安全部官員」的身分與魏建榮（中共中央政法委隊伍建設指導室主任、原中共中央政法委辦公室副主任）的對話。

調查員：是中央政法委的魏主任嗎？

魏建榮：你哪裡？

調查員：我還是國家安全部。……主要就是像我剛才說的，主要是想了解一下………

魏建榮：這事已經很早了，我跟你講我的判斷啊。

調查員：啊……

魏建榮：這個事關於你剛才說的這件事情，事情這很早了，現在來的這些人都不了解。第二，這個人肯定不是我們這兒的人，這是肯定的，咱們單位的人肯定不會有這樣的人，這是個基本的概念。要縮小範圍，怎麼個弄法，那麼你可能就要到單位來查一下原底子，現在誰說也說不清楚。

調查員：就是這個活體摘除在押法輪功人員器官的事情是很早的事情嗎？

魏建榮：對，對，對，很早的事。

中共政法委高官魏建榮（左）及唐俊杰（右）承認活摘法輪功學員器官。（新紀元合成圖）

■**調查錄音4：**

遼寧省委政法委副書記唐俊杰說：「那個我分管這個工作。那個中央實際抓這個事，影響很大嗎。」「那個時候主要是常委

會討論啊……」

http://www.youmaker.com/

追查國際調查員以「中紀委薄熙來專案組成員」的身分與唐俊杰（自 2000 至 2011 先後擔任遼寧省政法委秘書長、省政法委副書記、綜治辦主任）的對話。

調查員：喂，是原遼寧政法委副書記唐俊杰吧？

唐俊杰：你哪位？

調查員：哦，我是中紀委薄熙來專案組的。關於薄熙來在遼寧的一些事情我們想向你了解一下。

唐俊杰：我什麼時候去？

調查員：你好。

唐俊杰：我什麼時候去？

調查員：我們先電話裡了解一下，如果我們要有必要的話我們再給你發函，請你過來一下。

唐俊杰：好，好。

調查員：就是大概有幾個問題吧。

唐俊杰：你說。

調查員：頭一個問題就是在摘取法輪功練習者的器官做移植手術這件事情上薄熙來做過什麼相關指示嗎？

唐俊杰：那個我分管這個工作。那個中央實際抓這個事，影響很大嗎？聯合以後。好像有他也是正面的，好像還是正面的。那個時候主要是常委會討論啊，好像還是正面的一些東西。你現在在什麼位置啊？你問這個問題我有一點……你在什麼位置啊？

調查員：我是在北京，我是他們這個專案組。

唐俊杰：那好，那我不回答你的問題了，得到你準確消息再

回答你好吧？我見到你公函我再答覆你。我不好回答，尤其涉及到這方面問題，我不好再回答你，好吧！需不需要我過去，你正式打一個文字的東西吧，你電話裡談這些事情我覺得很突然，我不太好答覆。

第三節

政法委官員的跪求

　　2013年12月20日晚間，中共中紀委宣布「610辦公室」主任、公安部副部長李東生目前正接受調查。「610辦公室」是中共專門迫害法輪功而設立的非法機構。「610」頭子李東生同中共前政治局常委，政法委書記周永康關係密切。周永康被抓的消息已經被多方來源證實，只待官方正式公布。中共迫害法輪功的頭目接連出事、遭報，在這些年作惡多端的中共政法委官員中引起極大恐慌。

　　2012年10月，一位參與迫害法輪功學員的中共某市政法委負責人委託其親屬轉給《大紀元》一份請求刊登的告饒信，該信是特別給被他迫害的法輪功學員的求饒信。信中反覆「跪求」法輪功學員饒恕他的罪行。同時該信披露了中共政法委系統常年迫害法輪功學員的過程中罪惡黑幕，政法委系統官員精神已經處於崩潰狀態。

中國大陸兩高幹子弟兄弟因為修煉法輪功遭到迫害，出獄後對當地的中共官員提出巨額的賠償和道歉要求，並指名要求胡錦濤和溫家寶親自處理此事。此事再次驚動中南海，中共政治局常委賈慶林繼上次被胡、溫指定去河北查訪「300 手印事件」後，賈慶林再度被派到這二位高幹子弟所在省分做調查。

中國大陸局勢在劇變，隨著鎮壓法輪功的江派血債幫的失勢，在當時參與迫害的大小官員現在都惶惶不可終日，這些政法委系統的公安、法院和檢察院的官員們也因此非常關注江澤民是否還活著、是否還有殘餘的影響力。

兩名遭迫害的高幹子弟、法輪功學員，要求當地官員公開巨額賠償及公開審訊錄像。

據《明慧網》2012 年 6 月 4 日的報導，有兩法輪功學員是親兄弟，同時也是高幹子弟，在前幾年被非法勞教，遭到了殘酷的迫害。哥哥被非法審訊 15 天 15 夜，被迫害昏迷四、五次，最後當地官員也沒拿到口供和簽字。被送去勞教所之後，兄弟倆通過關係告狀，但是在當時被壓下來了。

前一段時間，兄弟倆突然向「610」和當地的官員提出，要求公開巨額賠償和道歉，並且告訴當地的「610」和公安局的高官以及政法委書記等，如果不公開巨額賠償，就把他們的腐敗的證據公布在網路上，同時通過特殊管道送到中共的政治局常委手中，送給中紀委，讓紀委去「雙規」他們。

據說，那位哥哥還向在黨政軍的高幹子弟朋友們求助，他們聯合起來之後，動用中共黨政軍某些部門的力量，花了有將近一年時間，跟蹤了很多當時迫害兄弟倆的各級官員。還使用遠距離攝像機取得了很多官員的腐敗證據，而且延伸跟蹤調查了更多的

官員。

兄弟倆還向當地「610」和政法委提出了一個強烈的質疑和要求。要求出示在幾年前被警察審訊時的全程音像。因為中共檢察院規定，警察審訊時必須全程錄音、錄像。據稱，現在當地的「610」和公安局以及政法委非常害怕，如果提供當時審訊兄弟倆的錄音和錄像，就等於是證明警察刑訊逼供。不拿出當時審訊的證據，就是非法辦案，也要被繩之以法。如果非法審訊，那後來的勞教也是非法。

報導還稱，各級「610」已經多次找到他們兄弟倆求談，但兄弟倆態度強硬，不予理睬。當地的「610」和公安局以及政法委幾乎天天長時間開會研究對策，但是完全沒有辦法，「頭疼無比，害怕無比。一點辦法沒有。」

相關人員和「610」、公安局以及政法委官員唉聲嘆氣，一副大禍臨頭的神情，整天無精打采，夜裡嚴重失眠，白天精神恍惚哭喪著臉。同事們背後都笑話他們說：「他們死了娘、老子的時候也沒有這樣難過的，看來法輪功不好惹！不能去惹法輪功！多一事不如少一事！」

政法委高官發信求饒 請求《大紀元》刊登

近日，曾經參與迫害兩兄弟的當地政法委負責人，讓其親戚代筆，公開給法輪功學員寫道歉及告饒信。信中多次要求兩兄弟「請你們原諒」、「跪求你們原諒」、「真的求求你們了」，並說如果他們兄弟倆再「折騰」，一大批參與的各級官員和警察，將會作替罪羊推出來，接受當局的處置。

信中轉述那名政法委高官的話稱，他現在很後悔當年做了這些事情，「共產黨不講理啊，我們不聽上級的話，保不住烏紗帽，我們聽上級的話，現在看啊，就得進監獄，而且還不得連累上級，說不定還會被殺人滅口，進了看守所或者監獄，死了也不知道怎麼死的，太黑暗了，外人不清楚，我們內部人不知道嗎？還讓不讓我們活了？就領導是人，我們不是人？政績都是領導的，過錯都是我們的？」

「我現在是發自內心的理解了，王立軍為什麼跑到美國領事館去？為什麼提前把相關證據移交到海外去？為什麼王立軍要破釜沉舟？沒有辦法啊，保不住烏紗帽就算了，命一定要保住啊。」

在信的最後寫道：「再次向那兩位法輪功兄弟倆道歉，請你們原諒。我們很多領導真的後悔莫及，如果時光倒流，真的不會去整你們了，哪怕你們天天公開做法輪功活動，最多和你們商量商量，盡量讓我們表面上過得去就可以了，隨便你們怎麼做啊！真的後悔莫及啊！無論如何，請你們原諒。用網路上流行語，跪求你們原諒。請你們不要折騰了，求求你們了。」

賈慶林調查此事 臉色鐵青

信中稱，中共常委賈慶林在沒有到現場「考察」之前，已經有消息傳出稱：「如果他們兄弟倆再折騰，一大批參與的各級官員和警察，將會作替罪羊推出來，進行『黨紀國法』的處理。甚至更高級別的官員們都要拉下馬，給他們兄弟倆和他們家裡人一個交代。」

據稱，賈慶林最後到場調查此事，把當地大小官員都嚇壞了，

「都認為這個事情搞大了，賈慶林能來，其他政治局常委肯定都知道。」

最後，該地的官員都互相推責，使得賈慶林臉色鐵青，「我們當地的公安局、政法委、市委黨委領導無能啊，現在都膽戰心驚，一個個都絞盡腦汁推卸責任，沒有人敢去安撫他們兄弟倆，各級官員被他們兄弟倆多次指名道姓的寫信罵各級官員眼瞎了，罵各級官員一個個人模狗樣的盡幹缺德的事情，但是沒有一個官員敢吭聲的。都拿兄弟倆沒有辦法，賈慶林來了都沒有辦法，氣得臉色鐵青，省委書記都不敢說什麼，我們有什麼辦法？不敢吭聲也罷了，為什麼不敢安撫呢？」

仿效王立軍 事態國際化是出路

信中還對該市的市委書記發出警告「趕快向海外轉移證據」，並抱團公開手中證據，才有存活希望，「你市委書記是現在的某位政治局委員的紅人，這個政治局委員『18大』肯定進政治局常委的，你要安全，想拋棄我們，平安著陸。不管我們的死活，平時的政績是你們的也罷了，關鍵時刻，我們是擋箭牌，是替罪羊，甚至被殺人滅口，我們乖乖的繼續聽從，可能嗎？大不了像王立軍一樣，魚死網破。」

「雖然你是市委書記，也建議你向王立軍同志學習，把一些領導們的證據放在信得過的親友那裡或者移交到海外，不然那位政治局委員為了不受影響的進政治局常委，把你也拋棄了。你怎麼辦？如果你也能夠像王立軍那樣把薄熙來拉下來，也算是名垂青史了。如果共產黨再出現一個現任政治局委員被拉下馬，關鍵

的是這個原來也能夠進政治局常委，那麼你市委書記百分之百名垂青史。」

信中還稱：「為什麼寫這麼多，也是希望參與這件事情的基層警察們，將來你們和我一樣是替罪羊，而且越是基層做替罪羊之後，判刑越重。覆巢之下，豈有完卵。趕快向王立軍同志學習，把一些領導們的證據放在信得過的親友那裡或者移交到海外，這件事情並不是我們要拉替死鬼，而是牽扯到的官員越多，大家越安全。事情越大，共產黨反而不好去政治化處理。事情國際化之後，反而能夠透明的按照法律處理，不會出現從重從快的判刑。你們好好想想。人之將死，其言也善，我親戚真的感到生不如死啊。」

從信中也可以看出，這名政法委的高官對於當年參與迫害法輪功存在著悔意，信中提到的另一個細節則更加說明問題。

江澤民發動迫害 一開始就不得人心

信中提到：「自從江澤民鎮壓法輪功以來，絕大多數太子黨和高幹子弟公開或者私下裡表示明確反對。關鍵是，現在的中國啊，確實啊，已經是太子黨和高幹子弟的天下了。」

信中還提到：「十幾年來，胡錦濤、溫家寶、習近平、李克強沒有在社會上公開表態過一次支持鎮壓法輪功，習近平、李克強上台後，重新對待法輪功是獲取民心的最好辦法。」

政論人士陳破空在《究竟是誰要扳倒薄熙來》一文中稱：「江任內鎮壓法輪功，留下平生最大污點。他後來發現，不僅他的同僚朱鎔基、喬石、李瑞環等人對鎮壓法輪功態度消極，就連繼任

的胡錦濤、溫家寶等人，對法輪功問題，也盡可能保持低調。江深知問題嚴重……」

信中預見江死前後胡溫翻盤法輪功

目前，曾經參與迫害的中共各級官員都隨著江派殘餘的失勢而驚恐不已，都在尋找退路，都在尋找「替罪羊」。

江派殘餘也看到了大勢已去，所以才在「18大」前拚命製造「江澤民露面」的假消息，試圖穩定「軍心」繼續抱團，不立即遭到清算。其中最顯著的幾個例子有：

2012年10月20日，「人民網」引用上海海洋大學網站的照片，顯示「江澤民再次露面」，但是，從海洋大學網站下載的原始照片的資訊被發現時差有七小時，與「人民網」報導矛盾。同時照片也被指是合成的。

5月8日，網上流傳一張4月份江澤民和星巴克總裁舒爾茨見面的照片。但大陸官方媒體卻沒有報導，星巴克上海總部的發言人王星蓉和外交部也都拒絕證實這次會面。這張江澤民和星巴克總裁舒爾茨的照片被指是PS製成。

9月份，有報導指江澤民9月22日晚「現身」國家大劇院觀賞戲劇，但最後發現也是造假新聞。

告饒信中說，當年在毛澤東死後，中共立即「粉碎四人幫」，隨後中共自己又否定了「文革」，發生了巨大的變化，現在，江澤民沒死也差不多了。江澤民的人馬也是江河日下，一敗塗地。這些政法委、「610」系統的官員們已經預感胡、溫或習近平在江死前後會翻盤法輪功，現都處於非常驚恐狀態。

賈慶林奉命調查「300 手印」事件

賈慶林除了此次受命調查高幹子弟法輪功學員受迫害的事件外，此前有報導稱，原籍為泊頭的賈慶林 2012 年 7 月 15 日返鄉河北，當地官場說是調研開發情況，實際賈的祕密使命，即受中共政治局常委會的差遣赴家鄉調研「300 手印事件」。

2012 年 2 月，泊頭市富鎮周官屯村法輪功修煉者王曉東（王小東）遭到泊頭市政法委的強行抓捕，激起全村人的義憤，全村 300 戶人家各派一名代表在呼籲書上簽名按手印，村委會加蓋公章，要求當局釋放王曉東回家，成為震動中共政治局的「300 手印事件」。

在賈慶林調查事件前後，泊頭市公安局長楊建軍被調職。當時有報導稱，賈慶林此舉是受到政治局的委託。

第四節

政法委 453 人死亡

前中共政法委書記周永康瘋傳被逮捕，專職迫害法輪功的「610辦公室」主任李東生被拿下，這可謂是「作惡多端必自斃，善惡有報是天理」的最佳實例。

據明慧網報導，「善惡有報，如影隨形」，儘管中共極力封鎖體制內人員遭惡報的消息，但僅海外媒體收錄的因迫害法輪功遭惡報的就有上萬例。其中有判刑入獄、自殺身亡、抱病而死、雷擊劈死、車禍斃命，還有突發暴斃的，惡報形式各異。

據北京消息人士透露，原政法委某高官向高層遞交報告，僅18大後的三個多月裡，各級政法委官員被雙規（在特定時間、特點地點交代問題）、逮捕人數，多達453人。其中公安系統392人，檢察院系統19人，法院系統27人，司法系統5人，非公檢法司系統10人，還有12名政法高官自殺身亡。

2007年6月4日，天津市政協主席、政法委書記宋平順被人

發現死在其辦公室裡。知情人透露，當時對抗江澤民的中共高層正在祕密調查江澤民迫害法輪功的罪證，宋平順被滅口的原因與掌握江氏集團太多罪狀有關。

參與迫害法輪功遭報案例不斷攀升

尤其是 2013 年以來，各地黨政、政法和「610」系統人員參與迫害法輪功遭報的事例，更是不斷攀升。

2013 年初，內蒙古自治區赤峰市政法委副書記、綜治辦頭目張國力，不遺餘力迫害法輪功後，在直腸癌的折磨中喪命，終年約 56 歲。

2013 年 1 月 8 日晚，廣州市公安局黨委副書記、副局長祁曉林自縊身亡；1 月 9 日晚，甘肅武威市涼州區法院副院長張萬雄從法院六樓跳樓身亡；1 月 9 日，山西省公安廳副廳長被免職調查；1 月 15 日，原湖北省委常委、政法委書記、公安廳長吳永文被中紀委調查；1 月 16 日，汕尾市政法委書記陳增新被雙開（指開除黨籍、公職），並移送司法機關立案調查。

2013 年 3 月 23 日，陝西漢中市副祕書長，原漢中市「610」頭子盧鶴鳴，在西漢高速公路佛坪朱家埡隧道內發生車禍，盧本人和其女兒、祕書、司機當場死亡。目擊者說，他的小車被兩輛大車夾在中間撞擊，車毀人亡，死狀慘不忍睹。

2013 年 3 月 28 日，現年 58 歲的上海高官張學兵，繼 1 月卸任上海副市長後，又被免去市公安局長職務，遭調查。

2013 年 10 月 19 日，南京市市長季建業被免職，並被中紀委帶走調查。季建業曾長期主政江澤民故鄉揚州市，被指是江澤民

老家的「大管家」。

2013 年 11 月 19 日，廣西玉林市興業縣公安局出入境管理大隊一名大隊長在辦公室「自縊身亡」。

2013 年 12 月 13 日，據中央紀委監察部網站消息，河北省紀委對廊坊市委常委、政法委書記肖雙勝被立案調查。

2013 年 12 月 18 日，據中央紀委監察部網站消息，湖南省政協副主席童名謙正接受調查。

2013 年 12 月 19 日，北美新浪網引述《澳洲日報》報導稱，江蘇省委書記羅志軍和南京市委書記楊衛澤（也是前無錫市委書記）涉周永康案被調查。這兩人給周永康的兄弟、妹妹及兒子周濱輸送大量利益，目的是要等前重慶市委書記薄熙來奪權後，由羅志軍出任公安部長，周永康對此做出承諾。羅志軍在擔任南京市市長、市委書記期間，積極參與迫害法輪功，因而登上海外追查國際組織的惡人名單。

近日還有消息稱，原中共中央政治局委員、中央軍委副主席徐才厚，因涉周永康、薄熙來案被雙規；最高檢察院檢察長曹建明因涉周永康案正面臨被調查。此外，由王岐山掌控的中紀委已成立專案組，對周永康案波及的關鍵人物，即中共中央三名前政治局常委江澤民、曾慶紅、羅幹，啟動祕密調查。

迫害法輪功元凶陸續遭惡報

江澤民等迫害元凶已經在世界上幾十個國家被起訴。活摘法輪功學員器官的罪惡也在聯合國和亞洲、歐洲、大洋洲、北美及南美五大洲，轟轟烈烈地展開。全球的正義力量正在匯聚，中共

的迫害罪惡正在被聚焦。在中國，大量民眾在了解迫害真相後「三退」，道德良知走向覺醒。

隨著王立軍、薄熙來、薄谷開來、李東生、徐才厚、周永康這些迫害法輪功的核心人物落馬，關押迫害法輪功學員的主要場所勞教所的全面解散，所有參與迫害法輪功的人員，無論他們以什麼方式落馬，如果從中國善惡有報的傳統觀念來看，都可以說這些人是因為迫害法輪功而遭到惡報。這些高官落馬受懲，若僅僅在政治仕途上遭報，還遠遠不能償還自己所欠下的罪業，有消息稱王立軍已經中風，薄熙來面對中紀委調查時昏厥幾十次，周永康、徐才厚被指已經身患絕症——癌症。

文中提及的多起案例，既包含江氏集團自身「斷尾求生」時拋棄下屬，使其成為替罪羊，或是以殺人滅口方式消除隱患，也包含黨、政、軍及政法系統官員追隨江、曾、羅、周、薄迫害法輪功受到牽連遭懲治或惡報。

這些由低層到高層的惡報案例，足以使中國大陸各省、自治區、直轄市的黨、政、軍和「610」、政法委系統的公安幹警，以及所有參與迫害法輪功的人員驚醒。特別是那些對法輪功欠下血債的不法官員，應該趕快醒悟，懸崖勒馬，停止迫害，進行自救。用良知揭露中共迫害法輪功的黑幕，將功贖罪，幫助那些還在受迫害的法輪功學員免受其害。神佛是慈悲的，會幫助那些改邪歸正的人。

中共解體命運不可逆轉

2013 年 12 月 22 日，《大紀元》發表特稿《610 頭目落馬沒

人願替江澤民等元凶背黑鍋》指出，中共 18 大後落馬的高官，大多都是迫害法輪功的元凶惡人。表面看是高層權力搏擊的結果，實質上是他們遭遇惡報，是天理昭彰的結果，也是千百萬法輪功學員 14 年來講真相、反迫害的結果。

這場迫害有多慘烈、封鎖有多嚴密、全民捲入有多深，都會在真相揭開後引起相應的震驚與強大的全民反迫害聲浪。真相終有大白的一天。上天不會放過惡貫滿盈的江澤民、曾慶紅、羅幹、周永康等迫害元凶，也不會放過犯下累累罪行的中共邪黨，這是他們的劫數，但現任高層與其他任何官員、個人，都可以選擇恪守良知，支持正義，走過劫難。

正義雖然常常姍姍來遲，但從不會缺席。迫害法輪功的罪惡，一定會被清算，絕不容掩蓋。任何人的正義之舉，也將被歷史銘記。

貴州省平塘縣藏字石上的「中國共產黨亡」，就是天意，就是上天在提醒人；1 億 5000 萬人退黨大潮不可逆轉的趨勢，就是在為人們指明方向；因參與迫害法輪功而頻遭惡報的事例，就是讓人們在這歷史的最後關頭看清形勢，做出選擇。

在這稍縱即逝的寶貴時間裡，趕快抓緊時間，了解真相；千萬不要在天滅中共時作為陪葬，或遭清算。棄惡從善，就是給自己選擇了一條走向未來幸福的生命之路！

習江三次生死交鋒

第九章

拋權貴醜聞 江派欲同歸於盡

中宣部把陳光標包裝成商人和慈善家，不過他的真實身分卻因其奉命的紐約之行而徹底曝光。為了力保周永康，江派不惜撕破「黨是人民公僕」的假面具，在國際上曝光所謂中共六大高官的海外巨額存款，不過正是這個離案醜聞名單，令幕後人露出了馬腳……

曝光中共權貴貪腐的「離岸解密」，卻獨缺江派三巨貪，反而令人起疑竇。（大紀元合成圖）

第一節

陳光標鬧紐約 習清理政法委

被稱為大陸首善的陳光標，謎樣的致富，高調的行善，但其真實面目是中共江派集團的特務。（新紀元合成圖）

2013 年 12 月下旬，就在原中共公安部副部長李東生被官方宣布正式調查之後，一向愛出風頭、被中央電視台等御用媒體封為「大陸首善」的江蘇商人陳光標，在深圳「2013 國際華媒大獎」獲得「傑出華人」的頒獎會上，自曝「將赴美洽談收購《紐約時報》」，引得台下一片譁然。

擁有《紐約時報》百年歷史的奧克斯·蘇茲貝格家族毫無出售的念頭，而且這個全球最著名的報紙市值 24 億美元，不過陳光標只願出 10 億美元，而且錢還是借來的，因為陳的總資產不到 7 億美元。

在機場陳透露說，這次到紐約有三件事要辦，其他兩件事比收購《紐約時報》更重要，「絕對震驚世界」。

陳光標只是個特務

在大陸敢言媒體人的心目中，陳光標只是一個騙子。早在2008年《南方都市報》、《瞭望東方周刊》、《南方人物周刊》、《新京報》、《21世紀經濟報導》、《中國經營報》、《華夏時報》等媒體都發現，他號稱年產值已經過百億的江蘇黃埔再生資源利用有限公司，多年來的營業額最多的竟然只有幾千萬，而且幾乎年年虧損。而陳光標則不計其數的對外宣稱，他2009年的利潤超過四億，將其中的絕大部分做了慈善。而且他2010年號稱超過三億的捐贈有眾多項目沒有落實，甚至有的受捐單位都不存在。

陳光標不僅有公安特務保護，還有央視、新華社包裝，發財「恩主」是軍隊高官，周永康、央視副台長李東生、主管宣傳的李長春、劉雲山等，還有江澤民都是陳的大靠山。據《新紀元》獲悉，陳光標只不過是江派豢養的一個政治特務，利用所謂慈善家的頭銜，幹一般特務幹不了的事。至此，陳的真實面目昭然若揭：又一個江澤民集團打造的偽善男巫、帶血土豪，替曾慶紅、羅幹、周永康等人在國際商界執行特務和統戰。

如配合周永康的計畫，替江派登釣魚島廣告等。2012年8月31日，當時釣魚島衝突日漸升溫，陳光標花了三萬美金在美國《紐約時報》上登出半版英中雙語廣告：「日本右翼分子正在侵犯中國釣魚島」，「釣魚島自古以來就是中國的領土」竭力煽動大陸民眾的所謂愛國熱情，結果引發了幾十年來從未有過的反日高潮。

再比如2011年，陳光標聲稱他在台灣捐了5.1億台幣，是

他以往單筆捐款中最多的一次。當時就被質疑其在台灣做統戰工作，在中共管制外匯的情況下，陳光標這樣大張旗鼓的把人民幣換成台幣拿到台灣，沒有中共政府的允許是不可能的。當時中共統戰部長就是江澤民派系的杜青林，而背後是曾慶紅在掌控。陳光標到了台灣也故意讓民眾現場領取鈔票，令台灣各界反彈強烈。

陳光標的特務活動最突出的，則是 2014 年 1 月 7 日在紐約上演的慈善鬧劇。

再炒作天安門自焚偽案

2014 年 1 月 7 日，陳光標在紐約曼哈頓中央花園南側昂貴的 JW 萬豪酒店，召開新聞發布會。紐約中文媒體悉數到場，但陳光標此前邀請的 70 多個西方媒體只有少數到場。陳光標以卡拉 OK 開場，手拿麥克風演唱自己作詞的《中國夢》，讓媒體有些意外。

接著他開始介紹自己。他感謝「偉大的中國共產黨」的改革開放，讓他這個苦孩子有了今天，並宣布來美的三件事：一是收購、參股、合作《紐約時報》；二是以自己的拆除行業進軍美國市場，參與競標拆除舊金山的一座大橋；三是記者會的重頭戲——請出兩個自稱在 2001 年 1 月 23 日天安門自焚案中被嚴重燒傷的郝惠君、陳果母女供媒體拍照。

陳光標自稱已經為兩人整容花費了 117 萬美元，但人們看到的依舊是兩個頭頂光禿的人，五官基本都燒壞了，雙手都燒沒了，只有兩隻胳膊。兩人如同機器人一樣背誦事先安排的台詞，陳光

標則在一旁反覆叮囑她們說慢點、說大聲點。陳還宣布要安排兩人在美國接受半年的整容，預計要再花費 250 萬美元。

據自由亞洲電台報導，「兩人很熟練地重覆了一段在央視節目中慣常出現的對法輪功的誣衊。現場有記者提出，根據《華盛頓郵報》文章，2001 年天安門自焚事件是中國政府安排的，為了挑起對法輪功的仇恨。兩位是這一陰謀的受害人，請他們講出事實真相。

現場有記者問：記者自己也讀過法輪功的書籍，法輪功認為自殺、殺人都是不對的，並沒有鼓勵自焚的內容，為什麼還要去自焚，而且還把後果都算在法輪功身上呢？

陳果：「我們是聽信了劉雲芳講的那些蠱惑人心的鬼話。他是整個事情的策劃人。」劉雲芳就是中共喉舌所謂的「自焚事件」七人中的一個，是那個在現場沒有給自己澆汽油的人、說話前後矛盾者。陳果還透露，王進東已經死了，可能病死的。陳果說這些年生活在養老院。由於多年來外界無法採訪到當事人，記者希望對陳果做專訪，但她拒絕了。

據法輪大法「明慧網」的報導，法輪功學員、中央音樂學院學生王博介紹，她認識陳果，陳果的確曾是中央音樂學院學生，是王博的同學，原來學過法輪功，但 1999 年結識王博的時候，陳果已經不煉法輪功了。

王博及其母披露陳果真實身分

2007 年 4 月 27 日，石家莊市中級法院對法輪功學員王博一家非法二審開庭。北京六位律師以一個律師群體出現在辯護席

上，不顧中共的阻撓，首次當庭為受害法輪功學員所做的無罪辯護，令中共驚恐。過程中王博揭開了自焚偽案的又一騙局：其中的「自焚者」陳果，是王博的同學，原來學過法輪功，1999 年結識王博的時候，陳果已經不煉法輪功了。

王博在 2005 年的一個自述中說：「我在上中央音樂學院期間認識陳果，雖然她以前煉過法輪功，但從 99 年我認識她的時候開始，她已經不看《轉法輪》，也不認為李洪志師父是我們的師父。她認為河南有一個叫劉某某的才是真正的『高人』，而且，還邀請我和我的母親去河南聽所謂的高人『講法』……」

陳果說的那個所謂「高人」就是劉雲芳，就是中共喉舌所謂的「自焚」七人中的一個。

關於陳果的身分，新華社的報導內容前後矛盾，先稱陳果的母親郝惠君「自打 1997 年練習『法輪功』以後，漸漸變得少言寡語，癡癡呆呆，常常精神恍惚，萎靡不振。」後稱陳果「在母親的影響下，1996 年起，她也練起了『法輪功』」。新華社的兩種說法，不但時間上前後矛盾，內容上也邏輯混亂，假如母親煉功後變得癡癡呆呆的，聰明的女兒怎麼會受母親的影響呢？這再次印證了大陸百姓那句笑話：新華社的報導，除了日期是真的，其餘都是假的。

明慧網 2002 年 1 月 24 日發表的一篇大陸知情者投稿的文章中也表示：「看過《焦點訪談》後，我們當晚就找到了離中央音樂學院最近的煉功點的一位老學員，了解陳果的情況，這位老學員講他自己從 95 年秋到這兒煉功。音樂學院的大法學員都在這裡煉功，他經常看到與陳果同宿舍的張倩來煉功，但從未見到過陳果，張倩還去音樂學院自發組織的學法小組學法，從未見到過

陳果。」

王博的母親劉淑芹也披露，因為王博知道陳果事情的真相，為了封住王博的嘴，中共不惜動用一切手段，摧毀王博一家人。

公安部高官透露「自焚」內幕

在「自焚」偽案發生後的十年中，有很多知情人向海外透露的消息證實，天安門「自焚」是中共一手策劃的，在事件發生前，中共內部就已有消息走漏出來。

中國民主黨國內負責人之一林春水曾經向海外透露，公安部一高級官員 2001 年 1 月 28 日向他提供的消息稱：王進東 23 日自焚，賈春旺（當年的中共公安部長）22 日就知道消息。他還表示，在中央政法委的會議上，羅幹曾經說（大意）：「根據掌握的情況，即使王進東不自焚，也會有張進東、李進東等跳出來表演。」

明慧網 2010 年 10 月 13 日發表一篇文章，大陸一位知情者披露，2001 年過年前，他所在單位領導告訴他，大年三十期間天安門廣場要發生自焚，並告訴他說，這個消息是上級通知的，北京方面下來的。該文分析說，按照常理，若不是中共邪黨自導自演這場鬧劇，既然它都能通知基層單位，有人要在天安門廣場搞自焚，並明確說是大年三十，要想制止這件事情的發生，根據中國的現狀及邪黨的勢力和防範能力，它完全可以控制天安門廣場不讓任何人出入，怎麼會在天安門廣場發生這場「自焚」鬧劇呢？

也有來自中共喉舌內部的人士向海外披露，所謂的「自焚」是當局策劃、喉舌媒體配合造假。郝惠君與陳果母女是自焚者中

長相最好的，特別是陳果，中央音樂學院的大學生，長得秀氣苗條。那麼為什麼要留著她們母女？顯然是在為這次自焚留下所謂的「證明」——為構陷法輪功、煽動民眾仇恨之用。

紐約鬧劇後 習要掃除政法委「害群之馬」

2014 年 1 月 8 日，就在陳光標在紐約搞出自焚美容鬧劇幾小時後，中共龍頭黨媒新華網報導了習近平在中央政法工作會議上的講話，被視為是習李陣營對江派紐約鬧劇的回應。

外界普遍注意到，北京當局 1 月 7 至 8 日召開的 2014 年政法工作會議，不但首度將名稱「全國」改稱「中央」，也是相隔七年後，有中共總書記再度現身的政法工作會議，習明顯加大了對政法委的控制力度。特別是習親自出席會議並放出狠話，強調要以：「最堅決的意志、最堅決的行動，掃除政法領域的害群之馬。」

此外習還八次反覆提及「堅持公正司法」，外界普遍認為這是針對周永康和李東生的罪行而發。誰是政法系統的害群之馬，誰是破壞司法公正的罪魁禍首？誰在整個國家法治上荼毒百姓十數年？這無疑是北京最高層對李東生案、周永康案以及後續案件發出的強烈清洗信號。

如今大陸百姓都說「現在土匪在公安」。羅幹、周永康治下的政法系統早就爛透了，豈止是幾個「害群之馬」的問題，而是害人之馬到處成群。

2013 年年底，中共 18 屆三中全會後，習陣營設立「國家安全委員會」，要把江澤民掌權時代搞的政法委、法外特務機構

「610」的跨部門權力收回。過去十多年裡，江澤民為鎮壓法輪功成立的臨時權力中心「610」，通過政法委控制中國的公安、法院、檢察院、國安、武裝警察系統，還可以隨時調動中共外交、教育、司法、國務院、軍隊、衛生等資源，實際上是另一個中央權力中心，江成了太上皇。而政法委書記從中央到地方一般都同時兼任當地「610」辦公室負責人，中央分管政法委的政治局常委的實權比其他常委都大。江派控制下的政法委還可以維穩的名義調動武警，使武警成了江家的私家軍，在沒有戰爭的狀態下，等於掌握了國內的實質軍權。

《大紀元》此前曾報導，周永康收買馬仔竊聽很多中南海高層，前公安部副部長李東生負責收集、準備大量虛假資訊，用於攻擊習近平、溫家寶等。李東生媒體人出身，精通輿論造假，曾經花費 5000 萬美元的巨額資金策劃一系列的倒胡、溫和習近平的媒體宣傳行動，在國內主要是透過百度等網站；在海外則是向彭博等主流大媒體放料，並授意港台等一些中文媒體配合呼應，搖旗吶喊，希望這些黑材料出口轉內銷。

2013 年 12 月 25 日，就在李東生被免職的當天，中南海出台今後五年反腐的重要文件，強調不論什麼人，不論其職務多高，都要一查到底，絕不姑息。外界認為這是為拿下更高級別的江派大佬們做足了法律上的鋪墊。消息人士透露，在周永康政法系統的頭號馬仔李東生被拿下之後，高法、安全部和公安部已經有超過 30 人被捕，有數人是局級官員，接下來就該輪到周永康、羅幹、曾慶紅、江澤民等迫害法輪功的主要元凶了。

江派耍「逼宮」 反招更多清算

陳光標藉收購《紐約時報》這個噱頭炒作天安門自焚騙局，向全世界釋放出中共現今執政者還在繼續執行迫害法輪功政策的資訊，讓習近平背黑鍋。紐約鬧劇的背後其實是中南海圍繞法輪功問題展開激烈搏擊的表現，也是江澤民在絕望下的最後瘋狂。可以預見，面對江澤民的瘋狂和捆綁行動，接下來中南海將有大事發生。

江系類似的「逼宮」威脅手法並不是第一次使用，但江派每次使用這種「魚死網破」的做法只會引來更進一步的清算。比如2012年10月26日，《紐約時報》刊登了由其駐上海財經記者張大衛撰寫的有關溫家寶家族負面報導後，同日，薄熙來被罷免中共全國人大代表資格，當晚中共官方媒體迅速通報了薄因涉嫌犯罪被立案偵查並採取強制措施，案件由最高院審理；次日，溫家寶家人的律師發表公開聲明。

2012年9月，曾慶紅、周永康曾密謀操縱「9·18」全國百座城市反日示威，將反日遊行演變成一場「打砸搶燒」的騷亂暴動，他們指使公安混入民眾中，打砸搶燒，之後栽贓民眾。目的是攪亂時局，阻撓習近平18大順利接班，同時要挾胡溫當局。

據報導，周永康轄下的一些公安人員混入遊行隊伍，進行打砸搶燒，試圖擴大緊張局勢。包括西安、上海、廣州和深圳等城市都持續發生砸車、縱火事件，北京甚至發生攔截日本駐華大使車輛事件，各地反日示威出現失控狀況。最終當局調動百萬軍警，包括軍隊、戰車、火炮進駐各地戒備後，才逐漸平息事件。

不久，薄熙來就被起訴、判刑。江派的每一次反撲，最後反而導致其死得更快、更慘。

紐約鬧劇將中南海決戰延伸國際

這次江派又藉陳光標紐約鬧劇企圖抹黑法輪功，正如路透社報導所說：「北京正在利用身體被燒焦的恐怖形象，來作為與法輪功打傳媒戰的最新武器。」但結果卻適得其反，讓國際社會再度聚焦在法輪功這個中國政局的核心問題上，而且讓大陸民眾也對這場迫害有了更深的認識。

對於陳光標的紐約鬧劇，被大陸媒體罕見封殺，所有網站只高調報導收購《紐約時報》，卻隻字不提「天安門偽案」，突顯中南海對此的分裂。獨立經濟學者秦偉平表示：鑒於陳光標的所作所為，這廝有朝一日一定會死得很慘，可能比司馬南還慘！

大陸著名學者慕容雪村在推特表示：陳光標錢都是從江系血債幫那裡來的！明確：其實都是咱老百姓的錢！據公開資料，陳光標從南京起家，且一夜發跡，靠的是軍隊一宗標案逆勢翻身！陳號稱經營多家公司，不過均未有明顯營收，卻能獲高額利潤！陳與江系互相勾結利用，江系不便親自出馬的，由陳代勞！為善不欲人知，而陳高調，是有險惡用心！

有時事評論人士認為，陳某這次特殊的一「秀」，已暴露出中共高層內鬥激烈交鋒的核心問題。以江澤民為核心的血債幫試圖綁架習、李政權為其背黑鍋的動作，勢必促使習近平加大、加快自己的反擊力度與速度。

中共軍隊異動頻傳北京衛戍區戒備

於是人們看到，就在陳光標紐約上演鬧劇的同時，北京時間 1 月 7 日，北京衛戍區黨委八屆四次全會召開，衛戍區第一書記郭金龍在會上稱「要紮實推進綜合防衛軍事鬥爭準備」。此前，原中共王牌軍之一的 39 軍軍長潘良時新任衛戍區司令員。

中國時事評論員周曉輝分析認為，從讓富有軍事鬥爭經驗的王牌軍軍長潘良時守護北京看，不難嗅到一絲火藥味：京畿要地有一股暗流在醞釀，很可能涉及軍事武裝力量，中共現高層正盡力消除，並做好軍隊防衛的準備。

近期，中共軍隊頻傳異動，原北京衛戍區司令員鄭傳福升任北京軍區副司令員和北京市委常委，原南京軍區第 12 集團軍軍長韓衛國升任北京軍區副司令員。此外，近期包括國防大學、二炮部隊、成都軍區在內的多個軍區高級將領、武警職務被調整，軍隊、武警表忠心等等。

周曉輝分析認為，江系在輿論上的「逼宮」之後是否會採用黑社會手段、或者動用軍事力量的「逼宮」，沒有人可以擔保。因為 2012 年薄熙來落馬後，周永康就曾動用武警力量發動未遂政變；此外，江系在軍隊中的殘餘勢力頻頻發出「噪音」，最近一段時間關於軍隊改革的相互矛盾的報導就是一個具體體現。

因此，貌似不搭調的北京衛戍區做軍事準備與紐約「逼宮」鬧劇，實則密切相關，一方面突顯了中共局勢的緊張，一方面表明搏擊雙方真的到了你死我活的地步。而且，既然「逼宮」都到了國際舞台，此後雙方的動作也不會小的。

第二節

江派出三招 意圖搞垮習

　　2014 年的日曆剛走過 20 天，敏感的人們早就感受到大陸官場的烽火硝煙了，整個空氣中都充滿了大爆炸前的緊張氣氛，較量雙方一連串的出招與接招，環環相扣，比武打動作片還激烈。自從 2012 年 2 月王立軍出逃後，中國政壇在這兩年裡的風雲變幻，比最精彩的好萊塢大片還吸引人，因為雙方展開的是你死我活的殊死較量，看戲的讀者們，既是觀眾，也是參與者，因為民眾的反饋也直接導致搏擊雙方決定下一步如何出招。能成為這部歷史大戲的見證人和參與者，也算我們這代人的福分。

　　就拿西方的聖誕節到東方的過大年這一個月來說吧，自從 2013 年 12 月 25 日周永康在政法系統的頭號馬仔李東生被正式免職開始，打虎的習近平陣營，與被打的江澤民派系之間，至少爆發了三次大戰役：陳光標紐約鬧劇、大陸網路癱瘓、國際記者同盟的報告，這三次大戰都是江派在被習陣營點到死穴之後的拚死

反撲，越鬧越大，直逼習近平本人。

面對江派的拚命攻擊，習近平也毫不手軟，不但抓了李東生和周永康，還成立了清查政法委的祕密小組，同時大量清理周永康、曾慶紅、江澤民人馬，並對中石油、中移動等黑窩進行大清查，還抓了香港某出版社的姚文田，針對溫家寶這個倒薄推手遭遇的攻擊，官方不斷釋放資訊力挺溫家寶⋯⋯

短短 20 多天就上演了這麼多劇目，難免讓人看得眼花撩亂，下面就讓我們一起來逐個剖析這個比古代宮廷劇更熱鬧百倍的現代官場記。

2014 年 1 月 18 日，據南都、財經等網站報導，1 月 14 日，中共中央紀委、監察部網站發布任命書，宣布中央紀委常委、監察部副部長黃曉薇已經在一個月前的 2013 年 12 月 17 日，擔任中央司法體制改革領導小組成員。這是中共官方首次正式宣布，中央紀委、監察部參與中共中央司法體制改革工作。

中紀委將主導司法改革

中共官方簡歷顯示，53 歲的黃曉薇，1998 年 5 月從遼寧省營口市站前區紀委書記任上調任中央紀委辦公廳後，一直在中央紀委任職。

據官方介紹，司法體制改革領導小組成立於 2003 年，由中共中央政法委、全國人大內務司法委員會、政法各部門、國務院法制辦及中央編制辦的負責人組成，時任中央政治局常委、中央政法委書記擔任組長，也就是說，司法小組一直在羅幹、周永康的江派控制下。

此次是官方首次正式披露中央紀委、監察部已經參與中共中央司法體制改革工作。此前，中央紀委、監察部剛剛完成一輪對過去參與的領導小組、協調小組、聯席會議等議事協調機構清理和清退，由過去的125個精簡至14個，只對確需參加的予以保留，避免「錯位」和「越位」。

而關於黃曉薇，大陸媒體沒有報導的是，黃獲得升遷是因為她成功破獲了六年前一起針對胡錦濤的暗殺案，她由此被歸為團派大將。

胡錦濤險被暗殺 江胡鬥生死搏擊

據《新紀元》周刊2013年1月31日出刊的第312期《暗殺胡錦濤案 黃曉薇查辦獲升遷》介紹，2006年「五一」，江澤民到泰山、濰坊等地「旅遊」期間，胡錦濤也在這個時候祕密到達青島，視察北海艦隊的一場軍事演習。當胡乘中共最先進的導彈驅逐艦行駛於黃海海面時，胡的座艦忽然同時遭兩艘海軍驅逐艦機關炮掃射，胡身邊的五名海軍士兵被打死。

導彈驅逐艦立即載胡疾速馳離艦隊演習海域，直到安全海域，胡錦濤即刻換乘艦上的直升飛機飛回青島基地。胡未作停留，也未回北京，直飛雲南。一個星期後，確定一切安排就緒才飛回北京。

在黃海逃過暗殺的胡錦濤，回京後馬上重拳回擊，中共軍方大洗牌：海軍副司令王守業判死緩，據稱是為了留下活口對付江澤民，因為王供出他的後台和拍檔就是江辦主任賈廷安。原海軍司令、江提拔的親信張定發病死後遭低調處理。屬於江系人馬的

北京衛戍區司令及政委雙雙換人。

同時，胡藉中紀委以「反腐」名義整跨上海幫，北京副市長劉志華、上海市委書記及中共中央政治局委員陳良宇、青島市委書記杜世成等相繼被雙規革職，政治局常委黃菊的政治生命被終結，另一名常委賈慶林的醜聞滿天飛。

2006 年 12 月 24 日新華社報導，中共山東省委副書記、青島市委書記杜世成因遭免職。報導稱，杜世成涉嫌在國有土地轉讓批租中黑箱操作，多次收受房地產商賄賂，為親屬牟利。杜世成自己在嶗山區擁有價值千萬元的豪宅，並且長期包養情婦。

2008 年 2 月，福建廈門市中級法院對杜世成作出一審判決，以受賄罪判處其無期徒刑。內部消息稱，杜世成下台真正原因是杜世成與張定發參與了對胡錦濤的暗殺。當時所有和張定發、杜世成稍微熟悉、認識的人都被調查了，青島政府大大小小的頭目幾乎都換了個遍，替換的官員都是從濟南調過去擔任的。

不過，官方在宣布黃曉薇進入司法小組的同時，並沒有公布該領導小組的組長由誰出任，外界猜測黃曉薇當組長的可能性，比孟建柱可能還高些。不過無論是否當組長，中紀委將主導政法委的司法工作，這已經成為定局。而且更重要的是，大陸媒體沒有公布中央在下令中紀委入主司法小組的同時，還祕密成立了另外一個小組：清算政法委小組。

成立「清查整頓政法系統小組」

據《爭鳴》2014 年 1 月號報導，2013 年 12 月 16 日，中央政治局宣布成立「中央清查整頓政法系統班子領導小組」，其任

務是清查中央政法系統前高層。何時能公開公布「雙規」周永康，要看北京的戰略安排。

報導稱，此小組的任務主要集中在四個方面：一、政治上背著中央另搞一套，造成對社會穩定、政治穩定的危害；二、組織上拉幫營私、官黑勾結；三、經濟上濫權，貪污受賄、侵吞公款；四、生活上腐化墮落，引起民憤。

這個小組對中央政治局、人大常委會、中紀委負責。組長是王岐山、副組長栗戰書（政治局委員、中辦主任）、周強（最高法院院長）、郭聲琨（國務委員、公安部長）、黃樹賢（中紀委副書記、監察部長）、胡澤君（最高檢察院常務副檢察長）。

值得注意的是，周永康的另一馬仔、據稱也已經被調查的現任最高檢察院院長曹建明的名字，並沒有出現在這份名單之中。

從時間順序上看，12 月 16 日中央祕密成立清算整頓政法委小組，第二天的 12 月 17 日對外宣布黃曉薇擔任中央司法小組成員，中紀委插手政法委，緊接著三天後的 12 月 20 日晚上 7 時 40 分，中共中紀委監察部網站宣布，中央防範和處理 X 教問題領導小組副組長、辦公室主任，公安部黨委副書記、副部長李東生被調查。

《新紀元》在當周的報導中，詳細分析了中紀委這段話背後包含的巨大內涵，不是按照常規突出李東生的公安部副部長的身分，而是罕見地突出其隱祕身分——被百姓稱為「610」的副組長和辦公室主任的身分，官方還特意強調了他「曾參與主創《焦點訪談》」、「媒體出身『轉行』政法」等細節，其實就是暗示，李東生的主要罪行就是因為他是「天安門自焚事件」的媒體策劃者、實施者和傳播者，誣陷迫害上億修煉真善忍的法輪功群眾。

五天後的 12 月 25 日，李東生被宣布免職，其在北京、上海的住宅被查抄，而在此前 10 天的 12 月 15 日，中紀委、中組部已對中央政法委前領導班子部分成員和主要領導進行審查，並頒布禁止出國的禁令。

2001 年除夕，李東生利用《焦點訪談》節目，幫助羅幹散布其導演的殺人戲，謊稱「法輪功學員在天安門自焚」、「要自殺升天」等謊言，從而激起民眾對法輪功的莫名仇恨。由於策劃「有功」，李東生被提拔為央視副台長，並隨後調到公安部擔任副部長，並享受「610」主任的正部長級待遇，李東生也就這樣從一個媒體人，墮落成了暴力機器的掌控者，成了江澤民手下負責反法輪功宣傳的黑手。

《四個電話錄音曝光李東生罪惡滔天》一文中還曝光了李東生作為「610」主任，跟隨江澤民、曾慶紅、羅幹、周永康等元凶，在迫害法輪功上欠下累累血債，他甚至直接參與了活體摘取人體器官的反人類罪行。

也就是說，李東生的落馬，不單單是因為他個人的貪腐作風問題，而是牽扯到整個政法委這二十多年犯下的累累罪行，特別是對法輪功的鎮壓問題。而習近平的目標不只是一個周永康或李東生，而是背後那套被百姓稱為「最黑暗的」政法委體系。

江習鬥 主線圍繞法輪功

對中國局勢不太了解的大陸讀者也許會問，江澤民集團和習近平陣營的爭奪怎麼都圍繞法輪功問題？法輪功不是被打下去了不存在了嗎？這是中共故意散布的謊言。據知情人介紹，目前全

球包括中國大陸學煉法輪功的依然是一億多人，大陸的法輪功學員依然是主體。

按照普通人的想法，薄熙來貪腐了 100 多億人民幣，周永康貪腐了 1000 多億，有幾萬輩子都花不完的錢，他們為何還要密謀政變，非要推翻習近平不可呢？江澤民、曾慶紅、周永康都是七老八十的人了，為何不消停下來在家舒舒服服地養老，每天還有無數的營養師、保健師、保鏢、美女侍候，他們為何要這樣「勞心勞力」地搞第二中央、搞政變呢？

1999 年 7 月 20 日，中共前黨魁江澤民不顧其他政治局常委的反對，一意孤行發動了對信奉真、善、忍的法輪功群體最慘烈的迫害，並持續 15 年至今。據中共高層透露，中共每年動用相當於國民經濟總產值（GDP）四分之一規模的綜合經濟資源來維持迫害，最高時甚至到四分之三。

鎮壓法輪功，不但讓中共徹底喪失了民心，而且由此導致全國性、全方位的道德淪喪、官場貪腐、社會矛盾尖銳，已經讓中國社會和中共的統治，都到了崩潰的邊緣，中國社會隨時都可能爆發巨大的災難，而這一切惡果的根源，就是江澤民集團鎮壓了中國社會最善良最有道德凝聚力的法輪功群眾。習近平想要重新治理國家，處理法輪功這個歷史遺留問題也就成了他面臨的首要問題和最關鍵的核心問題。

也就是說，江澤民集團因迫害法輪功而恐懼被清算，拚命奪權保權，甚至不惜發動政變，習近平陣營為了執政並恐懼中共倒台，不願替江派背黑鍋，於是雙方展開了你死我活的權力廝殺，圍繞的核心都是法輪功問題，採取的招數都是要給對方致命的打擊。

從 2012 年 2 月的王立軍逃館開始，薄谷開來案、王立軍案、薄熙來案、政法委降級、勞教制度廢除、反腐風暴全面針對石油幫及江系人馬，到後來落馬的「610」頭子李東生，以及接下來的逮捕周永康、收網曾慶紅、江澤民等，這些現象的背後都有一條迫害法輪功的主線：王立軍曾親自處理過數百上千活摘器官案例，薄谷開來、薄熙來、周永康、李東生等，是活摘法輪功學員器官的主要參與者和組織者，如今習陣營表面上的經濟反腐「打老虎」，其實都是打擊江派血債幫成員，這也是老天爺懲罰惡人的體現。

從這個角度就能明白，習近平陣營拿李東生的「610」主任身分來開刀，就是點中江派血債幫的死穴，所以曾慶紅才不惜血本地拋出陳光標紐約「自焚整容」鬧劇。

面對江派在紐約上演的逼宮戲，要強迫捆綁習近平加入迫害法輪功的陣營，習近平陣營也採取了堅決的回擊，一方面徹底封鎖陳光標「整容」鬧劇傳回大陸，而且在陳光標紐約新聞發布會的第二天，習近平在中央政法工作會議上，罕見地發出重話，稱「以最堅決的意志，最堅決的行動」、「堅決清除害群之馬」。一周後的 1 月 14 日，習近平又在中紀委第三次全體會議上放狠話，稱要「以刮骨療毒、壯士斷腕的勇氣，堅決把反腐敗進行到底」。

江、曾被除名　溫家寶不斷亮相

2014 年 1 月 1 日後，海外媒體紛紛引述北京消息人士的話表示，中共中央將在新年前宣布對周永康的正式立案調查。此前很

多消息稱，2013 年 12 月 4 日周永康被抓，後關押在天津中紀委管轄的某個別墅裡，由 39 軍嚴密看守。

面對周永康的被抓，江派血債幫恨得牙根都快咬斷了，但也無力改變現狀，於是就把怒火燒向最先、最堅決要求逮捕周永康的「仇敵」溫家寶身上。一時間，很多江派媒體宣稱，周永康是二號專案，一號專案組就是調查溫家寶。

溫家寶被看作是薄熙來、周永康等江系人馬的頭號政治敵人。早在 2012 年中共兩會上，溫家寶批評和否定重慶「唱紅打黑」是文革遺毒，公開對薄熙來的定性，之後又堅決表示查處周永康，在中共高層內部多次提出要「逮捕周永康」，此後，中共政法委降級、多人被抓、政法系統被削權，都與溫的積極奔走有關。

《新紀元》此前曾報導，溫家寶在一次中南海內部會議上說：「不施麻藥，摘活人器官，還拿去賺錢，這是人幹的事情嗎？這種事情發生多年了，我們要退休了，還沒解決……」「現在出來王立軍這件事，全世界都知道了，藉處置薄熙來把法輪功的問題解決了，應該是水到渠成……」結果溫成為整個江派的攻擊目標，中南海政局動盪。

面對江派越來越激烈的攻擊，溫家寶也開始反擊。2014 年 1 月 18 日，港媒公布了溫家寶致香港前中共人大代表、教育專家吳康民的一封澄清信。溫在信中稱，自己退休後過著鍛鍊、讀書、習作及會友等生活，但仍十分關心國內外大事。他強調，「自己從沒有，也絕不會做一件以權謀私的事。」

吳康民表示，在溫家寶退任後，海外傳來不少有關溫家族的負面消息。

2014 年 1 月 19 日中共官媒「人民網」發表題為《揭祕前國

務院總理溫家寶的家世》的文章，變相替溫家寶證明其清白。文章以 2003 年溫家寶的在一次記者會上的原話「……我是一個很普通的人」開頭。文章多次強調溫家寶出身書香門第、教育世家。搜狐、網易等媒體紛紛轉載此文。

此前 2012 年 10 月 26 日，在薄案調查過程中，江派利用李東生不斷給海外媒體餵料，結果導致《紐約時報》發表了溫家寶家族貪腐 27 億美元的驚人消息。儘管第二天溫家寶找到律師發表嚴正聲明，保留對不實報導的起訴權利，溫家寶還在政治局會議上主動提出要公布其家庭財產，後因其他政治局常委不願公布財產，此提議因而作罷。第二天官方則大篇幅報導溫家寶參加一展覽會的照片，以示官方對他的支持。

外界注意到，中南海在對待溫家寶的消息和周永康的負面消息，採用的手法差異很大。2013 年 12 月，中南海通過非正式管道釋放出「周永康被抓」的消息，持續升溫，海外媒體不斷跟蹤報導，但官方至今未對此正式表態，既沒有否認，也不承認，更沒有「闢謠」。

而且，退休後的溫家寶頻繁在官媒上「露面」，與之相反的是，江澤民、曾慶紅、周永康等人，卻在媒體上「消失」了。香港《明報》引述北京獨立學者陳子明稱，現在很多人都心慌慌，甚至很多前常委都人心惶惶，現在讓溫出來講話，這是一個很重要的信號……在下一波的打「大老虎」運動中，估計會牽涉到很多前常委。

比如 2014 年 1 月 9 日，香港影視大亨、邵氏電影公司創辦人邵逸夫的喪禮，習近平、朱鎔基、溫家寶等人都發出唁電致哀，但曾操控香港事務多年、經常與邵逸夫打交道的曾慶紅卻沒能

「露面」，外界普遍認為，曾慶紅處境非常不妙，可能被軟禁或者已經被調查。

跟曾慶紅的消失一樣，江澤民也連續缺席中南海高層排名，並「失蹤」八個多月了。2013 年 12 月 17 日，在一代名伶紅線女遺體告別的官方報導中，胡錦濤、朱鎔基、溫家寶隨同現任政治局七位常委「露面」，卻沒見到江澤民的名字，同時官媒報導名單中未見任何一個江派背景的前常委。

江派再演逼宮戲：大陸鬧網癱

面對習近平陣營的這一系列動作，江派並沒有收手，他們也不可能收手，因為一旦江派主動放棄就等於自投羅網，於是，2014 年 1 月 21 日，也就是在 1 月 7 日陳光標紐約誣陷法輪功失敗的兩周以後，江派血債幫主導了更大規模的對法輪功的誣陷活動：不惜讓大陸絕大多數網站癱瘓，也要再次上演逼宮鬧劇。

同時在 1 月 21 日這一天，他們還利用一個所謂獨立的美國記者協會，發出了一個出口轉內銷的貪腐調查報告，裡面不但溫家寶的兒女的「貪腐罪行」，還有習近平、胡錦濤的直系親屬的貪腐嫌疑，但唯獨沒有眾所周知的貪腐大王江綿恆（江澤民之子）、周濱（周永康之子）、曾偉（曾慶紅之子）的材料，這讓人們質疑調查的公正準確性。

憑藉此記者聯盟的所謂獨立調查，江派釋放出強烈而且明確的信號：要死一起死。你習近平不是想清算我們政法委，清算我們血債幫嗎？那我就把中共高層所有官員的貪腐情況公布於眾，讓你們根本無法再有臉站在檯面上，讓你整個中共倒台，成為我

們滅亡的陪葬品。

於是，在這你來我往的一招還一招的搏擊中，人們不但看到了戰火硝煙、刀光劍影，還聽到了四面楚歌的喊殺聲，一場大決戰已經拉開了序幕。

不過就在 1 月 21 日這一天，《南華早報》突然披露，2013年 10 月計畫出版余杰炮轟習近平新書《中國教父習近平》的香港出版社老闆姚文田於深圳被捕的消息。此前，姚文田的晨鐘出版社在中共 18 大前後敏感時期出版了《河蟹大帝胡錦濤——他讓中國失去了十年》和《中國影帝溫家寶》等書，外界評論說，這背後涉與江派周永康、曾慶紅等的祕密交易。

硝煙瀰漫下 習出任國安委主席

2014 年 1 月 24 日，中南海在一片硝煙中召開了政治局會議，宣布中央「國家安全委員會」由習近平任主席，李克強、張德江任副主席，下設常務委員和委員若干名。這是 2013 年 12 月 30日政治局會議宣布習近平擔任中央「全面深化改革領導小組」組長之後，習的又一次攬權行為。

目前習近平擔任的職務有：中共中央總書記、中共國家主席、中共中央軍委主席、中共國家軍委主席、「全面深化改革領導小組」組長、「國家安全委員會」主席，全面統管所有事物。

此前《新紀元》就曾分析，面對江派的各種阻力和挑釁，習近平為了實現自己的「施政綱領」，就必須得學美國的總統制，讓自己具有一票否決的權威性，假如像歐洲那種內閣議會制，或中共所謂的集體領導，九龍治水等，江派的幾個常委就會趁機暗

中作梗。

比如習近平 2013 年 1 月就提出要廢除勞教制，但張德江利用自己掌控的人大，故意拖著不辦，結果最後還是李克強以國務院的強行規定，廢除了勞教制。

2014 年 1 月 22 日下午，中共中央「全面深化改革領導小組」第一次會議在北京召開，人們才從官媒報導中獲悉，副組長由李克強、中共中央書記處書記劉雲山、及中共國務院副總理張高麗三人擔任。李克強排在了江派常委劉雲山及張高麗之前，顯示出其將出任「深改小組」第一副組長。

就在 2013 年 11 月中共三中全會召開不久，《新紀元》出版了新書《習李王三權聯盟時代──未來中國九大轉折》，書中分析了習近平、李克強會利用王岐山的反腐，強勢地從江派常委中奪取權力，如今回頭來看，局勢就是這樣發展演變著，2014 年不但周永康被抓，江澤民、曾慶紅的日子也很難過了。

2014 新年前後 習江過招一覽表

時間	江澤民集團	習近平陣營
2013 年		
12 月 16 日		祕密成立清算整頓政法委領導小組，宣布中紀委加入中央司法領導小組，此前組長是周永康。
20 日	讓陳光標宣布將收購《紐約時報》	中紀委雙規李東生，25 日李東生被免職

2014 年		
1 月 3 日		唯一被允許在大陸發行的《香港商報》公開中紀委官員的話：將在適當的時候對外公布有關「大老虎」案。
7 日	陳光標宣稱要對天安門自焚案的燒傷母女整容，企圖捆綁習近平。此舉牽出羅幹、曾慶紅、江澤民。	
8 日		大陸封殺紐約鬧劇，習要除害群之馬，哪怕「壯士斷腕，刮骨療毒」。8 日，39 軍軍長潘良時被任命為北京衛戍區司令員。
8 日		邵逸夫喪禮，江、曾名字都未出現。
10 日		港媒《南華早報》報導，中共前政法委書記周永康及長子周斌已被捕，專案組直接向習近平彙報。
13 日		中石油官網悄然更換高管名單，原總會計師溫青山被撤下。
14 日		陸媒鋪天蓋地轉載谷俊山的「將軍府」等貪腐內幕。谷俊山是用整車的黃金，向江澤民的軍中嫡系、原軍委副主席徐才厚，買到的中將軍銜。
15 日		江派的軍火公司保利集團高層發生人事地震：原中央軍委副主席劉華清的女婿徐念沙成為第一把手，而劉華清於公、於私都和江澤民有「深仇大恨」。15 日，中國移動廣東公司原董事長、總經理徐龍被中紀委立案調查。
14-16 日		周永康的又一批黨羽被進一步整肅：四川省前副省長郭永祥、李崇禧、商人劉漢被撤消人大或政協代表的資格；成都女商人何燕被批捕；成都建工集團六名高管被查。

16 日		新浪網高調介紹《法國看板》的預言：2014 年將選擇某個「大老虎」作為新一輪反腐突破口。同日，政法委祕書長汪永清表示對腐敗「零容忍」。
17 日		路透社透露，周永康被中共 38 軍軟禁在天津某別墅。北京正在調查 10 多個部長級或副部長級高官與周永康的關係。17 日，黨媒密集宣稱：「不管幹部級別多高，只要腐敗就嚴懲。」
18 日	江派放風周永康是中紀委二號專案，一號是溫家寶。	港媒發表的溫家寶的澄清信：自己從沒有，也絕不會做一件以權謀私的事。
21 日	1. 大陸絕大多數網站癱瘓數小時，誣陷是自由門的開發者動態網所為。 2. 國際調查記者同盟公布黑材料，宣稱中共五大佬海外藏巨款，唯獨沒提江、曾、周三巨貪，用同歸於盡來脅迫當局鬆手。	北京高層下令立刻恢復網絡，《南華早報》透露，香港出版社老闆姚文田在深圳被捕，他幫余杰出版了一系列攻擊胡溫習的書。
22 日		中共中央「全面深化改革領導小組」第一次會議，公布副組長為李克強、劉雲山及張高麗，習為組長。22 日，中紀委一天通報七名官員被調查，是 18 大以來官員確認「落馬」人數最多的一天，其中包括新疆建設兵團兩名副師級。
24 日		習近平出任國安委主席，李克強、張德江任副主席。

第三節

國際記者爆料 獨缺三巨貪

　　2014 年 1 月 21 日，在發生中國網路大癱瘓的同時，國際上還發生了一件令人震驚的事：總部設在美國華盛頓的民間組織：國際調查記者同盟（International Consortium of Investigative Journalists，ICIJ）發表了一份調查快訊，稱「至少有五名現任與前任中共中央政治局常委的親屬在英屬維爾京群島和庫克群島等離岸金融中心持有離岸公司，其中包括現任國家主席習近平、上屆國務院總理溫家寶及李鵬、上屆國家主席胡錦濤以及已故領導人鄧小平。」

　　該組織的網站 http://www.icij.org/ 以 .org 結尾，想必當天也在癱瘓之列，不過該消息還是以「出口轉內銷」的方式在隨後幾天給大陸帶來巨大震動。

被人餵料的鬆散民間調查隊

據該網站自我介紹，國際調查記者同盟是美國公共誠信中心（Center for Public Integrity）在 1997 年建立的一個國際調查記者網路，在 60 多個國家有 160 名記者參與。其成立目的是想在全球範圍內針對國際犯罪網絡、商業和政府高層人物的不端行為以及無賴政權等進行深入的調查，如哪些美國公司從伊拉克和阿富汗戰爭中獲得最大收益。不過由於資金不足、人力和資訊來源的缺乏等，該團隊的調查工作此前並沒有多大影響力。

然而這一次他們拿到了「獨家爆料」。2012 年 11 月，正值中共 18 大召開前夕，北京高層胡溫習李陣營與江澤民陣營為權力鬥得你死我活的時候，該組織總監傑拉德·萊爾（Gerard Ryle）收到了一個 260GB 的移動硬盤，裡面裝有 250 萬份緩存文件，詳細記錄了 170 多個國家的個人和公司持有的 12 萬間離岸實體。這是新聞媒體第一次掌握如此大量的離岸系統內部資料，規模是維基解密（Wiki leaks）2010 年發布美國國務院洩露文件的 160 倍。

所謂離岸實體，是指某公司或機構在該國成立，但與該國沒有什麼關係。世界比較出名的離岸中心有英屬維爾京群島、薩摩亞、香港、開曼群島、關島、馬恩島等。一般有錢人在離岸管轄區註冊公司時，投資人不用親臨註冊地，而且可在全球任何地方開展業務，而所繳納的稅收、接受的監管都非常優惠，民間通俗的說法就是有錢人的避稅天堂。

國際調查記者同盟介紹說，密檔裡有將近 2 萬 2000 名中國大陸和香港的離岸投資者，其中至少包括 15 名中國富豪、中共人大代表以及深陷貪腐醜聞的國企高管。密檔還包括了 1 萬 6000

名台灣離岸投資者的資料。

由於工作量過於龐大，國際調查記者同盟決定邀請全球記者一同進行整理，來自北京、台北、美國紐約、華盛頓、伯克利、西班牙馬德里以及德國慕尼克的記者參加了此調查。同時，參與這一項目的媒體有《南德意志報》、北德意志電視台以及其他國家 50 多個媒體機構夥伴，其中包括香港《明報》，和大陸一家沒有透露名字的媒體。

兩天後，該組織公布了一份報告，給出了一些模糊的證據，如發生了多起貪腐醜聞的中國石油業與 BVI 離岸中心有密切聯繫，但報告稱，沒有證據表明這些石油公司及其高管有不法行為。

在西方人的眼裡，只要能證明自己的錢是合法得來的，合理避稅並不算違法。不過在社會主義的中國，財富屬於國家和企業，中共一再宣稱禁止官員家屬下海經商，禁止官員以權謀私，假如這些調查結果是真實的，這等於是變相證明中共高官家族都在以權謀私，中共是「人民的公僕」的謊言就不攻自破。

就在這份報告發布幾小時後，大陸著名法律學者許志永被審判。官方給他的罪名是「聚眾擾亂公共秩序」，他是參與呼籲官員公示財產的活動人士之一。在這一周，至少八名活動人士因呼籲官員公布財產而受到審判。而在 2013 年，至少 15 人因此而被抓被判刑。

曝光六大權貴 獨缺三巨貪

在獲悉溫家寶的女婿、胡錦濤的兒子、習近平的姐夫等擁有離岸公司外，人們驚訝的發現，這份報告沒有包括被國人視為貪

腐大王的江澤民的兒子江綿恆、周永康的兒子周濱、曾慶紅的兒子曾偉的資訊，也就是說，江派三大巨貪常委都不在其中。很多人由此質疑這份報告的真實性。

澳洲《悉尼晨鋒報》曾發表長文披露江澤民與曾慶紅家族的暴富史。文章稱，江曾家族開啟了現代太子黨大規模從商斂財的先河。

近年來轟動國際的中國多起重大貪污案，如「周正毅案」、「劉金寶案」、「黃菊前祕書王維工案」等都涉及到天文數字的貪污受賄、侵吞公款，都與江澤民家族有關。

如 2007 年案發的中國證券市場有史來第一大案，涉案金額高達 1.2 萬億人民幣「招沽權證案」，直接將江澤民、江之子江綿恆、江之外甥吳志明，以及中共高層賈慶林、黃菊等捲入。

據《中國事務》透露：「江澤民在瑞士銀行存有 3 億 5000 萬美元的祕密帳戶。」另據香港媒體披露，國際結算銀行 2002 年 12 月曾發現一筆 20 多億美元的巨額中國外流資金無人認領。之後中國銀行上海分行行長劉金寶在獄中招認，這筆錢是江澤民在 16 大前夕，為自己準備後路而轉移出去的。

江澤民的兒子江綿恆擁有龐大的電信王國，董事頭銜多得數不清，上海若干重要經濟領域他都染指，也是上海灘的「大哥大」。

前中共政治局常委、國家副主席曾慶紅家族涉及巨額貪腐也是早廣為人知，其子曾偉不僅因山東魯能案侵吞幾百億人民幣，還和太太蔣梅於 2008 年斥資 3240 萬澳元（約人民幣 2 億元）在澳洲購買了一座房產交易史上第三昂貴的豪宅而被全球媒體追擊。

「美國之音」的報導說，很多人不知道的是曾偉曾是中國石油界的巨亨，他的經濟活動涉及到中國經濟的各個領域。曾慶紅的弟弟曾慶淮涉足影視業，從中大發其財。

曾慶紅是中國石油幫的第一代掌門人，曾任中共軍隊軍政大學副主任的辛子陵，實名舉報曾慶紅的兒子曾偉空手套白狼。文章披露，2006 年曾偉從銀行貸款 7000 萬，在山西太原買了一座煤礦，然後通過有關係的評估公司，評估升至 7.5 億人民幣，再由山東最大國有企業魯能集團出資 7.5 億收構。通過幾次這樣的反覆操作，本來沒有拿出一分錢的曾偉，像變魔術一樣，手上有了 33 億元。

2010 年 11 月香港雜誌《爭鳴》發文曝光曾慶紅家產上百億，並遭眾中共元老當面嚴斥：「蛻化變質」、「口是心非」、「晚節不保」……。文章並指，15 屆、16 屆時，中央高層內部早已多次提出曾慶紅的問題，「為什麼不作調查、不作結論？」「誰在為曾慶紅護短？」但曾慶紅卻多次公開叫囂：沒有哪本馬列著作規定官員家屬不得經商，中國要允許合理的貪腐等等。

最近盛傳已被抓捕隨時會被拋出的前中共常委、政法委書記周永康，其家族的貪腐也是令人震驚。2013 年，隨著中石油貪腐窩案的曝光，周永康家族的兩大金庫前中石油總裁蔣潔敏與周永康的前祕書李華林、前四川省委副書記李春城與周永康的另一個祕書郭永祥亦被曝光。有消息稱，這兩大金庫將周氏變成了中國真正的首富家族，周永康父子積攢近千億元的財富。

2013 年 12 月 23 日，法廣引述消息稱，中共政法王周永康涉嫌貪腐的金額高達人民幣 1000 億元，即使不加上謀殺、政變等罪行，也足以讓其被判死刑。有海外中文媒體稱，周永康家族擁

有龐大「金錢帝國」的明暗兩線，水落石出時將震驚世人，周案或將成為中共建政以來最大的政治腐敗案。

隨著「周永康案」在海內外瘋傳準備「收網」之際，周永康之子——周濱不斷被陸媒公開點名；同時，2013 年 8 月《新紀元》獨家披露的周濱在澳洲賭場尋歡照，此前不久在各大論壇再度瘋傳，周濱讓十多個俊男美女陪他享樂，光給這些人的一天報酬就夠中國百姓活好幾年。

中石油貪腐窩案揭出周永康家族的兩大金庫，曝光周永康與周斌父子貪腐近千億元財富。2013 年 8 月《新紀元》獨家披露的周濱（圈中人）在澳洲賭場尋歡照，此前不久在各大論壇再度瘋傳。（新紀元）

周薄政變慣用手法：釋放黑材料

2012 年王立軍事件之後，周永康與薄熙來的政變計畫曝光，其政變布署中包含利用西方媒體釋放胡錦濤、溫家寶、習近平的負面消息。

《大紀元》曾獨家披露，中國網際網路大企業「百度搜索」，過去幾年深度捲入北京高層內鬥，由重慶前市委書記薄熙來和政法委書記周永康操控之下，悄悄在網際網路上發起釋放胡錦濤、溫家寶及習近平三人負面消息的行動。報酬是迫使谷歌退出中國

業務，使百度一家獨大。百度重慶業務主管後被中紀委控制調查，並供出大量驚人內幕。

2010 年 3 月，薄熙來、周永康先後接見百度總裁李彥宏，按中紀委有關口供筆錄的說法，他們做出了「相當縝密的攻擊胡錦濤、溫家寶和習近平接班的網路宣傳計畫」。

周永康、薄熙來就用這個隱蔽的手法，將類似胡錦濤的兒子胡海峰、溫家寶兒子溫雲松的經商腐敗信息、習近平女兒習明澤等負面消息，通過百度貼吧、知道、空間等大量傳播，已經廣被中國國內網民熟知。

2013 年在審訊薄熙來案件時，有知情人曝光說，薄案關鍵人物之一的大連實德總裁徐明，自 2011 年投入了總計 5000 萬美元的資金，發起針對習近平和溫家寶的輿論攻擊，據說這些造謠資訊的製作者，就是後來被免職的「610」主任、公安部副部長李東生。

李東生給西方主流媒體餵假料

媒體人出身的李東生，精通輿論造假，直接利用這些資金策劃了一系列的倒胡溫和習近平的媒體抹黑行動，在國內主要是透過百度等網站；在海外則是向彭博和美聯社等主流大媒體放料，包括港台等相關中文媒體也配合搖旗吶喊，希望這些黑材料出口轉內銷。

海外媒體已廣泛報導，美國媒體彭博社（Bloomberg）就是被李東生主要餵料的國際主流媒體之一。「美國之音」在李東生被免職後稱，不久前，彭博社設在北京和上海的記者站受到中共官方安全名義的檢查，傳搜出李東生向外媒透露的中共高層官員

的內部材料。美國《財富》雜誌 2013 年 12 月 2 日也報導說，中共當局 2013 年 11 月末在同一天突然檢查了彭博社設在北京和上海的兩個記者站。這兩次未經事先告知的檢查是以安全檢查名義進行的，檢查者不是警察，而是一些文職人員。外界猜測是中紀委的人。

美國彭博通訊社網站 2012 年 6 月 29 日報導稱，中共國家副主席習近平家族財產過億，並透露他們收到的習近平家族「材料」有一千多頁，習親屬公司報表全部收集，甚至還有親屬的個人身分證影本、家庭住址照片等。

2013 年 12 月 2 日，中共總理李克強與到訪的英國首相卡梅倫在人民大會堂舉行聯合新聞發布會，隨同卡梅倫訪華的彭博新聞社駐英記者布羅·赫頓在最後一刻被中方拒之門外，理由是「不適合參加」。

江派人馬利用給海外媒體餵料，最突出的、影響最大的還是《紐約時報》刊登的所謂溫家寶家族貪腐 27 億美元的報導。

2012 年 10 月 26 日，《紐約時報》大篇幅登出時任中共總理溫家寶家人擁有巨額資產的消息，引起世界關注。不過《紐約時報》這個自稱獨家調查報告中提到的溫家寶妻子的珠寶問題，在百度上幾年前就能檢索到，是周永康在前些年放料的舊聞重炒。

該篇文章的記者張大衛（David Barboza）表示，對溫家寶家人「貪腐材料」的收集他花費了 10 個多月的時間做艱苦的調查。不過這一說法被「美國之音」揭穿。「美國之音」資深編輯寶申在 10 月 26 日一期視頻節目中說，「美國之音駐京記者東方在現場連線介紹，在北京的英文媒體的機構或者說外文媒體的機構都收到一份非常厚的報告。包括溫家寶家人的經濟投資情況，甚至

包括一些審計機構的認證。」這顯示溫家寶的政敵在故意向海外媒體「餵料」。不過這篇文章後來還獲得了普利策新聞獎，由此可見江派勢力對海外的滲透到了何種地步。

負面報導習近平、溫家寶的資料在 2012 年「彭博社」、《紐約時報》刊登出來之後，周永康集團威脅下一個目標就是胡錦濤。

集權政權遍布陷阱 謊言難擋真相

很多人發現，由於中共嚴密控制了中國的所有媒體、網路和民間言論，外界很難獲得大陸的真實情況。比如 2003 年中國鬧薩斯（SARS，嚴重急性呼吸系統綜合症）期間，一位西方中國問題專家嚴密監控了中國所有媒體網站的資訊，並對 3000 多條新聞進行了數據分析對比研究後，他認定這次中共絕對沒有撒謊，絕對沒有隱瞞疫情，但當真相曝光後，他才恍然大悟：當一個集權統治控制一切時，人們掉進謊言的陷阱中很難自拔，哪怕你去現場調查，你看到聽到的都是事先被人安排好的場景，就跟「楚門」的故事一樣，人們是很難獲得真實信息的。

而這次國際調查記者同盟恐怕也落入了同樣的陷阱。

與此同時，很多讀者看到，當看到大紀元集團旗下的《大紀元》報紙、《新紀元》周刊等媒體針對中國政局的準確獨家報導接連不斷，江派就迅速成立了許多從未聽聞的出版社出版混淆視聽。

而在 18 大三中全會結束前，香港媒體幾乎一面倒的站在江派的一邊，全面負面報導和唱衰習李王當局。

等到了李東生落馬前，海外各大中文媒體包括港媒迅速轉

向，突然一窩蜂的報導周永康因為意圖陰謀政變推翻習近平而被捕，其中發布第一手資訊來源的多是長期發放胡溫和習李王等黑材料的媒體。究其原因就是江澤民集團在三中全會大敗於習近平當局後，自感無力再與習正面交鋒，被迫斷尾求生，主動拋棄已經成為甕中之鱉的周永康，意圖掩蓋鎮壓法輪功包括活體摘取法輪功學員器官等驚天罪行，避免被清算。

絕境中江派搞「同歸於盡」威脅

此前在審理薄熙來案時，當北京高層還在猶豫是否給薄熙來判刑、判幾年刑、是否把周永康牽扯進去時，江派就曾利用媒體不斷釋放各種威脅，聲稱周永康作為中共情報頭子、特務頭子，有極為充足的資源和便利的條件，收集所有常委及其家人貪腐的證據，證據一旦披露，就不是誰上誰下的問題，而是大家「同歸於盡」的問題。如今周永康案件面臨在多大程度上加以審理的問題，於是，這些所謂「證據」在關鍵時刻被江派利用西方記者的調查報告釋放出來了，這也突顯了江澤民集團的窮途末境。

接下來人們關心的是，現任當權者會屈服於這種威脅嗎？當初江派竭力想把周永康和薄熙來切割開來，不對周永康加以制裁，但後來局勢的發展證明江派的威脅並沒有生效，周永康的所有心腹、親信幾乎都被抓、被查，只剩下周永康這隻死老虎了，周隨時會被正式宣布擺上審判台。

江派上演的這部恐嚇戲，倒也應了中國那句古話：機關算盡太聰明，反算了卿卿性命。

周永康案倒計時 北京緊鑼密鼓

2014 年 1 月 18 日，多家媒體報導說，中國各省市政法委官員 17 日得到通知：當天下午有緊急視頻會議，與會者「要高度保密，不得帶手機等通訊工具和錄音筆等音頻錄入工具。」

很多人猜測，這是官方內部就周永康問題先進行通氣。這一天 18 日晚上 7 時，央視在《新聞聯播》中還透露說：受中共最高層的委託，令計劃 17 日向各民主黨派，「原原本本」的通報了主席習近平的講話，和王岐山的工作報告。

大陸獨立時政分析人士華頗注意到：13 日到 15 日中共召開中央政法工作會議。大陸媒體主要報導了習近平的講話，並沒有報導王岐山的報告內容。令計劃能「原原本本」傳達了什麼？華頗認為，「當然就會說到周永康的問題。」

1 月 21 日在發生大陸網路癱瘓災難和國際調查記者同盟的爆料後的第二天，22 日下午四時半左右，大陸一名稱為「記者的眼光」的微博發出一則消息說：「習近平親自督戰中紀委，習表態老虎蒼蠅一起打，堅決零容忍，發現一個堅決查處一個，以猛藥去痾治亂的決心，以刮骨療毒，中央決定對周永康嚴重違紀正式調查。」

並且此後，連續再轉貼同樣消息二次。該微博自我介紹畢業於中國新聞學院研究生部，並神祕表示不要問、想、猜我。

對於該「記者的眼光」披露的消息，網上人們將信將疑，「爆發了？」、「這是什麼情況？」、「公開了？不再是牆外消息？」不少人乾脆直接歡呼：「這個好」、「鼓掌！！！」、「給力」……

　　也有人覺得奇怪稱：「沒有封殺微博？」新浪先是將該條微博轉評關閉，變成每個人自己唱獨角戲。但一個多小時後，新浪還是關閉了該微博，及該記者轉發的共三條一樣內容的微博，一併消失。

習江三次生死交鋒

第十章

昆明血案
的政變陰謀

習江第三次生死交鋒，從 2014 年 3 月一開始充滿血腥，江派設計了昆明血案等諸多恐怖襲擊事件，目的在製造社會動亂，讓國內外輿論都來譴責當權習李的執政無能，江派趁機上台「糾正習近平的錯誤」。這就是江派的新一輪政變模式。

自 2014 年 3 月以來，中共江澤民集團設計了昆明血案等諸多恐怖襲擊事件，旨在製造社會動亂。（AFP）

第一節

周永康案「你懂的！」 與「你不懂的」

2014 年 3 月 2 日下午，就在中共 2014 年全國政協開會的前一天，在按慣例召開的政協新聞發布會上，發言人呂新華說出的三個字引起全世界的熱切關注，使周永康案不可逆轉的朝公開化邁進。

據網易新聞報導，原本記者會最後一個提問名額被點到的是《民政協報》的記者，招來周圍一片嘆息聲，但呂新華表示再增加一個問題，並把這最後的提問機會給了香港《南華早報》。

呂新華長期在中共外交部任職。2003 年至 2006 年任外交部副部長；2006 年至 2012 年 4 月，呂擔任外交部駐香港特別行政區特派員；而其間的五年時間裡，習近平分管港澳工作，任中央港澳工作協調小組組長。也就是說，呂新華是習近平的老下級，據說深得習的信任。

「你懂的」 你懂了嗎？

《南華早報》記者問到有關海內外極為關注的周永康問題時，問「有沒有什麼可以透露或披露的？」呂新華回答說：「不論什麼人，不論其職位有多高，只要觸犯了黨紀國法，都要受到嚴肅的追查和嚴厲的懲處，這不是一句空話。」隨後他又補充說：「我只能回答成這樣了，你懂的。」

現場記者聞之哄堂大笑，「你懂的」一詞也迅速成為當紅的流行語。專家評論說，「你懂的」這詞充滿民間智慧和娛樂精神，它來源於英語口語中的「You know」，但又注入了英語本身難以神傳的、只可意會不可言傳的含義，用於表達無法言說或不便明說而又心照不宣的事，起到「狀難寫之景如在目前，含不盡之意見於言外」的效果。

有人還說：「相比於一本正經的『眾所周知』，『你懂的』顯然多了幾分狡黠和幽默。對於周永康案，呂新華似乎什麼都沒說，不懂的人照樣不懂；但他似乎又什麼都說了，一切盡在不言中，懂的人自然懂。這個政治隱語體現了中國文化的含蓄之妙。」

外媒評論說，呂新華並沒有斷然否認或當場反駁，這無異於當眾默認了周永康腐敗並遭調查的傳聞。《南華早報》也在隨後發表的報導中說：「中共高官首次公開暗示當局可能很快正式宣布對周永康腐敗案的調查。」此前大陸媒體已經相繼報導了很多有關「神祕富商」周濱（即周永康之子周斌）一家被抓的消息。

也有人發現，呂新華此舉是在學 2012 年的溫家寶。2012 年 3 月 14 日在記者發布會上，溫家寶也是把最後一問的機會留給了外媒記者，不管李肇星如何幾次催促結束提問，溫家寶一直等

到外媒問道「重慶王立軍事件」時，當眾宣布「中央正在調查此案」，並要讓調查結果「經得起歷史考驗」，在這之後才結束其三小時的問答，第二天薄熙來就被宣布免去重慶市長職務。於是，人們都屏住呼吸在等待第二天兩會上是否會正式宣布周永康案。

虛假的周永康案通報

不過還沒等到第二天，就在呂新華「你懂的」話一出口的十多小時後的 3 月 2 日晚上 8 時 35 分，就在兩會召開前的最後一夜的網路高峰期，「中國廉政建設網」發布了驚人消息：中央下發《關於周永康涉嫌嚴重違紀的通報》。

通報稱，周永康在擔任中國石油天然氣集團、國土資源部、四川省委書記領導職務和中央政法委書記期間，濫用職權，犯有嚴重錯誤，「利用職權為他人謀利，直接和通過家人收受他人巨額賄賂；利用職權、其子周某利用其的職務影響為他人謀利，其家人收受他人巨額財物；與多名女性發生或保持不正當性關係；違反組織人事紀律，造成嚴重後果；涉嫌侵吞巨額國有資產；包庇和縱容黑社會團伙犯罪。」通報還稱：「周永康開除黨籍處分，待 18 屆四中全會予以追認」。

該網站給人的第一印象是很正規的政府官網風格，有華表、有石獅，還有中共常見的大紅背景，不過如此重大的資訊，不是由新華社公布，而是由一個名不見經傳的網站搶先發布，這還是第一次。有香港媒體當即表示，從其用詞來看很可能是假消息。幾小時後，人們發現該網頁就打不開了。

據百科資料，「中國廉政建設網」由華政通文化發展有限公

司負責運營，但在 2013 年 7 月，曾被通報為非法資訊網而被關閉。阿波羅網調查發現，該網站備案京 ICP 備 10026054 號 -1，是個人網站，所有者：李鄧妹。

《新紀元》檢索發現，2008 年 4 月 17 日，北京市西城區法院以詐騙罪、勒索罪判處王建業、呂康健、褚多鋒六年至一年多的徒刑，這三人就是利用自創的「中國紀檢監察廉政建設網」，冒充紀檢委和監察部聯合舉辦的反腐網站，從而到鄉鎮勒索貪官的錢財。這個網站很可能是個類似「野鴨店」的冒牌網站。

在大陸若要註冊一個公司名稱，「中國、中紀委、監察部」這類專屬名詞是嚴格限制使用的，然而對於個人辦理的非營利性網站，只需要到工業資訊化部（原國家資訊產業部）和當地的公安機關登記備案就行。於是有人成立了一批與「中國紀檢監察廉政建設網」相似名稱的網站。

儘管這個來路不明的「中國廉政建設網」很快被關閉了，但有關周永康的通報卻迅速傳遍了大江南北。目前人們也無法判斷這個通報是出於江派還是習派，因為同樣的通報最早出現在江派控制的海外網站上，然後出現在這個冒牌的廉政網上。不過很可能這是江派為了逼迫習近平把周永康案定成個人貪腐案，從而把自己切割出來的逼宮行為。

北京當權者的「左右為難」

全球最先提出逮捕周永康的書籍，是 2012 年 9 月 7 日新紀元出版社在《中南海政治海嘯全程大揭祕（上）》，那時薄熙來還沒被雙開。聽聞《新紀元》的預測，很多讀者和同行都持懷疑

態度。不過一年後，當薄熙來被判刑，特別是 2013 年 11 月中共三中全會後，各路媒體開始跟進對周永康罪行的揭露，特別是江澤民、曾慶紅控制的海外華文媒體，不斷放出周永康貪腐、色情、政變的獨家消息，等到了 2013 年底，「逮捕周永康」已成了海外網路的共識。

2013 年 12 月 20 日，周永康在政法系的頭號馬仔、前公安部副部長李東生落馬，官方罕見強調其與迫害法輪功相關的三個隱祕頭銜，暗示周永康案的性質已從貪腐擴大到了政治迫害，從而拉開了周案升級的序幕。

接下來從江派的竭力反撲以及習陣營的不斷抓捕中，人們看到，一場你死我活的大決戰正在上演。江派指使陳光標紐約上演慈善鬧劇失敗後，搞出了攻擊當權者貪腐的「離岸醜聞」，隨後又在香港上演了刺殺《明報》前主編的血案，而習陣營在抓捕周永康的「四川幫」、「石油幫」、「政法幫」、「祕書幫」、「遼寧幫」之後，還讓大陸媒體不斷高調追查周永康兒子周濱的貪腐罪行，雙方肉搏得十分激烈。

如 2014 年 2 月 20 日，陸媒大量報導了四川富商、「特大黑社會集團」頭目劉漢是在「遇到貴人後」飛黃騰達，並與周濱之間有利益輸送。2 月 27 日數家媒體又轉載了《中國青年報》的文章，分析「周濱集團形成原因」。3 月 1 日財新網報導說，「周濱夫婦及其數名親人被帶走」，「包括周濱的三叔周元青、三嬸周玲英和堂弟周峰，另外岳父黃渝生也於去年（2013 年）12 月失去聯繫」。此前，大陸媒體還報導「富商周濱疑染指北京公租房」，接著搜狐財經發表《打虎計 周濱：以父之名》等等，周永康之名，直接或間接地在大陸媒體上公開亮相。

在馬年團拜會上，《炎黃春秋》社長杜導正曾對與會者表示，目前中共黨內高層改革阻力極大。這位 90 歲的老人一連用了三次重複：「改革的阻力在黨內很大、很大、很大。」高層意見不一致，或者高層已經不斷變化，這些都反映在周永康案宣布時間的變動中。

不過有一點是明確的，北京能默許大陸媒體報導有關周永康的貪腐案，利用外圍製造輿論，也是在給民眾心理打緩衝劑，否則一下宣布中央政治局常委如此貪腐惡毒，普通百姓還可能接受不了。

周案是集團案 要慢慢查

《新紀元》獲獨家消息指，關於周永康案公布的時間，北京當權者處於左右為難的猶豫期。一方面他們要吸取薄熙來案的教訓，一定要把周永康案做成鐵案，絕對容不得有讓周永康半點狡辯抵賴的機會。於是有人建議要把所有周永康的親信爪牙，特別是過年前後新近抓捕的李東生、冀文林、李文喜、張東陽等人審查完畢，找到鐵證、讓周永康完全無力辯解後才會公開審判，這樣就不會重現薄熙來翻供的尷尬局面。而且周永康案查得越久，涉及的面越廣，江澤民、曾慶紅被查出的罪行也越多，王岐山不是說要一案雙查，要查周永康的上級嗎？

海外資深媒體人、中國問題專家楊光曾向《大紀元》獨家透露，他通過中共高層內部人士得到的消息：習近平陣營早已對江澤民、曾慶紅、羅幹等搞暗殺的政變集團成立了專案組。中央專案組有 1100 多名工作人員，針對周永康的專案組至少也有 700 人

以上。

習近平陣營現在是撒大網，先以貪腐問題對周永康的外圍進行調查，但介於中共內部你死我活的慘烈搏擊，更由於近期江澤民等人已經利用「離岸醜聞」向習陣營發出「要死一起死」的威脅，因此習近平最後或以反黨政變「集團」的名義把他們一網打盡。

楊光說：「一定會是在今年（2014 年）秋天以前把江澤民集團一鍋端，如果不在三、四個月以內，把他們都帶上鐐銬，關進監獄裡頭去，那麼，江澤民、曾慶紅這些人就會想辦法把習近平的腦袋請下來。」

另據自由亞洲電台引述消息報導稱，目前已有百多人涉及周案被捕，大部分關押在湖北宜昌市，未來將有更多人被帶走調查。目前有五個調查組跟進，整個調查組有數百人，而每個被調查的人背後涉及眾多官員、商人名流，周永康案比薄熙來案複雜得多，薄案查了一年多，周永康集團案至少也得查一年，不過官方從王立軍出逃後就開始查周永康，比如「財經網」公布 2013 年 12 月就把周永康的弟弟、弟媳等人抓到北京調查，所以兩會後就定性周永康案也是可能的，因為前期調查早已完成。

第二隻靴子什麼時候落下

心理學研究發現，人最緊張最害怕的，是在某件事發生之前，當這事真的發生時，人們往往就不是那麼害怕了。最簡單的例子就好比明天要考試，有人害怕得睡不好覺，一想起來就心裡發抖，但真的進了考場，很多人反而不怕了，因為好壞就那樣了。

人的適應能力是很強的，即使巨大災難來臨後，人也能通過各種方式讓自己挺過來，相反，最害怕的時候就是事情將要發生、卻還沒有發生的臨界狀態。

西方有句俗語，第一隻靴子落下了，人們就會一直等待第二隻靴子落下來。假如第二隻靴子老也不落地，人的心就會一直被揪著，心情緊張，無法幹別的事。如今周永康案對與之有關的人就是這樣。曾當了周永康十多年祕書的冀文林，在被抓一、兩個月前曾私下對人透露，他經常突然感覺心跳加快，魂不守舍。其實就是他害怕了，長期的害怕導致了這種恐懼症的出現。現在害怕的不光是這些已經被抓的周永康親信，更害怕的是曾慶紅、江澤民這種幕後黑手。

江習都想處理周案 要快快辦？

據說在審判薄熙來案時，由於薄熙來很擔心兒子薄瓜瓜被抓，為了保兒子，在中紀委審訊他時，不得不服軟認罪，然而周永康與薄熙來還不太相同。周永康是個六親不認、連老婆都敢殺的人，而且從大陸媒體對劉漢案件的窮追猛打、以及對周濱賣官鬻爵、鏟事撈人等犯罪行為的揭露，周濱被判死刑的概率很高，周永康根本無力保全兒子的性命。

而且深知中共司法「坦白從寬，牢底坐穿；抗拒從嚴，回家過年」潛規則的周永康，面對習近平陣營的審訊，很可能會搞出個「零口供」，死活不認帳，讓審判難以進行。

從江派和習陣營的處境來看，雙方都有急於拋出周永康的因素存在。江派為了阻止越查越牽扯自己，希望盡早結案，而習這

邊也面臨 2014 年中國社會固有的各項難題，經濟真相一現，泡沫破裂，失業率飆升、通貨膨脹嚴重，各類社會危機由此爆發。假如不在這之前處理好周永康案，江派會趁機作亂，再搞一次政變都是可能的。到那時，習近平的腦袋恐怕都保不住。

因此有人建議北京高層盡快公布周永康案。而且習陣營也需要這個所謂震撼力來威懾眾官員，同時討回一點民心，積累一點政治資本。如果對周永康的內部調查久拖不決，無法公布於眾，百姓會認為習李反腐只敢打蒼蠅，不敢打老虎。

打老虎不是目的 無法執政才是關鍵

《新紀元》在 2012 年 11 月就分析說，習近平之所以挑選強硬派王岐山來當中紀委書記，就是因為他深知中國想往前走一步，必須面對的攔路虎就是既得利益集團的阻撓，其表現形式就是 20 多年來形成的江派團伙。江派越是阻撓習搞改革，習就會越藉反腐來清理道路。

2014 年 2 月 27 日《中國青年報》發表了《周濱背後的利益集團是如何形成的》評論，呼應了這個觀點。文章認為，儘管習陣營反腐敗搞得很熱鬧，但「全面深化改革才是主旋律中的最強音」，「反腐敗根本而言並不是目的，目的是要為全面深化改革掃清障礙。」

習近平上台後，儘管搞出了「習李王」的三權結盟，要用王岐山的反腐給李克強的改革開路，但上海自貿區的流產、金融改革和國企改革的受困，都促使了習陣營不得不加大力度反腐。習近平反覆強調他的改革是被逼的、不得不做的事，此話也有一定

真實性，正因為中國經濟的危機爆發和中國社會的危險處境，逼得當權者不得不反腐，不得不變革，不得不處理周永康案。

江派血債累累 十惡不赦

在與江派既得利益的爭奪中，假如江派能自動讓利讓路，問題也許還好辦點，但由於貪得無厭的本性、特別是作惡太多的江派在過去 15 年中殘酷鎮壓民眾，積累的血債已經不是和平讓路就能了結的。據知情人透露，因為江澤民的迫害政策而死亡的法輪功學員高達數百萬人，江澤民集團甚至活摘法輪功學員器官，這筆血債哪能不償還、不清算？

江派犯下反人類罪行的真相，早就被法輪功學員在國際上廣泛傳播，不但歐盟在 2013 年 12 月 12 日正式提出決議，強烈譴責中共活體摘取法輪功學員及其他良心犯器官，美國 2013 年的人權報告也直接點名中共活摘器官，北京當權者即使想幫江派隱瞞也隱瞞不住了，唯一出路就是懲治江派。

更令矛盾激化的是：江派眼看自己的罪行被曝光，於是更加瘋狂地反撲，公開搞出了「要死一起死」的捆綁戰術，利用當權者想保中共的軟襠，讓現任當權者成為其陪葬。恐嚇手法不斷升級，從肉體暗殺到名譽搞臭，從「香港刺殺」到「昆明砍殺」，江派一步步把習陣營逼到牆角的同時，也把自己逼上了絕路。

從這個角度看，北京當權者的反腐，並不是他們本身有多好，更多的是由於形式的逼迫、不得不做的被動姿態，他們要是不和江派既得利益集團拚鬥，他們就會被江派壓死、弄死。

先處死兒子 再審判老子

中共兩會是被其視為「爭面子」的政治頭等大事，從 2014 年 3 月 3 日到 3 月 13 日兩會期間，為了突出所謂「兩會精神」，有關周永康的任何官方消息可能都不會出現，但周永康的問題其實早就在中共內部公布了。《新紀元》此前報導說，在 2 月 17 日到 21 日中央黨校舉辦的 31 個省和軍區首領的集訓上，已經傳達了周永康的罪行，拿周案來殺雞儆猴的效果已經取得。

此前《新紀元》曾獲得的消息是，北京很可能先把周濱拋出來，當眾審判後處以死刑，或緩期一兩年執行，同時也依照審理周濱案、以及周永康的上百個親信爪牙案件時所公布的罪證，按照正規的法律程式，由公安局檢察院，而不是中紀委，出面抓捕周永康，再按所謂法律程式審判周。

北京當局抓捕周永康團伙的主要目的是為其改革開路，把各級攔路虎都打下去，趁機把支持自己的人替換上去。最高檢和中紀委把第二輪巡視組的重點放在鐵路、電力、石油、通訊等江派操控的壟斷行業，強調要保持反腐的高壓狀態，預計兩會後還會有更多大中老虎出現，人們也在等上次中紀委副書記提到 2013 年查處了 31 名高官，官方宣布了 22 人的名字，但還有 9 人沒有公布，他們也很可能是隸屬江派的，在調查處理完 9 人之後再來最後宣判周永康，這都是可能的。

據知情人告訴《新紀元》，中南海對周永康團伙案的定性有三大顧慮，一是周案直接牽扯到法輪功問題，牽扯到江澤民，若真的把周永康的所有罪行公布於眾，共產黨幹了這麼多傷天害理的事，老百姓會不幹的；二、周濱與曾偉、江綿恆等人在生意上

的合夥關係密切，抓哪個都牽扯政治問題；三、周永康案是團伙案，除了牽扯曾慶紅、江澤民之外，20多年來涉及的省部級高官很多，習近平反腐是為了藉反腐給自己樹立權威，而絕不是要與絕大多數中共高官站在對立面上，如何走鋼絲，如何既反腐又保黨，這是當前中南海最大的難題。

薄熙來被以貪腐罪判處了無期徒刑，周永康的貪腐金額至少要判死刑或死緩。至於屆時北京會拿哪些證據和罪名來定罪周永康，是否會隱瞞周永康犯下的反人類罪行，這恐怕不是哪個人能說了算的。中國有句古話叫「人算不如天算」，哪怕有人想保中共也是保不了的，哪怕有人想掩蓋，恐怕天意民心、天時地利也容不得他。

第二節

獨家
昆明血案武警殺戮 非新疆人

昆明「3‧01」恐怖殺人案 十大疑點

2014 年 3 月 1 日，中共兩會前夕，雲南昆明火車站發生震驚海內外的「3‧01」事件。一夥人手持刀具、統一著裝的男子衝進火車站廣場售票廳一路見人狂砍，造成 32 人死亡，140 多人受傷。事後中央及雲南對案件定性不一。然而官方說辭及處理過程中的致命疑點被民間曝光，掀開血案黑幕一角。

《大紀元》獨家報導，這是一起江澤民集團精心策劃的恐怖襲擊事件，在周永康案件如何公開定性這類敏感問題上威脅習近平陣營。以下盤點民間十大質疑。

1. 血案發生時間太敏感

最詭異的是，昆明血案發生的時間太敏感。3 月 1 日，被視

為習近平陣營風向標的大陸傳媒財新網首次證實，周濱及數位家人已被抓，周濱是周永康長子，這是習近平陣營在做公布周永康案的對外試探和輿論鋪墊。當晚即發生昆明血案。

與這次事件相似的是，2013 年中共三中全會前夕的 10 月 28 日中午，北京發生吉普車衝撞天安門金水橋護欄事件，車輛起火燃燒，5 死 40 傷，震驚國際。之後山西省委發生連環爆炸案。兩次類似事件的發生都是正值中共高層搏擊激烈、你死我活的拚殺時刻。

2. 兩天「告破」高清圖片令生疑

中共喉舌一改報喜不報憂、大事件瞞報的常態，對此事件進行迅速報導，唯恐全世界不知道。3 月 2 日清晨 5 時 8 分，發出英文版報導，稱「3 月 1 日晚，昆明火車站發生砍殺事故，已導致 27 人遇難，另有 109 人受傷。」

官方的迅速「結案」並未終結民眾對該案的質疑之聲，並且在民眾的質疑中可見事件的端倪。

3 月 1 日血案發生，3 月 3 日中共官媒則報導稱該案在 3 日下午告破，是以阿不都熱依木‧庫爾班為首的恐怖團伙所為，共有 8 人（6 男 2 女），4 名被當場擊斃，一名被抓，其餘 3 名已落網。有民眾稱，想知道為何之前說有 11 人，現在說告破了共 8 人，何時何地怎麼抓到的，真相是什麼？暴徒照片呢？就成功破案，什麼細節都沒告知。

與此同時，網站還刊登了 51 張該恐怖事件組圖。其中有一張從上往下拍照的「事發現場」高清圖片，新浪微博用戶「記者秦風在香港」4 日發帖稱，「新華社這張從上往下拍照的『事發

現場』高清圖片，似乎有備而來，令人生疑。」

3. 網友「一警情知音」事先獲悉

有昆明實名認證律師曾在網上披露：網名為「一警情知音」告知自己處於兩難狀況，「事先獲得有關情報，但如果聲張的話則屬造謠，製造恐慌，擾亂秩序；事發後說則屬洩密。公安也難：維族在昆太多，防不勝防。」

該律師非常憤怒表示，「……洩什麼密？無論事前知與不知，警方此中作為都值得深刻檢討。難道發生如此事件，警方還應好好褒揚？大家都難，看來只有遇難者不難。」該微博才被轉發就遭封殺。

也有民眾打比方喻警方膽怯只會欺負普通民眾說：「昆明火車站廣場的恐怖砍殺事件告訴我們一個真相：在廣場，你若舉的是牌，一分鐘內就會有人把你撲倒；你若舉的是刀，你可以繞場跑25分鐘……」

4. 血案發生前中共高官獲通知

3月4日，新唐人電視台記者採訪到一位知情人士，從一中共體制內少將以上職位的高官處聽說在血案發生前，他們就獲得通知。

這個高官在砍人事件發生前一、兩個小時接到一個保密電話通知，說是有歹徒要到街上砍殺，所以讓他們不要上街去散步，注意安全。但這件事中令這位知情人不解的是，這位事先得知消息的中共高官，並不在昆明。

此次暴力砍人事件發生在昆明，外界也有很多猜測。有消息

稱，昆明是中共 14 軍駐地，14 軍是由薄熙來之父薄一波創建，是薄一波的嫡系，與薄家的關係盤根錯節，而 14 軍此前被指曾參與周薄政變。

5. 警方只公布短刀，長刀呢？

昆明警方向外界展示在昆明火車站 3 月 1 日發生的血案後找到的凶器均為短刀，最長的也未超過一米。

之前，在一篇《昆明火車站驚魂 12 分鐘暴恐案始末》的報導中稱，「正在第一售票大廳七號視窗買票的旅客楊女士看到，兩個黑衣人逕直走到一號售票口，其中一人手持一把砍刀，另一人持兩把砍刀，刀長約一米。兩人一路從一號窗口砍向十四號售票口。」

而在另一篇《昆明暴恐襲擊現場》報導中透露出至少有五把一米長刀。報導中寫道：「打算前往四川攀枝花的乘客楊女士正在售票大廳七號售票口買車票，看到上述兩個黑衣人走到一號售票口，其中一人掏出一把砍刀，另一人掏出兩把砍刀。三把刀均長約一米，兩人握著刀在售票大廳裡，從左往右開始一路砍人，慘叫聲此起彼落，楊女士嚇得呆住了。」

大陸媒體之前現場目擊者的報導中都稱凶徒手持一米長刀，有民眾質疑，掩飾一米長刀是為何？還民眾質疑，這麼長的刀是如何過安檢？如何藏匿？一米的長刀在凶徒被追捕時，還被凶徒帶走了？

6. 秦光榮稱「無法出境」是假話

雲南省委書記秦光榮 3 月 4 日向媒體談及昆明恐怖襲擊事件，

提到涉案的八個人原想參加境外「聖戰」，但無法從雲南出境，在紅河和昆明火車站或者汽車站發動「聖戰」。之前，雲南官員曾經表示是「新疆分裂勢力作出的恐怖襲擊」。

有當地網民表示，秦光榮稱「無法出境」是假話，通過老撾或緬甸到泰國太容易了，出來不了，純屬子虛烏有。到境外參加所謂聖戰出不來，是奇怪的事情。

7. 東突是針對政府機關、軍警

媒體報導，發動血案的這十個人統一著黑色裝。疆獨分子組團發動襲擊，從來沒有統一著裝的傳統，因為統一著裝，還沒有到達作案現場，可能就被發現了。迄今沒有看到過疆獨或東突分子統一著裝發動襲擊案列。

東突或疆獨分子在意識上均屬於狂熱的原教旨穆斯林分子，他們製造血案，更願意針對政府機關、軍隊、公安機關，乃至政府的附屬機構，以達到其所謂的政治和宣傳目的。殺害兒童、婦女和老人則違背穆斯林古訓。因此，從常理上來說，東突（疆獨）組織若要發動一次有政治目的大規模殺人血案，昆明火車站很難會成為首選目標。

8. 所有恐怖分子都喜歡用槍

昆明血案中，歹徒全部使用長砍刀，逢人就砍，且均是要害部位，訓練有素。東突（疆獨）要組織這樣一次大型血案，都會使用槍，而不會都用砍刀。穆斯林恐怖組織訓練殺手和死士，用各種槍、炸彈，獨沒有聽說訓練用刀砍的。他們哪怕只有一枝槍，其開槍所產生的震撼和威懾作用，比用刀殺人效果更大。所有恐

怖分子都喜歡用槍，特別是 AK-47 作案。在新疆或雲南兩地，買到或得到幾枝槍不是難事。關鍵是：如果東突組織有預謀的發動這次大規模襲擊，會沒有槍枝或炸藥嗎？

9. 最大可能：衝著新領導班子

網路作家龔英輔質疑：那麼這一夥實施血案的暴徒是屬於哪一個組織呢？是誰在背後策劃組織和提供物力財力的呢？最大可能，這次血案是衝著新領導班子深化改革和反腐敗所策劃的，是為給新領導集體主導的兩會製造難堪，更主要的是企圖轉移視線和改變反腐敗工作的方向！如果這個分析成立，這種團伙統一著裝的暴力血案還可能會在其他地方重演，中央必須抓緊防範和打擊！特別要防範和清理來自內部的麻煩製造者，順籐摸瓜抓住其策劃、組織和提供資助者。

10. 驚人預言帖曝光

昆明血案前，2 月 24 日晚 9 時 09 分，一位名叫「frequancy_AC」網民在百度帖吧 2012 吧發出這樣一個帖，「吧務，你敢刪這個帖，就是與中華民族的某些戰士為敵。我就是某些戰士之一，接下來的幾天中大家很快會看到我。具體的大事會在這周六發生，敬請關注。」

28 日，「frequancy_AC」又發帖稱，「已經看不到希望了，活著也沒有意義。」「我明天就要推動中華民族的進程了，你們有什麼想法要交流嗎？」

大陸網民紛紛發帖講述當前情況，提出質疑並猜測背後真相，官方不僅沒有任何動作，而且很多微博迅速被刪，原因究竟為何？

江派武警在香港和昆明進行殺戮

《新紀元》獲悉，中南海高層內部已斷定昆明恐怖事件就是江澤民集團所為。江澤民集團精心策劃了昆明恐怖襲擊事件。原本同時將在五個城市進行，但是出現意外之後，其餘四個城市並未有所動作。

這些暴徒都是武警，根本不是疆獨勢力，也和種族仇殺沒有任何關係，都是來自農村的基層士兵，想升官發財，遭到江澤民集團用毛澤東思想的洗腦。行動前，每人獲得一筆錢，許諾事成之後封官許願，還告訴他們行動開始 15 分鐘之後有後援來接走他們。結果這次行動根本沒有後援，導致 4 人被殺、4 人被抓。被抓的 16 歲的女子是事先安排好的，目的就是要讓這齣戲看起來更加真實。

這些武警參加過多次行動，前面幾次都得到保護，順利脫離險境，所以他們這次行動非常大膽。但是這次被擊斃了 4 人，導致其他城市的襲擊沒能發生，目前中南海高層已經抓捕了其餘四個城市的這部分人。

兩會期間，北京布滿軍隊，進入全面戒備，人民大會堂的所有地下通道都有軍隊，所有代表團暗處也有軍隊把守。局勢非常緊張，所有高層都在北京，不知道明天會出什麼事情。

獨家：刺殺劉進圖的也是武警

2014 年 2 月 26 日上午，香港《明報》前總編輯劉進圖突遭凶徒刺殺重傷入院。

《大紀元》獲悉，刺殺劉進圖的也是江澤民集團派出的武警，目前已經逃回大陸。行刺劉進圖的也與近期習近平陣營和江澤民集團激烈爭鬥的局勢有關。江澤民集團的目的是在香港製造混亂，捆綁及威脅現政權，激發香港民眾對北京不滿，最關鍵還是在周永康案件如何公開等這類敏感問題上威脅習近平陣營。

三個月內 習江 16 起重大狙擊事件

進入 2014 年，圍繞前中共政治局常委、政法委書記周永康案，中南海局勢突然升級。三個月內習近平與江澤民之間發生了 16 起重大狙擊事件。

2013 年 12 月 25 日，中共公安部副部長、鎮壓法輪功的「610 辦公室」頭目李東生落馬。李東生因充當江澤民集團迫害法輪功學員的急先鋒而獲得周永康「賞識」，擔任「610 辦公室」主任。他也是 2001 年 1 月 23 日，世紀偽案「天安門自焚案」的親自策劃者。

1 月 7 日，江派培植多年的祕密伏兵、被標榜為中共「首善」的大陸商人陳光標以收購《紐約時報》為噱頭，到紐約開新聞發布會散布自焚偽案。但是，一向跟中國時局最緊的港媒三緘其口，大陸媒體也如同被「封殺」一般，鮮見報導，致使此「逼宮」計畫流產。

此後，江澤民集團大為恐慌，開始拋出威脅性的內容。

2014 年 1 月 21 日，美國一家新聞機構「國際調查記者同盟」突然發布報告，指現任或前任中共中央政治局常委的親屬，在英屬維爾京群島和庫克群島等離岸金融中心持有離岸公司。這份報

告包括習近平、胡錦濤、溫家寶、鄧小平、王震和葉劍英等家族。與此相對應的是，江派的三個巨貪，即江澤民、曾慶紅和周永康卻不在其中。

北京消息稱，這次對媒體的「餵料」就是江澤民集團的行為，目的是恐嚇中共體制內最有權勢的六個家族，再次發出同歸於盡的信號。

1月30日，大年三十，中共官方發布江澤民老家揚州「大管家」、南京原市長季建業被移送司法的消息。季的落馬被外界看作是習近平陣營對江系發出的嚴厲警示。

2月18日，曾經跟隨周永康10年的大祕、海南省副省長冀文林被中紀委立案調查。至此，周永康的四大祕書都被抓。

2月12日，前遼寧省公安廳長、省政協副主席李文喜被傳出直接帶往北京調查。2月18日，大陸報導證實，遼寧省瀋陽檢察長張東陽在2014年1月下旬，被中紀委官員直接從遼寧「兩會」閉幕現場帶走。兩人是涉周永康活摘器官罪惡的重要證人。

獨家：李克強脫稿發警告

2014年3月5日，李克強在中共人大會議開幕儀式上做政府工作報告，做出一個不尋常的舉動——脫稿譴責雲南「3・01」事件的恐怖分子，大陸媒體披露在兩會代表委員和記者拿到的工作報告中沒有這段話。

《大紀元》獲悉，李克強故意脫稿，以「你懂的！」方式對在座的所有官員發出警告：中共的政局處於極度危險的階段，高層已經出現了重大變故，讓所有的官員做個準備。昆明的事情並

不是新疆人幹的，「你懂的！」

據悉，這也是習近平在兩會李克強做報告時全程「黑臉」原因。

消息稱，昆明血腥案件的偵破並不複雜，江澤民集團知道習近平很容易破案，但是結果卻不能公布。公布的話將在中國社會引起波瀾，暴發極度民憤，意味著共產黨將面臨垮台危機，這和公布周永康政變是一個道理。江澤民集團策劃這些事件，做得並不嚴密，刻意讓習知曉是江派所以，認準了習近平陣營不能公布，也不敢公布實情，其實就是在威脅習，如果公布周永康所涉的活摘器官和反人類罪，恐怖殺戮還會升級。

消息稱，雲南書記在兩會單方面發表昆明血案的所謂「聖戰」說，其實是雙方都在用「你懂的！」方式告訴大家，雙方都已經沒有退路。

3月2日，也就是昆明血腥事件第二天，「中國廉政建設網」突然頭條發布：中央下發《關於周永康涉嫌嚴重違紀的通報》。

消息稱，此舉是習近平暫時答應江澤民集團條件，目的是為了在兩會時候暫停各地的恐怖襲擊事件，不然會使得整個社會處於失控的程度。並告訴江澤民集團，兩會後將以這種方式公布周永康案，現在可以收手了。

之所以不通過新華社刊發周永康的通報，是因為一旦這麼做了，將來就無法再收回來。習近平的這個舉動對於雙方來說都留下了變數，習近平陣營依然留有升級周永康案的餘地，江澤民集團也可以繼續升級將來的恐怖襲擊。

獨家：江氏集團找好昆明血案下台階

《新紀元》獲悉，江澤民集團在製造了昆明血案的同時，也給雙方準備好了下台的台階，也就是把這起事件的責任全部推到新疆人的身上。

3月2日凌晨1時40分左右，中共喉舌《人民日報》已經發布消息：昆明火車站襲擊事件已定性為恐怖襲擊事件。新華社3月2日引用昆明市政府新聞辦的消息稱，「這是一起由新疆分裂勢力一手策劃組織的嚴重暴力恐怖事件。」

但是之後，新華網又引述了公安部的消息，對昆明事件作出說明，沒有提到「新疆分裂勢力」。

3月5日，大陸官方媒體報導了中共國務院總理李克強在「兩會」做政府工作報告時，脫稿譴責了昆明「3‧01」事件的恐怖分子。據報導，李克強在一分多鐘的即興講話中，譴責恐怖分子，但並無一處提到昆明官方此前將暴徒定性的「新疆分裂勢力」，只是強調這是「挑戰人類文明底線的暴恐犯罪」。

消息稱，習李陣營和雲南地方對昆明血案的定性一直含含糊糊，習近平對「新疆分裂勢力」的說法也沒否定，其實都是在找一個下台的台階。習近平當然不願對此事負責，江澤民集團更不敢對此負責。但是李克強以間接的「你懂的！」方式向外公布，以表達不滿。

4日，習近平在兩會期間看望政協大會少數民族界委員，並「關切地連問四個問題」：「畢業生大部分回新疆了？」「多大比例？」「每年畢業生多少？」「大部分回去了？」

獨家：江澤民試圖再次發動政變

《新紀元》獲悉，因為對於軍權和黨務的權力已經逐漸失去，江澤民集團已經失去了在政治上直接與習近平對抗的能力。自原「610」頭目李東生被抓後，因為擔憂習近平碰觸法輪功問題，並公布周永康的反人類罪，江澤民集團近期正在試圖利用另外的政變辦法，把習近平趕下台。

消息稱，近期發生的幾起重大事件，都是江澤民集團在背後策劃，包括在最近發生的公交車焚燒事件等。江澤民集團本來通過收買武警和黑社會暴徒，還精心安排了系列的「報復社會」的行動。當多個省分都發生這樣的慘劇，所有的國際和國內輿論都會譴責當權者，習近平會因此倒台，江派會順勢上台，「糾正習近平的錯誤」。

消息還指，江澤民集團正動用海內外所有的特務力量，散布習近平的負面消息，用殺戮百姓的方式，推倒習近平。江澤民集團海外的特務點也開足馬力運作，散布消息，這也是最近習近平擔任網路安全小組組長的真正用意。

習近平處於「兩難」

兩會期間，對中南海來說，最關鍵的就是如何定罪周永康。

在處理薄熙來案的時候，因為用貪腐和濫權等來定性薄案，薄熙來最終被審成清官。如果對周永康案，繼續延續貪腐、男女關係等罪名，就算在黨內也很難讓人接受，現政權執政基點會受致命打擊。

對於周永康案，如果用迫害法輪功和反人類的罪行來公布，江澤民集團就會挑起血腥屠殺，這是江澤民集團的一張王牌。最為明顯的，就是在昆明血腥屠殺中，凶徒根本不加隱瞞地統一著裝；同時，做案完全可以用槍，凶徒最終卻使用刀來製造恐怖和血腥。

第三節

兩會期間連發八大惡性事件

　　2014 年中共「兩會」召開的前一兩天，大陸災禍頻發。繼 3 月 1 日昆明暴力殺戮事件後，東莞、桂林、廣州、河南、陝西又接連發生爆炸、血案、地鐵踩踏、幼兒園房頂坍塌、直升機失事等事件，引發民眾恐慌。

　　3 月 1 日晚 22 時，雲南昆明火車站發生了持械砍人殺人特大慘案。當中國大陸民眾還被巨大的恐怖陰影籠罩時，恐怖事件又接連發生。

東莞中石化餐廳爆炸 1 死 31 傷

　　據大陸媒體報導，3 月 3 日上午 12 時 10 分，廣東東莞旗峰路中僑大廈四樓中石化東莞石油公司餐廳發生爆炸，已造成 1 人死亡、31 人受傷。死傷人員全部是中石化東莞石油公司的員工。

　　報導稱，據初步調查了解，爆炸疑因廚房液化氣瓶洩漏引發，

爆炸導致天花板坍塌。現場慘烈，多人被炸飛。東莞餐廳爆炸事件立即成為微博熱門話題。民眾質疑，在中共兩會敏感時期，東莞爆炸事故原因並不簡單。

桂林發生恐怖血案

3月3日桂林發生慘案。消息先來自微博，網民實名微博披露：剛剛發出緊急通知，稱疆獨分子潛入桂林，西門橋頭一位開寶馬的女人被砍死，罪犯正逃跑中，目前桂林兩死六傷，全市已戒嚴！

後海外中文網站報導稱，事件發生在桂林象山區蒼松路萬壽巷，作案嫌疑人於當晚6點左右手持砍刀，將一寶馬車的女車主從車內拖出後以刀砍殺，然後搶了車上的東西，欲駕車逃離未果，之後又搶了一輛摩托車逃跑。該女車主在醫院被宣布死亡。

從網友曝光的照片看，被害者倒臥在地，面無血色，有消息指，被害者已經死亡。

桂林警方宣稱，3日傍晚桂林市區確實發生了一起惡性事件，砍人案只是個案。之後桂林方面對相關帖子全部刪除、封鎖。

有民眾披露桂林滿大街都是武警特警，桂林全城戒嚴。

3日午夜，特警包圍某個疑為嫌犯藏身地。桂林官方深夜發布一條警告市民注意安全、不要外出的資訊。當地民眾被恐懼的陰影籠罩。

桂林驚現販賣模擬槍團伙

據大陸媒體報導，3月3日晚，桂林有摩的司機報警稱，在

廣西桂林市汽車客運站有可疑人員留下的一個包裹。經查驗，包裹內發現有模擬槍支和管制刀具。

4 日凌晨 4 時許，五名犯罪嫌疑人被抓獲，一批模擬槍支和管制刀具、弓弩等被繳獲。據犯罪嫌疑人交代，他們自 2013 年 9 月以來多次往返湖南、廣西等地販賣模擬槍支、管制刀具。群眾舉報的包裹是他們到達桂林汽車北站後遺失的。

河南一幼兒園房頂坍塌 一死三傷

據《大河報》報導，3 月 3 日夜 12 點多，河南信陽溮河區董家河鎮駝店村百川親子幼兒園房頂倒塌，13 名全托幼兒被覆沒。13 名孩子從瓦礫中被挖出送往醫院。一名孩子在送醫途中死亡，三名孩子受傷。

經調查，百川親子幼兒園是無證私自開設駝店村分園。該園是租用民房改建，改建時，該園院長余某擅自拆除兩間房子中間的山牆，致使房頂失去依託，結構不穩，最終垮塌。

廣州地鐵踩踏事故多人受傷

據《廣州日報》報導，有網民爆料稱，4 日上午 11 時 10 分左右，廣州市地鐵五號線在到達西村站時，有兩名男子在車尾車廂內突然噴出不明刺激性氣體，導致車上乘客驚慌躲避，紛紛跑向車頭方向，躲避過程中發生踩踏，多人在踩踏中受傷。

有乘客說，現場不少人的鞋子被踩掉，行李跌落，車廂尾部有煙霧。網民上傳的圖片顯示，發生踩踏的車廂內凌亂異常，行

李衣物鞋子等散落一地，地面還有血跡。

西村附近民眾表示，當時乘客都非常驚慌，幾名乘客受輕傷。涉事地鐵已經暫時停運，客流被限制。

有廣州民眾表示，最近發生太多血腥事件，大家精神緊繃，人人自危，人心惶恐。

廣州警方聲稱，事故原因是兩名少年在地鐵五號線列車車尾玩弄一瓶女性防狼噴劑，發出刺激性氣味，乘客在躲避疏散過程中發生擠碰，致四人輕微皮外擦傷。

陝西渭南一架直升機墜落

據大陸媒體報導，3 月 4 日下午 2 點左右，一直升飛機在陝西渭南市臨渭區固市鎮東南方向巴邑村農田墜落。受傷機組人員已被送往醫院，事故原因在調查中。

據目擊者稱，飛機在行駛過程中，尾翼突然發出一聲巨響，隨即直升飛機失控墜落農田，有兩名傷員。

天安門一女子自焚

3 月 5 日早上 9 點，中共 12 屆全國人大二次會議在北京人民大會堂開幕。大約早上 10 點 40 分左右，在戒備森嚴的天安門金水橋附近發生一女子自焚事件，同時，至少有兩名示威者在天安門廣場撒傳單，被警察帶走。

據現場遊客回憶：「有一個 40 多歲的女子自焚，那女子把衣服一拉開，身上就著火了，四、五個人拿著滅火器就往她身上

噴，然後就把人拉走了。」

馬航一飛往北京客機失蹤 機上 154 名中國人

馬來西亞航空公司一架飛往北京的客機失蹤。飛機上共有
239 人，其中 227 名乘客，包括 2 名嬰兒及 12 名機組成員。這架
由馬來西亞首都吉隆坡飛往北京的馬來西亞客機在當地時間 3 月
8 日凌晨 2 點 40 分與梳邦國際機場空管中心失去聯繫。至 3 月 8
日北京時間午夜，仍沒有任何確切消息。

3 月 8 日晚 19 時 30 分左右，馬航發布更新媒體稿，公布全
部乘客及機組成員名單。馬來西亞、越南等國聯合搜救，暫未發
現任何飛機殘骸。

BBC 報導，越南空軍飛機據報在越南南部金甌省西南面海域
上發現大面積浮油。越南當局稱懷疑源於失蹤的馬來西亞 MH370
航班。

根據北京出入境邊防檢查總站指揮中心消息，航空公司申報
的旅客資訊顯示，該航班上有 154 名中國人，外國人 73 名。《新
京報》報導，由 24 位中國畫家組成的藝術代表團在這趟飛機上，
參加一場以「中國夢・丹青頌」為主題的書畫交流筆會。但其他
人身分官方尚未公布。

在馬航公布的完整乘客名單中，有兩人已證實護照被偷位登
機。義大利政府確認該國公民 Luigi Maraldi 未登機，之後奧地利
外交部也確認該國一名公民未登機，目前人在奧地利。兩國外交
部均表示，兩人護照被偷。奧地利通訊社報導專家推測，恐怖襲
擊的可能性大大增加。

網民：現在活著不容易

一系列血腥事件，讓民眾感到恐怖和完全沒有安全感，人心惶惶。

有網民稱，這兩天和家人討論最多的就是人身安全問題，現在活著不易啊！

許多網民表示：中國好危險啊！到處都危險了，坐公交車買菜無緣無故被火燒、去火車站買票莫名其妙被刀砍、去餐廳吃飯稀裡糊塗被炸飛……這年頭還讓不讓老百姓活了？敏感時期，不太平啊！這幾天一齣接著一齣，社會動盪不安啊！這個社會是怎麼了，感覺身邊危機四伏，這年頭怎麼死的自己都不知道！

也有網民質疑，這些血腥事件是意外還是人為？東莞爆炸事件與昆明火車站暴力血腥事件有沒有關係？如果不是恐怖襲擊，哪有這麼多巧的事？

第四節

股災與烏龍指 金融鬥升級

很多人都知道，中國經濟是被少數利益集團所壟斷和操縱，但很多人不知道，如今有大老虎正利用經濟權力來參與政治爭鬥，習近平陣營與江澤民派系在金融業的搏擊，動輒一、兩天內數萬億資金蒸發貶值，鬧得百姓也跟著遭殃。

兩會前股市暴跌 兩天蒸發近萬億元

2014 年 3 月 3 日中共召開兩會，習近平、李克強最希望看到的是股市平穩、民生安定、香港太平，但現實卻恰恰相反。2 月 26 日發生香港前《明報》總編在光天化日下被砍殺、數萬港人憤怒上街抗議的動盪局面；而 3 月 1 日在雲南昆明，更是發生了驚駭全球的黑衣歹徒砍人案，血腥恐怖氣氛瀰漫全中國。在此之前的 2 月 24 日，周永康在公安部的頭號馬仔李東生被正式撤職，

在習近平主持召開兩會前最後一次政治局會議；同一天，大陸地產股驚現集體暴挫；第二天25日大陸股市再現戲劇性一幕，近百個股票跌停，滬綜指跌幅逾2%，創五個月最大單日跌幅。據同花順數據顯示，短短兩個交易日大陸A股市值蒸發人民幣9462億元。

這次股市的暴跌與一個謠言相關。2月22日（周六）深夜，網路突然傳出興業銀行停止房地產貸款，接著陸續傳出交通銀行、招商銀行、中信銀行和農業銀行等有類似規定和通知。於是周一開盤後，銀行股和房地產股大跌，並帶動股市整體下跌，引起市場恐慌。

2月25日深夜，大陸股市跳水近百股跌停。當天，官媒新華網發布14個中央巡迴督導組組長、副組長及督導單位名單，聲稱對第二批「群眾路線教育實踐活動」進行巡迴督導。第1至11督導組的督導單位涵蓋全國31省市；而第12至14三個督導組督導對象是各類中央金融機構以及各大國企，包括中國人民銀行、中國農業發展銀行、中國農業銀行、中國銀行、銀監會、中國人民保險集團股份有限公司、中國人壽保險（集團）公司、中國太平保險集團有限責任公司、國家開發投資公司、中信集團公司、中國鐵路總公司、國家電網公司、國家煙草專賣局等等。

有人猜測，正是因為王岐山的打老虎要打進金融圈子了，提前得知消息的銀行老總們開始反撲，故意製造謠言引發股災。據悉，25日股票大跌後，李克強非常氣憤，下令銀監會要求主要大型銀行「公開發布新聞稿件或在銀行官網上公告房地產融資政策」，澄清傳言，穩定市場。

「光大烏龍指」事件 江澤民集團黑幕運作

2014 年 2 月 25 日的股市劇烈下跌，讓人聯想到半年前 2013 年 8 月 16 日的股市劇烈上升。那天上午 11 時 5 分左右，上證綜指突然飆漲 5.96％，大盤權重股突然異動上升，多股瞬間衝擊漲停，涉及中石油、中石化、工商銀行和中國銀行等多支股票。隨之午後盤滬指持續上漲沒多久，便開始急劇下跌。

無論是 2 月 25 日停止房地產貸款謠言引發的暴跌，還是 8 月 16 日光大銀行所謂烏龍指事件，這一漲一跌，不但讓老百姓深知股市是「萬人坑」，更讓當權者深知，中國股市是操縱在某些利益集團手中的，不把興風作浪的金融大老虎打死，股市一日都不得安寧。

烏龍指當事人起訴證監會

也許不是偶然的。就在 2 月 25 日大陸股市暴跌、損失近萬億的第二天，2 月 26 日的《法治周末》刊登了題為《還原光大烏龍指關鍵 88 分鐘：監管層眼皮下的對沖交易》一文。文章報導了光大烏龍指事件的具體當事人、原光大銀行投資部經理楊劍波，於 2014 年 2 月 8 日向北京市第一中級人民法院提起行政訴訟，請求法院撤銷證監會於 2013 年 11 月 1 日作出的（2013）59 號《行政處罰決定書》、和同日作出的（2013）20 號《市場禁入決定書》。2 月 18 日，北京市一中院受理了該案。

楊劍波自稱被冤枉，並首次對外披露當時他的對沖行為得到了官方的同意和支持。文章說，「時光倒回至 2013 年 8 月 16 日。

當天上午 11 時 5 分，光大證券策略投資部自營業務由於系統缺陷，在進行交易型開放式指數基金申贖套利交易時出現程式錯誤，以 234 億元的巨量資金申購 180ETF 成分股，實際成交 72.7 億元。一時間，A 股大象勁舞，兩市數十支權重指標股漲停。隨後光大證券在公告前賣空股指期貨、賣出 ETF 對沖風險。至當日 14 時 22 分，通過對沖操作，合計規避損失 1307 萬元。……楊劍波對《法治周末》記者回憶，錯單交易出現後，當天 12 時左右，上海證券交易所及上海證監局的相關工作人員先後到光大證券了解情況，自己當時彙報說系統出現了問題，下午將進行風險對沖交易。對方知曉情況後並未表示異議。下午在進行股指期貨的對沖交易時，楊劍波表示，中國金融期貨交易所的相關人員也知曉情況，當時雙方有過五次通話，且有通話記錄為證。」

2013 年 11 月 7 日第 351 期《新紀元》周刊曾發表《薄黨操縱股市 脅迫中南海細節曝光》一文，指出光大烏龍指事件並不真的是一個技術性失誤，而是人為的故意操縱，背後黑手就是薄熙來的哥哥、光大銀行副主席薄熙永。而這次楊劍波的起訴，再次把該事件擺在人們面前，不過楊劍波沒有談及在光大銀行只有自有資金 100 多億的前提下，沒有高層的批准，光大控制系統怎麼能夠允許他調動 234 億元來買進，這第一步的黑幕，遠比第二步楊劍波賣出期貨來對沖更重要。

烏龍指不是失誤而是故意

《新紀元》當時報導說，在薄熙來發動的重慶「打黑」運動中被判刑、裸身受訊的武漢億萬富商徐崇陽，曾獨家披露說，

薄家曾經在薄熙來開審（2013 年 8 月 22 日）前夕，託人致電給他，說如果徐崇陽不再曝光薄熙來案件相關內幕的話，薄熙來在北京的哥哥——曾化名李學明、具體主管光大銀行的薄熙永要親自見他。

該人還向徐崇陽放話說：「薄家背後的勢力（中共江澤民集團）可操控股票暴漲，把中國的金融搞垮。讓習近平經濟上倒台，經濟倒台就是政治倒台嘛，讓習近平崩潰，讓習近平也包括胡錦濤坐不住。薄熙來家還有人。」

話音剛落，光大真的搞出了一個所謂烏龍指，但真實情況卻是故意為之。

《新紀元》質疑說，假如真的是一個失誤操作，下午 2 點 30 分，光大證券曾向上交所申請當天的交易作廢，但 15 時 01 分，上交所官方微博十分少有地發出公告稱：「本所今日交易系統運行正常，已達成的交易將進入正常交收環節。」這有悖常理。

《新紀元》還質疑說，事故起因是「三年的成熟系統還是冒失的測試版？」「源起台灣團隊測試投資模型時，真的把大陸股市的一手 100 股，當成了一手一股來操作？誰有權能任意調動230 億資金呢？」

「據北京高層知情人士向《新紀元》透露，習近平、李克強及王岐山得知江派搞出了光大烏龍指事件後，非常氣憤，面對這樣公開的恐嚇威脅行動，習陣營也採取了反擊。

烏龍指事件後，上海證交所沒有取消交易，光大證券還掙了8721 萬元。但到了 2013 年 8 月 30 日，中國證監會表示，認定光大證券『8·16』異常交易行為已經構成內幕交易、資訊誤導、違法證券公司內控管理規定等多項違法違規行為。在對四位相關

決策責任人徐浩明、楊赤忠、沈詩光、楊劍波，處以終身證券市場禁入的處罰同時，沒收光大證券非法所得 8721 萬元，並處以五倍罰款，共計 5.23 億元，為中國證券史上最大罰單。」

我們不知道楊劍波是否是冤枉，但在這烏龍指事件中，不止光大銀行有問題，上海證交所也有大問題。

江派掌控經濟 為迫害法輪功挹注資金

人們也許要問，為何江澤民派系非要利用經濟來挑戰威脅習近平呢？這就不得不談到法輪功問題。

中共前黨魁江澤民自執政後就開始以腐敗為治國方略。尤其是自 1999 年以來，江澤民發動了對上億法輪功學員的迫害，為了持續迫害法輪功，中共每年把相當於國民生產總值四分之一的社會綜合資源，用於迫害法輪功。比例最高時甚至到達四分之三。一名國務院財政部官員明確說道：「鎮壓政策是錢堆出來的，沒了錢，鎮壓就維持不下去。」

中共江澤民集團壟斷掌控的經濟資源，也成為迫害法輪功的資金來源。落馬的國資委主任蔣潔敏曾從中石油帳內，為周永康直接提供迫害法輪功的資金。中石油一度成為迫害法輪功的提款機。

習江生死鬥升級 經濟險情恐更多

2014 年 3 月 3 日，新華網發表文章稱，兩會召開之際，國內外又出現不少機構和個人又開始拿中國經濟說事，「一些企業和

地方官員甚至也參與其中，意圖通過唱衰的輿論壓力，倒逼中央出台相關政策，撈取自身利益。」這是新華網在點名 2014 年將重點查辦鐵路、電力、石油、電訊等江澤民集團壟斷行業的腐敗案件後，直接點出企業和地方官員唱衰經濟、倒逼中央。

3 月 1 日，新華網發表《最高檢：今年重點查辦鐵路、電力、石油、電訊等壟斷行業腐敗案件》。鐵路此前一直由江派鐵桿劉志軍所把持，石油是由江派大員曾慶紅、周永康的勢力範圍，電訊則是由中共前黨魁江澤民之子江綿恆所掌控。此前 2013 年 3 月，李克強曾公開點名批評央企五巨頭：中石油、中石化、中海油、中電信、中移動，說他們搞「家屬業務」後，這是當局再次公開向江派國企喊話、要權。

中國政治、經濟等核心的焦點就是迫害法輪功問題。江澤民集團除了圍繞周永康案，不斷發動各種暴力恐怖活動，釋放「同歸於盡」恐嚇信號外，也正不惜以中國經濟為籌碼、以毀掉金融體系為代價，來阻止江派被清算。雙方的搏擊已經到了公開化白熱化階段，別說股市動盪，更多經濟險情都可能會出現。

第十一章

曾慶紅自殺無效後謀殺王岐山

習江第三次生死大戰第一戰役除了昆明血案外,在 2014 年 3 月,曾慶紅先是用假自殺來脅迫習近平,見脅迫無效後,絕望的曾慶紅開始布署更加凶險的謀殺,中紀委書記王岐山差點喪命⋯⋯

中共兩會前夕發生幾起重大恐怖事件,都是曾慶紅背後策劃。兩會後巡視組接連放話「老虎還會不斷揪出」,江派大老虎曾慶紅在絕望中布署謀殺王岐山。(大紀元合成圖)

第一節

曾慶紅「自殺」無效後 血腥恐嚇習近平

　　自 2013 年 12 月李東生被抓、周永康被祕密逮捕後，中紀委的反腐火勢開始轉向曾慶紅，包括 2 月初傳出曾慶紅兒子曾偉已被中紀委軟禁。曾慶紅為了保命、保兒子，不僅上演「喝農藥自殺」鬧劇，反撲的行動甚至升級到在各地製造恐怖襲擊民眾事件，運用黑社會「同歸於盡」的戰術，企圖「亂中奪權」。

曾慶紅利用網文公開威脅習近平

　　2014 年 3 月 10 日，一篇題為《習近平是內奸 中國到了緊要關頭》的文章在網路上被五毛推手們推動得廣為流傳。5000 字的文章採用毛左先下定義、然後竭力攻擊的風格，批評習近平對昆明恐怖襲擊案、馬航客機失蹤案處理不當，習陣營是藉腐敗之名，「打擊石油、鐵路、電力等系統的國有經濟政治領導力量」，是

在幫忙美國搞垮中國的「內奸」等等。作者還把北京懲罰薄熙來和周永康貪腐團伙成員，說成了「打擊薄熙來和周永康都採取了株連九族的手法」。

不過這篇貌似毛左寫的批評文章，與過去毛左竭力攻擊改革派所不同的是，這好像是大陸網路第一次公開攻擊習近平。由於習近平上台後採取了所謂「兩個不否定」的「第三條路線」，既不否定前三十年的文革，也不否定後三十年的改革，竭力施以平衡術。習執政一年後，為了搞團結，什麼「打左燈向右轉」的辦法都採用了，目的就是不得罪左派和右派，以至於左派、右派都對他抱有一點幻想。

那是誰寫了這篇攻擊文章，並故意在網路上傳播呢？

讀到文章的後面就不難發現作者的意圖。文章對江澤民集團失去軍權，周永康曾經藉以大肆作惡的政法委系統遭到清理，表達了強烈的不滿，最後還對習近平發出公開的威脅：呼籲「盡快組織起來」，用「革命的理論」和「你死我活的革命行動」、「喚醒人民」。

也就是說，這篇文章代表了那群因薄熙來、周永康的落馬而自身惶惶不安的人，而且是要和習近平決一死戰的人。很多跡象表明，這人就是以曾慶紅為代表的江派殘餘。

曾慶紅策劃恐襲民眾 欲趁亂奪權

曾慶紅、江澤民與習近平的關係問題，海內外江派媒體都放風說，曾慶紅為了扶持習近平，17大時故意退下來，把位置讓給了習近平；但真實情況恰恰相反，曾慶紅、江澤民竭力爭取直到

不得不退位時，上演了一齣「狸貓換太子」的假戲，臨時把習近平推上來，目的只是為了在 18 大時給薄熙來鋪路，給 2014 年左右江派謀劃的周永康、薄熙來政變贏得四年的緩衝期。（具體詳情，請看新紀元出版的《18 大新權貴》、《胡錦濤的全退布局與令計畫的復仇》等叢書。）

江澤民集團與習近平陣營都是中共的一部分，都是西來幽靈——馬列主義在中共暴力機器的一部分，兩者不同的是，15 年前的 1999 年 7 月 20 日，江澤民集團對上億修煉真善忍的善良民眾舉起了屠刀，在欠下累累血債、犯下活摘器官等反人類罪行的同時，還把整個國家的法制、經濟、道德推下了懸崖，中華民族面臨前所未有的危機。以至於後任者不清算江派血債幫的罪行，根本就無法正常治理國家。而江派為了避免被清算，一直在幕後或公開地阻撓、破壞胡錦濤、溫家寶以及習近平、李克強的執政，從而雙方展開了激烈的爭奪，最後發展成以身家性命來搏擊的生死較量，周永康就幾次想暗殺習近平。

為了清除阻撓改革的攔路虎，18 大以來，習近平高舉反腐大旗，以「溫水煮青蛙」、「從外到裡」的剝洋蔥策略，一個一個拿下江澤民集團的鐵桿成員，從薄熙來開始，到周永康的數十個親信相繼落馬，包括四川省委副書記李春城開始，到國家發改委原副主任劉鐵男，四川省原副省長、四川省文聯原主席郭永祥，國務院國資委主任蔣潔敏，湖北省副省長郭有明，江蘇省南京市委副書記、市長季建業，四川省政協主席李崇禧，中央「610」小組副組長、前公安部副部長李東生，海南省副省長冀文林等等，反腐陣勢很大，周永康早已成了死老虎。

進入 2014 年，習江的博奕趨於白熱化，短短的兩個月內，

已經發生了 16 起習江陣營互相之間大的交手，其中包括 1 月 7 日陳光標紐約「逼宮」事件、活摘器官重要證人、遼寧公安廳廳長李文喜被帶到北京調查等。

曾慶紅知道，這樣大範圍地查下去，最終會查到自己頭上，江派人馬必死無疑。與其坐而等死，不如拚死一搏。特別是 2013 年聖誕節後，靠誣陷嫁禍法輪功而起家的李東生落馬時，中紀委公布的李東生頭銜直接和鎮壓法輪功相關，這暗示著北京當局有可能從鎮壓法輪功罪行的角度，來懲治江派以平息民憤。這讓江派，特別是實際操盤手曾慶紅如芒在背，坐立不安。從那以後，曾慶紅開始拿出其黑社會的殺手鐧，不斷在大陸製造多起恐怖襲擊。

《新紀元》獲悉，中共馬年兩會前夕發生幾起重大的危害社會安全的恐怖事件，都是曾慶紅背後策劃的。如 2014 年 3 月 1 日昆明血腥砍殺事件，是江澤民集團精心策劃的恐怖襲擊活動，

而 2014 年 2 月刺殺《明報》前總編輯劉進圖也是曾慶紅所策劃，目的是在香港製造混亂，捆綁及威脅現政權，激發香港民眾對北京不滿，企圖在周永康案件如何公開定性這類敏感問題上威脅習近平陣營。

江派搞的這些恐怖行動，目的就是讓中國亂起來，曾慶紅曾公開表示「越亂越好」。大陸社會越亂，說明習近平的新班子越無能，發生的暴力慘劇越多，所有的國際和國內輿論都會譴責當權者，習近平會因此倒台，江派會順勢上台，「糾正習近平的錯誤。」

這可以說是當初周永康、薄熙來政變計畫的一部分，目的是「亂中奪權」。

分裂公開江派拒絕參加中南海活動

江澤民集團與習近平陣營的對立，早就在各方面顯現出來。有網友開玩笑說，最明顯而又簡單的現像是，在中共政治局七個常委開會現場，跟江派走得近的張德江、劉雲山、張高麗這三人總是坐在一起，而另外一邊就是李克強、王岐山和俞正聲，中間是習近平。

2013 年 10 月，習近平的父親、中共前副總理習仲勛百年誕辰，紅二代大聚會，除缺薄熙來的家人外，曾慶紅的「紅色家族」也沒有派人出席，被外界視為曾慶紅與習近平公開分裂的信號。

2014 年 2 月，據《動向》雜誌報導，在中國傳統新年前夕，按慣例，中共黨和國家領導人分別看望或委託有關方面負責人看望高級老幹部，並設宴招待，一般老幹部們都把能參加這樣的團拜會當成一種榮譽，一種與現政權的特殊親近方式。不過，馬年團拜會上，江澤民、曾慶紅、李嵐清、李長春等江澤民集團人馬以「請假」方式拒絕參加，這被外界解讀為，雙方矛盾已經徹底公開化。

曾慶紅上演自殺鬧劇也難保兒子

最有意思的是，據《爭鳴》報導，2014 年 2 月 13 日馬年正月十四深夜，曾慶紅「試圖服毒自殺」，不過自殺未遂。《爭鳴》引述北京官場人士的評論說：「曾慶紅動不動就拿裝著飲料的農藥瓶子嚇唬人。」然而曾慶紅假自殺的要挾行為，遭到了王岐山間接而又強硬的回擊。王岐山說：「任何人都無權繞過程式！調

查完後，清者自清，污者自污。」

據《新紀元》調查，曾慶紅之所以要「自殺喝農藥」，是因為王岐山的反腐，查到了曾慶紅的兒子曾偉的頭上。為了保兒子，也為了保自己，曾慶紅上演「喝農藥自殺」的鬧劇，目的是想阻止「習王聯手」的反腐攻勢，但沒想到遭到王岐山的強硬回擊。

據說曾慶紅「娘娘腔式」的喝毒鬧劇，也被京城圈子內的人恥笑。

《新紀元》調查發現，自從 2013 年 12 月，李東生被抓、周永康被祕密逮捕後，中紀委的反腐火勢就開始從周永康轉向了曾慶紅，因為周永康的罪行基本已查出了眉目，從那時起，曾慶紅為了保命而上演的反撲行動，也就一天天地升級。

繼 2014 年 1 月 7 日陳光標以收購《紐約時報》為噱頭，到紐約開新聞發布會、散布「天安門自焚偽案」的表演失敗後，曾慶紅惱羞成怒。而 1 月 8 日，習近平在中共中央政法工作會議表示，要堅決清除害群之馬。1 月 10 日，周永康案出現風向標，香港《南華早報》英文版引述知情人透露，周永康長子周濱 2013 年 12 月已經被正式拘捕，他的家庭在尋找律師來準備辯護。周永康本人也被祕密拘捕，此消息已通報給各省委書記。據悉，周永康家族透過周濱及周濱妻子黃婉一家，多年來從中石油獲利至少約 980 億人民幣，按中國《刑法》，足以判處死刑，立即執行。

面對危機來臨，曾慶紅採用黑社會慣用的「同歸於盡」、「要死一起死」的戰術，在 1 月 21 日搞出了威脅習近平的「離岸解密」醜聞；哪知習陣營並沒有後退，1 月 28 日，與習近平關係密切的財新網，以報導與曾慶紅兒子同名同姓的大陸地產商被抓捕的消息，引發大陸媒體圍觀「曾偉被抓」，釋放的信號耐人尋味。1

月 30 日大年三十，中紀委正式拋出江澤民的「大管家」季建業，同時財新網發表了《周濱的三隻「白手套」》，揭示周永康家族如何把貪腐黑錢洗白。

眼看「離岸解密」髒彈沒有生效，中紀委依然在嚴查曾偉的巨額非法所得，曾慶紅又急又氣，於是在過年期間上演了喝農藥的鬧劇；不過兩天後的 2 月 15 日，海外還是傳出消息說，曾慶紅兒子曾偉已被中紀委軟禁。

江山易改 本性難移 江派再反撲

在京城百姓的閒聊中，類似曾慶紅喝農藥的自殺威脅，至少還上演過一次。鄧小平死後，其妻子卓琳為了保兒子鄧質方不受首鋼四方貪腐案的牽連入獄，卓琳跑到江澤民面前哭哭啼啼要上吊自殺，雙方討價還價，最後放過了鄧質方，但從此鄧家人不再出聲，低調行事。當初出謀劃策要暗算陳希同的，正是曾慶紅。沒想到時光輪轉，自封「三代帝師」的曾慶紅也會落到尋死尋活鬧自殺的「悲催」地步。

不過中國有句古話，狗改不了吃屎，要想毒藥不毒人，是不可能的。等曾慶紅「活過來」之後，當遼寧公安廳廳長李文喜被帶到北京調查，周永康十年大祕冀文林落馬，周永康馬仔、四川富豪劉漢被以「特大黑社會團伙」起訴，中油國際黨委書記沈定成「失聯」，國安局局長梁克被免職，特別是 2 月 24 日李東生被免職，25 日遼寧瀋陽市檢察院檢察長張東陽被調查，北京突然取消香港辦 APEC 財長會議時，曾慶紅再次下手，於 2 月 26 日在香港搞出了《明報》總編劉進圖被刺案，3 月 1 日搞出了昆明

火車站血案，令雙方的搏擊上升到了更加血腥劇烈的新階段。

巡視組洩密：更大的老虎得辦後事

　　與《新紀元》預測的相同，中共兩會結束的記者招待會上，李克強並沒有談及周永康案。不過 3 月 10 日，新華網轉載了《京華時報》的文章《巡視組：多高職務都嚴懲不貸 老虎還會不斷揪出》，針對「18 大」以來第 22 位被調查的省部級官員雲南省副省長沈培平一案，第二輪巡視中擔任中央第四巡視組組長的全國政協委員項宗西表示，被抓的老虎還很多，「這個事不奇怪的，今後還會不斷地出來。因為第一輪的巡視才完，現在的成果大部分是第一輪巡視的，第二輪的還沒出來呢。」

　　第二天 3 月 11 日，新華網發表了題為《巡視組長揭四大內幕 哪些人該「辦後事」？》的博文，給出了更多的解讀。博文稱，目前中紀委對很多貪官的前面的「功課」已經做得差不多了。「就如工兵挖子母雷那樣，現在子雷已經一個一個排除，接下來等的就是挖母雷。而這個母雷自然是更大的老虎，此人不得辦後事？」

　　也許這番話真是說給江派大老虎聽的，攔路虎不死，人們怎麼能往前走呢？看來，好戲還在後頭。

第二節

曾慶紅露面遭封殺
王岐山差點喪命

曾慶紅《明報》露面遭封殺

從 2013 年 10 月缺席習仲勛百年紀念會開始，外界即注意到曾慶紅在很多重大場合「不能露面」，包括 2013 年 12 月紅線女追悼會，尤其是 2014 年 1 月 9 日邵逸夫的追悼會，十多年來負責港澳工作最重要人物曾慶紅沒能「露面」，顯示其處境非常不妙。

而 2014 年 3 月 8 日，曾慶紅突然藉江派背景《明報》的一則新聞「露面」。報導稱，前《基本法》起草委員會委員許崇德出殯，曾慶紅罕見送花圈。然而該消息在大陸遭到全面封殺。

曾慶紅是江派頭號「謀臣」，隨著江澤民身體越來越弱，曾慶紅已成為江澤民集團的實際掌門人。2014 年 1 月，中共高層的博奕在「離岸」醜聞中升級，曾慶紅通過引爆周永康此前設下的

「定時炸彈」，即向海外媒體餵料，向習近平、胡錦濤、溫家寶等家族發出「同歸於盡」的信號。

與此同時，與周案不能切割的曾慶紅家族醜聞開始密集曝光。多方報導，曾慶紅早已被中紀委專案組鎖定為下一個大老虎。消息稱，曾慶紅的兒子曾偉已經回到中國大陸，處於被軟禁狀態。

2013年9月，大陸媒體就已經在關注曾慶淮家族與周永康案的關聯。曾慶紅的姪女、曾慶淮女兒曾寶寶被揭捲入吳兵的「中旭系」貪腐鏈條之中。而且當時還傳出38歲的女星梅婷將為年近70的曾慶紅弟弟曾慶淮產子。

「石油幫龍頭幫主」曾慶紅，其家族長期掌控石油、能源、化工行業，與周永康家族在石油領域有太多的交集和貪腐黑幕。據悉，中南海下令徹查中石油案，宣稱「無論涉及到什麼人，都要一查到底」，兩會上習近平在參加安徽代表團審議時的一句「不能把國有資產變成謀取暴利機會」，被認為話外意有所指。

2014年3月，美國紐約客等知名網站突然拋出大陸《財經》雜誌2007年的一篇文章披露，曾慶紅兒子花7000萬變1100億，鯨吞國企黑幕的報導，被外界認為是在為拋出曾慶紅家族作鋪墊。

王岐山幾次險遭暗殺

王岐山下屬的中央巡視組經常高調在各地巡視查貪時，也遭到打擊報復，甚至偷襲。王個人也曾四次險遭暗殺。

據港媒消息，2014年3月初王岐山到天津查案，車隊開往現場途中，隨行第三輛旅遊車突然起火焚燒，車上載著警衛、工程

人員，而王岐山是乘坐第二輛旅遊車上，算避過一劫。

2014 年 3 月中旬中共「兩會」後，王岐山在吉林長春準備按行程乘車出發時，安全部門告知車隊多輛車後輪胎發現螺栓鬆動，被人為破壞。

2013 年 8 月下旬，王岐山到江西、南昌等地，期間有兩名「上訪」人士向王岐山遞交「申冤狀」，後被王隨行警衛抓個正著。據知，兩名遞狀者並非受迫害冤民，而是被開除出公安系統的警官，查證是被雇用的殺手。被抓時曾企圖自殺毀滅人證。

此外，在 2014 年中國新年前夕，王岐山還收到含有劇毒「山埃」（氰化鉀）的賀年卡。中南海方面即展開追擊、偵查，但線索又被擱置。

暗殺失蹤頻發 反暗殺機構成立

除了王岐山遭暗算外，中紀委以及下屬的各級紀檢監察人員也頻頻出事。據中共內部消息，中央巡視組高調在各地巡視查貪時，經常遭到打擊報復，甚至偷襲。香港《動向》4 月號引述中共內控資料顯示，2013 年 9 月以來至 2014 年 3 月底，已有近 60 名中紀委、地方省紀委有關一線人員被暗殺或失蹤，30 多名檢察官員被暗殺或失蹤。

為此，2014 年 4 月初，由中央保衛局、總參保衛局、公安部為主成立「打擊暴力、暗殺特別工作領導辦」，隸屬中央政治局主管。

據報，特別工作領導辦下設「特別 2014 － 01 專案組」和「特別 2014 － 02 專案組」。「01 專案組」是追查與中紀委書記王岐

山上任後遭暗殺事件;「02 專案組」是偵辦中央黨政、國家領導成員接到各類死亡威脅和接到黃金、現金貴重郵包的案件。

此前港媒消息指,1 月 27 日至 2 月 6 日,中紀委由常委、委員率領 65 隊(組)到部委、地方巡查和突擊檢查,各成員都配備防彈衣、緊急通訊器材等。總參派近 1000 名便裝隨隊(組)保護。

據《爭鳴》報導,中央巡視組長徐光春到重慶巡察。2013 年 7 月 14 日晚,徐光春停放在區委、區政府的兩輛吉普車突然起火燃燒。事後,官方稱是利用遙控技術點燃車上燃料焚燒,是針對巡視組。

除了暗殺,地方利益集團還用各種方式阻撓巡視調查。如 2013 年 5 月 27 日,中央第一巡視組進駐中儲糧總公司,隨後,中儲糧黑龍江林甸直屬庫於 5 月 31 日發生火災,78 個儲糧囤表面過火,儲量 4.7 萬噸,據稱經濟損失達一億之多。

這場離奇大火雖然官方媒體當時稱是自然起火,但是引起民眾質疑,剛好發生在巡視組進駐中儲糧,認為從畫面看著火點不止一處,直指中儲糧背後的縱火者,是為了掩蓋貪污罪行,銷毀證據,阻止調查。

也有海外的分析稱,此舉是利益集團在豪賭王岐山,因為事件特別大,而且又是威脅到中共穩定的糧食問題,利益集團賭其不敢揪出背後的「大老虎」。

另外,在 2013 年 6 月,中共黨媒發表了一篇文章,內容令人吃驚,稱原中紀委常委、中央第二巡視組組長祁培文曾在某省巡視時收到過恐嚇信,信上只有一句話:「這個地方沒有你做的事,玩一玩回去吧。你要是不回去,沒有好下場。」

　　隨著周永康案黑幕愈揭愈多，政法系統出現前所未見的「大地震」，周永康數十年結成的龐大人脈網絡被打得七零八落，但周的殘餘馬仔的最後一搏也經常出現。比如在 2013 年 8 月北戴河會議前後，周永康至少兩次策劃暗殺習近平，包括在會議室放置計時炸彈和趁習到解放軍 301 醫院體檢時施打毒針，試圖發動政變。

　　不僅習近平，早前，中共前總書記胡錦濤也至少遭遇了三次驚心動魄的暗殺，背後主使是江澤民和曾慶紅。其中兩次差點命喪黃海，一次在上海暗殺未遂。由此可見中共內部的博奕是如何攸關生死。

第三節

習陣營拋出
周曾江「三虎窩案」

2014 年 3 月 10 日，香港上市公司惠生工程發出公告，其公司大股東華邦嵩已被中共公安機關以涉嫌行賄指控逮捕，此人與中石油集團高層案件有關。《新紀元》在第 343 期的《獨家揭祕 惠生工程幕後的兩隻大老虎》一文中，曝光了惠生背後的真正老闆是周永康的兒子周濱（即周斌），和江澤民家族的幕僚劉吉等人。

惠生大股東被抓 幕後老闆是周濱

2013 年 9 月 19 日，捲入中石油案的上海惠生工程公司表示，當局帶走了該公司帳本，並凍結集團若干銀行帳戶。集團主席華邦嵩、財務部經理趙宏彬均在協助調查。當時《紐約時報》援引四名跟中共高級官員談過話的人士稱，此次調查真正的目

標是周永康。

據《21世紀經濟報導》報導,捲入中石油腐敗案的惠生工程與四川石化前總經理栗東生被調查有關。四川石化彭州項目總投資規模達380億元,惠生工程在這一工程中拿下了六套裝置的總承包。至於如何拿下如此大的訂單,業內也多有評論。在2013年傳統新年前後,中石油四川石化前總經理栗東生被相關部門帶走調查。

消息人士說:「在這個項目上,栗東生只是參與者,並不是主導者,惠生工程能拿下這個業務完全是周濱的關係。」

在港上市的惠生工程技術服務有限公司(惠生工程)是來自上海的民營企業,2012年底在香港上市,2013年傳出消息說,公司大股東兼主席華邦嵩只是代人持股,幕後真正老闆實際是周濱,然該公司曾經發聲明否認。《新紀元》引述消息來源說,惠生工程與周永康的兒子周濱有密切關係。周濱夫婦在美國生活多年,周永康出任中共公安部部長的2002年,周濱夫婦取得港澳通行證,在港設立公司。

惠生公司在網路上非常「出名」,因為它是「花上億資金刪除負面帖子」、「AV女優門」的主導。2012年有人在網路上曝光了上海惠生公司在中石油四川石化乙烯項目(彭州)的建設過程中,採購人員接受日本公司「AV女優門」的性賄賂,高價從日本購買低質量產品的色情醜聞,該事件引起中國社會的劇烈震動。從那時起,中石油的貪腐在民眾心目中更加臭名遠揚。

現在回頭來看,當初在網路上曝光這些絕對機密的事,很可能就是在中紀委的授意下進行的。

背後大老虎還有江澤民家族

　　據惠生公布的公司管理層名單來看，這個民營企業後台非常硬。其管理層包括獨立非執行董事吳建民、劉吉、蔡思聰、執行董事兼高級副總裁劉海軍、陳文峰，以及執行董事華邦嵩。

　　惠生網站介紹說，吳建民，73 歲，曾擔任毛澤東、周恩來的法語翻譯；劉吉，77 歲，1983 年後先後擔任上海市科協副主席、上海市委宣傳部副部長；蔡思聰，香港人，53 歲，曾獲得英國威爾斯大學紐波特分校商業管理研究生文憑，和澳洲商業法律碩士學位。人們很驚訝，一個小小的民營企業，怎麼能有這麼大的能量，請到這些高階層的人。

　　惠生網站沒有介紹的是，劉吉是江澤民權術學的狗頭軍師。據《江澤民其人》一書介紹，劉吉 1935 年 10 月出生，安徽省安慶市人，畢業於清華大學水利工程系，畢業後分配到上海。雖然畢業於理工科，但劉吉熱衷研究的卻是「領導學」。在江澤民主政上海期間，劉吉被提拔為上海市委宣傳部副部長，是陳至立的下級。1993 年他被調到北京，後任中國社會科學院副院長。

　　在上海期間，劉吉要去江澤民家，都不需要事先通知，而是直接進入。去後，江家總是用好飯好菜招待他，有時江妻王冶坪心情好時，還親自下廚，烹飪幾個他喜歡的江南菜，劉吉稱王冶坪為嫂子，可見兩家關係之密切。

　　《蘋果日報》在《京城密語：江家周家聯手搾乾石油業》一文中也證實說，劉吉是江澤民的智囊，上海起家的惠生公司，跟江澤民、江綿恆很有聯繫，因此惠生公司背後的大老虎，不只是周永康家族，還有江澤民家族。何況很多消息來源稱，周永康是

江澤民外姪女的丈夫，周家、江家基本算一家了。

江、曾、周串聯貪腐證據鏈被拋出

2014 年香港《明報》前總編突遇刺、昆明火車站殺戮案驟然發生，其幕後策劃者正是江澤民集團，目的是製造混亂，引起民憤，並藉機混水摸魚，奪取政權。3 月 5 日，國務院總理李克強在人大會議開幕式上，嚴厲譴責製造昆明虐殺的暴恐分子，卻隻字未提「疆獨」，釋放高層重大變故信號。

2014 年 3 月 8 日，大陸媒體《中國經營報》推出兩則新聞，一條《吳兵案背後現女星 梅婷曾與周濱之妻合拍電視劇》，另一條《劉漢被控窩藏珠峰系走私大案要犯涉賴昌星》，這看似不經意間的反腐報導，知道內情的人發現，這是將江澤民、曾慶紅、周永康家族串在一起的貪腐證據鏈拋出的第一步，印證了此前中紀委所言的要下一盤「更大的棋」。

此前 3 月 3 日晚間，隸屬於新華社的《環球時報》在其英文網路版上，公開承認了「神祕富商」周濱與周永康是父子關係；3 月 8 日，《中國經營報》又從周濱白手套「代理人」的角度，挖出了跟曾慶紅弟弟曾慶淮「有一腿」的影視女星梅婷；而已被定性為「特大黑社會集團」的周永康馬仔劉漢，窩藏 2002 年被列入公安部通緝犯的西藏珠峰公司董事陳岷，並與實際掌控珠峰的何冰進行一系列合作，這樣又把劉漢案和廈門遠華特大走私案主犯賴昌星聯繫在了一起。

劉漢的背後大佬是周永康，梅婷牽出的是曾慶紅家族，賴昌星的後台是江澤民的大祕書賈廷安和江的親信賈慶林。由此周

家、曾家、江家，這三家大老虎浮出水面，他們在共同撐起黑社會老大方面有了交集。

北京「一鍋端」計畫走向公開

2014 年 1 月 21 日，江派藉所謂「國際記者聯盟」發布習近平、胡錦濤、溫家寶等家人貪得巨資、藏在海外的「離岸醜聞」，曝光了中共高層六大家族的海外藏富，但唯獨沒有周永康、曾慶紅、江澤民家族的財產調查，如今北京當權者把這三家串聯起來，要打貪污老虎窩案。

中國時局評論員周曉輝認為，毫無疑問，周家、曾家、江家彼此的交集並不限於上述兩個方面，其在攫取經濟利益、包庇黑社會、密謀政變、活摘法輪功學員器官等多個方面都有重疊。如今習陣營拋出三家串起來的證據鏈，昭示著周永康案後將有更大案祭出。

此前《大紀元》引述海外資深媒體人楊光獲知的消息稱，習近平成立了一個針對周永康、江澤民、曾慶紅、羅幹等搞暗殺的政變集團的專案組，組員至少有 1100 人，意在將江派「一鍋端」，否則自己就會有生命危險。

周曉輝認為，從 3 月 8 日的這兩則新聞來看，這盤將江澤民集團「一鍋端」的計畫，在昆明案後走向了公開，其後應該有更多的證據鏈從隱晦到直接被拋出，就像燒烤周永康一樣。而江系餘孽是否還將以暴力、恐怖手段應對，都只能拭目以待，但可以肯定的是，這個過程注定是步步驚心。

習江三次生死交鋒

第十二章

馬航失蹤
迷霧初散

習江第三次大戰的第三戰役非常隱蔽，很多人都覺察不到。
2014 年 3 月 8 日，中共兩會期間，一輛載有 200 多人的飛機，
在從馬來西亞飛往北京的途中神祕消失了，至今既無殘骸也
無音訊。不過很多證據指向有人在裡面動手腳……

馬航失聯事件發生在中共兩會期間，而且與之前發生的江澤民集
團針對現任當局的暴力恐怖事件具有相似性關聯，令人聯想此次
馬航事件與中共內鬥相關。（AFP）

第一節

中國百人失蹤 馬國政治混亂

馬來西亞航空 370 號班機空難，是指在 2014 年 3 月 8 日，一架從馬來西亞吉隆玻飛往北京首都國際機場的波音 777-200ER 航機失蹤的事件，被認為是有史以來「最離奇」的飛機失聯案。機上有 239 人，絕大多數是中國人。

馬航 MH370 航班自宣告 2014 年 3 月 8 日凌晨 1 時 30 分失聯後，至今搜救無果。期間，搜救工作由最初航班失聯海域轉向印度洋，然後又延展至中亞、西亞、非洲東部沿岸乃至澳洲的超廣泛區域，然而航班依然是杳無音信難覓蹤跡。我們不禁要問，這到底是為什麼？

馬航 MH370 航班是被劫持了

其實，早在最初獲悉航班失聯之時，就有網友意識到此事件

是否與中國國內中共內鬥有關。原因是載有大部分中國乘客的馬
航MH370航班在中共兩會敏感時段發生失聯事件令人感到蹊蹺，
加之之前剛剛發生的香港前《明報》總編劉進圖被砍事件和緊隨
其後的昆明暴力恐怖襲擊血案，不免讓人感到有暴力事件集中湧
現之感，而暴力事件集中湧現則必然應有所指。只是當時航班失
聯事件除令人感到蹊蹺之外，並無其他資訊佐證。

　　然而隨著時間推移，大量資訊彙集之下，人們逐漸確信失聯
航班不是遭到恐怖襲擊爆炸墜海，而是可能遭到恐怖劫持。否則
多國於航班失聯海域搜救數日卻毫無結果，沒找到任何飛機的殘
骸、碎片、漂浮物等又如何解釋？而且航班失聯後沒有發出任何
的求救信號，甚至連飛機失事時能夠自動發出的位置信號也沒有
發出，這也不是飛機失事所能夠解釋的。

　　3月15日英國BBC報導稱，倫敦 Inmarsat 通訊公司所控制
的衛星系統曾在馬航 MH370 航班失聯後的至少五小時時間裡收
到這架飛機自動發出信號，表明航班失聯後飛機仍繼續飛行。這
一資訊更使人們確信馬航 MH370 航班是被劫持了。後馬來西亞
政府也確認了這一事實。

大概推演十多天來的搜救過程

　　那麼，策劃劫機的是些什麼人呢？飛機又被劫持到了哪裡？
到目前為止，搜救過程簡直就是個混亂的過程。特別是馬來西亞
政府的資訊披露，從一開始就遮遮掩掩像擠牙膏一樣，在國際社
會的逼使下才很不情願的拿出了他們原本就掌握了的一部分資
訊，不禁讓人猜想他們到底是在恐懼什麼？還是在掩蓋什麼？

　　大概推演一下十多天以來的搜救過程：當 11 國艦船、飛機在馬來西亞公布的航班失聯海域搜救數日時，馬來西亞政府卻對這一區域並不熱心，隨後還把己方的搜救重心轉向了馬來半島和馬六甲海峽；當有消息指有衛星在航班失聯後還收到五小時來自該航班的信號後，馬來西亞方面否認，中共喉舌也幫著否認，並且中共喉舌還發布了中國南海發現疑似飛機殘骸的圖片，接著又發布了南海地震波數據；當有衛星在航班失聯後還收到五小時來自該航班信號的數據被確認後，隨後馬來西亞政府又出面承認與航班最後取得聯繫是在航班失聯當天的早上 8 時 11 分，並提供一份地圖，地圖上標出了兩處航班可能降落的位置，一處在中亞地區，另一處在印度洋靠近非洲的塞舌爾群島；3 月 17 日，馬來西亞方面又說航班可能會飛往澳洲方向。

　　以上推演形成了一幅搜救地圖，人們的目光最初是集中在航班失聯海域，然後轉移到印度洋上的安達曼群島，之後一下子又被引向了中亞、西亞、非洲東部沿海，直至澳洲。

　　搜索區域在地圖上劃出了一個巨大的扇面，而這個巨大的扇面卻巧妙的避開了一個值得懷疑的地方——中國，這是為什麼？

不見有人公開提出政治訴求

　　劫機者劫持飛機必有動機，亦必存在某種背景。那麼此次劫機的動機是什麼呢？又是基於什麼樣的背景呢？網路上對劫機動機的各種可能性作了分析，基本上排除了自殺、誆財、恐怖襲擊等劫機可能，但如果是政治訴求劫機的話，又為什麼不見有人公開提出政治訴求呢？既然這麼多天搜尋無果，而劫機動機又令人

感到莫名其妙，且讓我們回到當初那個令人感到蹊蹺的地方來重新思考一下。

　　像這種神祕的、令人難以捉摸的劫機事件，搜尋起來恐怕需要尋找和把握一條主線才行，否則搜尋工作就會變得非常盲目，而久拖下去航班乘客的處境也會變得愈加危險。那麼這條主線應該從哪裡尋起呢？讓我們再回到當初那個令人感到蹊蹺的地方看看前後都有些什麼線索：

　　一、**針對性**。馬航 MH370 航班是飛往北京的航班，機上大部分乘客是中國人，劫機事件針對中國方面的傾向性偏大。

　　二、**時間敏感性**。劫機事件的發生恰逢中共兩會期間，這兩件事時間上的高度吻合，不能不讓人聯想到這種看似的巧合或許不是偶然。

　　三、**外圍相似性**。對劫機事件發生前後所發生的其他異常事件的研判，有助於我們探討劫機事件的發生是否可能存在某種背景關聯。我們已經知道，劫機事件發生之前不久才剛剛發生香港《明報》總編劉進圖被刺事件和緊隨其後的昆明暴力砍殺血腥事件，一星期後劫機事件發生，而兩會剛剛結束又接連發生了湖南長沙砍人事件和湖北某醫院火災事件。

　　而這些事件在時間上都有一個共同的相似之處——圍繞兩會。關於刺殺總編和昆明血案這兩個事件，已經確認是江澤民集團策劃的針對現任當局的暴力恐怖事件，這不能不讓人聯想到劫機事件是否也存在同樣的針對性。

　　四、**乘客中的疑點**。馬航 MH370 航班的乘客中有兩人是冒用他人護照登機的，而此兩人的機票都是從中國南航購買的，同時此兩人也都是由中國南航輸送給馬航的，可疑乘客和中國方面

有了關聯。

　　儘管馬來西亞方面稱此二人為難民身分，與劫機無關，但如果此二人原本就是特工的話，偽造身分底案也不是不可能，畢竟人還沒有回來，不能完全否定。另外，中國福建的一名俞姓男子的護照號也在此航班中被冒用，這又是為什麼呢？

劫機訴求只能祕密進行

　　五、中國國內政治背景。鑒於此次劫機事件發生在中共兩會期間，而且同之前發生的江澤民集團針對現任當局的暴力恐怖事件具有相似性關聯，我們不能不考慮此次劫機事件是否與當前中共內部的政治角力有關。目前中共內部派系鬥爭的狀況是，江派「大老虎」周永康被抓，其黨羽亦被剪除殆盡，江派勢力岌岌可危。

　　江派勢力因為迫害法輪功和活摘法輪功學員器官犯下了驚天罪行，一旦失勢即可能面臨其罪行被清算，因此垂死掙扎，不惜魚死網破瘋狂反撲。由於江澤民和周永康是一條船上的強盜，根本無法切割，所以周永康案如何定性就成為了江澤民能否自保的關鍵。原本預計此次兩會將要公布的周永康案卻沒有公布，不得不讓人聯想到是否與此次劫機事件有關。

　　依據以上所列，大致能夠對此次劫機事件同中國方面的相關性理出一個大概的脈絡來。這五條疊加在一起，大大強化了劫機事件是針對中國的推測。具體而言，是江澤民集團針對習近平當局的一次事件。從中也可以作出判斷，要挾習近平當局是劫機事件的動機，中共內鬥江系反撲是劫機事件的背景，要求習近平當

局就周永康案妥協是劫機事件的訴求（這也就能解釋，為什麼劫機者不公開提出訴求，因為這種訴求只能祕密進行）。

劫機事件的動機、背景和訴求已經找到，那麼搜尋被劫持的飛機就有了針對的方向。江澤民集團策劃實施了針對習近平當局的劫機事件，目的是威脅習近平當局就周永康案進行妥協，這就是此次馬航 MH370 航班被劫持事件的主線，只要把握了這條主線，就不容易被那些故布迷陣的資訊所迷惑。

第二節

馬航事件的馬國政爭背景

2014 年 3 月 17 日下午 17 時 30 分，馬來西亞政府在吉隆玻召開新聞發布會，通報 MH370 的最新搜救和調查進展，並回答各國記者提問。馬方在記者會上表示，目前仍有相關資訊尚未透露，理由是維護國家安全考慮。另外，正調查飛行員自殺的可能性。

這樣的回答顯然是不能讓關注此事件的公眾滿意的。MH370 的下落，筆者和眾多網友一樣日夜關注。近日的幾期剖析文章，分析了大致的方向。從網友的熱烈反饋來看，略解眾多關注航班下落的網友之苦。

但實際上，還有一個很關鍵的問題還沒有完全正面的解答（儘管有的朋友在轉載時改成了這麼個標題），那就是，那個劫機者到底是誰？他要幹什麼？

從這裡開始，筆者論述的事物將不再是飛機、引擎、雷達、

衛星、航線和地理，而開始涉及到活生生的、真實複雜的人。人是多元的社會性動物，人性有著錯綜複雜的糾葛，那麼就不再能用物理定律般精確衡量和判定人的行為。

儘管筆者已經盡量客觀的匯總了現有各國媒體的各路報導，從中理出事件脈絡。但顯然，目前這些都不是直接的證據，而是側面資訊，儘管已力求彼此間邏輯上的自洽，但顯然無法保證必定是這起人為事件的真相和全貌。

但若是有興趣的讀者，如果相信筆者的邏輯分析能力的話，仍請看下去，本文將盡量審慎、客觀地推斷一些觀點，僅供參考。

乘客中未發現可疑分子

在登上飛機的 227 名乘客和 12 名機組人員裡，除了初期引發高度懷疑但隨後被排除的兩名持他人護照欲圖偷渡的伊朗人外，至今沒有發現真正可疑的人物。

乘客大部分是中國人，一部分是馬來西亞人，還有為數不多的一些西方人士。他們的身分背景在這 10 天內不僅已被眾多媒體，也會被各國警務機構詳細調查。事實上至今並未發現有恐怖嫌疑、有劫機目的以及具備航空駕駛能力、有飛行駕駛訓練記錄的人士。

劫持者自行駕駛，甚至駕駛大型民航客機做出「戰術躲避動作」，要求精湛的駕駛技術和極其豐富的經驗。這個早就查過並排除了。若是制服飛行員後逼迫其繼續駕駛飛機，飛行員可以用多種方式輕易發出被劫持資訊，不可能了無音信。

那麼，MH370 神祕航跡疑雲的焦點嫌疑就落在了兩位飛行員

身上。在鄰居眼裡，27 歲的副駕駛法利克是一個謙虛、安靜的小夥，他的飛行經驗 2763 小時，最近才剛剛開始駕駛複雜的波音 777。父親是地方高級公務員，家境富裕。

法利克最近在忙於籌備人生的大事——婚禮，他將在近期迎娶亞航 26 歲的女飛行員 Nadira Ramli 為妻，他倆當年同在蘭卡威飛行學校學習飛行，互相結識已有九年之久。總的來看，無法看出他會是一個要鋌而走險劫持飛機，或者要厭世絕望自殺的人。

最終的疑雲指向了該航班的機長扎哈里·艾哈邁德·沙阿。

機長是反對黨活躍黨員

這位 53 歲的機長經驗豐富，在馬航工作的 33 年間，沙阿的累計飛行時間超過 1 萬 8360 小時。作為多年資深的機長，他收入豐厚，居住在高級社區的獨棟別墅裡，有和樂美滿的家庭，鄰居全是上層精英。在業餘時間，他熱心社區事務和公益事業，為人樂觀、友善、性格開朗。

他是一位遙控飛行愛好者，甚至用電腦自己搭建了一套多螢幕的飛行模擬器，這個模擬器有三個顯示屏、三個觸控屏，配置了最新款的顯卡、中央操縱台，可以用盡量專業的方式操作飛行模擬遊戲。這套系統他曾於 2012 年「曬」在了德國的一個玩家論壇上。除此讓人稍覺另類之外，他生活情趣健康，並無賭債等經濟問題。

按理說，從經濟上看，他也沒有任何劫機圖財的冒險需求。但是，他是馬來反對黨人民公正黨的「終身黨員」。而就在 3 月 8 日的前一天下午，飛機起飛前的 13 小時，人民公正黨再遭重大

打擊。

該黨領袖、66 歲的安瓦爾（香港譯安華）再度被法院以老罪名——「雞姦罪」判處五年監禁，雖然將提起上訴並可暫時獲得保釋，但這項定罪意味著他不得擔任公職。而他原定登記參加地方選舉。

這裡有必要對安瓦爾這位馬來西亞最著名的反對派領導人做一簡短介紹。

馬來西亞執政黨面對困局

16 年前，安瓦爾本是馬來西亞第二號人物，已擔任五年的副總理兼財政部長、執政黨副主席，被公認為頭號人物馬哈蒂爾的接班人和得意門生。

按預期，未來他將接過馬哈蒂爾的一系列權柄：第一大黨「馬來民族統一機構」（簡稱「巫統」）主席，執政聯盟「國民陣線」主席，以及基於以上職位而自然獲得的總理職務，他將掌管未來的馬來西亞。因為自 1957 年馬來西亞獨立以來，「巫統」一直牢牢把控著這個國家。

但在 1998 年亞洲金融風暴中，本是情同父子的安瓦爾與馬哈蒂爾從應對政策的觀點分歧，迅速升級演化為黨爭決裂乃至於陰謀亂鬥。安瓦爾被曾一路引薦提拔栽培他的馬哈蒂爾革職、開除黨籍。安瓦爾隨後向馬哈蒂爾發難，以個人魅力組織支持者進行了大規模示威遊行。

但是安瓦爾隨後被警方逮捕，他以前的司機出面指控其犯有雞姦罪。他因瀆職罪被判處六年監禁，又因雞姦罪被判九年監禁，

出庭時左眼嚴重瘀傷，最終毆打他的警官認罪，稱是出於義憤。

2004 年，在馬哈蒂爾退休後，最高法院認定安瓦爾的司機證詞前後矛盾，撤銷雞姦罪，坐滿六年牢的安瓦爾當庭獲釋。傳言稱，安瓦爾是與當局達成協議，答應出獄後保持低調。但服刑期間，安瓦爾已在獄中遙控支持者們組建了人民公正黨，並由其妻子代理出任主席。

四年後的 2008 年大選，以公正黨為首的反對黨聯盟得到中產階級的支持，首次贏得超過三分一的國會議席，以及 13 個州中最富裕的 5 個州的地方政權。安瓦爾也隨之重返國會，正式領舵反對派。這也是歷史上「巫統」第一次沒有獲得三分之二多數國會議席。

到 2013 年大選，反對黨聯盟繼續擴大影響，儘管有種種執政黨舞弊傳聞，仍在選民票數上第一次獲得了全國過半的支持，只是因選舉制度設計未能體現出如此優勢。但離奪取政權顯然又近了一步。

顯然，掌控國家 56 年之久的執政黨遭遇極大壓力。在這樣的背景下，安瓦爾新一輪的「雞姦」指控再度出籠了。

2008 年，就在他磨刀霍霍重返政壇的時候，一位三個月前剛成為公正黨義工，隨後迅速成為安瓦爾特別助理的 23 歲男大學生報警指控其被安瓦爾「雞姦」，官司持續到 2012 年，法庭認為證據不足，裁定安瓦爾無罪。

但 2014 年 3 月 7 日上訴法院的新一輪判決，則又否定了無罪判決，判定有罪。這是 14 年來安瓦爾第二次被定有罪。他在入獄的同時將失去包括國會議員在內的所有政治職務，也無法參選。

馬國國際信譽破產

這就是馬來西亞的政治背景，之所以用這麼一段完整描述，不但與後續的劫機動機分析有關，也是因為想必大家都看到了事發以來馬方混亂的資訊傳播。

大家都見識了馬來西亞政務官和事務官們表面上的慌亂無序，自身的資訊披露像擠牙膏，而彼此之間、對國際媒體和他國政府的資訊，則又不斷地否定，又肯定。

軍方先否認，然後是交通部長否認軍方，然後是馬航否認交通部長，然後是總理否認馬航。一個個馬來西亞高官，前言不搭後語，鬧盡了國際笑話。

而從 1 點 20 分、2 點 40 分、8 點 11 等一個個逐步改口一推再推的失聯時間，完全被國際媒體和他國政府一步一步艱難地逼著推進的事故調查，以及至少已知曉飛機有折返可能，卻「忽悠」各國艦隊雲集泰國灣義務撈垃圾的國際「缺德」。把這所有的荒謬疊加起來，馬來西亞政府已經在七天內輸掉了幾乎所有的內外信譽。

整整七天啊，這期間有多少蹊蹺？要逼迫人不顧一切地做出如此錯亂、明知不可行的反應，必然源自內心深深的恐懼。也許正如很多網友認定的那樣，馬來西亞政府其實一開始什麼都知道。

也就是說，從一開始，馬來西亞當局就認識到，這個事件很有可能引發巨大的政治地震，並直接導致馬來西亞現政府倒台，甚至會對馬來西亞的國運都會有著極大的動搖。

因此，馬來西亞當局試圖用拖延和隱而不發的方式，希望把

這個涉及安全、政治、外交的多重危機變成一個相對單一的空難事故，而如今這個算盤也基本落空了，大家都知道，這是一場劫機，而且很有可能是政治性劫機。

陰謀終將被揭穿

劫機無非幾個原因：一政治表達，二金錢因素，三是要前往某地，四是恐怖襲擊。

有一個幸福的家庭、熱愛生活、有高薪職業與良好的社會關係、有高水準職業素養的人不大可能是發動自殺襲擊的宗教極端分子。馬來西亞也缺乏宗教極端勢力，恐怖主義跟馬來西亞總體關係不大。

另外，如果目的是自殺及殺死機上 200 多人，在飛離跑道後的任何時刻都可以完成，駕駛這飛機上下折騰，就是為了去印度洋沉底去嗎？要是只是想要機毀人亡，幹嘛跑那麼遠？

有的推理迷陰謀論者和技術宅們認為，有可能機長是在追求「完美犯罪」：一個找不到下落和線索、甚至無法得知加害者的完美犯罪，這本身就是動機。把龐然巨物 777 憑空弄消失，打造航空史上第一謎。

按理說，這樣的推理很正常。洛克比空難的策劃人原本也是想這麼設計的：「送上貨艙的定時炸彈，預定在飛機處於大西洋上空時爆炸，這樣飛機失事原因基本將成為不解之謎，甚至飛機碎片也很難打撈得到（當然，20 多年後法航 447 調查組式的執著打撈大大超出了正常的預期）。

只是由於颳起了強勁的西風，加之飛機中轉時有所晚點，才

使得飛機在蘇格蘭陸地上空爆炸，這讓調查人員可獲得盡量多的飛機殘骸。辛勤的地毯式搜索發現了一小塊碎布，最終奇蹟般地破解了整個案情。

但是，即使是按這樣的想法，顯然機長失敗了。絕大部分的專家、媒體和關注的公眾都把最大的嫌疑指向了他。就連客機最終的可能所在地點，也被衛星揭示了出來。

這個世界上當然充滿了很多陰謀，包括 MH370 事件中，更是有許多很高級的陰謀。任何人為破壞和人為掩飾都是陰謀，但是在這起全球聚焦的大事件中，包括美國在內的國際媒體、專業機構都正在合力解開這些陰謀，尋找最終的答案和謎底。

或許，揭開謎底的時間為期不遠了。

第三節

「事情超出想像！」
駐馬大使知黑幕？

「很多資訊不宜對外公開」

2014 年 3 月 8 日午夜，馬航 MH370 航班由馬來西亞首都吉隆坡飛往北京的途中失聯，至今參與搜尋和調查的國家已有 26 個，但仍無法確認行蹤。機上 239 人中有 154 名中國人，牽動億萬人的心。這場史無前例的全球大搜索好似各國軍力大比拚，引外界關注。

中共駐馬大使黃惠康在 3 月 18 日上午的發布會上稱，MH370 客機失聯事件調查中很多資訊涉及刑事調查，不宜對外公開。事故原因調查，不宜大張旗鼓進行。

中共央視列出了黃惠康講話的四大要點：一、可以排除中國乘客涉嫌恐怖和破壞活動的嫌疑；二、因涉及刑事調查，很多資訊不宜對外公開；三、現在面臨的問題是謠言滿天飛；四、目前

搜索區域過大，搜救難度一點沒減。

「事情超出了想像和控制」

3月9日，中共駐馬來西亞大使黃惠康在新聞發布會上表示，此次馬航航班失聯非同尋常，有很多令人疑惑的地方，大家要有耐心，很多事情超出了想像和控制力。

黃惠康在新聞發布會上稱，從馬方內部會議分析，如果電子系統或發動機故障，飛機仍有信號；如果信號系統故障，電子定位傳感器還會工作；如果緩降，電子信號仍然會在。而現在飛機進入兩國交界空域幾分鐘後突然失去信號，至今未現蹤跡，太不尋常。他說，大家要有耐心，很多事情超出了想像和控制力。

馬拒美國大規模協助調查

《紐約時報》引述美國高級官員報導稱，馬國政府拒絕美國大規模協助調查，令調查力量受限。馬國政府被普遍質疑隱瞞真相。馬國代交通部長希山慕丁在記者招待會上表示，搜索行動依然由馬國主導。

3月8日，從吉隆玻飛往北京的馬航 MH370 航班失聯後，馬來西亞政府發布資訊遲緩，手中的資訊非常缺乏，明顯調查不力。更有甚者，該政府和馬航公司對外公布的資訊既不準確也不完全，有時候該政府發言人和軍方領導人的說法甚至完全矛盾，以官方名義先後向全世界公布的資訊甚至截然相反。馬方的做法引起各方猜測，被指遮遮掩掩，故布疑陣，將人們引入一個又一

個的疑團中。

馬航 MH370 失聯第八天，馬來西亞方才確認飛機遭人故意關掉機上的通訊系統及改變航道轉飛印度洋；同時，馬來西亞軍方仍不願向外公布其雷達記錄信號。

雖經多國先進的偵察機、艦船等多天的努力搜尋，馬航MH370 航班仍毫無音訊。目前，關於馬航 MH370 航班的消息混亂，各種傳言不斷。但各方普遍認為，馬航 MH370 失聯是由於人為所致。

飛機飛向安達曼群島 曝光中共海外軍事基地

路透社從吉隆玻發出獨家消息稱，3 月 14 日，熟悉調查的消息人士對路透社稱，馬來西亞軍用雷達跟蹤的證據顯示，馬航失聯客機人為操縱飛過馬來半島，飛向安達曼群島。而中共在海外的九大軍事基地之一，就在位於東經 93.4 度、北緯 14 度的隸屬於緬甸的科科群島（Coco Islands），該島是安達曼灣的咽喉。

中國時事評論周曉輝表示，2014 年 2 月，印度《帕斯卡日報》網站曾報導，中共在科科群島上修建跑道和軍事設施。雖然遭到了中緬兩國的共同否認，但應該不是空穴來風。

如果科科群島有中共的軍事基地，有飛機跑道，那麼之前被監測到的馬航客機「被人為操縱飛過馬來半島，飛向安達曼群島」就有了相對合理的解釋，即他們的目的地是科科島。而且，要知道，在中共高層博奕中，有不少軍方將領捲入，至於科科群島的情報中心是否由曾掌控海外情報系統的曾慶紅的親信掌握，也是個疑點。

不過，現在最需要確認的是，失聯航班究竟是成功隱身於科科群島，還是出現意外墜入印度洋。如果是前者，策劃者如何將這場戲演的圓滿是個看點；如果是後者，我們在為之祈禱的同時，一定要堅定的追查真相。但不論是哪種結果，馬航事件背後的黑幕一定要被揭開，幕後的策劃者一定要得到真正的懲罰。

馬航失聯飛機大事記

3月8日

零點41分：載有227名乘客和12機組人員離開吉隆坡飛往北京；馬航聲明：MH370於2點40失聯，並公布乘客名單，其中154名中國人，馬航高層代表抵京；馬國政府：未能證實失聯客機在越南墜毀；馬方、越南、中國展開搜救。

3月9日

馬國政府：不排除恐怖襲擊可能；越南稱發現馬航失蹤客機碎片；美第七艦隊派艦機赴南海；中國船趕赴疑似墜機區。

3月10日

馬國政府：海面油跡與失聯客機無關，持失竊護照登機者非亞裔面孔，馬航股價狂跌一成；聯合國授權調查失聯飛機爆炸可能；美、澳、中、越、菲等九國在越南以南海域搜尋；中國乘客家屬抵達馬來西亞。

3月11日

馬國政府：一名冒用護照乘客系伊朗難民；馬軍方：失聯馬航客機曾轉向馬六甲；美CIA：馬航客機失蹤不能排除恐襲；日本加入準備派運輸機協助搜尋；中國動用多枚衛星協助尋找。

3月12日

馬航披露失聯航班1點19分最後通話內容「好的，收到。」數分鐘後航班消失；馬國政府否認測到失聯客機在馬六甲海峽；美媒：飛機失聯後數小時試圖同衛星建立聯繫；中國公布失聯客機疑似失事海域漂浮物衛星，要求大馬核查「折返」傳言。

3月13日

馬國政府：美媒報導班機失聯後繼續飛不準確；印度空軍、海軍正式加入搜索安達曼海；中國稱未能確認衛星圖像與馬航客機關聯。

3月14日

英衛星顯示MH370失聯後飛行五小時；美國：搜索行動重心轉移印度洋；失聯航班乘客家人指責馬國政府。

3月15日

MH370確認轉航印度洋，南海搜救中止；馬方搜查機長住所；美軍方：雷達信號顯示飛機升至4萬5000英尺後，失聯後急劇向西轉向後跌至2萬3000英尺，飛向Pepang島；中國「高度關注MH370轉航資訊」。

3月16日

馬國政府查飛行員家中飛行模擬器、調查劫機、恐怖主義等可能性；馬國政府：失聯航班最後與衛星聯絡時間為8點11分；馬國政府呼籲更多協助，搜索國家增到26個。

3月17日

馬航：最後訊息可能由副機長發出；澳洲負責南方航線搜索；美媒：飛機從雷達上消失前有「戰術躲避動作」。

3月18日

　　馬航：失聯航班通訊應答系統 1 點 21 分關閉；美國搜索從安達曼海轉向澳洲；馬反對黨領袖安瓦爾譴責針對機長的揣測；中國乘客家人威脅絕食抗議。

　　3 月 19 日

　　馬國政府：不清楚失聯客機最後通話前已轉向；美國 FBI 協助調查，美媒：失聯客機偏航 12 分鐘後才最後通話；中國艦艇從泰國灣轉往印度洋；中方排除中國乘客恐怖嫌疑，家人情緒失控被帶離記者會。

　　3 月 20 日

　　澳洲衛星發現疑似失聯飛機殘骸，澳美新等國聯手搜尋；奧巴馬：美將搜索馬航客機視為重點；中方確認失聯客機未進入中國境內。

　　3 月 21 日

　　馬航：調查機長起飛前打過神祕電話報導；馬國政府：分析失聯機長模擬器未找到劫機證據；多國搜尋南印度洋未果；印度「婉拒」中國軍艦進入其領海搜尋。

第四節

馬航失聯飛機「終結」
謎團依舊

「MH370 終結南印度洋」廣遭質疑

2014 年 3 月 28 日，澳洲當局在收到來自馬來西亞的雷達資料，指飛機飛行速度較原先預測得更快，因此會更快用完燃料後，搜索馬來西亞航空公司 MH370 班機的國際海空行動大轉向，移至距離原先搜尋一個多星期的區域以北 1100 公里處。而且在新搜索區域還發現了「疑似物體」，這是第一次搜尋人員從飛機上看到海面上的物體，而以前的發現都是通過高空衛星。

27 日馬航曾表示，收到包括日本、泰國等國家提供的衛星圖，其中泰國一枚衛星在南印度洋水域發現 300 件可疑漂浮物，位在澳洲珀斯西南約 2700 公里。但暫未能確定漂浮物是否與失蹤客機有關。未來會重點尋找俗稱「黑盒」的飛行記錄儀。由於當地

惡劣天氣，暫停搜索，待天氣轉好搜救會繼續。

此前，3 月 24 日晚間 10 點馬來西亞總理宣布「馬航失聯客機 MH370 終結在南印度洋」，自此國際所有搜索集中到澳洲珀斯西部海域。幾天過去，還是沒有找到任何飛機殘骸。

實際上，從馬方的宣布開始，質疑就沒斷過。為馬方提供衛星數據分析的英國公司 Inmarsat 的高管說，進入南印度洋的路線是「最符合」來自飛機的 pings 信號。「最可能的路線是往南，最可能的終點是他們現在正搜索的區域。」但是公司高級副總裁 Chris McLaughlin 還說：「當然，沒有什麼是最終的（結論）。」

CNN 報導直接表示，官方版本少了一樣東西：硬證據。美國已要求馬國政府和英國國際海事衛星組織提供數據，以獨立分析是否能得出同樣推論。

美國國務院發言人瑪麗·哈夫 24 日則表示，對於馬方結論，美方目前「沒有任何獨立的佐證」。她表示，美國跟馬來西亞以及多個有線索的政府在調查上密切合作。但是現在沒有任何新的東西提供。國防部發言人柯比證實，美軍已啟程向澳洲運送「黑盒子」探測器，但尚未確定任何飛機殘骸碎片區域。

CNN 航空分析家 Miles O'Brien 說，他希望看到馬航當局宣布背後的更多資訊。「科學上有一句諺語：非凡的宣布要求非凡的證據。」他說：「給我看。給我看證據。」

最無助的是家屬。幾近崩潰的中國乘客家屬，25 日前往馬來西亞駐華大使館抗議，然而 26 日中共當局派出大批警力，駐馬來西亞駐華大使館和家屬暫住的北京麗都飯店，嚴禁任何人進入。

MH370 飛行詭異 最大疑點指向「劫機」

這架 3 月 8 日周六當地時間零時 41 分從吉隆坡飛往北京的 MH370 航班，凌晨 7 時 24 分馬來西亞航空發出通報，MH370 於 2 時 40 分失去聯繫。機上共有 239 人，其中包括 152 名中國人、1 名台灣人和 1 名香港人。20 天來，多達 26 個國家分「南北走廊」搜索，最後集中到南印度洋，卻一直沒有找到 MH370 的蹤跡。各種分析迭起，但大多認為，應該不是一起普通機械事故。

因為很多疑點無法解答，為何機上所有應答器、自動聯繫被關上？飛機為何飛出一小時後大轉向？而轉向後副機長還正常回應地面聯繫？飛機又為何衝上四萬英尺高空，又落下兩萬多英尺？為何飛向印度洋深處？等等。

波音 777 失蹤調查小組相信，在飛機狂野的偏離航線並靜悄悄飛向深海之前，沒有機械故障或起火，可以造成飛機的異常飛行或通訊系統失靈。對飛機路線，信號和通訊的分析顯示，它是以「理性的方式」在飛行。

一名官方來源告訴《電訊報》，調查員相信「這是一個由飛機上某人作出的故意的行動，他對於要做的這一切有著詳細的知識了解……對於動機還沒有任何線索。」

3 月 26 日，美國國防部長哈格爾在五角大樓與英國國防部長哈蒙德共同舉辦的記者會上表示，目前沒有排除馬航 370 班機失蹤是恐怖襲擊造成的。

據多方披露的資訊和分析，目前「劫機」成為較合理的解釋，但至今未見任何訴求，而且到底誰劫持了飛機？很多質疑指向熟練操作這架波音 777 的機組成員，也有指向不可知的某

國背後操縱。

圍繞機長的種種猜測

自 3 月 15 日，各方認為飛機失聯轉向還飛了四、五個小時後，馬方調查員開始調查機師是否有預謀劫持客機，並執行「自殺式任務」的可能性。《新西蘭先驅報》26 日引述機長扎哈里（Zaharie Ahmad Shah）朋友稱：「（扎哈里）是最棒的飛行員之一，我不是醫學專家，但因為遭遇的變故，扎哈里可能不是飛行的狀態。」

這位知情人說，扎哈里與另一名女子產生情愫，被妻子知道，導致妻子帶著孩子，在扎哈里執行 MH370 飛行任務的前一天，搬離到另一處住宅。這對扎哈里的打擊非常大。他或將航機作為自殺工具，作「最後兜風」之旅，連人帶機墜海，而副機師當時無能為力。

基於這些背景，美國聯邦調查局已經開始對扎哈里的妻子進行調查。此外，警方也正在調查另一名與扎哈里有關的神祕女人，在客機起飛前，她打電話給駕駛艙的扎哈里，通話了約兩分鐘。警方發現，這個女人使用的電話號碼用假身分登記。

「扎哈里個人生活的複雜性遠超我們的想像。」一名調查人員稱。調查人員越來越重視「飛行員自殺」的可能性。

但馬來西亞 23 日否認機長起飛前與一神祕女子通話，並否認飛機曾做出戰術規避動作。

而機長家人面對各種質疑也首次打破沉默。扎哈里之子稱，父親不應為客機失聯負有責任，並表示他們尚未接受馬來西亞政府有關客機墜海無人生還的官方說法，堅持等待發現證據。

有媒題報導，扎哈里被形容為馬來西亞反對黨領袖安瓦爾的堅定支持者，客機起飛前曾經參加過馬國政府對安華的司法判決案。但是否與飛機失聯有關，也被反對黨否認。

到目前為止，搜查機長扎哈里和副機長法利克（Fariq Abdul Hamid）的居所的有關情況並沒有被公開。警察仍然在檢查在機長家發現的飛行模擬器。

飛機上乘客還活著？中共監視家屬

3月26日，馬方高級工作組成員在北京麗都飯店回答失聯馬航大陸乘客家屬提問。提問中馬方稱，是中共當局通知建議為家屬提供服務的祕書處工作人員不要來麗都飯店。隨後，中國數字時代網披露，中共國信辦緊急發布密令：請立即刪除《馬航：工作人員離開酒店係聽從中方建議》一文。不久後，該相關報導已被大陸媒體刪除。而且飯店內外遍布警察，家屬疑被控制。

此舉動引發巨大質疑，中方在幫馬方隱瞞什麼？中共為何讓馬方工作人員離開並加強警力監視家屬？網路迅即廣傳這個「問答」。

家屬們最關心的是，親人們是否還活著？文章顯示，當家屬問到：既然沒有直接證據，為什麼說飛機墜海無人生還？要求公布當時稱因考慮人員安全不能公布，既然現在說機毀人亡了，就請公布這些情況。

馬方回答說，現階段沒有排除劫機的可能性。當家屬問：這麼說沒有排除可能性，是不是我們的人還活著？馬方：不做評論！

家屬又問：我們的人到底還有沒有生還的可能，這是家屬們

最想知道的問題。馬方沉默了。

家屬再要求：家屬堅持要等這個回答。馬方：做的那個聲明是根據英方調查做的，關於剛才那個家人生命的問題，我們也期望他們還活著。關於劫機，除非找到黑盒子，否則很多問題沒法回答。

特別詭異的是，此前 3 月 20 日，鳳凰衛視報導，一位中國家屬徐先生在接受其獨家電話訪問時說，馬國政府代表和他們見面，並且在交談當中給他們一個暗示，飛機可能還在。那個代表說，根據分析，飛機空中沒有爆炸，他們認為人現在還在。

還有一個被最常問及的問題是，如果飛機出問題，為何乘客不用手機給親友打電話報警？考慮到「911」事件後，美國聯航 93O 墜毀前許多乘客用手機同地面的親人聯絡，這次失蹤飛機乘客，竟然無人撥打手機顯得很蹊蹺。

中馬為何同時遮掩？都知內幕？

3 月 27 日下午，馬航首次承認曾兩次用衛星電話聯絡 MH370。主管業務的副總裁承認，在失聯當天，馬航指揮中心曾試圖兩次通過衛星電話呼叫 MH370 航班，但均未得到回應。這名副總裁未透露呼叫的具體時間。網民紛紛質疑，馬航為何要掩蓋至今？馬航的話已難以相信。

此外，機組多了一人？馬航 24 日晚說，它的「祈禱去到所有 226 名乘客和我們 13 名朋友和同事的親人身邊」。但是早先乘客名單顯示的是 227 名乘客和 12 名機組成員。馬航沒有解釋這個差異。

最新的疑點是：為何此時才公布飛機失事？據美國國家交通安全委員會稱，大約在此前一周，他們就已向馬方通報過客機墜毀的結論。馬方 25 日也承認，在客機失蹤第四天的 12 日已掌握其墜海資訊，但因避免影響調查而隱瞞。

此前，3 月 18 日，中馬雙方不約而同的說「不宜對外公開」，引外界質疑，中馬知內幕？

時評員周曉輝認為，對於資訊共用的中馬兩國官方，在表面作戲的背後，或都十分清楚其中的內幕。或許一個大膽的猜測是，在飛機「失聯」後繼續飛行的五個小時中，劫機者曾與某個政府就某件事進行了談判，在無果後因燃料耗盡墜毀，而這可能正是無法言說的祕密。這個政府是馬來西亞還是中共？

中馬雙方都迫切的希望尋找到飛機的確切下落，但劫機者透露的資訊有限，在無法確定飛機下落前，特別是因擔心受到劫機同謀者的更多威脅，中馬選擇的是隱藏信息，並忽略美國的結論。

周曉輝表示，如今，飛機墜毀讓某些人大大地鬆了口氣，因為所有的疑問、所有的疑團，包括指向北京和中共的質疑都被海水吞噬，甚至曾經的威脅也湮沒於海浪中。即便黑盒子打撈上來，也未必能還原事件的真相。

美國為何不公布衛星圖片？

3 月 27 日，美國五角大樓新聞發言人柯比（John Kirby）在記者會上表示，美國不會對外公布有關失聯馬航的衛星圖片細節。美國擁有世界上最先進的間諜衛星系統，為何不對外公布？似有難言之隱。

對於有記者現場提問：中國、泰國等國公布衛星圖片，我們沒有看到美國這樣做是何原因時，柯比回應說：「不，我們不會談論有關美國提供的衛星圖片方面的細節。你們沒有在美國的電視網路上看到衛星圖片，這並不意味著美國沒有共用這些圖片……我們在分享。」「正如我本周一所說，我們不會討論有關細節，包括圖片的位置和來源。」

有記者質疑：美國擁有全球收集資訊最強的間諜衛星，但沒有對外公布任何資訊，這是否意味著，美國在這個地方沒有衛星覆蓋？柯比回答說，他對於討論這一問題心有戒備，「你也許能夠理解，在這裡我對討論美軍在這方面的能力心懷戒備。」

美國已掌握關鍵情報？

到目前為止，國際搜索經歷三次大的高潮。第一次針對飛機失聯海域、南海附近的大搜索；第二次 3 月 15 日馬方宣布客機轉航後的可能位置在「南北走廊」區域；第三次是鎖定南印度洋。而這幾次高潮的背後都直接關聯著美國，似乎這個全球軍事與科技實力最為龐大的國家掌握馬航失聯的謎底？

最早，十多國先進軍力在飛機失聯區域的南海搜救。當越南等國聽從馬方統籌，集中拉網式搜尋南海區域時，美艦開始脫離國際搜索範圍，自行西出馬六甲海峽展開搜尋。似乎早知飛機轉向。

3 月 12 日開始，美國幾大主流媒體獲得美國調查人員的獨家消息，即客機失聯後仍持續飛行四小時，飛行路線轉向等關鍵證據；但當時馬國和中國都在「闢謠」。

3月15日馬來西亞終於承認美方消息，最後失聯是在8時11分，並提供一份地圖，劃定了南北走廊。當各國隨著馬方的指揮棒轉時，美國媒體突然披露美國海軍已經決定將讓「吉德」號退出搜救序列，只讓飛機繼續搜索。美方已前往印度洋搜索。

3月17日，馬來西亞方面開始說航班可能會飛往澳洲方向。隨後澳洲、中國、法國、泰國等相繼表示在衛星圖像上看到疑似殘骸，但美國仍然異常低調，尤引外界關注。

《232航班：災難和生存的故事》的作者勞倫斯·岡薩雷斯（Laurence Gonzales）認為，一些國家擁有更先進的偵察系統，但是他們未必允許利用這些系統。他說，他們既然能夠偵測到更小、快速飛行的彈道導彈，現在怎麼能找不到體積更大、飛行速度更慢的民航客機呢？

救援大動作背後 中共軍力「露怯」

有分析認為，美國的表現或許就是在「有意識」透過各國的搜索，來觀察他們所能暴露出的軍事能力（尤其是中共的）。

就在美國透露失聯飛機轉向飛了四小時後，中共官媒12日還發布中國南海發現疑似飛機殘骸的圖片，接著又發布了南海地震波數據，似乎要敲定飛機墜毀在南海，但沒過兩天就被否定。

美國之音報導，3月27日，由於天氣惡劣，對馬來西亞失聯航班的搜尋行動部分暫停。不過，中國的一架伊爾-76運輸機和「雪龍號」補給艦還是參加了27日的搜尋行動。

迄今為止，中國已派出16艘艦船、15架直升機和2架大型運輸機前往澳洲海區搜救。中國媒體援引軍事專家稱，中國派出

的艦船規模相當於一場中等規模海戰。

《福布斯》雜誌專欄作家、中國問題觀察家章家敦（Gordon Chang）告訴美國之音，中國炫耀軍力讓周邊國家感到擔心，不過在某種意義上，這也是一次警醒。他說：「儘管周邊國家很開心看到中國參加搜尋馬航殘骸的多國行動，但是，這同時也會讓他們想起中國最近一直試圖在做的事情，那就是試圖將其他國家擋在南中國海之外。」

美國智庫傳統基金會中國國防外交政策研究員成斌（Dean Cheng）認為，「在某種意義上，利用這個機會來試圖發出資訊、威懾或是試圖勸說自己的鄰國。」不過，成斌說，中國的衛星成像技術還停留在西方 1980 年代的水準。中國媒體也承認，這次的搜尋行動顯示了中美海軍力量上的差距。

此前，中國請求印度方面允許其派出四艘軍艦進入安達曼海域，但是遭到印度的禮貌拒絕。印度擔心中國會利用搜尋為藉口，收集印度重要國防設施的情報。

此外，更有很多分析質疑馬航失聯可能與中共內鬥有關，或許也是北京全力趕赴第一現場的因素之一。

第五節

馬航事件或涉「610」滅口黑幕

　　在馬航出事前夕，2014 年 3 月 2 日，馬來西亞吉隆玻綠野國際會展中心舉辦了一場由澳洲東方華語電台主辦的佛教界法會。主講人是該台台長盧軍宏。馬航失聯事件發生後，被視為替習近平陣營發聲的財新網第一時間曝光有一批從馬來西亞開法會回國的佛教徒登上了這架航班的消息。隨之，主辦方澳洲東方華語電台聲明否認有佛教徒在該航班上。但網路上公開的機上中國人名單身分主要是哪些人組成至今仍是懸念，似有意被掩蓋。

江澤民派遣「610」特務參與馬國佛教大會

　　《新紀元》獲悉，這次馬來西亞世界佛教會議背後有江澤民集團掌控的專門迫害法輪功的特務組織「610」參與運作。據悉，該次會議有中國各省市的「610」屬下「反 X 教辦公室」人

員以佛教徒身分參加，也有中共相當部分的人員滲透到佛教協會參加。

MH370 航班失聯恰逢中共兩會期間，3 月 1 日昆明血案的恐怖氣氛還未散去，百萬軍警安保集結在北京，緊張氣氛瀰漫中國，使得馬航事件更顯詭異。有關馬航失聯的消息與猜測滿天飛，甚至不乏涉及中南海激鬥的說法。飛機被劫持已無懸念。

消息人士對《新紀元》表示，馬航劫機事件從表面上看安排的很是縝密周全，可能那兩個會（佛教徒和丹青筆會）都是為此而安排的，為的是只綁架中國人而不牽扯其他國家，以免引起更大公憤，減少國際社會的震動。可謂費盡心機，設計周全。

大會主辦方否認佛教徒乘 MH370 返北京

3 月 8 日，大陸財新網最先報導指，有一批佛教徒乘坐 8 日早上零點 20 起飛的 MH370，從吉隆玻返回北京。報導說，這些佛教徒是參加 3 月 2 日在吉隆玻綠野國際會展中心舉行的馬來西亞大法會，全球有近 3 萬多佛友參加了這次法會。網友「檸 ai 靜」發微博稱，同事在參會時遇到了從北京來參加大會的佛友，有 100 多名，很多即坐馬航 MH370 回京。儘管該報導發出後很快被撤下，但網站至今仍可看到大量被海內外中文媒體轉載的內容。

3 月 9 日，作為此次吉隆玻法會的主辦方澳洲東方華語電台發表聲明，否認財新網的報導，稱「沒有同修在馬航失聯飛機上」。聲明說：「3 月 8 日馬航失聯飛機的事情在網上傳得沸沸揚揚，別有用心的人趁機誹謗『心靈法門』，維靜同修就此事發郵件到法會主辦方——澳洲東方華語電台詢問了此事，東方台告

知根本沒有同修在這架飛機上。」

同日，被中共江派收買及暗中滲透和控制的海外中文媒體《星島日報》引述「心靈法門」義工范康伲的話也否認了財新網報導，稱乘客名單上並無任何參與有關法會者的名字。

報導稱：「從中國來馬的法師和信徒都會提供他們的來回班機資料，最後一批回中國的法會參與者是於本月 7 日，搭乘晚上 7 時 25 分的亞航班機回上海。」

至於中共當局指部分法會參與者還未歸國，她解釋說：「這些法師和信徒正在新加坡參與另一場法會，所以才會引起誤會。」

飛機上 100 多名佛教徒身分受到質疑

正當澳洲東方台出面否認之時，大陸佛教徒在新浪博客質疑「心靈法門」是否真正的佛教徒。博文說：「我們對 200 多條生命擔憂的同時，更對所謂的 100 多位佛教徒的身分產生了疑問。」

「……如果皈依的是一些附佛外道或者打著佛教旗號的邪師、邪法這樣的人還能稱為佛教徒麼？並且他們能代表佛教徒麼？？？」

佛教徒的質疑與這次法會有中共「610」特務滲入其中似乎有了某些聯繫。

據網上公開資料顯示，澳洲東方華語電台的台長盧軍宏是悉尼的著名僑領，從事和擔任各華僑社團會長及主席並任澳洲華語台台長已經有近 20 年之久。據知，「心靈法門」由盧軍宏創立，在佛教界一直頗有爭議。2013 年 9 月 11 日，鳳凰網發表的一篇題為《「心靈法門」非正信佛教專家提醒學佛莫學魔》的文章，

也對此提出質疑。

「佛教論壇」更有佛教徒發貼提醒：「我之前也跟著盧軍宏念過幾天經，但越看他微博，越聽他的節目錄音，越覺得不對。眾所周知，觀世音菩薩大慈大悲救苦救難，但在網上搜了搜，說修了『心靈法門』卻不好的反饋有不少。所以我懷疑裡面很可能有問題，特來這裡發文提醒一下大家。若有認識人修這個法門的，希望能提醒他們多加注意，謹慎些。」

原首都師範大學數學系教授張鶴慈更是直接了當，2013 年 9月 11 日新浪微博發帖說：「我和盧軍宏同在澳洲，我現在公開說他是騙子，他可以起訴我。不知道他敢不敢？一個被中國政府和媒體宣揚的騙子，會讓我覺得有必要面對。無神論的共產黨可以允許宗教傳播，不能幫助宗教轉播，更不能幫助騙子利用宗教轉播。政治宣傳和統戰目的都不需要也不能依靠騙子。」

張鶴慈說：「盧軍宏能見到所有最高領導人，《人民日報》宣揚他是有『愛國僑領』頭銜。」

佛教大會主辦人盧軍宏與江澤民關係非同一般

澳洲東方華語電台負責主辦馬來西亞吉隆玻綠野國際會展中心佛教界法會，該機構的負責人，也是這次佛教大會的主講人盧軍宏台長，與江澤民關係非同一般。

2012 年 1 月 8 日，《人民日報》記者的一篇有關盧的專訪報導這樣寫道：「在 1999 年的 9 月，中國國家主席江澤民訪問澳洲。悉尼的澳洲團體聯合會精心策劃了一個盛大的晚會，盧軍宏應邀為江澤民的詩《又是神州草木春》譜曲，演出結束後，江澤民上

台和盧軍宏握手時說：『沒想到你們譜了曲還唱的這麼好。』有人請江澤民即興來段京劇清唱，江主席字正腔圓地唱了段《打漁殺家》，盧軍宏拉起胡琴伴奏，氣氛空前熱烈。」

當年，江澤民去澳洲就是專程到國際遊說各國政府協助中共鎮壓法輪功。江澤民還布置了中共海外特工僑領參與配合將中共針對法輪功的迫害輸出到海外。如舊金山的中共特工白蘭就是直接接受這項指令，協助中共江澤民集團在美國舊金山輸出對法輪功的迫害。白蘭本人也是中共在海外發展的特工人員。

消息人士表示，類似盧軍宏這類跟江澤民關係密切的海外僑領的真實身分很特殊，通常都與中共海外特工系統的關係密不可分，在海外幫助設立特務機構及滲透中共勢力。這次馬來西亞召開的佛教法會，有大批「610」屬下「反 X 教辦公室」人員以佛教徒身分參加，也有中共滲透到佛教協會的人員參加。江澤民以特務行動的方式派遣「610」的人參與這次大會可謂費盡心機，設計周全。因是自己人馬，江澤民集團可以以最快的速度調動，以最不會走漏風聲的方式將這些事在神不知鬼不覺中做了安排。而對於這些人的生命是否處於危險，江澤民是不會在意的，江看重的只有結果。與江派關係密切的香港《明報》總編劉進圖遇刺就是一個例證。

消息人士說，安排這批中國人搭上出事的馬航回國，這樣才能確保在這趟飛機上大量是中國乘客。這樣做就只綁架中國人而不牽扯其他國家，避免引起更大公憤和美國的注意。而參與的「610」人員也不會知道事件的真正計畫與目的，只要習近平看得懂就夠了。

佛教徒是否登上飛機成為質疑焦點

據 3 月 9 日馬航公布的乘客名單，其中包括 154 名中國乘客（包括 1 名嬰兒，1 名台灣乘客），38 名馬來西亞乘客，12 名印度尼西亞乘客，7 名澳洲乘客，3 名法國乘客，4 名美國乘客（包括一名嬰兒），2 名新西蘭乘客，2 名烏克蘭乘客，2 名加拿大乘客，1 名俄羅斯乘客，1 名義大利乘客，1 名荷蘭乘客，1 名奧地利乘客。

MH370 航班由波音 777-200 機型執飛，該航班總共運載 239 人，包括 227 名乘客（2 名嬰兒）及 12 名機組人員，航班的乘客來自於 13 個國家。

根據大陸微博、媒體的報導，彙總部分失聯者信息顯示，已確認的乘客有：北外校友丁穎；美協會員馮紀新；焦微微、焦文學等一家 5 人；中興員工栗延林；2 名華為員工梁旭陽、田軍偉；地震社會學專家樓寶棠；書畫家柳忠福；5 位書畫家劉如生、王林詩、趙兆芳、董國偉、鮑媛華；書協名譽主席張金權；書畫愛好者周仕杰；現任江西省委副祕書長、江西省政協常委兼文史委主任黎明；9 名尼泊爾自由行的老人；天津某外企員工辛曦曦；一名即將結婚的新娘等。此外，這次的乘客名單中還有，去馬來西亞吉隆玻參加「中國夢・丹青頌」活動的 29 人。

被視為替習近平陣營發聲的財新網第一時間透露有一批佛教徒登上了這架航班。之後再撤下該消息，似要告訴相關人說：「我們知道是你（江派）幹的！」

整個事件中最令人質疑的是，153 名大陸乘客中，除去上述已知姓名和背景的乘客外，剩下的近百人到底是什麼人？這些人

的背景及去馬來西亞的目的是什麼？

目前，對外公布的乘客名單中只有姓名、性別和出生年月。如果中共政府能公開中國乘客的身分，根據這個資料，或許能發現事件的重大線索，很多疑團將會迎刃而解。而目前似乎這些人的身分被有意掩蓋。

中共國務院新聞辦公室和國家互聯網信息辦公室設立的國家重點新聞網站中國網，3月9日刊文《馬航失聯班機未發現載有旅行團 機上有百名佛教徒》的文章至今仍在該網站可查到。中共官方網站也證實上百名佛教徒登上飛機。而急於否認的一方出於何種考量？又想要掩蓋什麼？

馬國法輪功學員：對該航班上的某人印象深刻

常年在馬來西亞吉隆玻獨立廣場講真相的法輪功學員向《大紀元》表示，馬航事件發生後，從網上發出的有關搭乘失事航班的中國畫家組成的藝術代表團的照片中，該學員認出了其中一位穿著紅衣白褲的男子。該學員說：「3月7日的下午我在獨立廣場發資料的時候，就遇到這些人。我對圖片中第一排紅衣服白褲子的人印象很深。他沒有接我資料，還不讓別人要。」

這位法輪功學員表示，在馬航出事前，有些中國大陸遊客在景點態度很囂張，也不避諱。有人直接對我們說：「你們不要給我講這個，我就是幹這個的（「610」組織），專治法輪功的，小心抓你們回去。」據悉，這些遊客在交談中還曾提到是來參加世界佛教大會的，當晚要返回北京等。

有人猜測，假如這些人是專門迫害法輪功的「610」骨幹分子，藉佛教學會的名義出國玩樂，而江派卻祕密布署飛機出事，這無疑可以一箭雙雕，一是藉此空難威嚇習陣營的三中全會，二也是借刀殺人：你們不是要清算我迫害法輪功的罪行嗎？我把這些當年看見過我的祕密批文、執行我密令的人都弄死了，你不就死無對證嗎？

據說 1999 年 7 月 20 日江澤民一意孤行發動對法輪功的迫害後，江一直在暗中指揮這場運動，經常發號施令。不過，江澤民很狡猾，他從來不公開以自己的名義下發正規文件，因為他知道，即使按照中共現行法律，法輪功也是沒有罪的，江的鎮壓也是非法的。於是江澤民暗中寫白條子，也不簽名落款，而是直接交給中央「610」的人，讓他們傳達下去，如對法輪功要「名譽上搞臭、經濟上搞垮、肉體上消滅」等等。有時江澤民還下達口頭命令，如「打死算自殺」，「不查身源、直接火化」等。

如今讓這些聽說過或見過這些白條子的人都莫名其妙的消失或死亡，這不對江派最有利嗎？借刀殺人，真是殺人不見血啊。

中共高層內鬥激烈 馬航事件成關注焦點

馬航失聯事件的發生，成為大陸媒體關注的焦點。3 月 8 日，日本 NHK 記者緋山在推特上曝光了中宣部的一則禁令：媒體不得分析、評論；要嚴格依據中國民航的權威資訊和新華社通稿發布消息；可以報導大陸民航部門為乘客家屬提供的相關資訊、服務等方面的內容；各地媒體不得採訪家屬等等。

　　《日本產經新聞》3 月 10 日報導，9 日香港人權團體、中國人權民主化運動新聞中心有消息稱，馬航班機失聯後，中共高層 8 日對軍隊下達緊急命令，稱如有形跡可疑的民航機接近北京市中心可以擊毀。該中心還稱，馬航的 MH370 航班上有人攜帶了炸彈，預定劫機後直奔中國權力中心中南海。

　　中共兩會期間北京布滿軍隊，進入全面戒備，人民大會堂所有地下通道都有軍隊，所有代表團暗處也有軍隊把守。局勢非常緊張，所有高層都在北京，不知道明天會發生什麼事。

晉江三次生死交鋒

第十三章

江澤民批習王
胡錦濤殺回馬槍

第四戰役發生在習近平訪歐期間，主角換成了昔日江胡門的退休高官。中共 18 大後，江派在前台的代表人物就是劉雲山和張德江，劉張二人對改革橫加阻撓，遭到習的敲打震懾後，江澤民不得不親自出馬，甚至企圖學鄧小平搞所謂「南巡」……

面對江澤民屢次挑釁，18 大「捨身炸碉堡」以自身全退阻斷江澤民老人干政的胡錦濤，在十天內四次密集「露面」，以挺習打江。圖為 2014 年 4 月 9 日上午胡錦濤現身湖南大學校園。（新紀元合成圖）

第一節

江依賴劉雲山張德江鬧事

昆明血案是新政變策劃之一

在當局的「打虎」運動中，有 30 多名江派省部級高官落馬；
同時習近平、李克強還藉成立的「中央深化改革領導小組」、「中
央國家安全委員會」、「軍委深化國防和軍隊改革領導小組」等
最高權力機構，收回了黨政軍等大權，江派人馬已無正面與當局
抗衡的資本。

2014 年 3 月 1 日，昆明火車站發生震驚中外的血腥屠殺案，
造成至少 29 人死亡，140 多人受傷；2 月 26 日，香港發生了刺
殺《明報》前總編劉進圖事件，導致在中共兩會第一天，即 3 月
2 日，香港媒體界發起的萬人大遊行。

現任常委張德江和劉雲山，是江澤民一手提拔起來的江派鐵
桿死黨。隨著王立軍被判刑、薄熙來被判處無期徒刑和周永康被

抓，江派的「薄周政變」計畫徹底失敗。張德江和劉雲山成為江派實施新政變的兩大新前台人選。

2012 年重慶事件爆發後，江派的最高權力繼承人薄熙來已成階下囚；胡錦濤藉機收回軍權，並對江派人馬大整肅，胡錦濤的權力達到其執政以來的最高峰；然而在 18 大之際，江澤民、曾慶紅等展開了恐怖襲擊；為了保黨，已全面掌握軍權的胡錦濤被迫同意讓江派張德江、劉雲山和張高麗入常。張德江、劉雲山成為江派最高權力代言人。

中國時評人士趙邁珺分析認為，從香港血案、昆明血案和江澤民近期潛入深圳的情況來看，江派新的政變計畫是由江澤民和曾慶紅具體指揮的，由江派的中下層亡命之徒加以實施。江派汲取了「薄周政變」失敗的教訓，張德江和劉雲山不直接涉入江派策劃的各種政變行動，習近平陣營抓不到張德江和劉雲山參與政變的把柄，就能最大限度地保證張德江和劉雲山的安全。

張德江、劉雲山不斷造事攪局

江派人馬張德江、劉雲山自入常以來，在江澤民、曾慶紅等江派大佬的支持下，始終與習近平當局對著幹。

2013 年年初，習近平當局試圖取消備受外界詬病的勞教制，然而由於勞教制度是江派的死穴、非法關著大量法輪功學員，作為人大委員長的張德江一直拖延不辦；而習近平這次要廢除「刑不上常委」的規定，勾結黨內反對、拖延的又是張德江；罪證確鑿的天下第一貪周永康案久拖不決，與江、曾保周派裡應外合的，又是張德江。

作為負責文宣口的江派常委劉雲山，更不遺餘力的製作各種

事端，不僅對習近平當局的政策進行消極抵制、封殺，而且還任意解釋或有意曲解當局政策、言論等。

2013年年初爆發的「南周事件」，就是主管宣傳的劉雲山通過其親信、廣東宣傳部部長刪除了《南周》新年獻詞中習近平上台後提出的「憲政夢」，令習近平難堪、輿論譁然。

同時，劉雲山又通過中宣部發出《關於當前意識形態領域情況的通報》，其後是炒翻天的「五不搞」、「七不講」（不講普世價值、新聞自由、公民社會、公民權利、黨的歷史錯誤、權貴資產階級、司法獨立），以及「九號文件」與「高校通知」。致使18大上台的習近平信譽跌到最低谷。

為了阻止廢除勞教制度，劉雲山還下令，大陸紛紛轉載的馬三家勞教所黑幕的文章遭全部刪除；對馬三家勞教所的相關報導，一律不轉、不報、不評。

劉雲山不斷的造事，不但受到習的斥責，而且其權力也不斷縮水；作為中央黨校校長、中央書記處書記的劉雲山，中共國家副主席、中央港澳工作協調小組組長二職務已旁落他人之手，與其前任相比，劉雲山的權力大幅被削弱。

張德江暗抗習近平 被「還以顏色」

據港媒報導，2014年年中共兩會原打算通過立法程式，將國安委從黨權序列正式並列國家行政權力序列，以便國安委運行起來名正言順。然而張德江不甘權力貶值，對習實行程式阻擊。換言之，儘管習在黨權方面位列第一，但張是立法機構的負責人，兩種權力發生了激烈碰撞，且後續碰撞亦不可避免。

張德江對習近平藉改革名義擴權表示高度警惕，於會前在人大內部講話中，明指「近期以來，黨內民主生活很不正常，非程式的觀念與行為越來越多」，直接針對習近平。

報導稱，習、張在廣義黨權與狹義政權方面的巨大分歧，還因周永康案的定性而加劇。習力主對周永康經濟、政治問題一起查，最終定性為反黨集團；而張則主張只定性貪腐，「政治方面不好把握，應慎重從事」。

面對張德江的不斷阻撓，習近平不得不憤怒反擊，2014年2月東莞掃黃事件就是習利用來敲打張德江的。港媒稱此舉是「令其清醒、識做，不要逼我一路深挖，直把你挖成第二個周永康。」

央視2月9日報導了東莞性都暗訪，外界報導稱，廣東省委書記胡春華對央視報導的回應是，馬上下令嚴肅查處，但其行動早在「央視報導」前約七小時便已開始。

2007年底汪洋掌粵時，東莞已經成為譽滿全球的「東方性都」。據稱汪洋當時已經發現東莞背後的勢力很深。

該報導還指，有一名廣東官員隸屬東莞本土勢力，掌控東莞多年，其老婆、妹夫、兄弟都掌控東莞的各個行業，最初靠拍馬江澤民情婦黃麗滿發家，後來在張德江主掌廣東後，這名官員又倒向張，被張一路提拔，成為某市黨、政、軍的一把手。東莞在張德江執政廣東時候，開始發達。

更為複雜的是，曾慶紅也經常住在東莞，其弟也在東莞有發展。

深航案張德江也遭警告

2013年6月5日，在深航案最後一次庭審中，涉案人李澤

源在供述當年深航競購內幕時提到，曾向廣東省政府的領導「打招呼」，而此前所有的深航報導都指是張德江涉案。這也是在 2013 年 4 月 9 日中共官方推出深航大案後，第一次得到了當事人的認證。

此前的報導稱，曾三次入獄的李澤源如何能掌舵深航，四年時間給深航留下近百億的財務黑洞，其幕後不僅涉及江澤民的姘頭宋祖英的妹妹宋祖玉，中共現任政治局常委張德江、中共前「國家領導人」及其子女，也深涉該案。

李澤源 2005 年底能在爭議聲中正式入主深航，當時主政廣東的張德江親自過問此事，讓李澤源「事半功倍」。

張德江迎合江澤民迫害法輪功

張德江始終與習近平保持一種離心狀態。張之所以敢於「不買帳」，是因為背後有江、曾的支持。

1999 年江澤民發動迫害法輪功後，張德江迎合江澤民，在廣東不餘遺力地迫害法輪功，為自己在江澤民集團內部謀取繼續往上爬的政治資本。

在其任職期間，廣東省是法輪功遭受迫害較為嚴重的省分之一。根據明慧網突破嚴密封鎖獲得的不完全資料統計公布，截止 2012 年 11 月，80 名廣東省的法輪功學員被迫害致死，多數發生在張德江任職期間。

第二節

江不得不親自出馬

江親自出馬批王岐山和習近平

中共 18 大之後，現政權不斷升級「反腐」，圍繞周永康案的涉案官員不斷落馬，被江派推向前台的張德江、劉雲山已無力招架抵擋，火勢燒向了江澤民，令江十分驚恐。港媒消息說，江澤民放下老臉，以私信的方式想求王岐山反腐緊急「剎車」。不料王岐山非但未買帳，還將這封私信的內容在中共政治局常委會上公開。

據港媒報導，對於王岐山的強硬，江系大為不滿，再加上曾慶紅、李長春均有「入案」的可能，江澤民不得不親自出馬給王岐山「剎車」。江因曾與王的岳父姚依林有不錯的交情，給王岐山發出私人信件。

信件要點大體有三：其一，中紀委現在有「謠言反腐」的行

為，「甚至根據香港一些『反動』報章『披露』的消息當線索」；其二，自由化勢力在活動，「企圖藉我黨反腐『運動』，達到前蘇聯『公開性』的政治效果」；其三，一些老幹部形象受到了破壞，云云。

文章說，該信件的進一步內容還未得透露，但訊息源指：「該信是列印件而非手寫件，但最後確實是江澤民簽的名。」王岐山將該信呈交中央書記處，並在常委會上公開其要點。

對於江澤民的這封私信，王岐山表態稱，反腐與當年蘇共的「公開性」扯不上關係。王岐山早就提出一套反腐之說，似乎表明他對來自江系勢力的指責早有防策。

江澤民阻反貪 公開指責習近平

江澤民除了打壓王岐山，江還公開指責習近平。2014 年 4 月 1 日，英國《金融時報》發布消息稱，針對當前中共的反腐敗運動，前領導人江澤民向習近平施壓，要求現領導層收控、放慢數十年來最嚴厲的反腐敗運動。

據三位知情人士透露，2003 年卸任中共國家主席的江澤民，4 月向現任國家主席習近平發出了明確的信號。江澤民發出信息稱：這場反腐敗運動的步伐不能搞得太快。此言意在警告習近平，不要對黨內高層太多權貴家族或親信網動手。

藉與江綿恆對話 江干政不休

自重慶事件曝光了由江澤民主導的薄周政變後，18 大以來，

在當局的「打虎」行動中，江派 30 多名省部級高官落馬，其中大部分是江派大員周永康、江澤民的馬仔；而且此前替江澤民掌握刀把子、槍桿子 10 年的哼哈二將：前政法委書記周永康和軍中大佬徐才厚也傳被捕，江澤民家族把持的中移動被官媒定性為「窩案」，與周永康所把持的「中石油窩案」並列，顯示「打虎」已指向江澤民。

據港媒報導，2014 年新年期間江澤民在西郊賓館搞「三代闔家歡賀春」，兒子江綿恆藉機勸父親江澤民全退、徹底退，不批文件、不評政、不寫政經，專注音樂、京戲等文化藝術。江澤民卻對江綿恆表態說：「這輩子很難做到。」並表示要干政到「生命一息」。

中國問題專家石實表示，江澤民的此舉至少有兩個目的。一個是為自己的集團打氣，在極度的頹勢下繼續與習近平對抗；「另一方面也是在表決心，習近平和江澤民在中共政壇上只能有一人存在。」

18 軍頭向習表忠 江澤民軍權盡失

中共軍方對軍中巨貪、原總後勤部副部長谷俊山提前訴訟，江澤民軍中「最愛」中共軍委前副主席徐才厚也傳被捕之際，2014 年 4 月 2 日，中共軍方 18 位正大軍區級軍頭，齊齊表態「擁護」習近平。

港媒《東方日報》報導稱，軍頭撰文效忠是中共一大特色，每逢新一屆中央軍委主席上任，各大軍區司令照例輪番撰文表態，但像今次 18 位正大軍區級軍頭們統一步調，在同一天刊文，

實屬罕見。

　　很明顯，這是一次精心安排的行動，以顯示軍頭們對習近平的集體支持，為剷除軍中大老虎製造聲勢。

　　眾所周知，谷俊山的幕後保護傘是中共軍委前副主席徐才厚，而徐曾經主管中共軍隊人事長達 10 年，在軍中樹大根深。軍頭們集體效忠習近平，相當於與徐才厚正式切割。

　　習近平打「大老虎」，無論是周永康還是徐才厚，都是江澤民的親信，這兩人是替江澤民掌握刀把子、槍桿子的哼哈二將，習近平對兩人開刀，面臨的風險之大、阻力之多，可想而知。今次軍頭集體效忠習近平，說明徐才厚甚至江澤民在軍中大勢已去，習近平已牢牢掌握軍權。

江無法露面急跳腳　求基辛格發聲

　　2014 年 4 月 2 日，江澤民缺席哀悼原中共四川省委書記王黎的中南海高層排名，同一天，中共七大軍區軍頭等集體在《解放軍報》上發表文章向習近平宣示效忠。

　　4 月 8 日，美國前國務卿基辛格高調提及江澤民，稱「江澤民在就任之初被外界大大低估。」江澤民在當前自己無法通過中共官媒露面的情況下，迫於中南海激烈博奕的危急形勢，不得不找外國人出面替自己發聲。

危急之時基辛格替江澤民發聲

　　據中共黨媒「人民網」報導，4 月 8 日，美國前國務卿基辛

格在美國亞洲協會政策研究所成立儀式上回答「中國五代領導人哪位給他留下的印象最深刻的問題」時談及江澤民,他表示,「江澤民在就任之初被外界大大低估。在天安門事件之後,他將中國重新帶回了國際社會。」

江澤民最近一次公開「露面」,是在習近平訪問歐洲期間,3 月 27 日中共央視晚間的《新聞聯播》報導了江的一本書發行。

有消息稱,江澤民大概在 3 月 29 日到了深圳,對梁振英上任以來的種種亂港行為加以稱讚,並表示將支持力挺梁振英連任。但是中共官媒對江澤民的這一舉動並沒有報導。

同一天,《解放軍報》以第六版整版刊登文章,中共七大軍區的 18 名軍頭發表署名文章,以示對習的效忠之意。

江澤民在當前無法通過中共官媒正式露面,但迫於中南海激烈博奕形勢的需要,無奈之下,不得不找美國前國務卿基辛格出面替自己發聲,往自己臉上貼金,以向手下黨羽展示其餘威。

基辛格為薄熙來站台大讚唱紅打黑

2012 年海外中文媒體報導,中共國安部一副部長祕書,向美國中情局出售了大量的中共絕密文件和資訊,其中一則資訊是中共收買各國退休政要,為北京在海外實行遊說活動,其中以美國前國務卿基辛格最為典型。基辛格被諷為「跨國捐客」,其顧問公司在中國有龐大生意。

2011 年 6 月 28 日,88 歲的基辛格第三次到訪重慶,他聲稱,重慶在前市委書記薄熙來的領導下是「一個奇蹟發生的地方」,薄熙來是中國的一位「傳奇式」人物。私下裡,他還親

身參與了紅歌會並大讚重慶的「唱紅打黑」。重慶對此曾高調報導。

不過諷刺的是，基辛格讚美薄的半年後，中國便開始發生一系列與薄有關的變故。2012 年 2 月 6 日重慶發生王立軍喬裝夜奔美領館；2012 年 3 月 15 日薄熙來被免職；2012 年 4 月 9 日，薄熙來被抓。次日，中共中央宣布薄熙來被停掉中共中央政治局委員、中央委員職務。

曾有消息稱，在薄熙來倒台後，為求自保，重慶市長黃奇帆揭發說，為了求得基辛格為重慶模式說好話，薄熙來不僅親自出面超規格接待這位早已過氣的美國政客，更多次要求黃為基辛格在重慶的各種生意「讓利」。他不得不照辦，總計「讓利」給基辛格 1.6 億美元。

2013 年 7 月 22 日，中共外交部網站放出江澤民露面消息稱，2013 年 7 月 3 日江澤民在上海西郊賓館會見並宴請美國前國務卿基辛格及家人。報導引用知情人士稱，江澤民和基辛格攜家人舉行家庭式、「莊園式」相會，談話涉及內容「很重要」。並聲稱，會談中，江說中國需有一位強有力的領導人，認為習近平非常能幹、有智慧，並將新疆問題擺上台。江澤民再露面被外界認為是「求饒」，同時也是在恐嚇習近平，表面上是在掩飾中共中央的分裂。

兩天後，香港媒體報導了「薄熙來面臨三罪指控將於濟南審判」的消息，有關基辛格的新聞在網站和中國大陸相關網站上被突然撤下，顯示當時中共高層分裂嚴重，正圍繞著薄熙來案展開激戰。

與基辛格見面後 江澤民屢被封殺

　　江澤民與基辛格會談，露面「挺」習近平後出現戲劇性一幕，江澤民的排名再出現變化。2013 年 7 月 23 日中共黨媒報導周開達院士遺體告別儀式，胡、溫排名罕見提前，分別排第二、第四，而名單中已經沒有江的名字。自此，江澤民屢屢缺席中南海高層排名。

　　2014 年 1 月 7 日，周永康還未被官方正式拋出之前，江澤民集團祕密豢養的奸商陳光標在紐約將 13 年前的「天安門自焚偽案」擺到國際媒體面前，不料適得其反，被外媒稱之為「鬧劇」。而大陸所有媒體甚至微博都對陳光標此一醜行隻字不提，突顯江派詭計破產。

　　外界分析指出，隨著中共分崩危機的再次加劇，中南海博奕逐漸聚焦江澤民。江澤民深感恐懼，自知末日將臨，不得不親自披掛上陣，以圖垂死掙扎。在中南海激烈博奕的背後，惡報逼近，江澤民面臨著大清算。

第三節

江潛伏深圳 茂名血案加劇

廣東省茂名反 PX 遊行遭血腥鎮壓中存在針對與遊行無關人群的攻擊，主導者均與周永康政法幫、石油幫存在交集。（AFP）

2014 年 3 月 30 日，爆發廣東省茂名民眾反 PX 遊行遭血腥鎮壓，因事件發生在習近平外出訪歐期間，並激起當地極大民怨而引起各方關注，該血腥鎮壓中存在針對與遊行無關人群的攻擊，故意擴大攻擊對象，主導者均與周永康政法幫、石油幫存在交集，以下三點尤為值得關注：

1. 茂名當局在 3 月 30 日夜晚清場時，對鄰近的廣東石油化工學院光華校區（原茂名教育學院）外出路過的大學生，以及茂名市第十六中學北校區（原茂名市第十二中學）上完晚自修返家路過的中學生被警察以警棍大打出手，並釋放催淚彈，致使這兩個與遊行人群無關純屬無辜的群體有多人受傷。

2. 茂名市政府在 4 月 1 日凌晨釋放消息，之前強硬的上馬態度有所改變，表示 PX 項目目前仍在宣傳階段，未來將充分聽取市民意見，如果絕大多數市民反對，工程將不會上馬。截至

目前為止該消息並未通過主流媒體進行發布，當地不少幹部擔心這只是當局為穩定局面所採取的臨時安撫策略，加之此說法中存在大量有利於當局的操作空間，因而對該說法的誠意普遍持懷疑態度。

3. 據當地公安管道消息，3 月 30 日市民遊行後一直平和，與警方並無衝突，但後來茂名市政府將情況請示廣東省公安廳後，當天下午將此定性為非法集會，並決定不惜一切代價進行清場，清場過程中警方主要通過使用警棍攻擊遊行市民頭部，許多民眾因而受傷流血，有不少人流血過度癱倒在地，無法確認其生死。

兩位關鍵官員與周永康淵源深

主導鎮壓的兩位關鍵官員的任職簡歷（公開資料）背景，顯示出此次鎮壓的弔詭之處，使事件蒙上江澤民集團與周永康餘黨的攪局陰影。現任茂名市長李紅軍於 2012 年 8 月到茂名任職前，從 2007 年起擔任廣東省政府副祕書長兼省駐京辦主任長達五年，係廣東省在京維穩和涉京遊說工作的一把手。茂名 PX 項目的相關利益輸送以及在京遊說工作，在其任職駐京辦期間可能已經發生並一直延續到現在（該項目在 2012 年 10 月在京獲得發改委通過），該項目因在數年前已經開始運作並且主要投資方是中石化，其與周永康家族石油幫勢力存在交集的嫌疑。

李紅軍在 2007 年 1 月至 8 月曾以省政府辦公廳副主任身分兼任省政府新聞發言人，對於危機公關的各種軟硬手段不可避免地極為嫻熟，因而目前其態度軟化是否出於誠意仍有待觀察。有河南省共青團任職背景的現任廣東省公安廳廳長李春生 2013 年

5 月由公安部空降下基層並同時任職廣東省副省長，屬於平級調動。李春生發跡於周永康當權時期，由周永康一手提拔，深受周永康賞識、信任和重用，從而得以在中央層面直接負責公安系統人事工作這一關鍵要害領域，成為周永康的得力幹將。李春生於周永康擔任公安部部長期間的 2006 年被從河南省公安廳政治部主任拔擢為公安部政治部人事訓練局局長。

江澤民潛伏深圳 邪氣襲港異象多

就在廣東省茂名事件突然惡化之際，人們發現江澤民悄悄南下到了深圳，並放風支持香港特首梁振英的連任。據說江對梁上任以來的種種亂港行為加以稱讚，並將支持力挺梁振英連任。在江澤民南下期間，香港出現了暴雨冰雹、鯨魚暴斃、熱中捧江澤民的香港風水師遭山泥活埋身亡等種種突如其來異象，據高人指點，都是拜江澤民「所賜」。

一直民望低落的香港特首梁振英上任後頻頻內訪，熱中於「內交」是得到江澤民集團的授意，增加曝光率之餘，更帶有串連已經被衝擊得七零八落的江派殘存勢力這個「重要」政治任務。梁振英剛剛在 2014 年 3 月 27 日突然再次前往廣東省「內交」，先後到深圳、汕頭、揭陽和潮州市進行兩日訪問。

江澤民指梁振英亂港「有功」

隨後，為梁振英當選特首立下「大功」的《東方日報》2014年 3 月 28 日突然在頭版以大標題稱《權威消息中央撐 CY 連任》，

並放料指梁振英的「連任辦」已經運作，還猛烈批評梁班子內的「反梁」力量。梁振英之後被記者追問時雖然否認獲得「領導人」支持連任，但難掩得意洋洋之態。

江南下廣東給習顏色看

網路上有江派背景的網站透露，江澤民稱習近平的反貪腐的「打虎」太快，會出面進行糾正。分析稱，江澤民此行可能是趁中共內部為保黨達成暫時妥協及習近平正在外訪時機，布署系列計畫向外界放風和給習近平「顏色」看，所選的地方也是精心安排。習近平上台後首選廣東進行「南巡」，公告其施政理念，重點落腳深圳，江澤民今次也依葫蘆畫瓢的對習還以顏色。

果然，央視 3 月 27 日晚間的《新聞聯播》為江澤民來個「久違的」露面，莫名其妙的報導一本名為《江澤民在一機部（1970－1980）》的書即將出版，節目播出時間 56 秒。接著《金融時報》報導，江澤民上月教訓習近平，不要對黨內高層太多權貴家族或親信動手，放慢數十年來最嚴厲的反腐敗運動。

江一抵深圳 香港異象連連

江澤民大概是 3 月 29 日抵達深圳。當日，一河相隔的香港就開始異象連連。先是當日一條 10.8 米長的巨型鯨魚屍體被發現擱淺在香港大埔紅石門石灘邊，死因目前不明；跟著次日香港遭遇了二百年一遇的大暴雨和罕有的「3 月冰雹」。

有高人道解連番異象指，這些都是江澤民這個中共邪靈中最

3 月 29 日香港大埔紅石門發現一條巨型鯨魚擱淺，其翻肚皮死狀與江澤民在 2000 年訪問以色列時在死海仰泳樣子極其相像。（網路截圖）

邪、最惡的魔頭所致。中國民間早就傳出江澤民是千年蛤蟆精轉世，其副元神是鱷魚。個性張揚凶殘，生性喜水，忌火（陽），身邊布滿各種陰性的低靈爛鬼，為天地正氣所不容。

江魔頭所到往往是雷雨交加，狂風大作，其實質是另外高層空間中正邪交戰所致。冥冥中自有天意，鯨魚的翻肚皮死狀也是預示江的到來，因為與江澤民 2000 年在以色列死海游泳翻肚皮的樣子極其相像，當時，江澤民的這張翻肚皮照片遭國際恥笑。

高人又表示，只要翻查江外訪的紀錄，就證明其所言不虛。

歷年外訪都是陰風雷雨交加

江澤民上任後所到之處確實往往「天降異象，陰風雷雨交加」，許多港人也對此情景記憶猶新。

1997 年 7 月 1 日，江澤民高調到香港主持主權移交儀式，老天似乎被捅破了一個大洞，傾盆大雨晝夜傾瀉，使得香港全城前後 24 小時在大雨滂沱中度過，並出現長時間的黑白天。據香港

天文台資料，1997 年是香港自 1884 年有紀錄以來最多雨的一年。

2001 年 5 月 8 日江澤民再次訪港，當日氣溫高達攝氏 30 度，暴曬暴熱令人非常難受。次日 5 月 9 日，江澤民離港返京，飛機將要起飛，突然下起滂沱大雨。電閃雷鳴，狂風暴雨，黑白天，被香港媒體描述為「實在是『惡人出門招風雨』」。

香港《東方日報》專題新聞版第二日以題為《狂風暴雨之九霄驚魂》，報導「江澤民三度訪港，兩次均遇惡劣天氣，離港時，香港上空因惡劣天氣，於短短半小時內出現一幕又一幕九霄驚魂，有航機三度被閃電擊中導致擋風玻璃損毀，也有航機遇上氣流急墮，造成三人受傷，機場需進入一級戒備狀態，近 500 人受驚旅程受阻。」期間還發生多宗因為狂風暴雨而引發傷人意外，當時就有人說這是天在警示人：江澤民作惡招天怒。這也在警告香港那些「逐臭之夫」如不醒悟，繼續追隨江澤民作惡，將遭報應。

2002 年 10 月 22 日，江澤民到訪美國休斯頓前一日，整個城市烏雲密布，像蓋了一個黑鍋，暴雨連連，黑白天，當時白日如同黑夜一樣，不時有電閃雷鳴。次日 23 日，江抵達時突然雨停，抵達後天空幾分鐘內迅速變黑，如同蓋上鍋蓋，異常寒冷；其離開後又是傾盆大雨，電閃雷鳴，妖風大作。

與石油幫熟絡 捧江風水師遭活埋

在香港和廣東暴雨成災的同一時間，被譽為香港「明星風水師」鄭國強與兩名深圳客人到肇慶高要市長樂墓園看風水時，不幸遭突然塌下的山泥活埋而慘死。

據悉鄭國強自己的官方網頁介紹,其多年來長期在深圳和上海開設風水班和進行風水業務,這兩地在以往都是江派的傳統地盤,而鄭的業務似乎擴及許多達官貴人,鄭本人多次以江澤民為招牌,熱中捧江,為自己招攬業務。

此外,鄭國強似乎與大陸石油幫富豪熟絡,他在網頁上載很多幫富豪看風水的經過,其中多次幫鬥門縣熟客看風水,一名被稱「周先生」的熟客是專門做石油生意,在東莞區沿海建石油儲存庫。周先生挑選東龍島的萬畝海岸地建最大石油庫,剛巧就是當年中共總理朱鎔基及主席江澤民巡視之位置。他又曾經跟隨該客戶入住江澤民主席到湛江東龍島巡視時所住的宴海樓迎賓館。

另一位也是在鬥門縣經營石油的富豪「王先生」因官司纏身,鄭國強獲邀幫其集團新收購的油庫檢查風水,還說對其「禮義周全」。又透露該大煉油開發公司油庫總部大樓位於鎮江市丹徒鎮。

江澤民萬分迷信 罹患離奇怪病

江澤民嘴上經常掛著馬列毛主義提倡無神論,但私底下卻萬分迷信。2002 年 1 月的《開放》雜誌透露,江澤民不讓老百姓「迷信」,可他自己卻在家裡抄《地藏經》,還花大錢請喇嘛為他祈求福壽,而且身邊有幾個能掐會算的,還有能發氣給他治病的氣功師。

四川省重慶市之所以改成直轄市,就是因為當地官員給手握黨政軍三大權的江澤民送去了幾個氣功師,得到江的歡心,所以重慶就平地起空。而江澤民在 2004 年「六四」15 周年次日,特意跑到九華山旃檀林寺向地藏王菩薩求救。江後來透露是因為前

一日作了一個極其恐怖的夢，夢見自己因為鎮壓法輪功和異議人士而下了無間地獄，在那裡受刑，被指點後狂抄《地藏經》。

此外，《新紀元》獲得獨家消息，江澤民還透過其管家、前南京市長季建業（剛剛被習近平打倒的老虎之一），在其祖籍地——江蘇揚州江灣建了一座依水而建、非常隱密的風水局（保安非常嚴密，外人不可進入），其中一部分包括其祖父江石溪的墳墓，整個布局很像北京的國家大劇院，這劇院也是江澤民為其姘頭宋祖英而建，都是吸水長運的布局。據《江淮晨報》2000 年10 月 25 日報導：10 月 20 日下午，津南區小站鎮東大站突然出現為數不少的奇異三隻腿青蛙，據悉就是來自這個風水局。

湊巧的是，《新紀元》當時也報導，據中南海的來源稱，江澤民突然患上離奇怪病，右下肢微細血管堵塞，神經線壞死，其在接受華萊士專訪時也承認腳有問題；政治局常委一致通過決議要求江澤民高位截肢，但江澤民一意孤行拒絕做手術，在全中國遍訪中醫名家，西醫一律不見，終於找到民間「神醫」用祖傳的仙丹治好，但還是留下後遺症，在其後的亞太經合組織亮相時顯得步履蹣跚，神情恍惚。2011 年江澤民差點死去，後來靠移植了器官才存活下來。

第四節

胡錦濤殺回馬槍 力挺習近平

政局敏感時刻 溫家寶「現身」

　　大陸官媒 2014 年 4 月 9 日報導，卡塔爾阿提亞國際能源獎基金會向前國務院總理溫家寶頒發終身成就獎；9 日當天，前中共國家主席胡錦濤突然現身湖南大學校園。此前，江澤民趁著習近平出訪，悄悄來到廣東深圳，但大陸媒體對江的行蹤隻字未提，只有江派媒體在海外放風，這與對溫家寶、胡錦濤現身的高調報導大不相同。

　　4 月 9 日，中共人民網、中新網報導稱，據中國駐卡塔爾大使館網站消息，4 月 8 日，卡塔爾阿提亞國際能源獎基金會在卡塔爾伊斯蘭藝術博物館舉行頒獎典禮，向前國務院總理溫家寶等七位前國家領導人及知名學者頒發終身成就獎。

　　大陸各大門戶網站紛紛轉載報導了此事。溫家寶卸任後曾有

數次與外交相關的露面活動。2013 年 10 月 23 日，溫家寶以老朋友的身分宴請訪華的印度總理辛格；2013 年 4 月份溫家寶還以私人身分會見了冰島女總理。

2014 年 4 月 2 日，中共人民網、中新網還高調報導了原中共四川省委書記王黎之病重間和去世後，溫家寶等前高層慰問和哀悼。當天，中共七大軍區軍頭等集體在解放軍報上發表文章向習近平效忠。

胡錦濤、溫家寶與朱鎔基自 2013 年起，在中共時局敏感時刻頻繁露面，被外界認為釋放挺習李陣營，嚴打江派信號明顯。

在 2013 年 10 月至 12 月中共 18 屆三中全會前後，溫家寶多次在大陸媒體上「現身」。10 月 16 日，中共央視播放了溫家寶回憶與習仲勛共事經歷的採訪記錄片，次日，中共官媒新華網以及騰訊、新浪等各大門戶網站紛紛高調報導。11 月 22 日，陸媒「中國江蘇網」報導溫家寶向河海大學親筆題字贈書；12 月 14 日，陸媒《武漢晚報》報導溫家寶向華中師大親筆題字贈書；12 月 17 日，陸媒「中國新聞網」報導，一代名伶紅線女的遺體告別儀式上，習近平、胡錦濤、朱鎔基、溫家寶等為紅線女送花圈。

溫家寶是倒薄第一人，更是江派的眼中釘。最先直接出面處理王、薄、周事件的高層檯面人物就是溫家寶；當初把薄熙來從商務部下放到重慶的是溫家寶；在 2012 年 3 月 14 日的國際記者會上公開表示要依法處理王立軍的是溫家寶；公開暗示薄熙來是文革遺毒的還是溫家寶，之後緊盯周永康的也是溫家寶。

　　《新紀元》曾獨家報導，2012 年 5 月，在一次中共政治局擴
大會議上，溫家寶與周永康撕破臉皮，要求調查周永康。周永康
則拿出江派通過海外媒體散布的溫家寶負面傳言，要求對溫家寶
的妻子也進行調查，並得到曾慶紅的支持。溫家寶罕見地拋出狠
話稱：「如果我本人及家人有任何斂財行為，我馬上辭職！」

　　在中共高層內部，溫家寶多次提出要「逮捕周永康」；隨後，
中共政法委降級、被剔出中共常委機構，政法系統開始大坍塌，
江系主要支柱走向全面潰敗。

胡錦濤拒絕題詞 回擊江澤民干政

　　大陸官媒在習近平出訪期間，除了報導溫家寶之外，還大量
報導了胡錦濤的行蹤。

　　2014 年 4 月 10 日，新華網、人民網等中共喉舌媒體以及大
陸各大門戶網站紛紛以《胡錦濤參觀嶽麓書院 婉拒題詞僅簽名
字》為題報導稱，9 日上午 10 時許，胡錦濤到訪湖南大學，參觀
位於校園之中的嶽麓書院。該院院長朱漢民請胡錦濤題詞。胡錦
濤婉言拒絕，在工作人員的再三請求下，他最後簽下了自己的名
字，並落上日期。

　　2012 年 12 月 4 日，習近平主持召開了中共「18 大」之後的
第一次政治局會議，會上提出「改進工作作風」的「八項」新規，
也稱「習八條」，其中規定「除中央統一安排外，個人不公開出
版著作、講話單行本、不發賀信、賀電、不題詞、題字」。

　　「習八條」被認為是鞏固胡錦濤終結「老人干政」，直接針
對最喜歡到處留言題字的江澤民。

江頻繁題詞出書 挑釁「習八條」

當年「習八條」出爐之後，江澤民隨後在六天的時間裡，五次亮相，並屢屢題詞，公開挑釁「習八條」。

2012 年 12 月 22 日至 28 日的六天時間裡，江澤民出席「愛樂之友新年音樂會公益晚會」為前國務院副總理李嵐清捧場；為《綠竹神氣》作序並且發表手跡；江澤民為畫冊《黃菊》題寫書名；為南京長江四橋正式通車題字；江澤民就《江澤民與社會主義市場經濟體制的提出——社會主義市 場經濟 20 年回顧》一書的出版批示「溫故知新」。

當時胡錦濤也緊跟江澤民露面，12 月 26 日至 29 日，在江蘇南京、無錫、泰州、鹽城等地考察。在其母校江蘇泰州中學時，胡錦濤稱「長江後浪推前浪，一代更比一代強」。胡錦濤語帶雙關，再次表達反對「老人幹政」（長江後浪推前浪），同時力挺習近平（一代更比一代強）。

江澤民竄至深圳 胡給中辦發通知

2014 年 3 月 31 日，谷俊山被提起公訴，同時茂名 PX 事件升級，警察使用暴力開始鎮壓，茂名屠殺成為昆明血案的一種延續。此時，《新紀元》獲悉，江澤民竄入深圳，在背後為周永康餘黨鎮壓茂名民眾反抗 PX 項目示威撐腰，據悉該項目涉及周永康中石油背景。江在深圳同時還對梁振英上任以來的種種亂港行為加以稱讚，力挺梁振英連任。

在此敏感時刻，香港《爭鳴》4 月號消息，胡錦濤給中辦發

了一個通知，從 3 月 15 日起一律不會見來客和訪客。據悉，胡現居住在北京西山一幢獨立的英式住宅中。

　　3 月 15 日，正值中共兩會剛剛結束，兩會前夕的昆明血案導致中南海高層博奕全面升級，兩會之後進入白熱化狀態。在此關鍵時刻，港媒傳出胡錦濤避不見客的消息，以特定方式表露立場，針對江澤民的公開干政「發聲」。胡錦濤「18 大」全退，廢除中共元老干政潛規則。

胡錦濤十天四次密集「露面」

　　18 大「捨身炸碉堡」以自身全退阻斷江澤民老人干政的胡錦濤，在十天內四次密集「露面」，以挺習打江。

　　2014 年 4 月 9 日上午，前中共國家主席胡錦濤現身湖南大學校園，據披露的現場圖片來看，胡錦濤參觀時，一張圖片臉色凝重，似乎並沒有遊山玩水那樣輕鬆。胡錦濤參觀了湖南大學的嶽麓書院。並由湖南省委書記和省長雙雙陪同，規格相當高，顯示胡錦濤在中共內部的影響力猶在。

　　4 月 5 日，胡錦濤「現身」於親習近平陣營的「財新網」，該網披露是胡錦濤下決定拿下谷俊山。報導稱，據中共軍科院大校公方彬透露，中共總後領導曾向時任中共軍委主席胡錦濤彙報了兩個多小時，向胡建議把谷俊山調離總後，胡不同意，認為這樣的人調到什麼地方都是禍害，胡下決心懲處谷俊山。

　　3 月 28 日，原中共四川省委書記（當時的第一書記）93 歲的王黎之在成都病逝。4 月 2 日，中共喉舌「人民網」、「中新網」等轉載《四川日報》報導稱，在其病重期間和去世後，中共政治

局常委和委員「習近平、李克強、俞正聲、劉雲山、劉奇葆、趙樂際、郭金龍、胡錦濤、朱鎔基、溫家寶、李嵐清、萬里、田紀雲、楊汝岱等」以不同方式表示慰問和哀悼。

報導中，胡錦濤、朱鎔基、溫家寶等中共前高層位居政治局常委和委員之後。但未見中共前黨魁江澤民名字。這也是近一年來，江澤民在重大集體場合再次不被「露面」。

另據香港《爭鳴》4月號消息，退休的前總書記胡錦濤已通知中辦，從3月15日起一律不會見來客和訪客。此前《爭鳴》3月號消息稱，2014年新年期間，江綿恆藉機勸其父親江澤民全退、徹底退，不批文件、不評政、不寫政經，江卻表態說：「這輩子很難做到。」並表示要幹政到「生命一息」。

胡錦濤是江澤民的死對頭，其在位時，曾受壓於江澤民十多年。在江澤民公然干政的情況下，胡錦濤給中辦「避不見客」的通知曝光，直接針對江澤民的公開干政「發聲」。

胡授意 18 軍頭公開表態挺習

2014年4月2日，《解放軍報》第六版整版刊登文章，包括空軍司令員、七大軍區司令員、二炮副司令員、武警部隊司令員等總計18名軍頭，均刊文效忠習近平。

1977年鄧小平復出，1978年12月底，中共11屆三中全會決定所謂的「改革開放」，隨後軍中各大軍頭曾表態支持鄧小平。但是現在中共軍方18個正大軍區級機構軍頭在同一天集體撰文向中共黨魁表態「效忠」，這是35年以來從未有過的大事。

中共「18大」之前，胡錦濤和習近平基本掌控軍權。其中，

總參謀長房峰輝、總政主任張陽被認為是胡錦濤人脈；總後和總裝部長則是習近平的手下。這次效忠的 18 名軍頭中，武警司令王建平、南京軍區司令蔡英挺等也帶有濃厚的胡派色彩，北京軍區司令張仕波等則更帶有新主習近平派系的標識。

外界分析稱，這次 18 名軍頭罕見的公開表態，應該來自胡錦濤的授意，關鍵時刻，胡錦濤出面斡旋，軍頭表態，扶植習近平，對付江澤民集團發動的恐怖襲擊和攪局行動。

胡錦濤擔心習近平「撂擔子」

中國時政評論員趙邐君認為，面對江澤民政變威脅，胡錦濤擔心習近平會再次產生「撂擔子」想法。此時，以 18 名軍頭表明對習近平的支持態度，為習打氣、站台，雖然這些人也並非全部是胡、習一手提拔的嫡系人馬，但關鍵時刻軍方的動向一貫是中國政治的風向標。

據悉此前，2012 年習近平「神隱」期間，已有過一次「不幹了」的「撂擔子」紀錄。

2012 年 8 月底的政治局會議上習近平正式向中共中央請辭，並稱只願意做中央委員。當時，中南海炸了鍋，黨內各派別都驚呆了。

據消息人士透露，各派迅速評估習近平請辭的後果，最後得出的結論是，如果習近平真的不幹了，中共將立即崩盤。所有的人都沒有料到在這個時候會出現「接班人不戀棧」、「不願再接班」的奇事，同時，也使得黨內的鬥爭一瞬間全部停止。元老也紛紛出面勸進習近平。

最後，在與各派達成若干協議後，習近平再次露面，在 18 大接班成為中共總書記。

趙邁君分析指出，若習再「撂擔子」，這正是江澤民求之不得的好事。假設習近平「撂擔子」，放棄中共政治局常委職務，中共政治局常委會成員將變為六個，其中三人是江澤民的人馬。當推選中共新黨魁時，江澤民只要將俞正聲拉攏過去，在中共政治局常委會中造成四比二的局面，通過投票，張德江就很有可能坐上中共黨魁寶座。

只要張德江成中共總書記，那就意味著江澤民的政變計畫成功，至少是成功了一半。江澤民人馬成功篡奪中共最高權力，則將完全違背胡錦濤的政治利益，胡錦濤完全不能接受。所以，在這一分崩危機大爆發剛剛露出苗頭之時，出現了 18 名軍頭效忠習近平的那一幕。

第十四章

北京戰火延燒
新疆香港大亂

隨著曾慶紅被軟禁，習江第三次大戰的第五戰役也延燒到新疆和香港，這兩地是江派苦心經營多年的碉堡。習近平還沒有離開，烏魯木齊火車站就發生大爆炸；「七一」前夕江派卻釋放白皮書激怒港人，這一戰勝負如何呢……

4月30日晚間7點左右，新疆烏魯木齊火車站發生爆炸，造成至少3人死亡，70多人受傷。（AFP）

第一節

烏魯木齊爆炸 江習鬥入死局

就在習近平視察新疆剛剛結束之際，2014 年 4 月 30 日七時許，新疆烏魯木齊火車站發生大爆炸，挑釁意味濃，突顯中南海高層激烈博奕的敏感期，緊張勢態急劇升級，習近平很快對此發出狠話。

新疆發生爆炸的時間和地點均很敏感：時間是習近平視察新疆的最後一天，且是「五一」勞動節前一天，地點為長假期間人流最多的火車站，且與中共兩會前的昆明血案地點類似。另據最新官方消息，暴徒也是持刀亂砍殺無辜百姓，同時升級為爆炸。

「嚴重的恐怖襲擊案件」

大陸網民和新疆當地一警員在網路上發布爆炸照片顯示，現場場面凌亂，到處是血跡以及看似人體殘肢的東西。但照片兩小

時後全部被刪。

中共官方最新消息稱，經警方初步查明，烏魯木齊火車南站爆炸是一起嚴重的恐怖襲擊案件，暴徒在烏魯木齊火車南站出站口接人處持刀砍殺群眾，同時引爆了爆炸裝置，造成 3 人死亡，79 人受傷，其中 4 人重傷（暫無生命危險）。

中共官媒報導稱，習近平得知發生爆炸案件後，立即表態稱反暴力恐怖鬥爭一刻也不能放鬆，並稱要把恐怖分子的囂張氣焰打下去。

隨即，中共央視在 30 分鐘的新聞聯播中，用了 23 分鐘的時間，播放了習近平於 4 月 27 日到 30 日視察新疆的電視新聞。

據悉，習近平在新疆訪問期間，保安力量加強到最高級。有分析認為，爆炸事件是有意選擇習近平剛剛離開警戒鬆懈的時候進行。

外界目前還不知道爆炸事件發生時，習近平一行是否已經離開新疆。

對於新疆的爆炸案，中共當局十分緊張，與對上一次雲南昆明火車站斬人案的處理手法完全不一樣，網民上傳的現場圖片及留言，很快便被刪除，若以「新疆」、「烏魯木齊」等字眼搜索，只剩下有關習近平本周在新疆考察的報導。微博流傳的多張爆炸現場圖片及相關消息，在晚上 21 時半左右全部被刪除。有網友忍不住留言：「刷微薄看到了不幸的消息，再一刷，全部都刪得乾乾淨淨……我們不要封鎖不要遮掩，只要真相。」

路透社 4 月 30 日報導，微博圖片顯示，行李箱血跡斑斑，地面上瓦礫四散。

另外一張圖片看起來好像在警察崗亭附近有一個小型爆炸

區。從網民張貼到微博的照片推斷，發生爆炸的應是火車站正門外。

官方中新社引述目擊者話稱，爆炸在火車站出口附近的行李堆中發生，爆炸威力強大，傳出巨響，感到地面震動，附近酒店一名男子說，最初以為發生地震。火車及長途巴士一度暫停服務。

據悉，新疆是江系鐵桿周永康盤踞多年的地盤，也是周、薄政變計畫中三條退路之中的一條。

而掌控新疆多年、被稱為「新疆王」的王樂泉，因有江澤民、周永康撐腰，在 2009 年新疆「7‧5 流血事件」中未被追究，此後被調任中央政法委副書記，成為周永康的副手。現任新疆一把手的張春賢也與江系藕斷絲連。在 2014 年 3 月召開的中共兩會期間，他曾將新疆的高壓政策造成的民族矛盾的責任，90％歸咎於所謂翻牆傳播境外暴力視頻的結果。

中國問題專家周曉輝認為：對於新疆出現的一系列「恐怖事件」，江系是脫不了干係的，習近平內心也應是清楚的。故此，來到喀什，習近平既是對恐怖主義的又一次宣戰，也是對製造恐怖活動的江系的強硬回應，即如其所言，要把恐怖分子囂張氣焰打下去。

四秒兩套恐襲？懸念加重

「法廣」5 月 5 日對中共官方報導提出諸多質疑。罪犯在四秒鐘內引爆炸藥，但沒有確指是一枚炸藥裝置，還是兩名肇事者都有隨身炸藥裝置。另外，在死傷者報告中，警方沒有給出被刀傷者是多少，被炸藥炸傷者是多少。警方沒有出示恐襲案肇事者

使用的凶器，是匕首還是砍刀。

爆炸案發生在習近平突然走訪新疆的最後一天，時間和地點都很敏感。報導質疑，在 3 月 1 日昆明火車站發生恐怖砍人事件後，各地的火車站都已經嚴密保安，派遣大量的武警軍人真槍實彈常態巡邏，烏魯木齊火車站在習近平到訪新疆安保升級情況下為何成為真空？

報導質疑，警方報告確定三人死亡，其中兩人是嫌犯，只稱一個嫌犯是 39 歲的維族男子色地爾丁沙吾提，但沒有公布第二人的姓名。

警方通緝擴大到搜尋一名死亡肇事罪犯的家人多達 10 人。這裡引出的懸念是，被通緝搜尋的人是否直接參與了烏魯木齊火車站的恐襲案，或是間接提供凶器與炸藥？

中國問題專家章天亮認為，「一般發生恐怖行動以後，都會有一個組織出來承認這個事情是他們幹的，趁機把他們的政治訴求表達出來。但是在中國發生這種恐怖行動之後，沒有任何人出來認帳，這就是一個很蹊蹺的事情。」

有民眾認為，官方結論明顯就是在栽贓嫁禍，兩個「暴徒」已經死亡，顯然是死無對證。這種匆忙得出的傾向性結論一看就是假的，不可信。

烏魯木齊市火車南站附近的徐女士對《大紀元》說：「爆炸以後我接到了警方發來的短信，讓我們不要隨便說，所以我也不敢跟你談這件事。」

爆炸發生後，大陸導演劉猛在實名註冊的新浪微博上發布消息稱，三名死者都是警察，在盤查行人過程中被炸彈炸死。新浪微博上身分認證為「新疆阿克蘇市公安局偵查員孫愷」的網友亦

發帖稱，有三名警察在爆炸中喪生，並表示「戰友走好」。

一位烏魯木齊市民眾在接受新唐人電視台採訪時也表示，有目擊者看到襲擊者在砍人後，爆炸物引燃之前就跑掉了。

專家：習考察新疆釋放兩信號

中國問題專家周曉輝認為：習近平此次新疆之行釋放了兩個主要信號。

一、選擇喀什為主要考察之地，意在向製造恐怖活動的江系傳遞己方強硬姿態的信號。喀什地區在近年來發生了多次所謂的「恐怖襲擊事件」，由於只有官方資訊，而且很多資訊不透明，外界根本無法判斷究竟發生了什麼事情，而所謂的「恐怖事件」究竟是緣於民族、宗教衝突和壓迫，還是真的恐怖襲擊，外界只能存疑。

此次習近平專程到喀什，並分別前往軍隊、武警、公安系統考察。從其言辭中，可以捕捉到的資訊是：中國的恐怖活動應主要來自內部。

二、傳遞否定江系治疆政策、或將調整少數民族政策的信號。

習近平在訪問期間，新疆人給其帶上了花帽，該照片在各大網站以顯著位置刊登。花帽維族語稱「朵帕」，為新疆多個民族喜愛，是新疆民族身分的象徵。

2013 年 3 月，新疆各地曾出台了進一步禁止維吾爾民族習俗的規定，如無論是學校還是企業都嚴厲限制民族服裝：「不許穿特色服飾上班，蒙頭巾不讓上班，不讓帶花帽、頭巾，除了諾魯孜節獲准戴花帽一天。」

而此次習近平有意戴上花帽，除了有安撫之意外，更多的是在否定新疆的這種做法。

江派放風：新疆分裂分子要在北京進行恐怖襲擊

4月28日，就在習近平現身新疆視察部隊、武警之際，海外博訊網報導稱：傳新疆分裂分子要在北京進行恐怖襲擊。

2013年10月28日中午12點05分，北京有人開車衝撞天安門金水橋護欄，車輛起火燃燒，事件震驚國際。中共定性為涉「東突」恐怖襲擊。

北京消息稱，江派將事件升級為東突恐怖襲擊的目的是為了恐嚇國際社會、撕裂和分化中國社會及脅迫習近平。新疆一直是周永康的老巢，新疆很多衝突是周永康一夥因應其政治目的的需要而挑動及發起的。

消息還稱，衝撞天安門金水橋事件從「作案者」被定性為新疆人，一直到最後整個事件被定性為「東突恐怖襲擊」，另一個目的是給美國造成壓力。美國是新疆維權人士的支持者，給這起事件安上「東突恐怖襲擊」的名頭，會讓習近平在新疆問題上騎虎難下，並可能使得美國對此做出反彈，增加習的壓力。

習近平對恐怖分子發狠話，成為中共各大官媒的頭條。在江派謀劃的多起恐怖事件都栽贓給「新疆分裂勢力」等背景下，習近平罕見高調表示恐怖事件不是民族和宗教問題，與先前中共對系列恐怖事件的公開定調截然相反。

第二節

三起火車站暴恐事件
藏匿三大謎團

2014 年 5 月 6 日上午 11 點 30 左右，廣州火車站再次發生持刀砍人事件，至少造成六人受傷。（AFP）

北京時間 2014 年 5 月 6 日上午 11 點 30 左右，廣州火車站再次發生持刀砍人事件，至少造成六人受傷。

中共對這恐怖事件的定性和報導，充滿破綻，謎團重重。

謎團之一：廣州火車站砍人事件凶手人數

據《南方都市報》披露，5 月 6 日當天上午 11 時 30 分許，昆明開出的 K366 次列車到達廣州，經歷昆明恐襲案的楊先生剛出站，就聽到有人喊「殺人了快跑」。一個穿著白衣、帶著白帽的年輕男子，正在揮舞一把半米長的砍刀四處亂砍，一名脖子被砍的男子邊流血邊跑，一個姑娘長髮「唰」一下就斷了。

中共官媒在事發後最初引述廣州警方的消息說，四名行凶者之中，一人死亡、一人被捕、兩人逃脫。

但之後，廣州警方稱凶嫌只有一人，被擊傷，並沒有被擊斃。廣州公安官方微博當天 18 時 21 分發布消息稱，行凶嫌犯為一人。目前，嫌疑人因被警察開槍擊傷，正在醫院接受手術救治。

而「財新網」、《廣州日報》等大陸媒體引用目擊者的話說，行凶的至少有四人。「財新網」截至 5 月 6 日下午 5 時的報導說，廣州火車站行凶者已有兩人被捕。其中一人在現場行凶後被捕，另一人已於當天下午在廣州大北立交被警方抓獲。根據目擊者描述，行凶者共有四名，這意味著還有兩名行凶者尚未落網。

凶手單獨作案與有組織的作案，性質可能完全不同。官方媒體之間，媒體與民間對凶手人數的描述不盡相同，究竟是何原因，成了外界對廣州火車站恐怖案件的第一個謎團。

謎團之二：凶手經專業訓練 行凶對象為女性

5 月 6 日下午 14 時許，廣州火車站廣場解封恢復使用，特警武裝進場戒備。

廣州火車站出站口在事件發生後下閘封閉，環衛人員清掃地上的血跡，目擊者仍然心有餘悸。一名目擊者說：「（當時）很多人都是像瘋了一樣跑，誰都害怕嘛，發生這種事。」

目擊者王先生告訴《大紀元》，聽現場圍觀的民眾議論，那幾個砍人的男子都像是經過專業訓練的殺手一樣，砍人手法非常熟練、凶狠。大家都感到非常恐慌，認為這種事情太頻繁了，昆明砍人事件至今心裡還有陰影，就又出來這個事。

　　有目擊者告訴財新記者，至少兩名行凶的對象是女性，犯罪嫌疑人均砍向女性頸部。

　　一名姓吳的目擊者告訴財新記者：當時一名行凶者就在售票大廳外行凶。這名犯罪嫌疑人身穿白襯衣和牛仔褲，身高大約 1 米 65，體型偏瘦，手持西瓜刀。他的第一名行凶對象是一名從出站口出來的女性，一刀砍在脖子上。

　　「中國廣播網」引述現場目擊者話報導，一名女子傷勢非常嚴重，血流滿地。被襲擊人的動脈差點都被砍斷，全部是一刀到位。

　　在人口密集的大陸重要火車站行凶，又針對弱勢的女性下手，似乎成了這次恐怖襲擊的一個特點。如同之前的昆明火車站和烏魯木齊火車站的恐怖事件，迄今沒有任何組織和個人聲明對此事負責，成了外界的不解之謎。

謎團之三：官方報告不提「新疆分裂勢力」

　　此前發生的昆明火車站砍人事件、新疆烏魯木齊火車站的爆炸事件，以及 2013 年的北京天安門吉普車在毛像下的爆炸事件等震驚國際的血案，官方媒體均在尚未清楚掌握證據之間匆匆定案，把恐怖事件的凶手歸為「新疆分裂勢力」、「宗教極端分子」等。

　　而在廣州火車站砍人事件發生的同一天，5 月 6 日，中共首部國家安全藍皮書《中國國家安全研究報告（2014）》在北京發布。報告引述中共現代國際關係研究院副院長馮仲平承認，目前國內安全面臨的最大威脅之一就是恐怖主義。值得關注的是，這

份報告並未提及「新疆分裂勢力」。

在 2014 年 3 月的中共兩會上，中共總理李克強脫稿譴責在昆明火車站的恐怖活動，也隻字未提「新疆分裂勢力」。4 月 25 日，習近平在政治局會議上也表示，恐怖事件的發生不是民族和宗教的問題。中共領導人的講話，與中共官方媒體對恐怖事件的定性卻完全不同，現在成了外界的又一個謎團。

外界認為，官方媒體之前在對嫌疑犯的情況還未清楚的掌握之前，就對恐怖襲擊事件匆匆定性，將問題指向民族問題，公開駁逆習近平最近講話，其用意更像是有意在挑釁習近平，並轉移公眾對爆炸案幕後真凶的注意力。

中國問題專家趙遍珺分析說：如此持續不斷地頻繁強調反恐，說明習近平對昆明血案念念不忘，一直在著手布署對製造昆明血案的江澤民集團進行反恐層面的還擊。4 月 25 日，習近平在中共政治局會議上的反恐講話，並稱恐怖活動不是民族和宗教問題，是各族共同敵人。這等於以「你懂的」方式指明了習近平要打擊的恐怖勢力是江澤民集團。

民眾質疑：中國特色的恐怖襲擊！

網民古奈姆在微博表示：不是說連菜刀都已經實名嗎？不是說到處都是攝像頭嗎？不是說警察都已經帶槍巡邏嗎？為何還接二連三發生砍人事件？！手持的都是半米長大刀？！或統一黑衣或民族服裝，哪裡最熱鬧就往哪裡砍，事後沒有任何組織出來承認，也沒有提出任何訴求——這真是中國特色的恐怖襲擊！

大陸媒體人唐古拉：北京、昆明、廣州……一起起恐怖事件，

如果不公開確鑿的證據，不公開拒捕審訊審判的過程，無法讓我相信犯罪的是新疆人，更別說讓國際社會相信。

　　一位旅居西雅圖的中國人在微博說：遮遮掩掩幹什麼，有話直說，不就是政治上失利的一方企圖攪亂社會，逼習大大放人就範，和那年「918」打砸搶不一樣嗎！習已經說的夠明白了，和新疆人無關。還讓面癱出來站台混淆視聽。

第三節

刀砍車撞大爆炸！
京城草木皆兵

2014 年 5 月 22 日，新疆烏魯
木齊再發生爆炸，現場慘烈。
（AFP）

　　近期中國暴恐事件頻傳，砍人、車撞人、大爆炸等都發生
在民眾聚集地，百姓受到嚴重威脅，恐怖襲擊明顯升級。時值
「六四」25 周年前，使當局更草木皆兵，各大省市連日來紛紛
舉行反恐實戰演練，北京也高度緊張布署警力，恰恰對應中南
海的動盪。共產黨內的「絕密報告」稱「共產黨必將倒台」，
末日崩潰在即。

　　習近平 5 月 21 日在亞信峰會稱要對恐怖主義「採取零容忍」
的話音剛落，5 月 22 日烏魯木齊早市即發生大爆炸，造成至少
31 死近百傷，給「六四」25 周年前本已風聲鶴唳的中共當局再
當頭一棒。北京市公安局立刻召開新聞發布會，要求北京警方最
大限度地將警力擺上街面。

北京布署武裝警力

5 月 22 日上午，新疆烏魯木齊市文化宮早市發生越野車開車碾人及爆炸案。官方稱恐怖事件造成 31 人死亡，94 人受傷。中共公安部聲明稱烏魯木齊早市爆炸案是一起嚴重恐怖案件。爆炸發生後，公安部部長郭聲琨前往新疆。習近平則表示，從嚴懲處恐怖分子。

同一天，北京市公安局召開新聞發布會，聲稱為了防止發生恐襲和暴力案件，北京警方將最大限度地將警力擺上街面，突出實名制，把參與中心區勤務全部實名制。

大陸媒體還報導稱，在王府井、北京站、西單等 14 處人流密集的繁華地區，將一分鐘以內處置突發事件的標準，布署武裝警力。北京市公安局還聲稱，要「打造立體化反恐防恐體系」。

新疆烏魯木齊早市暴恐驚魂

5 月 22 日早晨 7 時 50 分左右，在新疆烏魯木齊市沙依巴克區公園北街早市，有兩輛越野車突然從早市的兩邊一路衝破防護隔離鐵欄，衝撞碾壓人群，並從車裡不斷扔出爆炸物，最終在人群最為密集的市場中心引爆裝置。

據港媒《蘋果日報》報導，在公園北街開舖的鄧先生說，「爆了八、九下，聲音很響。我隱約看到一個深色衣服的人被炸起了幾米遠，然後就著火，人就向周圍跑。」自己當時被嚇傻了，根本想不起拍照。

鄧先生說明當時情況：「兩輛車橫衝直撞，撞完扔炸彈。當

時很驚慌。聽到動靜，我就把門開了個小縫看，一下子爆炸了，起火了！」「車速很快，整個過程三、四分鐘，扔完炸彈，人就不見了，估計（歹徒）是向西大橋那邊跑了。我們也恐慌，看了一下就趕緊把門關上。」

也有倖存者泣不成聲：「活 60 多年沒這麼害怕過！」有司機更被嚇到失控，撞向行人。在早市賣清真蛋糕的商販說，爆炸發生時火焰有一層樓那麼高。

現場另一名魚販回憶肇事車輛從北面駛過來，軚盤左擰右扭衝撞群眾，停車時十幾個人被撞倒地：「他們太沒有人性了！」

附近賣杏子的維族商販急急收檔：「之前賣六塊錢（人民幣‧下同），今天三塊就賣了，賣完趕緊回家！」

「引爆」威脅 四架飛烏市航班備降

5 月 22 日也是一個多事的日子。同日，有四趟從上海虹橋機場飛往烏魯木齊的航班出現了備降情況。

22 日下午，一條配圖微博在網上熱傳稱：「飛往烏魯木齊的吉祥航空 HO2119 航班備降在南京機場，有警察上飛機抓走兩名乘客。現在機上人員全部重新安檢中。」據中新社 22 日從南京祿口國際機場公安局獲知，當天下午確實抓獲一名嫌疑人。

據北京《新京報》報導，當天共有四趟從上海虹橋機場飛往烏魯木齊的航班出現了備降情況。分別是原計畫於 10 點 05 分起飛的東方航空 MU4009、吉祥航空 HO1255，以及 12 時 35 分起飛的東方航空 MU4011、吉祥航空 HO1229。其中 MU4009 和 HO1255 備降於蘭州機場，MU4011 和 HO1229 備降於南京機場。

百度新聞官微表示:「今天是怎麼了?」「先是新疆爆炸,然後宜賓自焚,然後上海飛烏市航班因威脅資訊迫降……然後蘭州火車站發現炸彈……隨後泰國軍方宣布控制政府……現在是北韓向韓軍巡邏艦開炮……。」大陸記者部落也感嘆這個世界太瘋狂。

蘭州火車站同日現疑似爆炸物

烏魯木齊早市發生爆炸後,當日下午蘭州火車站特警巡邏時發現疑似爆炸物品,警方立即封閉火車站周圍區域,對火車站廣場進行警戒,一小時後宣布解除交通管制。

蘭州公安官方微博稱,疑似危險物品經現場勘查鑑定,係普通廢料,無任何危險。

暴恐襲擊升級 各省市高度緊張

近期,中國大陸突發事件接連不斷。砍人、爆炸等都發生在民眾多的聚集地,要麼火車站、要麼早市,受害人均是普普通通的人們。

且大陸恐襲明顯升級。從以前的昆明大刀砍人,到此次烏魯木齊早市駕車碾人、扔炸彈,突顯恐怖分子的裝備升級。

中共兩會前,3月1日晚22時,昆明火車站發生恐怖襲擊事件,一夥手持一米多長的砍刀、統一著裝的蒙面人,衝進雲南昆明火車站廣場售票廳一路見人狂砍,造成32死140餘傷。此後,很多城市發生砍人事件,民心惶惶。

4月 27 日至 30 日，習近平前往新疆視察，期間習近平放出狠話，要對恐怖勢力予以「毀滅性打擊」。但就在 30 日晚習近平視察新疆剛剛結束之際，新疆烏魯木齊火車站發生大爆炸，官方稱事件造成 3 人死亡，79 人受傷。

5 月 6 日上午，廣州火車站發生凶徒持刀砍人事件，造成 6 人受傷，其中一女子傷勢較重，血流滿地。

恐怖砍人遇到「六四」25 周年前的敏感期，中共當局草木皆兵，連日來各大省市紛紛舉行各類反恐實戰演練，其中北京兩周內就舉行了三次大規模反恐演習。5 月 6 日晚，中共公安部副部長、北京市公安局長傅政華「全副武裝」巡查了北京站等區域，突顯京城的高度緊張。

連番恐怖攻擊對應中南海動盪

大陸近日連番恐怖攻擊事件正好發生在中南海動盪之期，胡錦濤率各大軍頭挺習近平，中共現政權對江派曾慶紅、周永康勢力圍剿之際。此前「3‧1」昆明恐襲事件正是江澤民集團精心策劃，原本恐怖襲擊血案將同時在五個城市進行，但出現意外之後，其餘四城市未有動作。

江澤民集團的如意算盤是：通過收買武警和黑社會暴徒，精心安排系列的「報復社會」行動，當多個省分都發生慘劇，所有的國際和國內輿論，都會譴責當權者。習近平會因此倒台，江派會順勢上台，「糾正習近平的錯誤」。

而新疆是江澤民集團的政變基地之一。4 月 25 日，習近平在主持中共中央政治局第 14 次集體學習時提到，恐怖活動不是民

族和宗教問題，是各族共同敵人。習近平在 4 月 25 日發表反恐講話之後，飛赴新疆進行視察，進入「暴亂重災區」喀什，突顯對新疆的關切。

就在烏魯木齊早市爆炸的當日，中紀委宣布對新疆公安廳黨委委員、新疆警察學院黨委書記、副院長李彥明進行立案審查，讓外界紛紛猜測是否與爆炸事件有關。

新疆警察學院是新疆公安警察培訓基地，李彥明是 2013 年 6 月 25 日被任命為新疆警察學院副院長一職，12 月任新疆警察學院黨委書記、副院長，上任至今不足半年。

大難臨頭各自飛 中共末日崩潰在即

目前中共政權危機重重，各類政治、社會問題頻發的同時，中國經濟下滑至嚴重危機的邊緣。中共官場商界也出現一片「大難臨頭各自飛」的末日景象。目前，中共資金、貪官以及富豪外逃現象愈發嚴重。

香港 2014 年初出版的《2014 大崩潰》一書，援引中共中央應急小組提交的黨內「絕密報告」稱「共產黨必將倒台」，該書前言宣稱「這不是八卦，也不是算命」。

該報告描述了預估的崩潰情景：經濟崩盤、企業倒閉、鬼屋林立、盜賊四起，社會發生劇烈動盪，街頭革命隨時發生。

中共中央政治局常委會因此專門開會討論，會議討論指出「中共統治下的社會崩潰不可避免」。西方國家也已經為中國大崩潰做好了應急方案。

第四節

戰火延燒 香港成主戰場

由江澤民集團一手策劃發表針對
香港「一國兩制」的白皮書，
是意圖攪局香港。（大紀元合成
圖）

北京出手 梁振英被控

截至 2014 年 6 月 25 日，香港民眾自發設立、自發參與的「6．
22」公投人數已將近 74 萬，眼看離「七一」大遊行還有四個工
作日，突然傳出消息說，香港特首梁振英因個人原因要離開香港
請假四天，從 24 日開始，一直到 27 日周五還在假期中，等周末
結束他開始上班時已是大遊行的前一天了。特首在如此關鍵時刻
度假，令普通民眾困惑，但很多專家認為，這是必然結果。

白皮書引爆的「6．22」大公投

6 月 10 日，眼看香港泛民派組織的一年一度抗議中共亂港的
「七一」大遊行和「6．22」公投日就要到來，有劉雲山背景的

國新辦拋出了《「一國兩制」在香港特別行政區的實踐》的所謂「白皮書」，強調港人必須聽從北京的命令，「兩制隸屬於一國」等強硬言論，再次變相推動令香港人深惡痛絕的「23 條立法」，對香港人進行恐嚇和威脅，企圖迫使港人屈服，從而減少「6‧22」公投和「七一」遊行的規模。

哪知結果適得其反。在短短三天裡，有超過 72 萬香港市民以網路和實體投票的方式參與「6‧22」公投，顯示出港人爭取獨立普選的強烈願望。香港是個特殊之地，在這裡可以公開大規模紀念「六四」，法輪功學員也可在此地公開大規模遊行，也是民眾唯一可以暢所欲言而無需害怕國保的地方，在這 1100 平方公里的小島上，中國人享受著最多的自由。

香港雖然從未是個民主的社會，但一直是個法制社會，社會推行的是公平、法制，而不是獨裁，但這個白皮書卻威脅香港人說：這些只取決於中共的恩賜，北京擁有對香港的「司法管轄權」等等，這些強盜式的言論讓香港人非常憤怒，於是促使很多人參與了「6‧22」公投。

「6‧22」公投是倒梁民意的體現

「6‧22」公投全稱「「6‧22」民間全民投票計畫」，由香港大學學者提出，要求民眾在三個不同民間組織提出的「占領中環運動方案」之間進行選擇，得票最多的將成為「占中」運動方案。公投於 2014 年 6 月 20 日中午開始網路投票，6 月 22 日開放實體投票站，計畫為期十天，於 6 月 29 日結束。凡是 18 歲以上的香港居民，憑身分證就可參與網路或實體投票。

占領中環運動全稱「讓愛與和平占領中環」（Occupy Central with Love and Peace），簡稱占中，是由香港本地學者戴耀廷、陳健民及牧師朱耀明發起並領導的香港政治示威運動。他們質疑中共全國人大確定的 2017 年香港特首候選人的提名方式沒有按照「國際標準的普選」方式進行，呼籲香港市民到中聯辦所在地中環舉行和平抗議。

自香港回歸以來，60％以上的港人呼籲普選特首而不是由北京指定。根據中共制定的《香港特別行政區基本法》，2007 年全國人大公布了普選時間表：2017 年普選行政長官、2020 年普選立法會，不過在這期間，中共不斷蠶食香港的獨立兩制，不斷在政治上把香港變成另一個上海。

2013 年 1 月，香港大學法律學者戴耀廷教授在報刊上發文表示，過去港人各種爭取政治權利的方式，如遊行示威、苦行、五區公投和占領政府總部兼絕食等帶來的壓力都不能夠令北京政府讓步，再不採取其他行動，2017 年真正的特首普選將落空，於是他提議發起占領中環行動，希望藉此爭取到香港人對自己行政長官的選舉權。

「6‧22」公投不在於三個方案中哪個被選中，而是從參與公投的人數中看到香港民眾對現任特首梁振英的態度，「6‧22」公投實質就是對梁振英執政效果的民意測驗，參與公投的人越多，說明反對梁振英執政的人越多。據組織者和泛民派介紹，他們都沒有料到短短三天就有 70 多萬民眾投票，這令他們很受鼓舞，與此相對應的是，這個結果令北京方面很沮喪，甚至很惱火。

環時挑釁 江派再度火上加油

6 月 19 日中共黨媒新華網在首頁顯著位置發表了五篇反對香港公投的文章，20 日中共港澳辦發表聲明稱全民投票「是非法的，也是無效的」，中聯辦則稱全民投票結果「不具任何參考價值」，「是一場鬧劇」。

就在大陸國信辦「不報導『6‧22』投票」的密令傳出後，20 日在首日投票超過 40 萬人後，包括新華網、人民網在內的中共喉舌媒體在香港問題上連續多天「默不作聲」，但唯獨中共江澤民集團掌控的《環時》發表措辭強硬的社評，繼續煽風點火刺激香港民眾，激化局勢。

6 月 23 日《環球時報》發表社評《香港非法公投人再多，也沒 13 億人多》，揚言「在香港政改的核心問題上，13 億中國人同樣有發言權」，並恐嚇稱「他們需抬眼望整個國家 13 億多人的大社會，並且記得這個國家當年是如何制服了英國的『鐵娘子』政府，收回了香港……」。

此番言論立即引起中港台民眾的圍剿，有港民表示，「雖然沒有 13 億人多，但此刻我們可以講真話！」，還有香港民眾諷刺道：「《環時》說得很好，請給 13 億中國人對國內事務的發言權。」

24 日環時又發表社評：「激進反對派要把香港往黑暗拽」，說香港一旦政治失控，「很多不可思議的事情都可能降臨」，恐嚇意味更強烈。

江派故意挑起事端 習出拳反擊

　　為什麼江派要在這個時候激怒香港人呢？《新紀元》獲悉，江派攪亂香港局勢的目的，一是針對習近平，藉香港亂局讓習下台；另一目的就是藉立法，取締其「眼中釘」法輪功。2003年23條立法沒有成功，江澤民對此一直耿耿於懷。梁振英自掌權香港後，就是江派激化香港局勢計畫的執行人。

　　到了2014年6月，眼看江派二號人物曾慶紅被軟禁，江澤民集團在江綿恆的主導下，開始了一系列更加瘋狂但又更加愚蠢的反撲。為了阻止「6‧22」公投，江綿恆不惜動用中科院和中移動的高級駭客來攻擊公投網站，並利用《環球時報》評論不斷激怒港人。

　　不久，人們看到了習近平採取的行動。

梁振英受北京控制 突然改口

　　6月10日，江派白皮書發表後，梁振英對此力挺，大肆為白皮書吹風。對於反對白皮書的任何言論，梁一概稱之為「斷章取義」、「只講結論，不講道理」，梁還四度聲稱白皮書有「七種外國文字」，但是據《852郵報》向中國駐法、西、日等國大使館查詢，都沒有英文之外任何其他文字的版本。

　　6月23日晚，梁振英依然重申「基本法裡沒有『國際標準』這四個字」，不過他改口表示，不同意《環時》23日社評的說法，認為「任何人都不應將港人和中國人民對立起來」。梁振英發言期間不時低頭看稿，對於港澳辦稱公投是違法，梁振英解讀為公

投沒有法律基礎，但不等於有刑事責任。他又稱，無論占中全民投票人數有多少，都是表達了投票市民對 2017 年落實特首普選的願望和訴求，而這和中央政府、特區政府和他本人是一致的。

23 日，剛在 5 月休假過的梁振英，突然宣布從 24 日起請假四天，其間由政務司司長林鄭月娥署理特首職務。在被眾多傳媒追問為何又放假、如何看逾 72 萬人投票，梁一概不回應。

對於梁振英的突然轉向，很多香港人稱他是「先扭曲，後騎劫」了民意。隨後，親共媒體《文匯報》引述消息人士稱，梁振英要休假是去「處理私人事務」，又特別強調「目的地絕非北京」，且與公投無關。

熟悉中港政治事務的香港政經專欄作家廖仕明表示，在香港出現重大危機關頭，若正常情況下，即便特首已經定好的假期都要取消。梁振英這次放假，顯然是北京習當局故意藉此釋放已經不信任梁特首的信號，用以安撫香港公務員高層、中方官員和商界大佬們。

廖仕明還表示，白皮書是江澤民集團暗中通過地下黨特首梁振英在香港攪局，有意激化社會各界衝突，從而觸動中共港澳辦系統的恐懼香港失控後運作出來的，在中共守舊、獨裁思維模式上，再加上江澤民集團直接操控的特首暗中攪局，《白皮書》的出現是必然的。

他分析說，在中南海高層激烈博奕時刻，當局恐懼局勢失控，現在習近平做不到立即公開撤換梁振英，但可以用這類「你知道」的方式釋放信號，表達出對梁的不信任，隨後再逐步解體在香港的江派勢力。

此前，曾慶紅在香港安插的核心人物、華潤集團董事長宋林

4 月被立案調查，摩根大通中國前 CEO 方方 3 月突然辭職，兩人均與梁振英關係密切。時事評論員練乙錚月初在《信報》撰文，推測令梁神祕失蹤的「私事」，含處理與黨的關係，「宋、方二人東窗事發，筆者認為黨有必要找梁特解釋並協助調查。」

有熟悉中國內情的消息人士稱，《環球時報》是江澤民集團的喉舌媒體，過去一直支持薄黨和軍中強硬派，其言論代表著中共內部的強硬派聲音。梁振英今次主動開腔反駁《環時》，顯然是接到現任當局的指示，讓其如此表態，突顯中共高層對香港問題出現的分裂。

華府的中國問題專家石藏山說，曾慶紅手下的地下黨特務梁振英，批評同為江澤民集團的《環時》的舉動，顯示其已被當局控制，處於「要其說什麼，就說什麼」狀態。在曾慶紅遭到監視居住，梁振英無法再聯繫上曾之後，梁顯得走投無路。很顯然，梁振英已經遭習近平拋棄。北京消息還指，當局正在評估，不排除在極端情況下抓捕梁振英，以消港人民憤。

曬梁倫敦行照片 民譏畫蛇添足

梁振英離開香港去了哪裡呢？在他放假次日的 25 日早上，梁的二女梁齊昕突然在其 Facebook 上載兩張疑似「自殘照」，震驚外界。自殘相一張是左手手腕有兩道傷痕，另一張是右手手背染滿紅色疑為鮮血的照片，狀甚恐怖。梁齊昕又附上留言：「Will I bleed to death」（我會流血至死嗎？）、「I love blood」（我喜歡血），令人聯想到她曾自殘或割脈。

最初兩張照片只是授權的朋友才能觀看，但其後相片轉為公

開瀏覽，事件引起香港傳媒關注。雖然梁齊昕現已刪除這兩張照片，但原圖已被廣泛「傳閱」。很多網民評論說，「有這樣的父母，當然想死！」，「梁振英造業禍及子女」。

有網民估計梁振英突然休假，與家事有關。對於梁齊昕是否患抑鬱、梁振英是否知悉情況或休假是否因飛往英國處理梁齊昕事件，特首辦回答傳媒查詢時，一律只表示「不作評論」。

但 25 日下午兩家和北京關係密切的香港傳媒，及有梁粉背景的「港人講地」Facebook 專頁，不約而同發布梁兩父女的消息，有指梁振英已到倫敦出席梁齊昕的畢業禮，更刊出強調是香港時間 25 日下午 2 時梁振英與梁齊昕在英國的微笑合照，其中一張相片更顯示，梁振英手持英國當天報紙，似想平息謠言。不過在 PS 合成照片技術發達的今天，人們對這些照片的真實性表示質疑。

選舉期間曾力挺梁振英但一度又反目的《東方日報》，則引述消息解釋梁女割腕的可能原因。文章說，梁齊昕因為見到爸爸不斷遭到抨擊辱罵，連帶自己的心情都受影響，感到情緒低落，加上她早前在網上就（《明報》劉進圖被刀刺）與網民舌戰，遭到圍攻並受到多家傳媒大肆報導，蒙受極大壓力。

更多民眾認為，即使梁振英真的到了倫敦，那也只不過是為了掩蓋他實際上已經被控制的處境，是畫蛇添足的做法。習近平以公開變相的方式公開表達對梁振英的不信任，在此之前至少還有三次。

梁振英配合周永康搞亂局勢

第一次是在 2012 年 9 月 5 日，原訂於當晚動身前往俄羅斯

缺席 APEC 首腦會議的特首梁振英，在所有就緒準備出發前，突然以要專一公務為由，宣布取消行程，引來香港各方強烈關注。

這是梁出任特首後首次代表香港外訪，是梁樹立國際著名度的主要機會，被突然取消行程，這不僅僅是北京方面想給梁振英臉色看，也通過國際事件恥辱他，讓香港曉得梁並不獲中南海最高層信賴。

當時《新紀元》報導了此事的內幕。18 大前江派通過海外統戰部控制的海外間諜體系鼓動保釣，暗中放行香港保釣船到了釣魚島，令大陸反日情緒巨增，周永康控制的武警藉機冒充遊行民眾，在所謂「抗日愛國遊行」的同時，打出支持薄熙來的標語，在大陸各地「打、砸、搶」鬧事，令大陸局勢動盪不安，江派企圖藉機宣布採取特別軍事管制以推遲 18 大的召開，延續周永康等人的權力，再伺機反撲。胡錦濤識破了這個陰謀，及時平息了各地「反日示威活動」，所以取消了梁振英的國際亮相資格。

2 月份 APEC 會議事件 梁振英難堪

第二次是 2014 年 2 月末，北京當局突然致函特區政府，將原定於 9 月 10 日至 12 日在港舉行的亞太經合組織財政部長會議（APEC）的地點改在北京，並調整到 9 月下旬之後舉行，事件引起香港社會震動，成為各主要報張的頭條新聞。

包括香港泛民主派和建制派多位重量級人士認為，香港被取消舉辦 APEC，跟當時香港政局動盪有關。有報導稱，李慧玲封咪事件是中共江澤民集團幕後直接策劃，透過地下黨特首梁振英逼迫商台炒掉李慧玲，目的是再次捆綁習近平，讓剛剛參加索契

冬奧會的習近平在國際上出醜。

梁 4 月在上海被勒令「離席」

2014 年 4 月 11 日，香港立法會主席曾鈺成帶 57 名立法會議員抵上海，開始兩天的訪滬行程，梁振英陪同訪問。此前 3 月 17 日梁振英強調，特首辦「通過」曾鈺成，收到立法會議員對今次去上海訪問行程和主要內容的一些想法和要求，梁強調會由他自己將這些要求向中央轉達，又指如有任何具體的進展，他會第一時間「通知」曾鈺成。此後，梁振英又多次搶先於曾鈺成之前發表消息，顯示梁是當局和香港方面之間交流的「不二人選」。

但是在 4 月 10 日，曾鈺成卻宣布了「中央的意思」、「具體安排」：行政長官梁振英將在會晤時候「離席」。「先有一個全體的會議，然後在全體會議完了之後，部分的議員會留下，因為中央官員知道我們有一部分的議員想獨自與官員交換意見，那批議員（泛民主派）要留下與中央官員討論的，就會留下」，曾鈺成隨後表示，建制派在「全體會面」後就會退席，讓泛民留下單獨會見兩小時，而期間在席的梁振英也會同時「離席」。

泛民與中央官員會面這個環節，可謂是香港議員上海之行的關鍵時刻，而一直向外界表示自己極力爭取這次會面安排的梁振英，卻在「成功爭取」後，不可同時與泛民及京官單獨會面，這無疑等於梁振英被習近平公開打了一個耳光。

而在「七一」前夕最關鍵時刻，梁振英被調離香港，這也是北京方面再度出手處理梁的表現，假如梁就此轉變態度，緊跟習陣營，也許他還能保住他的特首位置，假如他繼續跟隨江派，等

待他的真的就是被逮捕的命運了。

不過有句話叫「騎虎難下」，「上了賊船就下不來」，就跟薄熙來、周永康一樣，很多善良人以為他們在被查後會服軟，回家去安度晚年，哪知他們由於以往壞事幹得太多，沒有退路了，他們的反撲抵賴也就成為必然。梁振英一條道走到黑的惡運可能很快就會展現。

後記

獨裁體制 注定頂層生死決殺

中共內鬥歷來是你死我活

《九評共產黨》是一本完全依照中共黨史資料寫成的奇書，讀過的人都知道，世界上所有的共產黨都有九大特性，其中最突出的本性之一就是「鬥」，有外鬥、內鬥，不光對外要鬥他們認定的所謂敵人，對內也要批鬥隱藏的敵人；不光要用暴力革命搞武鬥，槍桿子裡面出政權，還要用筆桿子來維護政權，用謊言來搞文鬥。中共的歷史可以說就是一部內鬥的歷史，過去如此，現在如此，將來也會如此。

這是由共產黨的本質決定的。共產黨是一個靠黨性、而非道義組成的社會團體，黨員、尤其是高幹對最高領導人是否忠心就成了問題，特別是當最高領導人無法享有下屬的尊敬崇拜時，要

維持這個幫派的存在、增加所謂凝聚力，光靠腐蝕拉攏是不夠的，於是內鬥也就成為必然。共產黨需要對內、對外殺人來製造恐怖氣氛，從而維持最高當權者人的權威，否則他的路線方針政策就無法被下面執行。

翻開國際共產主義運動史，各種內鬥案例比比皆是。不說2014 年 1 月北韓的金正恩如何把自己的姑父張成澤處死，就說中共過去的「楷模」俄共，其最早的兩屆政治局委員，除了列寧已死及史達林本人外，其餘全部被處死或自殺；當時 5 名元帥中斃了 3 個，5 名集團軍司令中也斃了 3 個，全部二級集團軍司令 10個人全部槍斃，85 個軍長中斃了 57 個，195 名師長中斃了 110 個。中共在最困難的時候也照樣殺自己人，如在江西時就開始殺 AB團，殺得幾乎沒剩多少會打仗的；在延安時搞整風，很多人被打被殺，建政初期，不但收拾了高崗、饒漱石、胡風、彭德懷，到了 1966 年的「文化大革命」，把奪江山的老傢伙們幾乎收拾一空。別說普通高幹自身難保，就是中共歷任總書記也都沒有一個有好下場。

毛澤東與劉少奇之間的鬥爭

最典型的例子就是劉少奇和林彪。劉少奇是第一個吹捧毛澤東、提出「毛澤東思想」的中共第二號人物，但死得非常慘。在他 70 歲生日那天，毛澤東和周恩來特意給他送來一個生日禮物——收音機，目的是讓他聽八屆 12 中全會的公報：把叛徒、內奸、工賊劉少奇永遠開除出黨，並繼續清算劉少奇及其同夥叛黨叛國的罪行！

病中的劉少奇一下子從精神上被打垮了，病情急劇惡化。由於他長期被固定捆綁在床上，一動也不能動，他的頸部、背部、臀部、腳後跟都是流膿水的褥瘡，疼痛難忍。他疼起來時，一旦抓住什麼就不撒手，於是有人給他每隻手中塞一個硬塑膠瓶子，等他死的時候，兩個硬塑膠瓶子都被握成了葫蘆形。

到 1969 年 10 月，劉少奇已經渾身糜爛腥臭，骨瘦如柴，氣息奄奄。中共中央特派員既不讓洗澡，也不准翻身換衣服，而是把他扒個精光，包在一床被子中用飛機從北京空運到開封，監禁在一個堅固的碉堡地下室裡。在他發高燒時不但不給用藥，還把醫護人員全部調走，臨死時劉少奇已經沒有人形，蓬亂的白髮有二尺長。在他的死亡卡片上這樣寫著：姓名：劉衛黃；職業：無業；死因：病死。連一個中共國家主席都能死得這樣不明不白，更何況其他人呢？

林彪也一樣。雖然聰明絕頂、是所謂常勝將軍，而且他自己也想急流勇退，退出政治，但最後還是被捲進去，怎麼想脫身都脫不了。至於他是如何被逼上飛機、最後掉在溫都爾汗，這些權鬥內幕都是普遍百姓無法知曉的。

網路上有篇題為《論黨內鬥爭的殘酷性》的文章在流傳，裡面介紹了中共官場內鬥你死我活的五大特性。「第一，專制政權內的最高統治權爭鬥，向來是你死我活的、不可調和的；第二，黨的歷史就是最高權力鬥爭的歷史，往往以路線、反腐敗為旗幟，以派系為核心，以不受制約的最高權力為目標；第三，黨內鬥爭可能會達成派別間的暫時妥協，但其目的是為了麻痺對手，暗中調整力量對比，最終達到徹底擊潰對手的目的；第四，剪草還要鋤根，徹底擊潰政治對手後，還要大規模清洗對手的部下，防止

未來翻案;第五,對黨內對手的鬥爭迫害,往往要殘酷於對黨外對手。」

文章以毛澤東與劉少奇之間的鬥爭為例,毛在犯下一系列決策錯誤後,如總路線、人民公社、「大躍進」等,造成大規模中國民眾慘死、財產重大損失,中共黨內相當一部分高級幹部對毛產生不滿情緒,黨內接班人劉少奇遂起「取而代之」之心。於是發生中共黨內著名的 1961 年的「竊聽器事件」與 1962 年的「暢觀樓事件」,前者是暗中的,後者是半暗半明的。

所謂「竊聽器事件」,是毛在臥室、火車專列上的話都被人竊聽,後來毛發現了隱藏在花瓶、天花板、沙發、寫字台內竊聽器;「暢觀樓事件」是在 7000 人大會召開之前,劉少奇與鄧小平責成書記處的彭真組織一個班子,集中住在北京動物園暢觀樓,查閱「大躍進」以來中央下發的文件提出過哪些不切實際的左傾口號和根本無法完成的高指標,制定過哪些不切實際的損害群眾利益的極左政策,準備藉此清算毛活活餓死 4000 多萬老百姓的過失。

作為中共黨魁的毛澤東,深得馬列「鬥爭哲學」的真味,只顧個人利益的他,當然不在乎百姓的生死,他活著的首要目的就是保他自己,而不是百姓或國家利益,於是,為了逃避清算,毛開始布署消滅劉少奇的諸多計畫。

眼看中共 7000 政治精英都跟著劉少奇走,在 7000 人會議上,毛不得不採取妥協退讓來麻痺對手,說什麼「因為我是中央主席,……,第一個負責任的應當是我。……,對於工作中的缺點錯誤,就要擔起責任。怕負責任,不許人講話,老虎屁股摸不得,凡是採取這種態度的人,十個就有十個要失敗。人家總是要講的,

你老虎屁股真是摸不得嗎？偏要摸。」表面上毛是在認錯，但最後一句是雙關語，在 7000 人中，除了林彪，其他人就沒一個能聽懂，毛其實是在表明決心，偏要摸劉少奇的屁股。

於是毛發動了「四清運動」，要「整黨內走資本主義道路的當權派」，不過劉少奇也很聰明，他明白毛是想針對他，於是他讓自己的老婆王光美搞了個「桃園經驗」在黨內推廣，用「後十條」取代了「前十條」，成功地轉移了鬥爭對象，架空了毛對四清運動的控制。當時毛號召各級幹部下鄉去抓四清工作，但毛講話不管用，而劉少奇一句話，全體中央委員聞風而動，都下去蹲點。毛的憤怒可想而知，大權旁落了！於是，在 1964 年 12 月的中央政治局會議，毛、劉矛盾分歧全面公開化。

會前，鄧小平怕毛澤東又玩新花樣，通知毛，身體不好可以不用參加。結果毛衝到會上發言說：「我是黨員，我是公民。你們，一個不讓我參加黨的會議，違反黨章。一個不讓我發言，違反憲法。……據我看，我們這個黨至少有兩派，一個社會主義派，一個資本主義派。」

毛本來想藉四清運動、發動農民來搞垮劉少奇，四清失敗後，毛一計不成再生一計，準備利用青年學生搞「文化大革命」來打倒劉少奇。毛採用「剝洋蔥」戰術，先把充當劉少奇、鄧小平左膀右臂的書記處四位書記「彭真、羅瑞卿、陸定一、楊尚昆」打倒，並故意讓劉鄧誤以為，只要犧牲「彭、羅、陸、楊」就可以保住自己，只要做了這個交易，毛就會消氣，就可息事寧人了。

劉、鄧很快發現自己大錯特錯了。在第一戰役「海瑞罷官」與「二月逆流」之後，毛緊接著發動了第二戰役，拋出「五‧一六通知」，即後來「文化大革命」的指導綱領。各大學亂了，毛

故意躲到杭州的汪莊和湖南的滴水洞隱居起來，劉、鄧上當受騙，誤以為毛撒手不管了。劉、鄧急忙要恢復各院校中黨委對學生的領導，將造反的學生組織打成了反革命。

見時機成熟後，毛還是讓周周恩來出面，要劉、鄧圍繞「向學校派工作組」問題，在人民大會堂「北京市大專院校和中等學校文化革命積極分子大會」上檢討。劉試圖蒙混過關：「老革命遇到了新問題。對於如何進行文化大革命，我不知道。」毛私下嗤之以鼻：「什麼老革命，是老反革命。」

然而毛為了進一步麻痺劉、鄧，防止垂死前的反撲，他故意在 1966 年 8 月的八屆 11 中全會上故作寬宏狀：「黨外無黨，帝王思想；黨內無派，千奇百怪。」又說：「要允許人犯錯誤，允許人改正錯誤。」毛的這一番經典麻痺之言，使劉、鄧產生了僥倖心理，以為只要「認真檢討認錯」，就還可以保住劉的中央委員地位。

經過幾個月觀察，劉知道文革是毛衝著自己來的，乾脆不如自己主動提出下台，保住性命，也保住同情自己的大批中共幹部，盡快結束文革，「留得青山在，不怕沒柴燒」。劉決定主動退下，以麻痺毛，弱化毛對自己的打擊意志。

後來毛離開北京，卻暗中吩咐江青，組織中南海中直機關的造反派揪鬥劉少奇。劉少奇在批鬥會中，既被打嘴巴又被踹，鞋都打丟了。1967 年 1 月 13 日，是毛考察劉是否認錯服輸、繳械投降的最後一次機會。劉少奇對毛澤東說，「一、這次路線的責任在我，廣大幹部是好的，特別是許多老幹部是黨的寶貴財富，主要責任由我來承擔，盡快把廣大幹部解放出來，使黨少受損失。二、辭去國家主席、中央常委和《毛澤東選集》編委會主任職務，

和妻子兒女去延安或老家種地，以便盡早結束文化大革命，使國家少受損失。」

毛從中看出了劉少奇不是甘心認罪服輸，劉是想以靜制動，保存實力，積蓄能量，等待毛進一步犯錯誤，等日後雙方力量對比發生變化後，到時再反撲，再為自己翻案否定毛。面對這兩人之間的糾纏，毛當下就決定：不僅要讓劉身敗名裂，還要從肉體上消滅劉。

不過為了麻痺對手，使其放鬆警惕，放棄對抗的意志，毛吸著煙，靜靜地聽著，沉默了一會兒說：「認真讀幾本書吧，德國人海格雨寫的《機械唯物主義》和狄德羅寫的《機器人》值得一讀。」臨別毛還把劉送到門口，囑咐：「好好學習，保重身體。」

作者解讀毛的這番話是說：你劉少奇還太嫩，想跟我耍花招，得再學習學習，咱們就看看，你的意志與肉體能否經受住我毛某無情的專政打擊。為了不在歷史上落下口實，也不能讓劉少奇自殺，人死了就沒有鬥頭了，最好是讓他欲生不能，欲死不成，留有充分的時間將其批倒鬥臭，再讓他在鬱悶中因疾病折磨慢慢地死去，這樣歷史學家與人們就不能說是毛的手上沾血了。

辦法很簡單，取消對劉的保健，讓群眾天天批鬥劉，不僅觸及精神還要觸及肉體，天長日久其精神就要崩潰，免疫力自然會下降，這樣劉就會百病纏身，醫生當然不會為黨內頭號走資派治療。在劉的 70 壽辰那天還給他送大禮，就這樣，毛實施了對付黨內背叛自己的政治強敵的拿手好戲——殺人不見血。

鬥臭、鬥死劉少奇後，文革並未結束，毛接著發動全面內戰，意在剪草之後還要鋤根，大規模清洗對手的幹部，防止那 7000人中有人將來出來為對手翻案。一直持續到 1976 年毛本人死去，

毛都沒有停止文革。

華國鋒、葉劍英發動政變，突然抓捕了江青、張春橋、姚文元、王洪文之後，鄧小平重新上台，但上台後的中共，表面上糾正了一些冤假錯案，但沒有對文革進行批判，相反，倒是稍有人性、為中共平反冤假錯案、撈回人心的胡耀邦被打下了台。到了1989年，不願對學生舉起屠刀的中共黨總書記趙紫陽，也被所謂八大老、一幫真正的黨徒趕下了台，並軟禁到死。

講這番陳年舊事的目的，是想讓大家明白，後來江澤民幹的那些事，比如不願下台後被清算而拼命攬權、不惜賣國也要保他自己「悶聲發大財」，以及對習近平的誇獎、讓武警冒充暴徒殺人、搞政變等等，都是中共黨魁歷來的慣用手法，都有其必然性。

中國大變動系列 **024**

習江三次生死交鋒
習近平與江澤民決鬥成中國政局聚焦點

作者：新紀元編輯部。**執行編輯**：王淨文／張淑華／黃采文。**美術編輯**：林彩綺。**封面設計** ： R-one。**出版** ： 新紀元周刊出版社有限公司。**電話** ： 886-2-2268-9688(台灣) 852-2730-2380(香港)。**傳真**：886-2-2268-9610(台灣)/852-2399-0060(香港)。 Email:mag_service@epochtimes.com。**網址**：www.epochweekly.com。**香港發行**：田園書屋。**地址**：九龍旺角西洋菜街56號2樓。**電話**：852-2394-8863。**台灣發行**：高見文化行銷股份有限公司。**地址** ： 新北市樹林區佳園路二段70-1號。**電話**：886-2-2668-9005。**規格**：21cm×14.8cm。**國際書號**：ISBN978-988-13131-1-9。**定價**：HK$138 / NT$500。**出版日期**：2014年8月。

新紀元
NEW EPOCH WEEKLY